Z

John Wessel

Bis hierher und nicht weiter

ROMAN

Aus dem Amerikanischen
von Sophia Ruegen

Paul Zsolnay Verlag

Die Originalausgabe erschien erstmals 1996 unter dem Titel
This Far, No Further
bei Simon & Schuster in New York.

1 2 3 4 5 02 01 00 99 98

ISBN 3-552-04862-6

Satz: Satz für Satz. Barbara Reischmann, Leutkirch
Druck und Bindung: Franz Spiegel Buch GmbH, Ulm
Printed in Germany

Susan, für ihre Geduld

Inmitten meiner Lebensreise verlor ich mich in einem tiefen Wald …

Dantes *Inferno*

O Mann, ich hab einfach Angst vor dem Leben. Das bringt mich noch um.

Mickey Spillane, *The Deep*

Seht, ich enthülle euch ein Geheimnis: Wir werden nicht alle entschlafen, aber wir werden alle verwandelt werden.

1. Kor. 15:51

Teil eins

Elenya

EINS

»Er schlägt Sie? Ich hab nicht gewußt, daß er Sie schlägt«, sagt Donnie Wilson mit professioneller Anteilnahme in der Stimme; aufrichtigere Anteilnahme kann man für Geld nicht bekommen. »Warum in Gottes Namen ...«

»Aus verschiedenen Gründen. Wenn irgendwas nicht perfekt ist – sehen Sie die Falten unter meinen Augen? Die will er wegbrennen. Wie Gestrüpp. Die Woche davor war's Zellulitis. Wissen Sie, was Zellulitis ist?« Sie schüttelt den Kopf. Selbst barfuß und mit einem schlichten schwarzen Slip ist Elenya Rosenberg die personifizierte Sinnlichkeit. Ihr tizianrotes Haar ist sehr kurz geschnitten, die Haut an den Armen mattbraun und voller Sommersprossen. Das Gesicht wirkt blaß, die Augen sind bernsteinfarben. Und dann wären da noch die blauschwarzen Flecken, die sich regenbogenförmig unter ihren Armen über den Rücken bis zur Innenseite ihrer Oberschenkel und schließlich bis zu den ungebräunten Dreiecken auf jeder Brust ausbreiten.

»Letzten Monat ist Stephen plötzlich aufgefallen, daß meine Hüfte auf einer Seite ein bißchen runder ist als auf der anderen. Er sagt, das sticht ihm jedesmal ins Auge, wenn ich nackt bin. Was übrigens nicht oft passiert. Dieses Ungleichgewicht. Ich bin nicht mehr symmetrisch.«

»Renitentes Fett.« Ich lege den Burberry, den ich in Donnies Cheftoilette gefunden habe, um Elenyas Schultern. Wahrscheinlich läßt sich ihr eigener Mantel noch retten, und die schwarzen Pumps sind mittlerweile wieder ziemlich sauber, aber mit ihrem Kleid sieht es anders aus. Der Hausmeister von der Spätschicht konnte mir bloß Spic and Span geben, und ich bin mir nicht sicher, ob man Klamotten von Donna Karan einfach tropfnaß aufhängen kann. »So nennt man heute die Zellulitis. Jedenfalls laut Oprah Winfrey. Renitentes Fett.«

»Das hätten Sie uns sagen sollen«, meint Donnie und bringt mich mit einer Handbewegung zum Schweigen – ich soll mich im Hintergrund halten. Dem Blick nach zu urteilen, den er mir zuwirft, könnte man glauben, ich hätte auf den neuen Ring an seinem kleinen Finger gekotzt. »Wirklich, Elenya. Für Situationen wie diese gibt es bestimmte Verhaltensregeln. Wir hätten Sie irgendwie beschützen, irgend etwas unternehmen können ...«

»Und was, Donald?« Sie stellt ihr Highball-Glas auf dem Teppich ab. Es hat einen Rand von getrocknetem Alka-Seltzer, wie Salz an einer Margarita. »Bitte erklären Sie mir meine Situation.«

»Ich weiß auch nicht so genau. Aber irgendwas wäre schon möglich gewesen.« Donnie ist kein Freund von Details; er ist jetzt ein hohes Tier und sieht auch so aus: grauer Nadelstreifenanzug mit Weste, rote Krawatte, weißes Hemd, dessen Kragen seinen baumstammdicken Hals nur mit Mühe umschließt. Wahrscheinlich war er im Sonnenstudio. Es ist brutal kalt heute abend – typisch für den Chicagoer Februar –, aber Donnies Haut hat jenen knackig bronzefarbenen Schimmer, den sie annimmt, wenn man die Mittagspause für einen Kurzurlaub in der Karibik nutzt.

»Mein Gott, wie tröstlich«, sagt Elenya mit leiser Stimme. Sie lehnt sich auf ihrem Stuhl zurück und schlägt die Beine übereinander. Der Trenchcoat bedeckt kaum ihre Knie. »Vielleicht könnten Sie mir Ihren Hippie-Freund hier vorstellen? – sagten Sie nicht, er heißt Harlan? Oder Harry?«

»Harding«, sage ich und streiche mir die Haare aus der Stirn. Sie nickt. Seit der High-School hat mich niemand mehr einen Hippie genannt. Wahrscheinlich könnte ich wirklich einen Haarschnitt vertragen. Und besser anziehen hätte ich mich auch können. Meine Levi's ist an den Knien durchgescheuert. Den Gürtel habe ich vergessen. Meine Schuhe sind abgewetzt. Aber Donnie hat mich erst vor ein paar

Stunden angerufen, mich aus meinem Nachmittagsnickerchen gerissen.

»Sie will dich kennenlernen, Kumpel«, hatte er gesagt, und seine Stimme hatte hohl geklungen übers Autotelefon. »Tja, ich hab nicht die geringste Ahnung, warum. Vergiß bloß nicht, dein verdammtes Maul zu halten. Das hier ist meine Show. Ich muß mich schon mit ihrem hirntoten Anwalt rumschlagen. Und kreuz um Himmels willen nicht vor sieben auf. Ich lad dich nämlich nicht zum Abendessen ein.«

Ich gebe ihr die Hand – die angesichts ihrer dürftigen Bekleidung überraschend warm ist, mit winzigen kleeblattförmigen Sommersprossen übersät – und verziehe mich wieder in meine Ecke. Hier hinten ist es zugig. Und eine Minibar mit Teakfurnier hält Donnies Mineralwasser gekühlt. Das Ding schaltet sich alle zwei Sekunden aus und an und treibt mich noch zum Wahnsinn. Er hat mir kein Wasser angeboten, aber das macht nichts. Ich versuch sowieso, ein bißchen weniger zu trinken.

»Sie machen sich Gedanken wegen seinem Geld«, sagt Donnie zu Elenya. Er lehnt an einem Bücherregal voller Golferfiguren. »Das kann ich gut verstehen. Sie müssen allerdings auch verstehen, daß solche Dinge dauern. Sie müssen Geduld haben. Wir haben die Sache erst letzte Woche rausgefunden. Und wirklich, Elenya – ich meine, lieber Gott, lassen Sie mich offen mit Ihnen sprechen –, wenn Ihr Mann nicht mal Ihnen von den zwei Millionen in der Schweiz erzählt hat – nach zweiundzwanzig Jahren Ehe ...«

»Dreiundzwanzig«, sagt sie. »Ich weiß auch nicht, Donald. Es muß ihm entfallen sein.« Sie zieht den Mantel enger um ihre Schultern. Immer wenn ein trauriges Stück auf der Jazz-CD in Donnies Stereoanlage kommt, wird es von dem gräßlichen Sibirien-Express übertönt, der um unseren Schaumburg-Büroturm herumdonnert. Die letzte Vorhersage war minus sechsundzwanzig Grad, Tendenz fallend;

sogar zu kalt für weiteren Schnee. Hier drin ist es heute abend eisig; keiner von uns fühlt sich sonderlich wohl.

Aber dieses Büro soll auch nicht funktional sein. Die Stühle, auf denen wir kauern, bestehen aus Lederriemen, die über flachen schwarzen Stahl gespannt sind, wackelig wie billige Gartenmöbel, aber numeriert und von einem River-North-Künstler signiert, der derzeit in ist. Sie stehen um einen Beistelltisch herum, der ungefähr so groß ist wie der schwarze Monolith aus *2001*. Donnies neuer Schreibtisch – ein schmaler Block aus italienischem Marmor, der eben breit genug ist für ein Telefon – hat keine Schubladen.

Dies ist das Eckbüro eines Vizepräsidenten. Donnies Beförderung hat ihn in den neunten Stock von Schaumburg Associates, das ist ein vorstädtischer Sicherheitsdienst, katapultiert. Ich selbst operiere vom Wohnzimmer meiner Lakeview-Wohnung aus, die sich im zweiten Stock eines Hauses ohne Aufzug befindet, über einem griechischen Restaurant. Klienten wie Elenya Rosenberg nehmen die zwei Stockwerke nur selten auf sich. Der in die Wände eingebrannte Geruch von Moussaka und Souvlaki kann ziemlich abschreckend wirken.

Ich habe meine Lizenz als Privatdetektiv vor zehn Jahren verloren – da gibt's diese kleinliche Vorschrift über Vorbestrafte –, und seitdem besteht der größte Teil meiner Arbeit aus Aufträgen, die bei anderen Privatdetektiven für mich abfallen. Meistens handelt es sich um unangenehme Laufereien, um Fälle, die aller Voraussicht nach in einer Sackgasse enden, oder um Klienten, die meine Kollegen nerven. In letzter Zeit habe ich eine Reihe zwielichtiger Jobs für Donnie erledigt; Angelegenheiten, die lieber nicht in den Büchern erscheinen sollen. »Wir tun manchmal Dinge«, sagt Donnie gern, »die wir offiziell nicht tun.«

Nun, in den letzten Wochen hieß das für mich, Dr. Stephen Rosenberg auf seiner Großen Tour durch das aufregende nördliche Indiana zu folgen. Stephen ist Professor an meiner Alma mater, der University of Chicago – er arbeitet dort als hochangesehener Spezialist für plastische Chirurgie am Medical Center – und füllt jeden Mittwoch damit, seiner Vorliebe für kleine Orte, billige Motels und eine blonde Krankenschwester namens Lucy Williams zu frönen. Was sage ich; das ist keine Vorliebe mehr, sondern eher eine Besessenheit. Das ist auch kein Wirtschaftsverbrechen, und die Leute von Schaumburg Associates machen sich nicht gern die Finger schmutzig.

Wie Donnie die Rosenbergs kennengelernt hat, ist mir nicht klar – Donnie hat es mir nicht erzählt, und ich stelle ihm lieber nicht zu viele Fragen. Deswegen bin ich bei den Donnie Wilsons dieser Welt auch so beliebt. Ich habe das Angebot, nur noch für das Unternehmen zu arbeiten, aber das kann ich mir nicht vorstellen. Nicht daß ich unter der Last meiner vielen Arbeit zusammenbrechen würde. Aber immer wenn ich mich auf dem Eisenhower Expressway nach Westen bewege, habe ich das Gefühl, in der falschen Richtung unterwegs zu sein.

»Alle, die irgendwas mit ausländischen Finanzen zu tun haben, beschäftigen sich damit«, sagt Donnie, und die Sätze, die ich mit einem Typ von der First Chicago beim Squash gewechselt habe, klingen nun so, als hätten wir die Weltbank zusammengerufen, »absolut alle, die Spitzenleute. Und, Elenya, glauben Sie mir, die Schweizer sind in dieser Hinsicht nicht unvernünftig. Also sollte vielleicht Ihr Anwalt – Warren Frost, ja? – die nächsten Schritte koordinieren. Ich sehe nämlich nicht, was die Fortsetzung unserer Observation bringen sollte. Wirklich nicht.« Donnie sitzt hinter seinem Schreibtisch, faltet die Hände auf der Marmoroberfläche, nickt voller Mitgefühl. Er könnte genausogut ein Testament verlesen. »Soweit ich weiß, ist Mr. Frost ein paar Tage nicht in der Stadt. Was ich Ihnen rate? Wenn er zurückkehrt, beauftragen Sie eine Genfer Firma. Bauen Sie eine Papierspur auf. Schütteln Sie den Baum, bis etwas herunterfällt. Und haben Sie ein bißchen Vertrauen in das System.«

Ich finde dieses beruhigende Anwaltsgerede rührend. Denn das ist derselbe Donnie Wilson, der zusammen mit mir in der South Side aufgewachsen ist und das Geld für die katholische Schule durch kleine Diebstähle zusammengekratzt hat. Donnie hatte die Finger auch im Glücksspiel, und eines Tages erklärte er mir, daß er mitgeholfen habe, die »Behindertenolympiade« zu organisieren. »Weißt du, auch wenn die Leute die ›besonders‹ nennen – so besonders waren sie heute nicht«, hatte er mir anvertraut und dabei das Geld gezählt, Einer und Fünfer, die die Behinderten den Touristen geklaut hatten. »Die Lernbehinderten waren alles andere als behindert. Und ein paar von den Lahmen haben auch mitgemischt. So was nennt man Risikostreuung.« Nur in Chicago. Und er gewann einen ordentlichen Batzen beim Rollstuhlrennen.

Elenya scheint sein Gerede längst nicht so rührend zu finden wie ich.

»Das ist doch nicht zu fassen«, sagt sie. »Warren hatte also recht. Sie lassen mich fallen wie eine heiße Kartoffel.«

»Niemand läßt Sie fallen«, sagt Donnie mit gerunzelter Stirn. »Wir stehen immer für Beratungen zur Verfügung. Aber wir haben alles in unserer Macht Stehende getan.« Ich ertappe ihn dabei, wie er einen Blick auf seine Rolex wirft – ich glaube, er hat Tickets für die Blackhawks. »Auch wenn Mr. Frost da vielleicht anderer Meinung ist«, sagt er, »gibt es Grenzen ...«

»Auf den Fotos, die Sie mir gezeigt haben, konnte ich keine Grenzen entdecken«, sagt Elenya. »Wollen Sie mir etwa erzählen, daß diese Bilder – ich glaube, Sie sagten, Sie hätten davon zwei Einkaufstüten voll – nicht ausreichen?«

»Doch, doch, für eine Scheidung schon. Für eine sechzig-vierzig Regelung. Das Haus, der Porsche – lassen Sie ihm den Le Sabre, den braucht sowieso keiner, hab ich recht? Die Hälfte der Aktien und der Policen. Das Sommerhaus in New Buffalo. Alles, worauf wir uns geeinigt haben.« Donnie lockert seine Krawatte ein klein wenig. Er ist immer noch nicht daran gewöhnt, so spät am Tag Kleidung von Brooks Brothers zu tragen. »Aber für zwei Millionen in der Schweiz, von denen wahrscheinlich nicht mal das Finanzamt weiß? Vermutlich nicht, nein. Für die würden Sie ... na ja, ich weiß nicht ... was anderes brauchen.«

»Und was?« Sie läßt nicht locker.

Donnie seufzt. Er hat keine Lust, ihr das aufs Butterbrot zu schmieren. Das wäre eines Vizepräsidenten nicht würdig. Wieder bin ich beeindruckt. Der alte Donnie würde jetzt erklären, wie leicht man Stephen in eine Falle locken könnte. Er würde Prostituiertennamen und Piepsernummern auf die Rückseite eines Wettzettels kritzeln und die Gosse in der Madison Street auswählen, wo Stephen, um Hose, Brieftasche und irgendein wichtiges Dokument der Universität erleichtert, aufwachen würde. Zum Beispiel um die Ergebnisse der Prüfung für die Zulassung zum Medizinstudium. Doch der neue Donnie hält Distanz, gibt sich herablassend.

Der neue Donnie wendet sich mir zu, dankbar, daß es jemanden gibt, der bereit ist, die Schmutzarbeit zu machen. Er richtet die Auszeichnungen der Handelskammer an der Wand hinter mir im rechten Winkel aus.

Es ist Zeit, aus meiner Ecke herauszukommen. Ich rutsche mit meinem Stuhl ein bißchen näher an den Beistelltisch heran, streiche mir die Haare aus dem Gesicht, glätte mein völlig verknittertes Maroons-Sweatshirt des Abschlußjahrgangs 76. Ich hätte ein bißchen Eau de Cologne auftragen sollen. Aber ich habe keins. Wahrscheinlich riechen meine Klamotten nach Gyros. Ich merke mir vor: *Eau de Cologne kaufen.*

»Kein Richter wird etwas pfänden, was offiziell nicht existiert«, erkläre ich. »Auf Ihren Kontoauszügen befinden sich keine unausgewiesenen Gutschriften oder Abbuchungen. Wir können das Geld nicht zurückverfolgen.« Sie hat das schon einmal gehört, wirkt aber trotzdem ausgesprochen interessiert, und ihre Augen strahlen – allerdings bezweifle ich, daß das an meinen Ausführungen liegt. Ich glaube eher, daß die Wirkung des Ouzo noch nicht verflogen ist. »Das müssen Sie intern mit Stephen regeln. Bevor Sie vor Gericht gehen. Treffen Sie Ihre eigenen Vereinbarungen über die Aufteilung des Geldes. Zum Beispiel könnte Stephen – und Ihr Anwalt Mr. Frost würde das arrangieren – den Betrag, auf den Sie sich einigen, auf ein anderes Schweizer Konto auf Ihren Namen überweisen …«

»Und warum sollte er das tun?« fragt sie.

»Nun, das würde er natürlich nicht freiwillig tun«, sage ich. »Da haben Sie völlig recht, Mrs. Rosenberg …«

»Nennen Sie mich Elenya«, sagt sie. »Bitte.«

»Nicht freiwillig, Elenya. Man müßte ihn dazu überreden. Mit sanftem Druck davon überzeugen, daß es nur in seinem eigenen Interessse wäre, es zu tun. Letztlich in aller Interesse …«

»Und was bedeutet das?« fragt sie.

Ich bin mir nicht sicher, wie weit ich gehen soll. »Das bedeutet, daß wir mehr brauchen als nur Ehebruch. Seine Karriere als Mediziner und seine Festanstellung müßten auf dem Spiel stehen.« Ich schweige, weil ich Donnies Blick in meinem Nacken spüre. »Er müßte sich bedroht fühlen.«

»Sie sprechen von Erpressung«, sagt sie ohne Umschweife. Ich mag diese Frau.

»Nicht von Erpressung«, sagt Donnie mit gerunzelter Stirn. »Das Wort brauchen wir nicht ins Spiel zu bringen …«

»Sie wollen ihm einen Schrecken einjagen«, sagt sie zu mir. »Stimmt's? Und Sie wollen ihm gegenüber ein Druckmittel haben, das ihn in den Ruin treiben würde.«

»Ja, das wäre nicht schlecht«, pflichte ich ihr bei.

»Ich halte das Wort wirklich nicht für angemessen«, sagt Donnie kopfschüttelnd.

»Tut mir leid, Donald. Welches Wort wäre Ihnen lieber?« fragt sie und sieht ihn dabei an, als habe er das Zimmer gerade erst betreten. »Nötigung? Für mich hört sich das nämlich sehr nach Erpressung an. Wenn wir mal einen Augenblick lang offen sein könnten.«

Donnie wirft mir einen Blick zu, den ich nur zu gut kenne – *keinen Schritt weiter* –, also ziehe ich mich wieder in meine Ecke zurück. Die Fassade vorstädtischer Vornehmheit bröckelt ein bißchen, der gehetzte Gesichtsausdruck von damals kehrt zurück.

Sie greift nach ihrer Handtasche und tastet auf dem Teppich herum, bis sie hochschaut und merkt, daß ich sie beobachte. Ich weiche ihrem Blick aus. Sie ist dreiundvierzig; das weiß ich, weil Donnie mir eine Kopie ihres Führerscheins und einen Ausschnitt aus der *Trib* gegeben hat, über eine Wohltätigkeitsveranstaltung, die sie für den Frauenausschuß des Krankenhauses auf die Beine gestellt hat. Keins der Fotos wird ihr gerecht. Sie ist drei Jahre älter als Donnie, der wiederum sechs Monate und zwei Tage älter ist als ich. Aber ich bin der einzige im Zimmer mit Falten im Gesicht.

»Wo war doch gleich die Toilette?« fragt Elenya und steht ein bißchen zu schnell auf; sie greift nach der Rückenlehne des Stuhls. Zum erstenmal fällt mir auf, daß ihre Finger zittern. »Ich glaube nicht, daß ich heute abend noch weitere Gespräche über dieses Thema ertrage. Vielleicht ein andermal ...«

»Am Ende des Flurs, ein Stockwerk tiefer«, sagt Donnie und nimmt bereits den Telefonhörer in die Hand, um ihr ein Taxi zu rufen. Wahrscheinlich hofft er, doch noch den letzten Teil des Spiels sehen zu können. Tja, das sind nun mal die kleinen Freuden seines Lebens. Doch Elenya macht einen wackeligen Schritt und bleibt stehen. Der Ouzo macht sich wieder bemerkbar. Sie hält sich die Hand vor den Mund. Ich habe Angst, daß sie in Ohnmacht fällt, also bringe ich sie in Donnies Cheftoilette. Allmählich bekomme ich das Gefühl, daß ich nur deswegen hier bin.

Die Kabinen sind aus massivem Walnußholz, besser als alles, was sich in meiner eigenen Wohnung befindet. Und sie sind beide hochglanzpoliert wie wertvolle Erbstücke. Elenya entscheidet sich für Tür Nummer zwei. Obwohl es eng ist, passen wir beide hinein. Es riecht nach Clorox. Wir knien auf dem Kalksteinboden nieder. Die Toilettenschüssel schimmert wie Milchglas.

Solche erniedrigenden Situationen erinnern mich immer an die Beichte: Lieber Gott, bitte glaube mir, ich werd's nie wieder tun. Ihr Körper krampft sich rhythmisch zusammen. Ich wische ihr mit einem Papierhandtuch den Schweiß von der Stirn und trockne ihr die Lippen mit einem Taschentuch ab. Einmal lehnt sie die Stirn gegen meine Handfläche und schaukelt langsam hin und her. Sie wirkt sehr klein. Der Mantel umhüllt sie wie ein Leichentuch. Ihr Körper zuckt heftig zusammen.

Als der Brechreiz nachläßt, lehnt sie sich an die Wand zurück. Ihre Knie sind so rot wie ihre Augen. »Mein Gott«, sagt sie, immer noch nach Luft schnappend, »man wird älter. Man vergißt, wie weh die Kotzerei tut.«

»Möchten Sie ein bißchen Wasser?«

»Bitte«, sagt sie und nickt mit dem Kopf. Ich lasse das Wasser so lange laufen, bis es kalt ist, was gar nicht so leicht ist, weil es sich immer wieder automatisch ausschaltet. Ich muß hin und her springen, begleitet von Bread, Air Supply, Seals and Crofts – den lebenden Toten des Softrock aus den siebziger Jahren. *Diamond Girl / You sure do shine.*

Die Toilette ist größer als meine zu Hause und besser ausgestattet; ich finde Aspirin, Dramamine und Pappbecher. Der Luftabzug über uns brummt vor sich hin. Zum neunten oder zehnten Mal schon an diesem Tag suche ich nach meiner Uhr, die ich am Vorabend verloren habe. »Normalerweise trinke ich nicht«, sagt Elenya mit rauher Stimme. Sie nimmt zwei Aspirin mit einem Schluck Wasser. »Merkt man wahrscheinlich auch.«

»Sie haben einen harten Tag hinter sich.«

»Finden Sie auch, oder?« sagt sie. »Sie haben nicht zufällig ein Pfefferminz oder so was? Wahrscheinlich stinke ich aus dem Mund, und ich habe keine Ahnung, wo meine Handtasche ist.« Die trocknet in einem der Waschbecken. Hoffentlich sind Louis-Vuitton-Handtaschen wasserdicht.

Ich gebe ihr meinen letzten Streifen Juicy Fruit – das größte Opfer, zu dem ich fähig bin. Elenya faltet das Kaugummipapier ordentlich zusammen wie Origami und legt es vorsichtig neben ihren nackten Beinen auf den Boden; diese Geste rührt mich.

»Das sieht mir überhaupt nicht ähnlich«, sagt sie kaugummikauend. »Ich trinke wirklich keinen Alkohol, nicht mal Wein. Hin und wieder mal ein Glas zu besonderen Gelegenheiten. An Geburtstagen zum Beispiel – letztes Jahr ist Stephen mit mir ins Ambria zum Essen gegangen –, das ist es dann auch schon, wirklich ...«

»Ich weiß.«

»Aber heute abend war ich in dieser schrecklichen Sportbar, und Donald hat mir ganz beiläufig von dem Geld erzählt, das meinem Mann angeblich gehört – das ich allerdings nie zu Gesicht bekommen habe. Und das, nachdem er mir die ganzen Bilder von Stephen und Lucy und irgend so einem Teenagerflittchen gezeigt hat. Die machen da Sachen, die ich auch mein Lebtag noch nicht gesehen habe ...«

»Ich weiß, ich weiß.«

»... und da bemerke ich die drei Männer am Nachbartisch – Freunde von Donald, Berater, für die ich vermutlich zahle, Wirtschaftsprüfer, Steueranwälte, die mir eigentlich helfen sollten –, und die stecken sich unter dem Tisch was zu, kichernd wie kleine Schuljungen. Und ich sitze gleich daneben. Die reichen dieses gräßliche Foto rum. Dabei essen sie Cheeseburger und trinken Bier und schauen sich auf ungefähr fünfhundert Monitoren gleichzeitig ein Basketballspiel an. Tja, da wird mir plötzlich klar: Die Scheidung ist noch nicht das Ende. Es wird nie aufhören. Nie.«

»Es ist jetzt vorbei, Elenya.«

Sie schnippt das Kaugummipapier mit dem Finger über

den Kalksteinboden. »Es ist nie vorbei, Harding. Weil ich jetzt eine Anekdote geworden bin, die man sich beim Abendessen erzählt. Und die freundlichen Typen tratschen in den Bars über mich – die blöde Kuh hat sich doch tatsächlich mit nem Haus zufriedengegeben, auf dem noch ne Hypothek ist, und mit nem Porsche mit abgefahrenen Bremsbelägen, während sich ihr Mann mit ner zweiundzwanzigjährigen blonden Schickse auf ner hübschen Insel vergnügt ...«

»Und da haben Sie Ouzo bestellt?«

»Ja, ich hab meinen Kräutertee zurückgehen lassen und Ouzo bestellt. Aber der hat nichts geholfen. Eine halbe Flasche – die hab ich nicht mal gespürt, so benommen war ich. Bis Donald mich hergebracht hat, damit ich seinen blöden Papierkram unterschreibe – da hat's mich erwischt, zack, wie als kleines Mädchen auf der Achterbahn. Plötzlich hab ich sogar die Lakritze geschmeckt. Und den Rest kennen Sie ja.« Ihr Kleid hängt neben einem kleinen Fenster, das ich geöffnet habe. Es tropft auf den Boden wie ein undichter Wasserhahn. »Komisch, wie so was schmecken kann – und wie es einen an etwas erinnert. Warum starren Sie mich so an?« fragt sie.

»Das tue ich nicht«, sage ich, aber sie hat recht, ich starre sie an – den ingwerfarbenen Fleck an ihrer linken Schulter, der mich an meine eigene Kindheit erinnert und an ganz ähnliche blaue Flecken, die meine Mutter oft am Arm hatte. Jahrelang hatte ich angenommen, sie hätte sich bei der Hausarbeit verletzt. *Nimm niemals etwas an*, hatte sie mir später gesagt. *Nimm niemals an, daß du etwas weißt.*

»Tut mir leid, Harding«, sagt Elenya. »Es tut mir wirklich leid, daß ich eine solche Sauerei gemacht habe ...«

»Sie brauchen sich nicht zu entschuldigen. Ich kann das alles verstehen. Mein Gott, die Wirtschaftsprüfer allein würden mich schon zum Kotzen bringen.«

»Sie sind wirklich liebenswürdig«, sagt sie, immer noch mit rauher Stimme. Sie klopft mit der flachen Hand auf den

Boden. »Könnten Sie sich einen Moment hinsetzen? Ich habe eiskalte Füße.«

Ich zögere, denke an Donnie und seine Blackhawk-Tickets. Mittlerweile müssen sie sich im dritten Spielabschnitt befinden; ich glaube, die Red Wings sind in der Stadt. Und außerdem habe ich selbst auch noch ein Privatleben: Im Nachtprogramm des Fernsehens läuft *Destroy All Monsters*! »Wir sollten wieder reingehen ...«

»Noch nicht«, sagt sie. »Bitte.«

Bevor ich das schmale Fenster schließe und die Vorhänge zuziehe – sie hängen an einer Holzstange, die zu den Kabinen paßt –, schaue ich hinaus. Der Himmel ist klar, und es ist sehr kalt; noch immer fällt kein Schnee. Der Ausblick vom neunten Stock ist der beste, den das Schaumburg zu bieten hat: kahle Bäume in weißgetünchten Übertöpfen und gelbe Stolperschwellen. Die hübschen blauen und roten Tupfen in der Ferne gehören nicht zu einem Gemälde von Seurat; es handelt sich lediglich um Bremslichter auf der Autobahn.

Neun Stockwerke unter mir wartet ein ramponierter blauer Pick-up auf jemanden. Er fährt immer wieder um die Schneehaufen vom Vorabend herum, absolviert wie ein Schlittschuhläufer seine Pflicht. Offenbar hat der Truck ein Problem mit dem Öl. Seine Abgase legen sich über den Asphalt wie Kunstnebel bei einem Kiss-Konzert.

Ich schließe das Fenster und den dekorativen Rolladen aus Holz, dann ziehe ich noch die kleinen gerüschten Vorhänge zu. Ich bin vorher noch nie in so einer gemütlichen Toilette gewesen.

Als ich mich auf den Boden setze, lehnt Elenya ihren Kopf gegen meine linke Schulter und schiebt ihre kleinen weißen Zehen unter meine Jeans. Der Kalksteinboden ist kühl und riecht nach Limone. Ich habe keine Ahnung, ob es für sie bequem ist – für mich ist es unbequem –, aber wir bewegen uns beide nicht. Es ist wie ein erstes Rendezvous.

»Wissen Sie, wir waren früher mal befreundet«, sagt sie leise. »Zumindest hab ich das geglaubt.«

»Wer?«

»Lucy und ich. Als sie bei Stephen im Büro angefangen hat zu arbeiten, bevor sie zur Psychologie übergewechselt ist, so vor acht oder neun Jahren. Manchmal haben wir zusammen zu Mittag gegessen, in einem kleinen arabischen Lokal in der 53rd Street. Ich glaube nicht, daß es noch existiert. Sie hat mir immer Glückwunschkarten zum Geburtstag geschickt. Vielleicht hat die Affäre damals begonnen ...«

»So lange geht das schon?«

»Nicht ununterbrochen. Sie müssen irgendwann wieder damit angefangen haben.«

»Das haben Sie doch sicher gewußt ...«

»Ich habe Gerüchte gehört. Hyde Park ist ein kleines Viertel, wissen Sie. In den Krankenhäusern ist es noch schlimmer. Es wird viel geklatscht – zumindest hält man es am Anfang noch für Klatsch. Und man versucht, nicht hinzuhören. Nach einer Weile versucht man dann, auch nicht mehr drüber nachzudenken.« Das Gebäude wird über Nacht geschlossen; in den Räumen gehen langsam die Lichter aus. »Ich muß Sie noch was fragen. Diese andere junge Frau gestern nacht. Nicht Lucy, sondern die jüngere ...«

»Ja?«

»Hat sie geschrien? Auf den Bildern kann man es nicht erkennen. Und auf der Kassette hört man's nicht. Ja, klar, sie brüllt, er brüllt, alle brüllen, aber ich meine, schreit sie vor Schmerzen?«

»Ich glaube nicht«, sage ich vorsichtig. »Nicht so richtig, nein.«

»Wie alt war sie?«

»Keine Ahnung.«

»War sie minderjährig?«

»Ich habe ihre Ausweise nicht überprüft, Elenya.«

»Und woher hatte er sie? Ein Zimmermädchen?«

Ich habe keine rechte Lust, mich über dieses Thema zu unterhalten. »Ich bin mir nicht sicher, woher er sie hatte«, muß ich zugeben. »Das Wetter hat meine Nachforschungen ziemlich erschwert.«

Ich verschweige ihr, daß ich ihren Mann in der vergangenen Nacht nicht nur einmal, sondern zweimal verloren habe. Der Sturm war brutal; hinter mir wurden im gesamten Süden die Straßen gesperrt und die Geschäfte geschlossen. Die I-65 wurde gegen sechs wieder freigegeben. Ich schlief in meinen Kleidern, in Decken gewickelt, und ein Coleman-Heizgerät erfüllte meinen Schlaf mit Kerosinträumen. Ein Dieselkonvoi, der auf die Autobahn fuhr, weckte mich. Durch die Erschütterung ratterten die Metallrippen auf dem Boden des Trucks, und ich wurde in eine Schneewehe gedrückt. Zumindest schien die Sonne, auch wenn sie mich blendete. Der Parkplatz war leer, der Buick verschwunden – und das Mädchen auch.

»Sie ist noch so jung«, sagt Elenya sanft.

»Ja.«

»Sie könnte eine Studentin von ihm sein ...«

»Das glaube ich nicht.«

»Aber Sie wissen's nicht. Können Ihnen die Motelangestellten nichts sagen? Haben Sie mit ihnen gesprochen?«

»Es war niemand da, den ich hätte fragen können.«

Sie nickt gähnend; auch ich gähne, das ist ansteckend. Ihre Lider werden schwer. Sie wird nur noch durch ihre Neugierde und die Last des Tages wach gehalten.

»Wir kennen nicht einmal ihren Namen«, sagt sie.

Zum erstenmal fällt mir auf, wie sie manchmal ihre Hände hält: Sie nimmt ihre Finger und reibt an der Haut, als wolle sie sie glätten. Einige Gelenke sind rot, vielleicht geschwollen. Sie hat so viele blaue Flecken an Armen und Beinen, daß einem das leicht entgehen könnte.

»Elenya, sind Sie sicher, daß Sie das alles herausfinden wollen?«

»Ja. Natürlich.« Sie wirkt überrascht. »Warum? Sie etwa nicht?«

»Wahrscheinlich nicht.«

»Das glaube ich Ihnen nicht«, sagt sie und unterdrückt ein weiteres Gähnen. Ihr Kopf sinkt gegen meinen Arm.

»Ich bin mir nur nicht so sicher, ob das etwas hilft. Aber vielleicht habe ich mich schon vor zu vielen Motelzimmern herumgetrieben.«

»Sind Sie verheiratet?« fragt sie.

»Nein.«

»Jemals gewesen?«

»Nein.«

»Aha«, sagt sie nickend und drückt sich zusammengerollt an mich. »Die Weisheit des Amateurs.«

Den letzten Satz flüstert sie nur noch. Sie macht die Augen zu. Endlich ist der lange Tag zu Ende. Lippenstift und Make-up – und Ehemann – sind verschwunden. Ihr ist übel, sie ist verschwitzt, grün und blau geschlagen, und sie trägt einen geborgten Regenmantel. Das ist aber nicht so wichtig. Sie sieht wunderbar aus, riecht wunderbar. Ihr Mann ist verrückt, denke ich. Ich denke außerdem, wie wenig Raum sie im Bett wohl einnehmen würde.

Als ich sie vorsichtig beiseite schiebe, weil ich mich anders hinsetzen möchte, rutscht ihr Arm herunter. Ein zerknülltes Papier fällt aus ihrer Hand. Sie drückt sich noch näher an mich. Bei dem Papier handelt es sich um einen der Abzüge, die meine Freundin Alison heute morgen für mich gemacht hat – ein Gruppenbild: Stephen, Lucy, das Mädchen. Einer der ganz deutlichen, eine Doppelpenetration. Die junge Frau ist mit Edelstahlketten ans Bett gefesselt.

Das Foto ist zu einem kleinen Ball zusammengeknüllt und voller Fingerabdrücke. Ich bin erstaunt, wie klein es ist, als ich es auseinanderfalte. In der Mitte stoße ich auf etwas Hartes. Ein Ehering.

Wie lange hat sie ihn schon in der Faust zusammengedrückt?

ZWEI

Ich habe Probleme mit dem Schlafen. Vielleicht liegt es an meinem schlechten Gewissen. *Hat sie geschrien?* Ich wache früh auf, rufe meine Freundin Alison an. Sie ist nicht sonderlich scharf darauf, den Freitagnachmittag auf dem Indiana Tollway zu verbringen. Aber sie erklärt sich bereit, ein paar Telefongespräche für mich zu erledigen und sich ein bißchen an der Uni umzuhören, und kurz darauf sagt sie mir, ich soll sie mittags abholen. Sie hat um neun Tai Chi, um zehn einen Bewegungskurs und um elf ein Atmungsseminar. Außerdem hat sie jede Menge Arbeit – bei Hyde Park Photo Supplies herrscht Hochbetrieb. Jeder Idiot mit einer Spiegelreflexkamera kommt mit Urlaubsbildern.

In meiner Küche ist es an diesem Morgen kalt. Ich bringe ein bißchen Wasser in einer Pfanne zum Kochen und spüle das grüne Zeug aus, das sich in meiner Cubs-Tasse festgesetzt hat. Der lösliche Kaffee stammt aus einem Laden, der schon seit einem Jahrzehnt aus dem Viertel verschwunden ist. Das Pulver sprüht nicht gerade vor Leben.

Zucker würde helfen, Milchpulver ebenfalls. Ich habe weder das eine noch das andere, vergeude aber gute fünf Minuten mit Suchen. Ich finde Dosen mit Würzschinken und Dinty Moore Stew. Ohne Verfallsdatum; die halten vierzig, fünfzig Jahre. Eine Tüte Mehl kommt dem Milchpulver noch am nächsten. Eine weiße Motte flattert heraus wie ein bleicher Phönix. Das Mehl sieht wirklich aus wie Milchpulver. Ich rühre einen Löffel davon in meinen Kaffee.

Das tue ich nur, um mich nicht mit dem Foto beschäftigen zu müssen, das vor mir auf dem Küchentisch liegt, das Bild, das Elenya Rosenberg am Vorabend wie einen Rosenkranz in der Faust gehalten hat. Ich habe über Nacht Jansons *Geschichte der Kunst* darauf gelegt, doch es ist immer noch genauso verknittert wie am Abend zuvor.

Ich gehe mit dem Foto und dem Kaffee ins Wohnzimmer und ziehe die Jalousien hoch. Es ist heute morgen sehr sonnig, grell wie in der Arktis. Die digitale Anzeige an der Bank auf der anderen Straßenseite ist bei minus siebzehn Grad eingefroren. Zu kalt für Schnee. Auf dem Broadway ist nicht viel Verkehr. Dampf steigt aus Gittern, Gullys, Auspuffen und den Mündern der Pendler, die zum 36er Bus rennen. Meine Fenster sind mit Eisblumen gerahmt, innen und außen.

Überall liegen Schallplatten herum. Alison hat mir ein Programm geschenkt, mit dem ich meine LPs auf dem Mac katalogisieren kann, den ich zusammen mit einer Speischale und kilometerweise Zahnseide von meinem Vormieter geerbt habe, einem mittlerweile verstorbenen Zahnarzt. Doch dieses Projekt wird sowohl mich als auch den Mac überleben. Patti Smith' »Wave« ist jetzt schon so lange im Tapedeck, daß die Hülle irgendwo zwischen den Sofakissen verschwunden ist. Das Lied spielt, während ich dusche, mich rasiere und mehr oder weniger dieselben Klamotten wie gestern anziehe. Das ist meine zweite Haut.

Here I go and I don't know why
I spin so ceaselessly

Ich halte das Foto ins Licht. Es ist alles andere als schön anzuschauen. Lucy sieht aus, als hätte sie Drogen genommen; Stephen wirkt irgendwie manisch. Aber schließlich hat er viele Verpflichtungen – eine Frau zu Hause; zwei Frauen bei ihm im Motelzimmer; noch eine andere Frau ... ihr Name lautet diese Woche »Lola« ... am Telefon, eine gebührenfreie Sexnummer. Als ich Donnie diese Szene gestern beschrieben habe, hat er bloß mit den Achseln gezuckt. »Es ist Mittwoch; er ist Arzt, Harding. Heute ist sein freier

Tag. Manche Typen spielen Golf.« Donnie wollte zwei Abzüge von den Bildern, eine Tonbandaufnahme und Lolas Nummer.

Wir waren in Donnies Büro, mein erster Halt nach der langen Fahrt von Indiana. Donnies Sony-Kopfhörer hingen ihm unter dem Kinn wie ein Stethoskop. Die Batterien in meinem Walkman starben eines langsamen Todes, und ich selbst lief auch schon auf Reserve. Jedesmal wenn ich meine Augen zumachte, fing ich an zu träumen.

»Nicht gerade schön«, pflichtete er mir bei. »Aber wir wußten ja schon, daß er ein Schwein ist.«

»Du meinst also, daß das nicht ausreicht.«

»Sadismus und die Tatsache, daß er seine Frau betrügt? Nein, das reicht nicht aus.«

»Und wie wär's, wenn wir ihm irgendeine Drogengeschichte anhängen?«

»Hat er gestern nacht was anderes genommen?«

»Koks. Lucy steht auf Ecstasy, Special K. Aber er hat noch jede Menge andere Pillen in seiner schwarzen Tasche – das meiste davon Aufputschmittel, Psychotonika, Phenobarbiturate. Ich kann nicht immer genau sagen, wann er das Zeug nimmt. Es ist jedesmal was Neues dabei.«

»Und Spritzen.«

»Ja.«

»Hast du gesehen, daß er dem Mädchen was injiziert hat?«

»Nein.«

»Hast du gesehen, daß er das Mädchen geschlagen hat?«

»Mit den Händen? Nein.«

»Was soll das heißen?«

»Es soll heißen, daß er und Lucy ein herzallerliebstes Pärchen sind, die haben alle nötigen Accessoires: Rohrstöcke, Gerten, Ruten. Alles, was das Herz begehrt. Manches davon tut weh, anderes nicht.«

Und manchmal kann ich nicht so genau sagen, ob's weh tut.

»Woher wissen wir, was er in seiner Tasche rumschleppt?« fragt Donnie, neugierig geworden.

»Wir haben nachgesehen.« Alison hat die Wanze im Futter der Tasche angebracht, während Rosenberg seine Runde machte; vielleicht war es das einzige Mal in ihrem Leben, daß sie weiße Kleidung trug. Jedenfalls sah sie höchst professionell aus. Und sie fand nicht nur Pillen, sondern auch Handschellen, Lederriemen, Piercingnadeln und Ringe. Manches davon mußte Alison mir erklären, damit ich es Donnie Wilson erklären konnte, damit der es wiederum Elenyas Anwalt Frost erklären konnte. Wie Rosenberg es allerdings seinen Assistenten erklären würde, wenn die in seine Tasche schauten, war mir ein Rätsel.

»Ist das Mädchen minderjährig? Vielleicht vierzehn? Komm, sag mir, daß die Kleine vierzehn ist.«

»Ich glaube, sie ist volljährig.«

»Tja, dann sitzen wir in der Scheiße«, sagte Donnie. Und du hast nichts mehr mit dem Fall zu tun. Wenn ich gewußt hätte, daß er anfängt, diese Schweinereien auch noch mit einer anderen zu treiben, hätte ich dich nicht angeheuert ...«

»Du meinst mit einer anderen – wie mit diesem Mädchen. Mit einer so jungen Frau. So empfindlich bin ich nicht, Donnie. Okay? Ich halt das schon aus.«

Aber ich weiß, was er denkt: Du bist schon einmal zusammengebrochen, und zwar gründlich. Und schlag dir diese Hemingway-Scheiße von wegen »Was dich nicht umbringt, macht dich stärker« aus dem Kopf. Die Wirklichkeit sieht anders aus: Die alten Wunden brechen in einer brenzligen Situation sofort wieder auf.

»Du bist kein Sozialarbeiter«, sagte er. »Du nimmst dir solche Sachen zu sehr zu Herzen.«

»Ich könnte gar nicht unbeteiligter sein.«

Auf den Fotos, die ich Donnie gezeigt habe – sie sind ganz ähnlich wie das in meiner Wohnung –, ist das Gesicht des Mädchens verschwommen. Aber ihr Körper ist scharf eingestellt. Es ist klar, worauf ich mich konzentrierte.

Mein Anrufbeantworter ist unterm Sofa, und während ich eine Tasse Kaffee trinke, eine Mischung aus Espresso und Dosensauce, höre ich mir die Bitten meiner Gläubiger vom Band an. Manche sind einfallsreicher als andere. Einer erzählt mir, ich hätte einen tollen Florida-Urlaub gewonnen und müßte nur zu einer bestimmten Adresse in der West Side kommen und nach Sal fragen ...

Ich spule vor, bis ich eine vertraute hohe Stimme höre – mein Vermieter Minas, der Besitzer des Athena Gyros unter mir. Ich bin ein bißchen in Verzug mit meiner Miete. Minas klingt nicht gerade glücklich. Seine Nachricht endet damit, daß er ein Hackbeil auf einen Holzblock heruntersausen läßt. Die einzige Chance, die ich bis vor kurzem noch auf ein Frühstück hatte – Eier und griechischen Kaffee zu borgen –, ist damit vermutlich vertan.

Die letzte Nachricht ist besser: ein Dankeschön von den Wilshires – die einzigen anderen Klienten, die ich in letzter Zeit gehabt habe –, weil ich ihre Tochter Carol gefunden habe, die am Mundelein College studierte und mitten im Semester verschwand. Carol wollte ihren Abschluß in Religionswissenschaften machen – in Mundelein bedeutet das, daß sie auf ein Leben als Nonne vorbereitet werden sollte –, und ihre Familie, verdorben durch die ständige Grausamkeit im Fernsehen, nahm natürlich an, sie sei von einem Massenmörder entführt worden. Ziemlich viele Leute kommen aus Angst vor Massenmördern zu mir.

Ich hatte erwartet, Carol zusammen mit einem Gitarrenspieler im Wicker Park zu finden – das passiert erfahrungsgemäß mit Mädchen, die später Nonne werden müssen –, doch ich spürte sie schließlich in einer Clownschule der Ringling Brothers außerhalb des Gebiets von Quad Cities auf. Es war eine ungewöhnliche Erfahrung für mich, jemanden kennenzulernen, der tatsächlich mit dem Zirkus durchgebrannt war. Ich fand Carol im Streichelzoo eines K Mart, wo sie die Kaninchen- und Hühnerställe saubermachte und für eine Gruppe von Geburtstagskindern mit Papierhütchen ein braunes Pony auf dem Platz herumführte. Sie hatte sich das Gesicht angemalt, und offenbar machte ihr die Sache einen Riesenspaß. »Man muß der Stimme des Glücks folgen«, erklärte sie mir. Und Carols Glück lag in Decatur. Auf gewisse Weise war das rätselhafter als eine Entführung durch einen Massenmörder.

Aber der Fall war die Ausnahme. Als ich mit dem Job anfing, war ich mit Donnie Wilson allein. Wir hatten zwei billige Schreibtische aus Metall, keine Klienten und ein halbes Dutzend Ratten in einem Büro an der South Paulina Street. Damals war ich naiverweise noch der Ansicht, daß ich eine liebende Familie wieder zusammenführen, eine Wunde heilen konnte, wenn ich die vermißte Tochter oder Ehefrau von jemandem aufspürte.

Und manchmal passiert das tatsächlich. Dafür sind die Wilshires der beste Beweis. Mädchen – und Jungs – vom Land, die in der Stadt irgendwelchen Unsinn treiben, kehren manchmal zu glücklichen Familien in den Walton Mountains zurück. Aber bald schon kapiert man, daß es oft gute Gründe dafür gibt, warum Mütter einfach verschwinden oder Kinder weglaufen. Es macht nicht immer Spaß, sie wieder zurückzuholen.

Angela Martinez verhalf mir zu dieser Erkenntnis.

Ich verbrachte sechs Monate mit meiner Suche nach Angela. Es war mein eigener Fall – damals hatte ich noch eine Lizenz –, und ich nutzte jeden Kontakt, den ich hatte, um sie zu finden. Es brachte nichts. Sie schlug immer wieder Haken – änderte ihren Namen, ihre Haarfarbe, ihre Freunde. Sie verschwand jedesmal, wenn ich ihr auf die Spur kam. Sie war eine fünfzehnjährige Cheerleaderin aus Springfield, und ich war zu blöd, sie zu erwischen. Wie peinlich.

Ich bekam immer mehr Angst vor den wöchentlichen Berichten, die ich ihrem Vater Eduardo Martinez abliefern mußte. Er hörte sich Woche für Woche geduldig meine Erklärungen am laut gestellten Telefon in seinem Arbeitszimmer an, und währenddessen klimperten die Eiswürfel in seinem Glas. Wenn ich mit meinen Ausführungen zu Ende war, schrieb er mir einen Scheck über meine Spesen aus. Er hatte jede Menge Geld – er handelte mit Autoteilen – und noch mehr Geduld. Hören Sie nicht auf, sagte er jede Woche. Sie finden sie. Seine Stimme war völlig akzent- und ausdruckslos. Angelas Mutter sprach nie mit mir.

Ich habe die junge Frau nicht gefunden. Sie fand mich. Eines Tages tauchte sie vor meiner Tür auf, weil sie das Weglaufen satt hatte – was nur beweist, wie einsam sie sich gefühlt haben muß. Sie hatte nichts, nur die Kleider, die sie am Leib trug, ein paar Dollar Kleingeld und zwei Kupferarmreifen, so breit wie die Riemen, mit denen man an den elektrischen Stuhl geschnallt wird.

Ich verschaffte ihr einen Platz in einer Drogenklinik, was sie offenbar als Menschenfreundlichkeit auffaßte. Sie flehte mich an, ihrem Vater nicht zu sagen, wo sie war. Sie behauptete, in Wahrheit würde er nicht nach ihr suchen, sondern sie jagen, und zwar seit ihrem siebten Lebensjahr. Er jage sie und erwische sie immer wieder.

Und auch diesmal erwischte er sie. Doch diesmal half ich. Ich schrieb zwar keine Berichte mehr und löste die Schecks nicht mehr ein. Aber das reichte nicht. Ich sagte ihr, ich würde sie beschützen. Ich log. Als er uns mitten am Tag nachstellte – wir überquerten gerade die Cottage Grove Avenue in der Nähe der Uni-Tennisplätze –, reagierte ich zu langsam. Wenn er eine Pistole gehabt hätte, wäre sie jetzt tot. Aber er hatte ein Messer. Deshalb ist sie nur entstellt.

Sie holt mich immer noch manchmal aus dem Schlaf, kurz vor dem Wecker. Ich habe noch einen ihrer Armreifen. Ich trage ihn manchmal in meiner Manteltasche mit mir herum, als Erinnerung an die Lektion, die die Sache mit Angela mir erteilt hat. In dieser Welt gibt es eine ganze Menge echter Alpträume, vor denen wir davonrennen müssen.

Alison wartet vor ihrem Laden in der 55th Street auf mich. Sie klettert in meinen 4Runner, stopft ihren schwarzen Matchbeutel unter ihren Sitz und knallt die Tür so fest zu, daß der Staub auf dem Armaturenbrett in die Luft gewirbelt wird. Meine Füße werden gerade ein bißchen warm, also schaltet sie natürlich die Heizung runter. Sie liebt die Kälte.

»Wo ist Felicia heute?« erkundige ich mich nach der Leiterin des Ladens.

»In Barrington.«

»Was macht sie denn da?«

»ne Hochzeitsgesellschaft, die wir letzte Woche aufgenommen haben«, sagt Alison und schiebt ihr langes schwarzes Haar hinter die Ohren. »Die Brautmutter ist der Meinung, daß ihr Teint nicht richtig rauskommt.«

»Der Teint der Braut?«

»Nein, der der Mutter. Sie behauptet, sie sieht teigig aus auf unseren Fotos. Also müssen wir die Bilder alle noch mal machen. Fünfundsiebzig Gäste. Und sie müssen jedes einzelne Wedgwood-Teil wieder einpacken. Ganz zu schweigen von den vielen Toastern.«

Wir fahren zu den Klängen von Slayer Richtung Süden – »Sahne mit Todessehnsucht«, kommentiert Alison das Stück. Sie ist siebenundzwanzig, aber ihr musikalischer Geschmack ist jünger. Sie stützt sich mit ihren schwarzen Knobelbechern vom Armaturenbrett ab. Manchmal vergesse ich, wie groß sie ist. Sie ist im Grufti-Stil gekleidet: enge schwarze Jeans, ein übergroßer Pullover, der bis über ihr Hinterteil reicht, eine schwarze Swatch, schwarze Ohrringe, eine schwarze Handtasche und ein schwarzer Anhänger von mir, der zwischen ihren Brüsten hängt, gleich neben der Tätowierung eines kleinen schwarzen Schmetterlings. Ihre Augen sind hinter einer schwarzen Ray Ban verborgen, die sie drinnen wie draußen trägt – sie neigt zu Migräneanfällen. Ihre Socken sind weiß.

Wir haben uns in der Ambulanz des University Hospital

kennengelernt – ich habe Rückenprobleme –, während ein Assistenzarzt ihr mit zitternden Fingern ein Demerol und ein Cafergot-Zäpfchen ins Hinterteil jagte. Ich war in der nächsten Kabine und kotzte. Liebe auf den ersten Blick.

»Wie war das Atmungsseminar?« frage ich.

»Tantrisch. Ich werde Prinzessin der Gruftis.«

»Wie können Bewegung und Atmung Grufti sein?«

»Du kapierst das nicht, Harding. Wenn ich das mache, ist es Grufti.«

»Und wenn du den Three Stooges zuschaust, ist das auch Grufti?«

»Genau.«

»Und wenn ich ihnen zuschaue?«

»Wenn du ihnen zuschaust, ist das kindisch.«

Ich bin beeindruckt. Was für eine beachtliche Lebensphilosophie.

Sobald wir aus der Stadt raus sind, ist nicht mehr viel Verkehr; der übliche Stau in Merrillville, aber danach kommen wir wunderbar voran. Die I-65 ist frei und trocken – was für eine Erleichterung nach dem Chaos von Mittwoch nacht, als die ganze Gegend hier unter mehr als einem halben Meter Schnee begraben war. Am Mittwoch habe ich einen oder zwei Streuwagen gesehen, einfallsreiche Farmer, die Pflüge an ihre John-Deere-Traktoren montiert hatten, aber sonst kümmerte sich keiner. Wenn kein großes Purdue-Match in West Lafayette ansteht, lassen sich die Leute hier draußen meistens Zeit mit der Beseitigung des Schnees.

Eine Stunde südlich von Chicago verlassen wir die Schnellstraße.

»Na, wie sind die Fotos angekommen, die ich für dich gemacht habe?« fragt Alison.

»Toll.« Wir befinden uns jetzt auf Landstraßen, die sich ohne nennenswerte Steigungen dahinwinden; manche davon sind noch vereist. Der Toyota fängt jedesmal an zu schlittern, wenn ich in einen niedrigeren Gang schalte. Tja, soviel zum Thema Vierradantrieb. Slayer wird von Joy Division abgelöst, ein deutlicher Intensitätsverlust.

»Vergrößerungen von Rosenbergs Genitalien würden doch ein hübsches Motiv für Weihnachtskarten abgeben. Exklusiv von Hyde Park Photo.«

»Du hast immer die genialsten Einfälle, Alison.«

»So was nennt man Marketing. Und davon könntest du offen gestanden ein bißchen mehr vertragen. Vielleicht solltest du in den Gelben Seiten annoncieren.«

»Und unter welcher Rubrik? ›Privatdetektive ohne Lizenz‹?«

»Ich könnte dir eine Sherlock-Holmes-Collage machen. So was zieht immer.«

»Die Werbung sollte stimmen, Alison. Holmes arbeitet nicht mehr für mich. Der hat den Drogentest nicht bestanden. War leider cracksüchtig.«

»Na schön. Aber wer braucht den schon. Stimmt's?« Sie montiert ein anderes Objektiv auf ihre Kamera und nimmt einen vorbeifahrenden Wagen ins Visier wie einen Hirsch mit einer .22er. »Tja, zurück zum Fall. Wie auch immer dieser Fall aussieht – dieser Rosenberg steht also auf kleine Mädchen. Na und?«

»Ich weiß es nicht.«

»Ich meine, wer tut das nicht?«

»Alison ...«

»Wonach suchen wir?«

»Ich bin mir selbst nicht so sicher, Alison. Nach etwas, was mir entgangen ist.«

»Tja, das könnte den ganzen Tag dauern, Harding«, sagt sie und sucht in meiner Manteltasche nach Kaugummi. Ihr Gesicht ist ganz dicht an meinem. Sie riecht gut. Sie riecht nach Alison. »So wie ich dich kenne, könnte das Monate, vielleicht sogar Jahre dauern. Lichtjahre. Du weißt schon, diese Schlangenlinie, die die Unendlichkeit symbolisiert ...«

Die Hoosier BudgetCourts liegen näher bei der State

Route 2 als bei der Bundesautobahn, was möglicherweise die Belegung beeinflußt. Ein 76 Truck Stop ist nicht weit weg und dient als Restaurant. Ansonsten nur flaches Farmland, typisch für den Mittleren Westen. Die nächsten Orte heißen Lowell, Hebron und – das ist mein Lieblingsname – Dinwiddie, Indiana.

Wir lassen den 4Runner dort stehen, wo ich ihn am Mittwoch abgestellt hatte, hinter einer mit Brettern vernagelten Dairy Queen, und ich überquere den Motelparkplatz, der so rutschig ist, daß man ihn als Schlittschuhbahn nutzen könnte. Hier hat sich niemand die Mühe gemacht, Salz zu streuen. Die Fußstapfen von mir und Rosenberg sind nach zwei Tagen immer noch in den Schnee eingegraben. Jetzt haben sich andere Reifenspuren dazugesellt, aber die von Rosenbergs Buick sind noch deutlich zu erkennen. Sie führen zur Zufahrtsstraße und dann zur I-65.

»Ich habe nicht den Eindruck, daß hier viele Konferenzen abgehalten werden«, sagt Alison. »Ist nur so eine Vermutung.« Sie zieht den Reißverschluß ihrer kurzen schwarzen Fliegerjacke zu, streift dünne Lederhandschuhe über und zeichnet ein Himmel-und-Hölle-Spielfeld in die Eisschicht, die die Fenster des vorderen Büros bedeckt. Alles ist mit knorrigen Kiefernholzpaneelen getäfelt – die Wände, die Türen, die Decken, sogar der Zigarettenautomat. Nirgends ein Angestellter zu sehen. Die Tür ist verschlossen. Schnee weht auf unter dem Glasschild mit der Information »Zimmer frei«.

Alison klopft den Schnee von ihren Stiefeln. »Das ist wirklich aufregend. Ich bin ausgesprochen froh, daß du mich hier rausgeschleppt hast. Soll ich ein Foto von dir machen, wie du mit mürrischem Gesicht versuchst, die Tür aufzumachen?«

»Probier's zuerst noch mal mit der Klingel.« Wir hören das kurze Läuten. Ich hatte gehofft, einen Blick ins Gästebuch werfen zu können, mich mit dem Nachtportier zu unterhalten und herauszufinden, wann Rosenberg nach

Chicago zurückgefahren ist. Ich weiß, daß er zur morgendlichen Visite wieder auf dem Universitätsgelände war. Aber ich bin so gegen zwei eingeschlafen. Ich weiß nicht, wo er das Mädchen abgesetzt hat.

Im Truck Stop auf dem nächsten Hügel ist auch nicht mehr los als im Motel. Ein halbes Dutzend Autos hat sich einen Parkplatz im Schnee gesucht. Etwas abseits steht ein einzelner Wagen. Er schaut mit der Schnauze zu uns; die Scheinwerfer leuchten noch schwach – bald wieder ein Fall für die Batteriestatistik. Die Schlange der anderen Betroffenen, die sich vor Sears zum Kauf einer neuen Diehard-Batterie versammelt, reicht in letzter Zeit manchmal bis zum Parkplatz.

Alison kratzt Eis aus der Ecke des Fensters und legt den silbergrauen Draht einer Alarmanlage frei. Sie ist primitiv, aber ich habe keine Lust, mich damit herumzuschlagen.

»Ich will mir zumindest das Zimmer ansehen«, sage ich. »Die Nummer neunzehn. Die Hochzeitssuite.«

»Bist du sicher, daß das Ding überhaupt offen hat, Harding?«

»Am Mittwoch abend war's auch offen.«

»Vielleicht hat der Sturm sie gezwungen, die Straße zu verlassen«, sagt sie und begleitet mich. Wir folgen einem Pfad, den der Wind freigefegt hat, und versuchen, den glatten Stellen auszuweichen. Der jahrelange Tanz- und Tai-Chi-Unterricht hat Alisons Bewegungen anmutig und geschmeidig gemacht. »Genau das ist mir nämlich am Mittwochabend auch passiert, als ich von der Galerieeröffnung in Milwaukee nach Hause wollte: Sie haben die I-94 zugemacht, und da habe ich zusammen mit Adventisten vom Siebenten Tag und Christian Scientists zwei Stunden im Stuckey's verbracht – soll ich dir Infomaterial von denen geben?«

»Nein danke, ich bin sündenfrei.«

Wir gehen zur anderen Seite des Gebäudes. Der Parkplatz ist leer; im Schnee sind, abgesehen von den Abdrücken einiger Hundepfoten, keine Spuren. Jenseits des Parkplatzes befindet sich das, was vom Spielplatz der BudgetCourts noch übrig ist. Die rostige Schaukel, hinter der ich mich Mittwochnacht verborgen hatte, ist jetzt im grellen Licht schon aus der Ferne zu sehen. Die Sitze fehlen, und die Ketten schwingen heftig im Wind.

»Erinnerst du dich an ›Hellraiser‹?« fragt Alison und holt mit den Ketten nach mir aus. Sie langweilt sich allmählich. Sie hat ein Stativ und eine ihrer besseren Nikons in ihrer Segeltuchtasche, aber abgesehen von arktischer Landschaft gibt's hier nicht viel zu fotografieren.

Mittwoch abend war hier noch weniger los – die Tankstelle auf dem nächsten Hügel hatte sogar zugemacht. Ich war spät losgekommen und fast blind durch den dichten Schnee gefahren, bis ich Rosenbergs Spur mit Hilfe einer Wanze an seiner hinteren Stoßstange aufgenommen hatte. Es war sehr dunkel da draußen. Ein Dutzend gelber Augenpaare beobachtete mich von der Hügelkette aus – die Standlichter von riesigen Lastern, die so etwas wie eine Wagenburg gegen den Sturm gebildet hatten. Das Motel sah aus wie eine Eisscholle, die sich durch die Maisfelder herangeschoben hatte.

In den letzten Wochen hat Rosenberg mich durch den ganzen Staat gescheucht – im Süden bis nach Crawfordsville; im Osten bis nach South Bend und Fort Wayne –, aber ein so abgeschiedenes Plätzchen hat er sich bis jetzt noch nie ausgesucht. Und auch noch kein so verkommenes. Ich habe mir in der Nacht zwei Paar Schuhe ruiniert, und jetzt verstehe ich auch, warum: Offenbar läuft die Sickergrube des Motels über. Die Gülle dringt von unten durch das Eis, warm und faserig wie Seetang. Der Boden sieht aus wie eine Tüte mit Lakritzeis.

Mittwoch nacht hatte ich den oberen Teil der Rutsche als Krähennest benutzt. Von dort aus sah das Fenster von Zimmer neunzehn aus wie die Leinwand eines Porno-Drive-In. Um zwischen den Vorhängen hindurchsehen zu können, mußte ich meine Stiefel im Griff der Rutsche einhaken und mich vorbeugen wie ein Windsurfer. Als ich das zum erstenmal machte, glitt mir die Uhr vom Handgelenk in den blubbernden Matsch und verschwand spurlos. Lucy Williams saß auf dem Bett und schaute sich Fred Astaire und Ginger Rogers auf einem kleinen Schwarzweißfernseher an. Wahrscheinlich *Flying Down to Rio*. Ihr Gesicht wirkte erschöpft; Quaaludes und Ecstasy hatten ihre Spuren hinterlassen. Sie hatte eine Doppelschicht im Krankenhaus hinter sich und eine dreifache hier. Das Bett hing unter ihrem Körper durch.

Ich beobachtete, wie sie sich auszog, den schwarzen Büstenhalter aufmachte und mir das Profil zuwandte, ganz langsam – die Erinnerung daran kroch allmählich in meine täglichen Gedanken. Ihre korrigierten Brüste formten sich zu zwei perfekten Rundungen, wenn sie sich streckte, die Arme über dem Kopf, und in einem schläfrigen Tanz vor und zurück schaukelte, ganz anders als Ginger.

Elenya hatte gesagt, ihrer Meinung nach sei die Affäre, die schon vor Jahren begonnen hatte, erst vor kurzem wieder aufgeflammt – das erklärte vielleicht das merkwürdige Wesen ihrer Beziehung: eher vorhersehbar als leidenschaftlich. Man merkte, daß die beiden sich gut kannten. Schwieriger war es da schon, festzustellen, ob sie einander auch mochten. Besonders Rosenberg – denn er behandelte Lucy übel. Donnie meinte, das wären bloß die Drogen, Rosenberg sei wenig mehr als ihr Dealer. Ich war mir da nicht so sicher.

»Machst du Witze?« sagte Donnie. »Meinst du denn, sie mag die Sachen, die er mit ihr anstellt?«

»Ich glaube, sie mag *ihn*«, antwortete ich. »Und ich möchte nicht behaupten, daß ich den Rest verstehe.«

Natürlich waren eine ganze Menge Drogen im Spiel – Lucy rauchte gerade etwas, vielleicht weißes Heroin. Das neue Zeug ist so rein, daß man das machen kann. Sie bemühte sich, mit dem angenehmen Gefühl Schritt zu halten, das sich in ihrem Körper ausbreitete. Rosenberg war unterdessen am Telefon – er brüllte seine Sekretärin an, eine Schwester, jedenfalls irgend jemanden namens Elizabeth. Der Mann hatte einfach zuviel Energie. Seine Stimme wurde unregelmäßig von seiner Arzttasche zu einem kleinen Verstärker in meinem Truck und von dort aus in meine kabellosen Kopfhörer übertragen. Während er sprach, ringelte sich die Telefonschnur um seinen steifen Schwanz. Und das Mädchen? Die überraschende Dritte in diesem Gespann?

Die junge Frau mußte hinter den Vorhängen verborgen gewesen sein. Als sie auftauchte, war sie wie für eine Turnstunde gekleidet: Schweißbänder an beiden Handgelenken und dazu passende Basketballshorts aus Seide, die sie über ihr Hinterteil heruntergezogen hatte. Darunter trug sie ein Ledergeschirr und einen knallengen Tanga; Silberketten verbanden ihre Brustwarzenklemmen. Ihre Nike-Turnschuhe verliehen ihr Halt, als Rosenberg begann, mit beiden Händen und etwas deutlich Härterem gegen ihre Hüften zu drücken.

Sie kreischte und schrie, aber diese Schreie ließen sich schwer interpretieren. Sie wurde nicht mit Gewalt festgehalten, das konnte ich sehen. Was nicht viel bedeutete. Die kabellosen Kopfhörer, die ich verwendete, waren nicht für so etwas geschaffen. Sie deuteten Fred Astaires Steptanzgeräusche als Schlagzeugwirbel und verstärkten sie über die Befehle hinweg, die Rosenberg bellte, als er sich in Richtung Bett bewegte, sich über Lucys Unterleib beugte und sie zwang, ihren Mund aufzumachen. Ihre Lippen waren blutrot. Der Plastikdildo, den Lucy unter ihrem Krinolinenunterrock trug, war mit einem öligen gelben Gleitmittel bedeckt, genau wie die korkenzieherförmige Sonde in ihrer rechten Hand. Ihr Ledergeschirr war mit einem doppelten Knoten befestigt, die Beine waren ans Bett gefesselt, und leuchtendsilberne Ketten führten zu den Haken auf einer roten Gummiplane. All das kannte ich schon.

Neu war nur das Mädchen.

Sie war erstklassig. Fand ich jedenfalls. Rosenberg schien mir zuzustimmen. Er war voll in Fahrt, ein bißchen manisch, weil er vorher noch eine Prise Koks geschnupft hatte. Eigentlich drosselt Koks den Tatendrang, aber bei Rosenberg war es das Gegenteil. Jetzt sah ich, daß die junge Frau ihre Kleidung auf den Boden geworfen hatte. Ein langer roter Mantel lag da wie am Fuße eines Weihnachtsbaums. Sie war nicht an den Handgelenken gefesselt, aber die Knöchel traten weiß hervor, weil sie winzige weiße Söckchen mit roten Herzchen umklammerte. Sie spreizte die Beine noch weiter, beugte sich vor, verlagerte das Gewicht. Abgesehen von ihren Schreien hörte ich nichts. Niemand nannte ihren Namen. Die Klemmen an ihren Brustwarzen hatten die Form von Kleeblättern. Gelbe Flecken sprenkelten ihr Hinterteil wie verblühte Narzissen.

Ich glaube, die Söckchen erinnerten mich an Angela. Abgesehen davon sahen die beiden Mädchen einander nicht sonderlich ähnlich. Aber die Söckchen brachen mir das Herz. Fast hätte ich mein Krähennest verlassen und Rosenberg durch das Glas über den schwarzen Schnee gezerrt.

Doch damit hätte die Beschattung ein Ende gehabt. Donnie würde das nicht fröhlich stimmen. Und Rosenberg hätte sein Geld in einem noch entfernteren Land in Sicherheit gebracht. Wem würde ein örtlicher Sheriff wohl glauben – einem Privatdetektiv ohne Lizenz und mit krimineller Vergangenheit oder einem angesehenen Chirurgen? Ich habe schon mehrfach mit den Ordnungshütern auf dem Land Bekanntschaft gemacht, und keine dieser Erfahrungen war besonders angenehm. Also trank ich die Flasche leer, die ich noch im Truck hatte, und kehrte mit einer Handvoll Pillen – rote, blaue, grüne und ein paar wie Wachteleier gesprenkelte – zu meiner Rutsche zurück. Ich beschränkte mich auf die Grundfarben und schluckte drei von den Dingern.

Mittlerweile schneite es so stark, daß ich nur Teile dessen mitbekam, was sich drinnen abspielte – hier ein Arm, dort ein Knie oder ein ausgestrecktes Bein. Ein verblüfftes und verängstigtes Gesicht. Ein pornographisches Schneereich. Plötzlich dröhnte Jethro Tull so laut, daß ich die Kopfhörer abnehmen und den Rest ohne Ton verfolgen mußte. Die braunen Augen der jungen Frau sahen mich an, der Kopf hing nach unten, der Mund war weit geöffnet. Mein Gesicht wurde immer heißer. Ich hatte zwei Rollen Film. Wir kamen gleichzeitig zum Ende.

»Rosenberg ist mal mein Tutor gewesen«, sagt Alison und öffnet Zimmer neunzehn mit ihrer Discover Card. Das Holz des Rahmens ist brüchig und ausgefranst wie das Balsaholz eines Modellflugzeugs. »Im dritten Jahr; da hab ich meinen Abschluß in Biochemie gemacht und noch mit dem Gedanken gespielt, ein Medizinstudium anzuschließen. Damals fand ich ihn ganz okay. Hat jedenfalls nicht die ganze Zeit auf meinen Busen gestarrt. Hat sich auch nicht nackt vor mich hingestellt oder ist über den Schreibtisch auf mich draufgesprungen.«

»Tja, dann kannst du ja zufrieden sein«, sage ich. Die Türangeln ächzen in der Kälte. Alison nimmt ihre dunkle Ray Ban ab und setzt ihre Nickelbrille auf. Ich sehe ihre grünen Augen heute zum erstenmal. Sie steckt ihre Discover Card ordentlich an den richtigen Platz in ihrer Brieftasche zurück.

»Ich kann's gar nicht glauben, daß du immer noch keine Kreditkarte hast«, sagt sie.

»Ich hab mehrere gehabt. Aber ein netter Mann von der Bank hat sie eingezogen. Paß auf, wohin du trittst, ja?«

Der Raum liegt pechschwarz vor uns.

Ich taste nach dem Lichtschalter, aber nichts passiert. Die Tapete ist so schmierig, daß meine Finger vom Schalter abgleiten. Ich kann die Hand nicht vor Augen sehen.

Alison sagt, ich soll warten – sie kniet auf dem Eis nieder und sucht in ihrer Tasche nach einer Taschenlampe. Das Logo ihres Ladens – eine schwarze Gestalt mit einer altmodischen Kamera und einem Stativ – ist überall aufgedruckt:

auf den Innentaschen, den Kameras, auf der Rückseite der entwickelten Bilder. Sie sagt, die Gestalt sei Julia Cameron, aber für mich sieht sie aus wie Alison. Und trug Mrs. Cameron jemals schwarze Jeans?

»Der saugt hauptsächlich Fett ab, stimmt's?« sagt sie.

»Ich hab eine von seinen Werbebroschüren im Truck – ›Klassische rhinoplastische Chirurgie/Obagi Gesichtsverjüngung‹.«

»Also korrigiert er Nasen.«

»Und zwar im großen Stil. Du solltest mal seine Steuererklärungen sehen.« Etwas driftet auf uns zu, ein Geruch, der mir aus der Kindheit vertraut ist: Welpen, noch nicht stubenrein, süßlich.

»Hast du seine Frau schon kennengelernt?« fragt Alison.

»Mmm.«

»Und – wie war sie?«

»Scheint ganz in Ordnung zu sein«, sage ich.

»Schlau, daß er sich spezialisiert hat«, sagt Alison, erhebt sich und klopft den Schnee von ihrer Jeans. Ein Belichtungsmesser hängt um ihren Hals. »Früher hat man mit Titten das größte Geschäft gemacht, aber dieses Silikon ist gefährlich, Harding. An einer Nasenoperation ist allerdings noch niemand gestorben.«

Dann dreht der Wind und saugt die abgestandene Luft aus Zimmer neunzehn heraus wie in ein Vakuum. Ich bin jetzt sehr froh, daß ich das Frühstück ausgelassen habe. Denn fast kommt mir der Morgenkaffee hoch. Alison wendet sich kurz ab und blinzelt in das grelle Licht.

Die Hitze und der Gestank schlagen uns in Wellen entgegen.

»Das«, sagt Alison und drückt sich schnell an mir vorbei, »ist der Grund, warum ich keine Kinder will.«

Ich höre Stimmen. Vielleicht hätten wir klopfen sollen, aber Alison ist schon im Zimmer. Falscher Alarm – die Stimmen kommen aus einem Radiowecker, und auch hinter der geschlossenen Badezimmertür versteckt sich niemand.

Natürlich hat Alison die Tür mittlerweile eingetreten, und zwar mit solcher Wucht, daß ein Holzsplitter haarscharf an meinem Ohr vorbeifliegt.

»Man kann gar nicht vorsichtig genug sein«, sagt sie achselzuckend. Sie ist in Chicago geboren; dort rechnet man immer mit dem Schlimmsten. Aber wahrscheinlich, so denke ich, tritt sie nur gern Sachen ein.

Ich mache die Schränke auf und sehe hinein. Alles leer. In Zimmer neunzehn herrscht Chaos, aber es ist niemand da. Was auch immer hier passiert ist – wir haben's verpaßt. Sieht aus wie ein Tatort ohne Leiche.

Wir ziehen unsere Mäntel aus, machen die Vorhänge zu und öffnen die Fensterflügel, so weit es geht. Der Gestank ist kaum auszuhalten. »Mein Gott«, sagt Alison. »Ein Fest für die Sinne.«

Ich beuge mich zum Fenster hinaus und atme die kalte Luft ein, bis meine Nebenhöhlen schmerzen. Der Himmel ist wolkenlos. Von hier aus wirkt die Schaukel im Sonnenlicht nackt und zerbrechlich. Vermutlich waren sie hier drin aber zu beschäftigt, um mich zu bemerken. Und von dieser Seite des Objektivs sieht ohnehin alles anders aus. Jetzt entdecke ich Fußspuren zum Müllcontainer, die mir vorher nicht aufgefallen waren. Wahrscheinlich vom Wartungspersonal oder den Müllmännern.

Meine neuen Stiefel – das dritte Paar in ebenso vielen Tagen – quatschen bei jedem Schritt wie Gummipeitschen. Sie sind wasserdicht, aber nicht einmal Gore-Tex kann einen vor so was schützen. Der Teppich ist so dunkel, daß man die Flecken nicht sieht, aber die Unterschicht ist wahrscheinlich völlig durchtränkt. Beißender Ammoniakgestank steigt um das Bett herum auf. Der Teppich ist dort so naß, daß man Reis drauf anbauen könnte.

»Na, wie wär's mit Mittagessen?« sagt Alison kaugummikauend und beginnt, systematisch das Zimmer zu fotografieren.

Die Heizung läuft seit zwei Tagen auf Hochtouren. Die

Hitze hat zwar die Teppiche nicht getrocknet, aber das Blut und die Scheiße und die anderen Körperflüssigkeiten auf dem Bett zu einer Reliefkarte verkrusten lassen – wie die Gipslandschaften, die man in der Schule zu burgunderfarbenen Seen, karamelfarbenen Bergen und gelben Flüssen formt. Alte Kissen ohne Bezüge liegen auf dem Boden. Die Wand über dem Bett und das weiße Vinylkopfteil sind mit drei dicken horizontalen Linien in drei leicht voneinander differierenden Brauntönen beschmiert – wie eine skatologische Version eines Rothko-Gemäldes.

Einen Augenblick lang frage ich mich, ob ich mich im richtigen Zimmer befinde. Nichts paßt zu dem, was ich Mittwoch nacht gesehen habe. Und Rosenbergs Performances folgen immer so genau dem gleichen Skript, daß jede Improvisation überraschend wäre. Normalerweise schlafe ich, wenn er zum zweitenmal kommt. Das Mädchen hat einfach die mathematische Wahrscheinlichkeit erhöht. So dachte ich wenigstens.

»Darf ich konstruktive Kritik üben?« fragt Alison. »Deine Fotos – wie soll ich es ausdrücken – bringen die Struktur dieser Bettlandschaft einfach nicht rüber.«

»Was du nicht sagst.«

Ich durchsuche das ganze Zimmer. Die Frisierkommode ist aus billigem Kiefernholz und mit schwarzen Brandflecken übersät. Alle vier Schubladen sind mit welligem Papier ausgelegt und voller brauner Kakerlakeneier. Die Kommode steht an einer Wand mit Reliefputz, der aussieht wie eingetrockneter Zuckerguß. Auch der Schreibtisch ist aus Kiefernholz; er ist das einzige Möbel, das in den Raum paßt. Darauf liegt eine leere Ringmappe aus Lederimitat mit der Aufschrift »Gästeinformationen«. Da das Telefon noch dasselbe ist wie am Mittwoch, gehe ich davon aus, daß es funktioniert. Ich vermeide jede Berührung mit der Schnur. Die Nachttischlampen bestehen aus Bowlingkegeln.

Im hinteren Teil des Schranks, hinter einer ganzen Reihe

von Kleiderbügeln, hängen zwei Flanell-Morgenmäntel, die Taschen voller Mottenkugeln. Der Naphthalin-Geruch ist ungewöhnlich stark. Als ich mit der Hand über das obere Fach taste, entdecke ich eine Bibel und ein Rotary-Verzeichnis, beides dick mit schmierigem Staub bedeckt. Eine große braune Spinne läuft über meine Hand und dann die Wand hinunter wie ein Ranger im Manöver.

Die Abfallkörbe neben Schreibtisch und Bett sind vollgestopft mit *Trib-* und *People*-Magazinen, Bierdosen, Twinkie-Papierchen und Lottoscheinen. Alles sieht aus, als liege es schon Wochen dort. Vielleicht muß eine Mindestzahl von Gästen erreicht sein, bevor hier saubergemacht wird. Der Abfallbehälter im Bad ist interessanter. Er ist zusammen mit einem Kleenex-Spender in die Wand eingelassen, ein Modell, wie man es in einem Kaufhaus oder einem Büro finden würde. Das Schloß hier ist besser als das an der Zimmertür. Ich kremple die Hemdsärmel hoch und wühle mich durch Müll, der sich in geologischen Schichten abgelagert hat – verfilzte Kleenextücher, Rasierklingen, durchweichte Fernsehzeitschriften.

Alison sitzt auf dem Rand der Badewanne und fotografiert mich. Ihre Brille beschlägt immer wieder wegen der Feuchtigkeit. Hier drin ist es wie in einem Terrarium. Moos und limonengrüne Ranken wachsen aus dem Fugenmörtel. Ich nehme Alisons Brille und wische sie an meinem Hemd ab, aber sie beschlägt sofort wieder.

»Beim Bett mußt du mir helfen«, sage ich. »Versuch, kein Blut auf die Haut zu kriegen. Und paß auf das weiße Zeug auf dem braunen Zeug auf – ich glaube, das sind Würmer oder Maden. Ich meine, das weiße Zeug.«

»Und was ist das braune Zeug?«

»Frag lieber nicht.«

»Harding, du verstehst es wirklich, nem Mädchen wie mir zu nem tollen Nachmittag zu verhelfen«, sagt Alison.

Wir schieben die obere Matratze mit den Stiefeln zur Seite, heben den Lattenrost noch, der noch trocken ist, um den Boden darunter abzusuchen. Nichts. Ein Kinderspiel im Vergleich zur Bettwäsche. Schließlich ziehe ich das Laken herunter und zerre einfach alles zum Fenster. Die Hügelformationen bröckeln. An manchen Stellen ist der Stoff feucht und breiig, an anderen trocken wie Kalk. Ich wühle mich mit den bloßen Fingern hindurch – ich habe keine Gummihandschuhe mitgebracht –, in der Hoffnung, wer weiß was zu finden, vielleicht den Studentenausweis des Mädchens. Eine merkwürdige Kombination von Gerüchen steigt von der Bettwäsche auf, je mehr ich darin herumwühle – eine Mischung aus Menschlichem und Chemischem. Mein Mund und meine Kehle werden trocken, meine Augen beginnen zu jucken. Als ich mir schließlich im Bad Hände und Arme wasche, fängt meine Haut an zu brennen.

Ich muß wieder an Mittwoch nacht denken, als ich in meinem Truck schlief, und an letzte Nacht in Donnies Büro. Hier draußen war noch jemand anders. Und dieser Jemand war ziemlich eifrig, während ich schlief.

Alison lehnt sich mit verschränkten Armen gegen den Türrahmen. Die beiden kleinen Ivory-Hotelseifenstücke sind ausgewickelt; ich habe mir die Arme bis zu den Ellbogen eingeseift.

»Hier muß ne ganz schöne Party gestiegen sein«, sagt sie. »Vielleicht haben sie noch Harry Connick jr. von der Hotellounge reingebeten.«

»Hast du was von dem Zeug auf die Haut gekriegt?«

Sie schüttelt den Kopf.

»Bist du sicher?«

»Ja«, sagt sie, zieht ihren Pullover über den Kopf und macht die Schnallen an ihren Stiefeln auf. Ihr T-Shirt ist bedruckt mit einem Totenkopf und dem Logo einer Heavy-Metal-Band. »Harding, wie konnte dir das bloß alles entgehen?«

»Das muß nach zwei passiert sein, Alison. Oder gestern. Ich kann nicht beurteilen, wie lange das Zeug schon hier ist.«

»Um das rauszufinden, würde man Geologen und Anthropologen brauchen, Harding, und Karbontests. Die Typen, die das Grabtuch von Turin analysieren. Was ist um zwei passiert? Sind sie da abgehauen?«

»Nein, da bin ich eingeschlafen.«

»Gute, solide Detektivarbeit«, sagt sie nickend. »Gut zu wissen, daß du dich immer noch aufs Wesentliche konzentrierst.«

»Spar dir deinen Spott, Alison. Die haben drei Monate lang exakt dieselbe Scheiße gemacht. Woher sollte ich wissen, daß diese Woche ein Fellini-Film draus würde?«

»Meinst du, das Mädchen ist ne Studentin von ihm?«

»Keine Ahnung. Sie hat ja keine Schuluniform getragen. Aber irgendwas an diesem Zimmer ... stimmt nicht.«

»Warum?« fragt sie und rubbelt mir die Arme mit einem Handtuch trocken. »Diese Woche hatten sie einen Ehrengast auf ihrer Party. Da haben sie eben beschlossen, die Hütchen und die Kracher vorzukramen.«

»Das ist hartes Fetischzeug, Alison. Ich kenne Leute, die auf solche Sachen stehen. Champagner und Kaviar.«

»Du gibst dich einfach mit den falschen Leuten ab, Harding.«

»Rosenberg und seine Freundin sind Sauberkeitsfanatiker, Alison. Die haben ein ordentliches Einkommen, sind keine Burschenschaftsmitglieder oder Rockstars, weißt du? Die zertrümmern keine Möbel, sondern legen ne Plastikplane aufs Bett. Und hinterher duschen sie sich. Aber in diesem Chaos hier müßtest du dazu aufrecht im Waschbecken stehen.« Ich kann mir kaum vorstellen, daß Rosenberg einen solchen Dreck hinterlassen würde.

»Was solltest du Donnie Wilsons Meinung nach heute hier finden?« fragt Alison, während sie sich Gesicht und Arme mit kaltem Wasser wäscht.

»Ich arbeite nicht für Wilson.«

»Dann machst du das hier also auf eigene Kappe?« Sie lächelt mich kopfschüttelnd an. »Harding, Harding ...«

»Was soll denn das heißen?«

»Du hast doch nicht etwa ein Auge auf Rosenbergs Frau geworfen?« fragt sie.

»Wie kommst du denn auf die Idee?«

»Na ja, du siehst so aus.«

»Alison«, sage ich und nehme ihren Arm. »Sag bloß nicht, du bist eifersüchtig.«

»Ich bin nicht eifersüchtig«, sagt sie. »Ich hab sie schon öfter auf dem Universitätsgelände gesehen. Sie ist ganz hübsch, aber nicht mein Typ.«

Während der Truck warm läuft, hören wir Patti Smith. Das ist meine Belohnung für diesen vergeudeten Nachmittag. Wenn ich achtzehn wäre, hätte ich ein Poster von Patti Smith an der Wand. Aber weil ich vierzig bin, muß ich mich mit dem Bild auf ihrer Kassette zufriedengeben, das ungefähr so groß ist wie eine Briefmarke.

Alison mag Patti Smith auch, aber ihre Belohnung ist eine Migräne, die durch den Gestank in Zimmer neunzehn ausgelöst wurde. Es wird schnell schlimmer. Alison setzt ihre dunkelste Sonnenbrille auf und rutscht tiefer in den Sitz. Ihre Stirn ist heiß.

»Welche Seite des Kopfes?« frage ich. Wir biegen in die Zufahrt ein.

»Die linke«, sagt sie. »Mach dir bitte keine Gedanken darüber.«

Sauer auf mich selbst, weil sie meinetwegen Kopfweh hat, fällt mir nicht einmal der Container auf, der sich ungefähr fünfzig Meter vor uns auf der Straße befindet. Aber Alison sieht ihn. Sie packt mich so aufgeregt am Arm, daß wir fast von der Straße abkommen. Vielleicht liegt's an der Migräne, denn wenn so eine Attacke beginnt, liegt alles wie im grellen Scheinwerferlicht vor ihr. Irgendwie bemerkt sie den schwarzen Plastiksack auf ungefähr einem Dutzend anderer schwarzer Plastiksäcke, den einzigen, auf dem sich seltsamerweise kein Schnee befindet.

»Ich kann eben hellsehen«, sagt sie.

Natürlich liegt der Sack ganz oben. Es hat auf die Pappkartonstücke geregnet, die so etwas wie Stufen zu dem Abfallhügel bilden, und der Regen ist so oft gefroren, daß sie durchbrechen wie Glas. Brunchreste – Orangenschalen, Kaffeesatz und Hühnchenteile – liegen auf dem Weg nach oben verstreut. Und Bierdosen – mehrere Dutzend –, alle zusammengedrückt. Man riecht noch den Alkohol.

»Laß mich das machen«, sagt Alison. Das Profil ihrer Stiefelsohlen würde einem Laster alle Ehre machen. »Schließlich wollen wir nicht, daß du da runterfällst. Du hast schon genug Probleme mit dem Rücken. Und alte Knochen wachsen nicht so schnell wieder zusammen.« Sie ist mit zwei großen Schritten oben und wirft den Sack herunter. Darin befindet sich ein weiterer Sack, und der ist noch interessanter: eine Kissenhülle – aus Zimmer neunzehn? –, die am einen Ende um einen roten Karton Waschpulver geknotet ist.

In der Box sind – vielleicht anstelle der Handtücher, die man früher als Zugabe darin fand – ein Spachtel und eine Dose Fensterkitt, weich wie kalte Sahne, trotz der Minusgrade. Mich faszinieren die Preisetiketten auf allen Sachen. Das Waschpulver von Merrillville Finer Foods, der Fensterkitt von Hyde Park Hardware.

Alison verfolgt mein wachsendes Interesse mit wissendem Blick.

»Hier«, sagt sie und reicht mir ihre Discover Card. »Paß auf, daß du dir keinen Splitter einziehst.«

»Ich bin in fünf Minuten wieder da«, sage ich und hole meine Taschenlampe aus dem Truck. »Ehrenwort. Ich weiß, daß du rasende Kopfschmerzen hast.«

Sie winkt ab und rollt sich auf dem Rücksitz zusammen.

Die Wäscherei ist nicht weit von Zimmer neunzehn entfernt. Die Rostspuren der Belüftungsschächte an der Ziegelwand verraten, wo sie sich befindet. Und ich brauche keine Kreditkarte, um hineinzukommen – weder Gold noch Platin, noch sonst etwas. Das Schloß springt auf, als ich mit vollem Gewicht gegen die Tür drücke. Aber ich bin irritiert. Hier sehe ich keine Fußspuren. Jedenfalls nicht draußen.

Drinnen sieht die Sache anders aus. Der Raum ist nicht groß. Eine Reihe von Spinden, ein riesiger Trockner. Zwei Kenmore-Waschmaschinen, die auf einer fest installierten Wanne stehen. Alles ist von einem schmierigen Schmutzfilm überzogen, auch das Linoleum. Deshalb sehe ich die Fußspuren auf dem Boden sofort. Sie kommen von einer Tür auf der anderen Seite des Raums. Und führen wieder zurück. Aber nicht nach draußen.

Es ist meine Schuld. Ich habe den Servicekorridor vergessen, der an der Rückseite der Zimmer verläuft. Jedes Motel hat einen, und natürlich würde er hierher führen. Das Chaos auf dem Bett muß mich abgelenkt haben. Vielleicht wede ich aber auch nur nachlässig.

Die Metallspinde sind voll mit Waschmittel. Ich frage mich, wer die Wäsche hier macht, wann der Raum zum letztenmal genutzt wurde, welche Art von Gästen hier wohl übernachten würde – und ob jemand mit einer Kombination aus Weichspüler und Waschmittel tatsächlich die Kleidung sauber bekam.

Die Servicetür ist nicht verschlossen. Ich hänge meinen Mantel an einen Haken in der Wäscherei und trete in den Korridor. Es muß irgendwo Licht geben, aber ich kann es nicht finden. Ich schalte die Taschenlampe ein und warte eine Weile, bis sich meine Augen an die Dunkelheit gewöhnt haben. Ich stehe an der Kreuzung zweier schmaler Gänge. Mir wird klar, daß ich mich in der Ecke des Gebäudes befinde. Ich schaue nach links und nach rechts wie ein braver Fußgänger und gehe dann nach links, in Richtung Zimmer neunzehn. Es ist hier so feucht, daß man problemlos Fingerabdrücke nehmen könnte. Das Gebäude müßte dringend trockengelegt werden. Alle drei bis fünf Meter komme ich an in die Wand geritzten Zimmernummern vorbei; das Ganze sieht aus wie eine dichtgemachte U-Bahn-Station.

Bei Nummer neunzehn entdecke ich Holzpfropfen und Angeln in der Wand, die Umrisse einer kleinen Tür. Als ich dagegen drücke, fällt ein schmaler Lichtstrahl in den Korridor. Und als ich fester drücke, geht die Tür ins Zimmer hinein auf. Die Morgenmäntel aus Flanell fallen auf den Boden. Ohne den Schutz der Morgenmäntel – und der Mottenkugeln in ihren Taschen – schlägt mir wieder der gräßliche Gestank aus Zimmer neunzehn entgegen.

Ich folge den Fußspuren im Gang. An der Außenwand ist eine Güllepumpe angebracht, die durch ein Kupferrohr mit dem feuchten Boden verbunden ist. Die Leitung ist unterbrochen, die schwarze Schnur rollt sich im Schlamm zusammen wie eine Schlange; als ich den Stecker an meiner Jeans abwische und einstecke, fängt das Gerät wieder an zu pumpen. Wasser rauscht an meinem Gesicht vorbei nach oben. Hier war kürzlich noch etwas anderes angeschlossen. Am unteren Ende der Pumpe liegen kurze Drahtstücke – blaue, grüne, gelbe –, Kupferschrauben und Plastikverbindungen.

Die Fußspuren – sie überschneiden sich in dieser Enge zu sehr, als daß ich viel daraus lesen könnte – führen noch ungefähr dreieinhalb Meter weiter. Dann hören sie auf, unmittelbar vor dem Ende des Ganges, an einer Stelle, an der die Wand aussieht, als hätte jemand daran herumgewerkelt. Ich schiebe mich vorwärts. Wahrscheinlich bilde ich mir das nur ein, aber ich habe das Gefühl, als würde der Korridor immer enger, als gebe es darin immer weniger Sauerstoff. Und je weiter ich mich vorarbeite, desto feuchter wird es. Vielleicht bin ich am Grundwasserspiegel angelangt.

Hier hat sich allerdings jemand zu schaffen gemacht. Auf dem Boden verläuft ein ganzes Geflecht von Fußspuren. Die Wand ist erst kürzlich ausgebessert worden, ziemlich schnell und schlampig. Da sie nicht durch Draht gestützt wird, gibt sie bereits wieder nach. Als ich mit einem Arm dagegenschlage, bröckelt ein Stück von der Größe eines Basketballs heraus. Ich kremple den Hemdsärmel hoch und stecke die Hand durch Spinnweben und Gipsreste hinein. Ich stoße auf etwas Hartes, doch dieses Etwas bewegt sich.

Fast hätte ich den Arm vor Schreck sofort wieder herausgezogen, doch ich lasse nicht los, hole meine Trophäe heraus. Sie hat eine merkwürdige Form und scharfe Kanten. Ich leuchte mit der Taschenlampe in das Loch. Ich kann sonst nichts mehr entdecken, aber die Wände wirken lebendig, sie rascheln und knacken – Feldmäuse, rede ich mir ein. Nichts wie weg.

Was für eine Erleichterung, wieder zur Wäscherei und dann ins helle Sonnenlicht zurückzukehren. Ich suche noch einmal kurz nach meiner Uhr, stochere mit einem Zweig im Dreck unter der Schaukel herum. Es war meine Abschlußuhr von der Uni mit meinem Abschlußjahrgang auf der Rückseite, was bedeutet, daß es sich um eine billige Timex mit einer Gravur für vierzig Dollar handelt. Je mehr ich in dem schwarzen Matsch herumstochere, desto stärker wird mein Gefühl, daß ich ohne die Uhr leben kann.

Die Uhr im Armaturenbrett meines Truck sagt mir, daß es fast vier ist. Alison sitzt auf dem Rücksitz und reibt sich das schmerzverzerrte Gesicht. Ich muß sie so schnell wie möglich heimbringen. Ich hätte sie nicht mitnehmen sollen, aber ich bin gern in ihrer Gesellschaft. Und um die Wahrheit zu sagen: Je mehr sie sich für meine Jobs interessiert, desto mehr sehe ich die Sache – und mich – mit ihren Augen. Diese Sicht ist doch viel schöner.

Auf der Hügelkette steht immer noch der Wagen, die Scheinwerfer an, wie ein geduldiges Raubtier.

»Gib mir mal deine Fototasche«, sage ich. »Oder besser gesagt das Tele. Hast du schon was gegen die Schmerzen eingenommen?«

Sie schüttelt den Kopf. Ich greife ins Handschuhfach, wo sich eine Schmugglerbibel für den anspruchsvollen Touristen befindet: ein ausgehöhlter Touristenführer von *Fodor's* für den Mittleren Westen mit Percodan, Fiorinal, Tuinal, Ritalin sowie unterschiedlichen gelben, blauen und roten Pillen. Für längere Fahrten LSD auf Löschpapier. Das meiste davon ist ziemlich alt. Ich bin eben nicht mehr soviel unterwegs wie früher.

Alison schluckt ein Aspirin ohne Flüssigkeit herunter. Sie sieht mir dabei zu, wie ich das Tele auf einen roten Grand Am fokussiere, aus dessen Auspuff Dampf aufsteigt. Hinter dem Steuer sitzt ein beleibter Mensch, und auch der Beifahrersitz ist belegt. Die Gesichter der beiden werden von Sonnenblenden und der reflektierenden Sonne auf der Windschutzscheibe verdeckt. Ich habe in letzter Zeit öfter einen hellblauen Pick-up gesehen – zum Beispiel neulich abend vor Donnies Büro –, aber an einen Grand Am kann ich mich nicht erinnern.

»Was ist los?« fragt sie.

»Nichts. Ist nur so ein Kerl, der die Scheinwerfer an hat.« Mit Kennzeichen von Illinois. Aber das ist hier in der Gegend nichts Ungewöhnliches. Ich notiere mir die Nummer auf einem alten Lottoschein, den ich in der Tasche habe. Vielleicht gewinne ich ja etwas.

Dann leere ich meinen eigentlichen Gewinn, meine Trophäe, auf der Fußmatte aus: noch eine Kissenhülle – blutverschmiert –, genau wie die andere an einem Ende verknotet. In ihr befindet sich ein ganzes Arsenal merkwürdiger Dinge: Pornozeitschriften, wie sie Paare verwenden, die Gruppensex praktizieren, darin Kleinanzeigen und ziemlich freizügige Schwarzweißfotos; ein kaputtes Beta-Max-Video, aus dem ein Teil des Bandes heraushängt; eine Senfflasche aus Plastik, an der mit einem Gummiband vier Spritzen befestigt sind, die aussehen wie Startraketen. Eine halbleere Rolle Leukoplast. Alles mit einem rauhen Stück Seil zusammengebunden.

Und das merkwürdigste und irgendwie beunruhigendste: eine Fensterkittpistole aus Aluminium mit gezacktem

Abzug. Das Schild auf dem Lauf ist mit dem des Fensterkitts identisch – Hyde Park Hardware. Dort scheint's einen Sonderverkauf gegeben zu haben. Als ich die Pistole in die Hand nehme, schabe ich mir einen ungefähr fünf Zentimeter langen Hautfetzen von der Handfläche.

»Ist das so was ähnliches wie ne Schatzsuche?« fragt Alison und holt den Verbandskasten heraus. Sie tupft die Wunde mit Jod ab und verbindet sie dann. »Halt still, ja? Hör auf mit der Zappelei. Mein Gott, was bist du doch für ein Baby. Wann hast du die letzte Tetanusspritze gekriegt?«

Ich weiß es nicht so genau. Und was ist mit Tollwut? Auf meinem Zeigefinger befinden sich zwei Bißwunden. Als ich zur I-65 und dann nach Norden fahre, in Richtung Heimat, merke ich, daß der Grand Am verschwunden ist. Wenn Alison keine Kopfschmerzen hätte, würde ich beim Truck Stop anhalten und mich ein bißchen umhören. Aber ich will sie so schnell wie möglich nach Hause bringen.

»Was zum Teufel ist in dem Motel passiert, Harding?« fragt sie mich mit geschlossenen Augen.

»Ich weiß es nicht so genau«, sage ich. Dabei wische ich Blut und eine gelbe Paste auf meine Jeans. Die Paste riecht nicht wie Senf. Aber sie brennt höllisch.

DREI

Gegen zehn Uhr abends gehe ich zum Essen ins Belmont Cove. Mein Piepser meldet sich zweimal, bevor ich überhaupt die Speisekarte habe. Das öffentliche Telefon des Cove befindet sich im hinteren Teil der Küche, direkt über einer Wanne mit lebenden Langusten. Während ich meine Anrufe erledige, beobachte ich zwei Männer mit Haarnetzen, die an der Friteuse arbeiten. Soweit ich das beurteilen kann, kommt alles auf der Speisekarte des Cove – Hühnchen, Hush Puppies, Shrimps, Apfeltaschen, Eis – aus demselben Drahtkorb und demselben Bottich mit espressofarbenem Öl.

Die Langusten warten darauf, bei lebendigem Leib gekocht zu werden, was Besseres haben sie nicht zu tun. Das Gefühl kenne ich. Jonnie, einer von den jamaikanischen Köchen, schleicht sich gern immer mal an mich ran und steckt mir eine davon in die Hose. Manchmal ist das für die Languste aufregender, manchmal für mich.

Ich kann die Nummer kaum entziffern, weil die Batterie so schwach ist. Zum erstenmal seit Monaten habe ich einen Piepser dabei. Als ich ihn aus meiner Sockenschublade holte, kam ich mir vor wie Jimmy Stewart, der nach Jahren des Farmerdaseins wieder die Knarre umschnallt.

»Alison? Hast du mich eben angepiepst?« Ich dachte, sie sei im Bett, um ihre Migräne loszuwerden.

»Ich hab nen kleinen Erfolg zu verbuchen«, sagt sie mit müder Stimme. »Mir ist eingefallen, daß ich deine Negative vom Mittwoch noch in der Dunkelkammer hatte. Ich hab eins davon, mit unserer Mystery-Lady, vergrößert und im Frauenzentrum rumgezeigt.«

»Ach? Und Rosenberg ist nicht auf dem Bild?«

»Doch, Teile von ihm«, sagt sie. »Keine Sorge. Ich bin diskret vorgegangen. Sein Gesicht ist nicht zu sehen. Vielleicht hätte ich die Bilder allerdings vorher doch noch ein bißchen zurechtschneiden sollen. Ein paar von den Mädels sind fast in Ohnmacht gefallen. Weißt du, die führen ein behütetes Leben.«

»Hast du einen Namen in Erfahrung gebracht, bevor sie dich rausgeschmissen haben?«

»Tja, die überwiegende Mehrheit der Anwesenden war der Meinung, daß das Mädchen Nora oder Noreen heißt; angeblich wohnt sie im I-Haus. Zumindest haben sie sie da schon mal im Speisesaal gesehen.«

»Na toll«, sage ich. »Die halbe Uni ißt da. Am Sonntagabend kann man praktisch nirgendwo sonst hingehen.«

»Genau. Also bin ich selber zum Essen hin und hab mich ein bißchen mit Esther an der Rezeption unterhalten.«

»Und – hast du was rausgefunden?«

»Ja, der Heilbutt war ziemlich trocken«, sagt Alison. »Beschränk dich lieber auf die Obsttheke, falls du hingehen solltest.«

»Und was hat Esther gesagt?«

»Sie sagt, daß eine Nora Taylor dort wohnt ...«

»Hast du ihr das Foto gezeigt?«

»Nein. Esther hätte das nicht zu würdigen gewußt. Man muß sich seine Opfer sorgfältig auswählen, Harding.«

»Das überlasse ich lieber dir. Und Nora war wahrscheinlich nicht zu Hause. Also konntest du nicht hochgehen und dich mit ihr persönlich unterhalten, oder?«

»Sie ist den ganzen Tag nicht zu Hause gewesen. Esther meint, Nora studiert Biochemie. Ich könnte mal in Kent und beim Life Science Center vorbeischauen und mich mit der Institutssekretärin unterhalten. Wenn du mehr erfahren willst, muß ich an den Unicomputer. Die ändern jeden Tag das Paßwort, aber das dürfte kein Problem sein. Ich kenne da ne Frau im Datenzentrum ...«

»Aber so kriegen wir nur ihre Unidaten, Alison. Sozusagen ihr geistiges Leben. Für uns ist aber ihr körperliches Leben interessanter.«

»Du immer mit deinen schmutzigen Gedanken, Schätzchen«, sagt sie.

»Können wir nicht in ihr Zimmer?«

»Davon würde ich abraten. Weißt du, ich habe keinen gültigen Studentenausweis mehr. Und es ist ein Studentenwohnheim. Wir sind hier in Hyde Park, Harding. Ein Wachmann meldet dich an, bei nem zweiten verewigst du dich im Gästebuch, und oben gibt's noch mal zwei oder drei. Vielleicht ist sogar einer in Noras Badewanne. Du vergißt, wie paranoid die in puncto Sicherheit sind.«

»Jetzt, wo du's erwähnst ...«

»Allerdings hab' ich doch noch ein bißchen Unheil anrichten können. Als Esther mal kurz ihren Schreibtisch verlassen hat, hab ich mir eine Nachricht aus Noras Brieffach geholt. »›Vergiß die Party Sonntag abend nicht.‹ Unterschrift ›Robin‹. Der Zettel liegt schon ein paar Tage drin, vielleicht hat er also nichts zu bedeuten. Möglicherweise haben alle Besucher des Heims eine Einladung gekriegt.«

»Kennt Esther diesen ›Robin‹?«

»Vielleicht. Wer weiß? Aber sie war draußen damit beschäftigt, eingelegte Maiskölbchen aufzuwischen, weil irgend so ein Idiot ein Glas von denen auf der Treppe hat fallen lassen. Sogar die Wachleute haben ihr geholfen. Diese Einmachgläser explodieren wie Handgranaten.«

»Alison, ich bin gerührt. Du liebst die eingelegten Maiskölbchen deiner Großmutter. Und du hast ein ganzes Glas davon für mich geopfert.«

»Keine Sorge, das stell ich dir in Rechnung. Das heißt, meine Oma stellt dir das in Rechnung. Wie geht's deiner Hand? Hast du ein bißchen Ketchup und Würzsauce auf den Senf getan?«

»Das war bloß n Kratzer. Wie geht's deinem Kopf?«

»Schrecklich. Dafür bist du mir was schuldig, Harding. In meinem Kopf geht's zu wie auf einem Schlachtfeld. Wenn ich mit Vierzig am Beatmungsgerät hänge, ist das einzig und allein deine Schuld.«

»Kein Problem, Alison. Ich zieh den Stecker raus.«

Peter Tosh kommt im Radio. Alle fangen an zu wippen. Jonnie bringt mir einen Kaffee, der die gleiche Farbe hat wie das Öl im Bottich. Der Kaffee riecht ein bißchen nach Hühnchen. In meinem Hemd landet eine Languste, in meiner Hose tummeln sich zwei.

Mein Freund Boone hört auf einem Ohr nicht sehr gut, das hat was mit dem Unfall zu tun, den er als Kind hatte. Er ist damals in die Badewanne gefallen – wie sich das allerdings auf die Ohren auswirkt, weiß ich nicht. Er gehört einer akademischen Spezies an, die gemeinhin als halbgenial ohne Doktortitel bekannt ist. Davon gibt es sehr viele in Hyde Park, wo die Verkäufer in den Lebensmittelläden oft Renaissance-Spezialisten sind, die am neunten Entwurf ihres Thesenpapiers arbeiten, ganz ähnlich wie in L. A. alle Kellner darauf warten, als Schauspieler oder Drehbuchautoren entdeckt zu werden. Boone wohnt auf dem Universitätsgelände, hat aber dank Donnie einen Teilzeitjob im Labor von Schaumburg Associates. Eigentlich ist Boones Spezialgebiet die Physik, aber er hat auch einen Abschluß in Chemie und Maschinenbau. Ich bin heute abend in der Hoffnung zu ihm rausgefahren, daß er ein paar Tests für mich macht – nach den offiziellen Bürostunden, ohne daß jemand was davon erfährt.

Aber als Boone und ich noch kaum mit der Begrüßung am Telefon fertig sind, mischt sich schon Donnie Wilson ein und erklärt Boone, er solle auflegen. Donnie macht Überstunden. Boone arbeitet im Kellerlabor zehn Stockwerke unter Donnies Büro, aber Donnie hat gern den Überblick über alles; das ist schon immer so gewesen.

Und jetzt fragt er, was zum Teufel ich vorhabe.

»Der Friedhof ist sowieso schon überlastet, Harding. Und du hast kein Recht, Laborratten wie Boone auf deine eigene Scheiße anzusetzen. Außerdem ist der Rosenberg-Fall abgeschlossen. Das ist dir doch klar, oder?« Ich kann mir vorstellen, wie er mit seinem schnurlosen Telefon im Büro auf und ab läuft, einen Drink in der anderen Hand. Heute abend wahrscheinlich kein Mineralwasser. Er hat immer eine Flasche Dewar's in einem verschlossenen Fach seines Sideboard.

Donnie hat den Kellerlabors den Spitznamen der »Friedhof« gegeben. Das Pressezentrum nennt er die »Einsatzzentrale« und sein altes Büro im siebten Stock den »Bunker«. Alle Räume in diesem Hochhaus sind krankenhausweiß, ungefähr so schräg wie Disneyland. Die Namen erinnern mich an kleine Jungs, die sich ein Baumhaus bauen.

»Das ist definitiv der letzte Familienfall, den ich übernehme«, sagt er. »Das schwöre ich bei Gott. Jedesmal die gleiche Scheiße: Zuerst kommen sie mit hängendem Kopf hier reinmarschiert und erzählen mir, sie wollen nur Gerechtigkeit. Dann zeigt man ihnen ein paar Bilder von ihrem Göttergatten, dem der Schwanz aus der Hose hängt – was für eine Überraschung! –, und plötzlich ist alles anders. Jetzt wollen sie nicht mehr bloß das Haus, nein, jetzt wollen sie jedes verdammte Teil, das sich in dem Haus befindet, jede Vorhangstange, jede Türklinke, was sag ich – sogar den Glanz der hübsch polierten Türklinken. Gier ist das, die reine Gier. Und, verdammt noch mal, kaltblütige Rache. Ich hab's satt, Kumpel.«

»Und?«

»Und offen gestanden«, sagt er, »sehe ich auch keine Möglichkeit, noch einen weiteren Cent aus ihr rauszuholen.«

»Ich sehe schon, daß dich das beschäftigt. Aber ich habe heute möglicherweise was Interessantes rausgefunden. Ich versuche, mehr über das Mädchen rauszukriegen. Wenn sie Studentin ist und er ihr tatsächlich weh tut, können wir Rosenberg das Genick brechen – der gibt klein bei, das weißt du. Mein Gott, Donnie, früher waren solche Sachen die reinste Entspannung für dich.«

»Aber jetzt nicht mehr, Harding. Für wen arbeitest du eigentlich?«

»Ich sehe mich nur ein bißchen um.«

»Für mich arbeitest du jedenfalls nicht.« Schweigen. Es knistert ein wenig in der Leitung, dann höre ich ein Knacken und noch eins und noch eins – hört da jemand mit?

»Vergiß das Mädchen«, sagt Donnie. »Hast du verstanden? Das Mädchen hat nichts damit zu tun.«

»Und deine Klientin Mrs. Rosenberg?«

»Meine ehemalige Klientin, Harding. Das war unser letzter Mittwochabend. Und um ihre Scheidung durchzukriegen, braucht sie dich verdammt noch mal auch nicht.«

»Und wenn ich zufällig über die zwei Millionen Dollar stolpere, willst du auch keinen Anteil?«

»Von dem Geld wirst du keinen Cent sehen«, sagt Donnie.

»Behauptet das dieser Anwalt – Warren Frost?«

»Frost. Mein Gott, Harding, tu dir selbst einen Gefallen. Hör nicht auf Frost. Das Schwein hat wieder zu saufen angefangen. Das liegt an diesem Rosenberg-Miststück. Du hättest seine Hände letzte Woche sehen sollen, bevor er die Stadt verlassen hat.«

»Vielleicht war's bloß die Kälte.«

»Ich möchte wetten, daß der auf Entzug in irgendeiner Klinik ist. Soweit ich weiß, bumst er sie. Er klingt wie ein verliebter Teenager, wenn er von ihr redet. Kann gar nicht mehr aufhören. Glaub mir, der ist ziemlich am Ende, es fehlt nicht viel, dann haut's ihn aus der Bahn ...«

»Ich kann leider deine Hände nicht sehen, Donnie.«

»Es fehlt wirklich nicht viel.«

Er liest mir aus einem Finanzbericht vor, den er in Auftrag gegeben hat – höchst geheim, nicht mal Elenya hat ihn gesehen – und der mit Rosenbergs Genfer Konto zu tun hat. Der Bericht, sagt Donnie, ist sechsunddreißig Seiten lang, Zeilenabstand eins, und er blättert so nahe am Telefon darin herum, daß ich genau mitbekomme, wie lang er ist.

Internationale Bankexperten. Tausende von Fußnoten. Verweise von Zürich nach Tokio. Sachen, bei denen sogar die Jungs von der First Chicago leuchtende Augen kriegen. Und das Fazit? Auf Seite sechsunddreißig, nur eine Zeile: Keine Chance.

»Ende der Geschichte«, sagt Donnie und drückt so heftig auf den Aus-Knopf seines schnurlosen Telefons, daß mir die Ohren dröhnen.

»Wie macht er das bloß?« meldet sich Boone wieder zu Wort. »Wie kann man mit einem schnurlosen Telefon nur einen solchen Lärm verursachen? Mein Gott.«

»Macht Donnie das oft? Ich meine, sich einfach so in anderer Leute Gespräche einschalten?«

»Eigentlich nicht«, sagt Boone. »Er hat für bestimmte Leitungen ne interne Mithörvorrichtung einbauen lassen, angeblich aus Sicherheitsgründen, aber ich hab eher den Eindruck, daß er sich da oben in der dünnen Luft langweilt.«

Boone hat mittlerweile mehr mit Donnie zu tun als ich. Früher sind wir drei immer was trinken gegangen. Das ist Jahre her, bevor ich ins Gefängnis mußte, bevor Donnie sich eine neue Vorwahl zugelegt hat.

Der Koch bringt mir noch einen Kaffee. Inzwischen habe ich den Gedanken aufgegeben, hier etwas zu essen. Ich sage Jonnie, daß er mir Hühnchen zum Mitnehmen machen soll. Besonders knusprig. Und ohne Languste.

»Was hast du über das Zeug rausgefunden, das ich dir gegeben habe?«

»Tja, scheußliche Sache. In den Spritzen war flüssiges Kokain und Benzedrin; ich habe auch Spuren von Psychopharmaka, wahrscheinlich Thorazin, gefunden, aber solche Substanzen lösen sich auf, und ich hab hier auch nicht grade das Labor vom FBI zur Verfügung.«

»Hast du dir das Tape angesehen?«

»Nein, ich hab nur versucht, es sauberzumachen und wieder zusammenzusetzen. Weißt du, das ist eine Beta-Max-Kassette. Ich hab meinen Beta-Recorder schon vor Ewigkeiten Goodwill gespendet, und die waren nicht sonderlich begeistert drüber.«

»Was ist mit der Kissenhülle?«

»Alles drauf, alles dran: getrocknetes Sperma und Blut. Ich hoffe bloß, daß das nicht deine Party gewesen ist, Harding. Zwei verschiedene Blutgruppen – A und o. Mit Sicherheit nicht Safer Sex. Das Gesundheitsamt würde das nicht gern sehen.«

»Und die Senfflasche?«

»French's Extrascharf, nicht gerade meine Lieblingssorte. Sind zu viele Zusatzstoffe drin. Gelber Farbstoff, Geschmacksverstärker. Mir ist Dijon-Senf lieber. Dazu ein Hauch Weißwein ...«

»Das ist alles?«

»Nicht ganz. Ich hab überall noch was anderes gefunden – auf der Kissenhülle, an der Spritze, sogar am Abzug der Fensterkittpistole. Ich kann den Stoff nicht völlig isolieren, aber er sieht aus wie eine Säure.«

»Was für eine Säure?«

»Vielleicht ein industrielles Lösungsmittel, irgendwas zum Saubermachen oder Ablaugen. Ich hab mal nen Fischer gekannt, der hat so ne ähnliche Säure verwendet, um seine Fische zu putzen. Karpfen. Häßliche Tiere.«

»Und was ist mit Ärzten?«

»Die interessieren sich meines Wissens eher für Sportangeln, oder?«

»Ich meine, hätten die so was in ihrer Praxis ...«

»Wer weiß«, sagt er. »Vielleicht verdünnt. Aber wahrscheinlich nicht in der Konzentration, die du mir gegeben hast.«

»Ich dachte, die Säure war mit Senf vermischt.«

»Mit Öl und Wasser. Suspendiert, aber nicht gelöst – du erinnerst dich doch noch an den Chemieunterricht?«

»Was passiert, wenn man's auf die Haut bringt?«

»Tja, dann kannst du deine Tätowierungen vergessen.«

»Ach.«

»Schwere Verätzungen. Verbrennungen zweiten oder dritten Grades. Möglicherweise Blutungen mit Gerinnungsbeeinträchtigung.«

Der Gestank von Zimmer neunzehn steigt mir wieder in die Nase, vor meinem geistigen Auge sehe ich die gelben Flecken vom Mittwoch abend. Und ich hatte gedacht, es wäre nur ein Gleitmittel – die gibt's heute in allen Geschmacksrichtungen und Farben; kirschrot, bananengelb. Jetzt wünschte ich, ich hätte zusammen mit Alison nach Nora gesucht.

Und ich wünschte, ich hätte die Pillen nicht genommen und wäre Mittwoch nacht wach geblieben.

»Hast du eine Ahnung, warum er die Säure mit dem Senf vermischt hat?«

»Vielleicht, um sie verschwinden zu lassen?«

»Nein.«

»Ich hab da so ein paar Ideen, aber die sind alle nicht sonderlich nett.«

»Spuck's aus.«

»Tja, langfristig wirkt der Senf als Katalysator. Unter Wärmeeinwirkung beziehungsweise zusammen mit einem dritten Stoff spaltet sich die Säure in eine noch schlimmere Substanz auf. Ich müßte mehr Zeit haben, um ein bißchen rumzuprobieren, damit ich dir was Genaueres sagen kann.«

»Und was noch?«

»Wenn er das Zeug intravenös verabreicht ...«

»Ich glaube, das hat er nicht getan.«

»Gut. Denn das würde dich wahrscheinlich umhauen. Wo hast du diese Scheiße überhaupt her?«

»Das kann ich dir noch nicht sagen.« Wieder klickt es in der Leitung. Entweder ich werde paranoid, oder in den Labors gibt's Mithörvorrichtungen. »Hör zu, Boone, tu mir einen Gefallen, ja? Laß das Zeug nicht im Labor. Nimm's heute abend mit nach Hause. Ich hol's dann in den nächsten Tagen ab.«

»Keine Eile. Ich versteck's bei mir im Schlafzimmer. Da

ist schon seit Jahren keiner mehr gewesen, das kannst du mir glauben.«

»Boone – diese Säure. Was ist, wenn man sie beim Sex verwendet?«

»Was meinst du? Daß man das Zeug direkt auf die Haut gibt? Würde ich dir nicht raten. Bleib lieber bei normalen Gleitmitteln wie Aqua Lube. Oder nimm dieses neue Zeug, 2–7 Glyde. Das loben alle in höchsten Tönen.«

»Direkt auf die Möse.«

»Du lieber Himmel, Harding, was für ein krankes Gehirn. Das würde verteufelt weh tun, wie Salz auf ner offenen Wunde. Um das zu wissen, braucht man kein Medizinstudium.«

»Also würde die Frau sich bemerkbar machen ...«

»Wenn sie noch bei Bewußtsein wäre, ja. Dann würde sie sich die Seele aus dem Leib schreien.«

Ich komme gegen elf nach Hause. Auf meinem Anrufbeantworter ist eine Nachricht, von Alison. Wahrscheinlich hat sie draufgesprochen, bevor ich sie vom Cove aus angerufen habe. »Hat wirklich Spaß gemacht, Harding«, sagt sie, dann ein kurzes Schweigen. »Du fehlst mir.« Der Fernseher leistet mir Gesellschaft, während ich kaltes Hühnchen esse und Southern Comfort trinke. Ich nehme die Flasche mit ins Schlafzimmer und schaue mir den freitagabendlichen Verkehr auf dem Broadway an. Sogar bei dieser Kälte sind Freier unterwegs. Cadillacs und Lincolns fahren langsam vorbei, um den Block herum, und halten dann, um zu verhandeln. Die hellen Neonlichter der Bars und Pornobuchläden gegenüber spiegeln sich in meinen Fenstern. Ich schlafe gegen Mitternacht ein, angezogen, alle Lichter an.

Gegen halb drei hämmert jemand an meine Wohnungstür. Ich tappe barfuß zum Wohnzimmer. Der Rücken tut mir weh.

»Besuch für Sie«, sagt Minas, der bereits wieder die halbe Treppe hinuntergegangen ist. »Eine Frau. Sagt, sie ist mit Ihnen verabredet.« Er zuckt mit den Achseln. Er glaubt das ebensowenig wie ich, das ist deutlich zu sehen.

»Alison?«

»Nein.«

Minas hat das Restaurant geschlossen. Die griechische Musik läuft in voller Lautstärke, Pine-Sol trocknet auf dem Boden. Die Stühle, bis auf einen, sind auf die Tische gestellt; auf diesem einen Stuhl sitzt Elenya Rosenberg, ganz am vorderen Ende des Lokals, und sie sieht zu, wie die Gäste aus den Clubs und den Schwulenkneipen auf den Broadway hinaustreten. Eine Art einseitiger Pendelverkehr. Pärchen gehen in der Kälte nach Hause. Minas steht hinter dem Tresen, große silberfarbene Fäustlinge an den Händen, und wartet darauf, daß der Grill abkühlt. Wieder zuckt er mit den Achseln. »Sie wartet auf Sie«, sagt er belustigt. Auf mich warten nicht mehr allzu viele Leute.

»Elenya?« sage ich, als ich mich ihr nähere. »Alles in Ordnung?«

»Ich brauche ein Aspirin«, sagt sie und dreht sich halb zu mir um. Dabei zeichnet sich ihr Profil deutlich vor dem Fenster ab. Sie trägt immer noch ihren Pelzmantel. Ein paar Fotos sind auf dem Tisch ausgebreitet. »Haben Sie eins für mich? Und ein bißchen kaltes Wasser? Und glauben Sie, daß unser Sorbas hier die Balalaikas ein bißchen leiser stellt, wenn ich ihm ordentlich was zahle?«

»Kommen Sie rauf zu mir«, sage ich und berühre leicht ihre Schulter. Ich habe die blauen Flecken noch nicht vergessen. »Da ist es viel leiser. Und da gibt's auch jede Menge Aspirin und kaltes Wasser.«

»Und keine Balalaikas?«

»Keine Balalaikas. Ehrenwort.« Sie macht Anstalten aufzustehen, setzt sich aber gleich wieder.

»Glauben Sie an Astrologie?« Ich schüttle den Kopf. »An I Ging oder Tarot?«

»Nur an den Osterhasen.«

»Aber dieses Tarot hier können sogar Sie interpretieren«, sagt sie. »Das könnte jeder. Dieses Bild – wo er auf ihrem Gesicht kommt – symbolisiert Veränderung. Sehen Sie? Und das da – sie hat die Augen vor Schmerz geschlossen, der Körper ist zusammengekrümmt –, das könnte die Karte des Todes sein.« Auch sie schließt die Augen, die Farbe weicht aus ihren Wangen.

Ich helfe ihr auf, abgelenkt von den Fotos. Ich sehe in dem Tarot, daß Elenya Rosenberg Hilfe braucht, einen anderen Mann.

»Vielleicht sollten Sie draußen nachsehen«, sagt sie, »um sicherzugehen, daß da niemand ist ...«

»Der Sie verfolgt hat? Haben Sie denn jemanden gesehen?« Sie schüttelt den Kopf. Ich schaue durchs Fenster hinaus, kann aber nichts Ungewöhnliches entdecken. Es ist eine ganz normale Freitagnacht am Broadway. Hier ist es schwierig, das Merkwürdige vom Ungewöhnlichen zu unterscheiden.

»Wenn Sie wollen, sehe ich mich um.«

Sie sagt nein. Minas schaut zu uns herüber. »Soll ich zusperren?«

»Ja«, sage ich.

Wir gehen durch den hinteren Teil des dunklen Lokals, an Kisten mit Lebensmitteln vorbei, und dann die Innentreppe zum zweiten Stock hinauf. Die Vierzig-Watt-Birne im Treppenhaus flackert wie eine Kerze. Elenya geht ganz langsam, und ihr Nerz schleift auf den Stufen. »Mein Hut ...«, sagt sie. »Meine Handschuhe.« Ich kann sie nirgends entdecken; wahrscheinlich sind sie in ihrem Wagen.

Erst als wir in meiner Wohnung sind und ich ihr aus dem Mantel helfe, fällt mir der große blaue Fleck an ihrer linken Wange auf. Ich bin wirklich blind wie ein Maulwurf.

»Es könnte sein, daß ich kotzen muß«, sagt sie. »Ich bin mir nicht so sicher.«

»Setzen Sie sich.« Sie trägt ein kurzes schwarzes Kleid, eine Perlenkette und eine kleine Handtasche mit Schnappverschluß. Sie hat wahrscheinlich genauso viele schwarze Kleider wie Alison Jeans. »Ist Ihnen schwindlig?« frage ich, während ich alte Klamotten und Schallplattenalben auf den Boden schiebe.

Sie schüttelt den Kopf, setzt sich auf die Kante des Sofas. Ihr Gesichtsausdruck ist mir fremd. Aber ich kenne sie ohnehin nicht so gut.

Ich bringe ihr das Röhrchen mit den Aspirin. Sie nimmt eins und dann noch eins. Ihre Bewegungen sind langsam, bedächtig. Vielleicht hat sie Angst, daß das Sofa auseinanderfallen könnte.

»Wollen Sie einen Kaffee?« frage ich. »Ich könnte unten einen holen. Minas hat normalerweise welchen übrig ...«

»Nein danke.«

»Ich könnte auch rüber zur Sheridan Road, da ist ein Lokal, das hat die ganze Nacht auf. Würde auch nicht lange dauern.«

»Nein. Bleiben Sie hier, Harding«, sagt sie leise. »Bitte.«

Sie hat irgendwas genommen, ich habe keine Ahnung, was. Anfangs habe ich den Eindruck, daß sie meinem Blick ausweicht, dann wird mir klar, daß sie versucht, den blauen Fleck auf ihrer Wange vor mir zu verbergen.

»Sie haben immer noch Schallplatten?« sagt sie und sieht einen Stapel Alben durch. »T. Rex, Lena Horne, die Sex Pistols, *Oliver* ...«

»Die sind ein bißchen durcheinander.«

»Unsere Platten sind irgendwo auf der Müllhalde. Wir haben jetzt CDs.«

»Ich bin vinylsüchtig, Elenya ...«

»Stephen braucht beim Operieren Musik – Bach, Händel, Vivaldi –, er sagt, sie hilft ihm, sich zu entspannen. Während er an Menschen herumschnipselt. Schnipp, schnapp.« Sie macht eine Bewegung wie mit einer Schere. »Mein Gott, Sie haben ja die James Gang – Sie werden alt, genau wie ich. Die haben wir bei unserer ersten Verabredung gehört, die James Gang und The Who. Im Auditorium Theatre, als da noch Rockgruppen aufgetreten sind. Unsere erste Verabredung.«

»Beide Gruppen an einem Abend?« Es fällt mir schwer, mir vorzustellen, daß sie sich die James Gang anhört. »Da haben Sie hinterher sicher Ohrensausen gehabt.«

»Tagelang«, sagt sie und lächelt mich zum erstenmal in dieser Nacht an. Aber das Lächeln verschwindet schnell wieder. »Ich hab ein langes Kleid mit Paisley-Muster getragen, das hab ich mir eigens für die Verabredung gekauft. Und dazu Holzsandalen. Damals hat man sich nicht schick gemacht, wissen Sie noch? Die Mädchen durften keine Strümpfe tragen. Nicht mal beim ersten Rendezvous. Und es war Sommer. Meine Beine waren noch schrecklich weiß ...«

»Wollen Sie jetzt Musik hören?«

»Nein«, sagt sie mit flacher Stimme. »Die Stille tut mir gut.«

Abgesehen von der Stille und dem Aspirin und dem Wasser kann ich ihr nicht viel bieten. Sie sagt, mehr braucht sie nicht – Aspirin, Wasser, vielleicht einen Bademantel. »Ich kann nicht nach Hause, Harding«, sagt sie. »Nicht heute nacht. Vielleicht morgen ...« Ihre Stimme verliert sich. »Ich bin hundemüde«, sagt sie.

Der Pyjama, den ich ihr gebe, ist sauber, wenn auch ein bißchen hart, und dafür entschuldige ich mich. Ich schlafe in der Unterwäsche. »Ich auch«, sagt sie und streckt trotzdem wie ein Rekrut die Arme nach dem Pyjama, dem Bademantel und den Hausschuhen aus.

Während sie sich im Bad umzieht, werfe ich alle Sachen, die im Schlafzimmer herumliegen, in einen Schrank, dessen Tür danach kaum noch zugeht. Dann mache ich mir mit einem alten Laken und einer Decke ein Bett auf dem Sofa.

Als sie aus dem Bad kommt, noch immer an den Knöpfen des Pyjamas herumfummelnd, sieht sie ein wenig verwirrt aus. Einen Augenblick lang bin ich mir nicht sicher, ob sie weiß, wo sie sich befindet.

»Elenya?« sage ich. »Wollen Sie jemanden anrufen?«

»Was?« Sie wendet sich mir zu. Dabei quietschen die Hausschuhe auf dem Holzboden. Sie sieht mich an – wie ein Kind, das im Haus fremder Leute übernachtet.

»Wollen Sie jemanden anrufen?«

»Ich habe niemanden, den ich anrufen könnte«, sagt sie. Es klingt, als wäre das auch für sie eine neue Erkenntnis. Als sie den Flur entlang in Richtung Schlafzimmer geht, die zu langen Pyjamaärmel hin und her schlackernd, schleift der Frotteebademantel hinter ihr her wie die Schleppe eines Brautkleids.

»Auch keine Freundin?« frage ich.

»Meine Freundinnen sind alle verheiratet«, sagt sie. »Und sie haben Familie. Ich will sie nicht so spät stören. Warum? Kann ich nicht hierbleiben?«

»Doch, doch. Ich dachte nur ...« Ich schweige. Ich weiß nicht, was ich dachte.

Ich folge ihr zum Schlafzimmer, weil ich Angst habe, daß sie zusammenbricht.

»Harding – das, worüber wir uns neulich abend unterhalten haben.« Sie steht jetzt neben dem Bett und hält sich am Kopfende fest. »Ich habe mir Gedanken gemacht.«

»Worüber?«

»Ich möchte nicht, daß Sie ... etwas Riskantes unternehmen. Oder etwas Leichtsinniges.«

»Das mache ich so gut wie nie.«

»Ich will sagen nur meinetwegen oder wegen dem Geld, das Sie gefunden haben. Ich hab's nie gehabt, also kann ich's auch nicht verlieren. Stimmt's?«

»So kann man es auch sehen, ja.«

»Manchmal bin ich wütend, wenn ich mir vorstelle, daß er es hat. Aber ich komme schon zurecht. Ich habe genug zum Leben. Ich bin nicht geldgierig. Und ich möchte nicht, daß Sie irgendwas Verrücktes machen.«

»Na schön, ich versprech's Ihnen.«

Sie nickt und setzt sich endlich aufs Bett. Wieder macht

sie diese merkwürdige Bewegung: Sie reibt die Gelenke ihrer Finger. Höchstwahrscheinlich ist das Arthritis, aber sie ist erst dreiundvierzig.

»Etwas, was Sie wieder ins Gefängnis bringt«, sagt sie.

»Ich kann mich nicht erinnern, daß ich Ihnen gesagt habe ...«

»Warren hat's mir erzählt. Er hat gesagt, Sie sind ein Mann mit Vergangenheit. Ich finde das aufregend. Wenn es eine Warnung gewesen sein soll, hat sie genau das Gegenteil bewirkt.«

»Ihr Anwalt hat's Ihnen erzählt?« Ich hatte keine Ahnung, daß Warren Frost so gut über mein Leben Bescheid weiß. »Was hat er gesagt?«

»Er hat mir die Sache mit dem Mädchen erzählt, das Sie beschützt haben. Daß die junge Frau verletzt worden ist.«

»Ja«, sage ich. »Das stimmt.« So kann man es in der Tat ausdrücken. »Was hat er Ihnen sonst noch erzählt?«

»Er hat gesagt, Sie hätten jemanden umgebracht. Einen gewissen Patner. Aber der Mann, hinter dem Sie eigentlich her waren – wie hieß er noch mal, Martins?«

»Martinez. Es war Notwehr, Elenya. Martinez war der Vater des Mädchens, und er hat mir diesen Patner auf den Hals gehetzt – aber das ist lange her.«

»Und so haben Sie Ihre Lizenz verloren? Und sich Ihr Rückenproblem geholt?«

Ich nicke.

»Wie lange sind Sie im Gefängnis gewesen?«

»Achtzehn Monate.« Es ist eine ganze Weile her, daß jemand mir so direkte Fragen gestellt hat. Aber es macht mir nichts aus.

»Haben Sie ihn gekriegt? Ich meine den Vater, hinter dem Sie eigentlich her waren?«

»Wenn ich ihn erwischt hätte, Elenya, dann wär ich immer noch im Gefängnis.«

Ich ziehe die Jalousien herunter, damit die Sonne sie morgen früh nicht stört. Sie legt Bademantel und Hausschuhe ordentlich auf einen Stuhl, schlüpft unter die Decke und zieht sie bis zum Kinn hoch.

»Ich hab meinen Wagen auf der Straße stehenlassen«, sagt sie. »Einen roten Porsche. Ich weiß nicht mehr so genau, wo. Glauben Sie, die schleppen ihn ab?«

»Kann schon sein«, sage ich. »Morgen früh ganz sicher. Wo haben Sie die Schlüssel?«

»In meiner Handtasche.«

Ihre Handtasche ist in die Ritze des Sofas gerutscht. Ich hole die Schlüssel heraus, schlüpfe nur in Turnschuhe und Jacke, denn wahrscheinlich werde ich nicht lange brauchen. Dann gehe ich zur Hintertür hinaus.

Es ist jetzt so kalt, daß man die Luft fast nicht mehr einatmen kann. Ich halte mir den Ärmel der Jacke vor den Mund. Die Holzstufen der Treppe knarren und ächzen, als würden sie jeden Moment zerspringen. Als ich durch die kleine Straße gehe, hinterlasse ich praktisch keine Fußspuren, so dick und hart ist der Schnee, den die Wagen der Müllabfuhr nur noch dichter zusammengepreßt haben. Der eisige Nachtwind – es ist mittlerweile drei Uhr früh – brennt auf meinem Gesicht.

Der Porsche steht an einer Parkuhr bei einem der seitlichen Fenster des Lokals. Minas macht immer noch seinen Grill sauber. Hier draußen ist es eisig kalt, doch Minas drinnen trägt nur Shorts. Er schwitzt, flucht und nimmt immer wieder mal einen Schluck griechischen Wein aus der Flasche. Kein Wunder, daß er die Klagen seiner Mieter über kalte Heizungen nicht begreifen kann. Er hat vor, sich einen Wachhund anzuschaffen, aber eine Szene wie diese würde die meisten zwielichtigen Elemente verjagen. Mir jedenfalls macht er angst. Er singt vor sich hin oder redet mit sich selbst – das kann ich nicht genau beurteilen. Jedenfalls ist sein Schaufenster interessanter als das von Field's zur Weihnachtszeit. Ich klopfe ans Glas und winke ihm zu. Er zuckt mit den Achseln.

Der Porsche springt beim dritten oder vierten Versuch an, und ich warte, bis er warm ist. Bei dieser Temperatur muß das Öl wie Melasse sein. Ich suche nach dem Schalter für die Scheinwerfer – der Wagen hat ein Armaturenbrett wie ein Kampfflugzeug – und schiebe dabei CDs und braune Fläschchen auf meinen Schoß. Plötzlich erfüllt Scheinwerferlicht vom Jewel-Parkplatz gegenüber den Porsche mit Helligkeit und zeigt mir kurz die Aufschrift auf den Plastikfläschchen, die ich in den Händen halte. Elenya hat was übrig für Yanni und Halcion, keine schlechte Kombination. Kein Wunder, daß sie müde ist.

Wieder ist es ein blauer Pick-up; der Fahrer ist hinter den unregelmäßig justierten Scheinwerfern verborgen, die auf und ab tanzen wie die Lichter in einem Theater. Der Wagen biegt aus dem Parkplatz und fährt in Richtung Süden zur Cornelia Avenue. Er nimmt die Ecke so knapp, daß er einen stummen Zeitungsverkäufer mitreißt.

Ich würde ihm nachfahren, aber die Scheibenwischer des Porsche setzen sich in Bewegung, bevor ich den Schalter für die Scheinwerfer finden kann. Jetzt ist der Truck verschwunden. Ich lege die Pillen und das Yanni ins Handschuhfach. Dabei entdecke ich ein zerknittertes weißes Kuvert zwischen Elenyas Lederhandschuhen. Es sieht aus, als hielte sie es noch in der Hand, wollte es nicht loslassen. Außerdem finde ich ein goldenes Kreuz an einem Kettchen, eine Quittung für die Autobahngebühren des Indiana Tollway und einen glänzenden Brieföffner, dessen Spitze ich gerade noch rechtzeitig sehe. Ich drehe sie von mir weg.

Wahrscheinlich hätte ich das Kuvert nicht weiter beachtet – mir ist eisig kalt, und die Post anderer Leute ist nie so interessant, wie man anfangs vermutet –, doch da fallen mir die leuchtendroten Buchstaben auf der Vorderseite auf. Ich schalte das Innenlicht ein und breite den Umschlag auf dem Sitz aus. Er ist ungefähr so groß wie eine Glückwunschkarte. Aber es handelt sich offenbar nicht um Glückwünsche – die roten Buchstaben sind mit Lippenstift aufgemalt, der an meinen Fingern haften bleibt wie Blut. Sie bilden ein einziges Wort: »FOTZE«.

Ich lenke den Porsche um die Ecke, vielleicht drei Meter weit in die kleine Straße hinterm Haus, und lasse den Motor noch ein wenig laufen; das Innenlicht ist aus. Ich schalte das Radio an, lausche einem nächtlichen DJ, der Oldies spielt und Hörerwünsche entgegennimmt. Ich warte – vielleicht dreißig oder fünfunddreißig Sekunden –, bevor ich das Licht wieder einschalte und das Kuvert öffne.

Ich ziehe eine Karte heraus, mit einem Kuchen auf der Vorderseite und zwei Glückwünschen im Innern – der eine allgemein und vom Hersteller aufgedruckt, der andere persönlich, in roten Lettern getippt.

Happy Birthday!
Ich hab an Dich gedacht,
Dir den besten Wunsch gebracht.

Liebe Fotze: Du hast einen Leberfleck an der Innenseite des rechten Oberschenkels und ein Mal auf Deinem Arsch. Du widerst ihn an. Du widerst mich an. Du widerliche, ausgetrocknete alte Fotze. Er besorgt's mir in Deinem eigenen verdammten Haus. Schwänz Deinen hübschen kleinen Kurs mal und schau uns zu. ER GEHÖRT MIR.

Glaubst Du vielleicht, er sagt Deinen Namen, wenn er mich fickt?

Freie Rhythmen. Keine Unterschrift. Ich sitze eine Weile nur da und verschwende Benzin.

Mein Gehirn arbeitet schneller als der Motor. Ich denke an den blauen Fleck auf Elenyas Wange und lese die Karte noch ein paarmal. Der DJ – Rockin' Randy – will uns mit den Beach Boys einheizen. Surferängste. Auf dem Broadway sind heute nacht nicht viele Surfer unterwegs.

Ich stelle den Porsche ganz in der Nähe von meinem

Truck in der kleinen Straße ab und gehe über die Hintertreppe wieder zu meiner Wohnung hoch. Ich schalte alle vorderen Lichter aus – im Eingangsbereich, in der Küche, im Eßzimmer. Das Licht im Bad ist noch an. Das Licht im Schlafzimmer ist ausgeschaltet, die Tür steht halb offen. Als ich das Licht im Flur anmache, sehe ich, daß Elenya sich zur Seite dreht und die Pyjamahose auf die Bettdecke legt.

Ich schalte das Licht im Flur aus.

»Danke, Harding«, sagt sie, eine schläfrige Stimme aus der Dunkelheit.

»Keine Ursache. Der Wagen steht jetzt hinterm Haus.«

»Ich meine für alles. Heute nacht, neulich abend. Für alles. Dafür, daß Sie keine Fragen stellen.«

»Natürlich«, sage ich und schweige einen Augenblick. »Ich hoffe, Sie können schlafen.«

Ich lasse das Licht im Bad an, falls ihr schlecht wird. Oder falls sie noch mehr Wasser braucht. Ich stelle das Fläschchen mit dem Aspirin neben das Waschbecken. Halcion – vorausgesetzt, das war wirklich in der Flasche in ihrem Auto – ist hinterhältig wie Ouzo. Ich lasse meine Sachen an, sogar die kalten Turnschuhe. Ich bin nicht sehr müde und will bereit sein, wofür, weiß ich allerdings nicht. Die Zeit ist eingefroren auf der Digitalanzeige der Bank gegenüber und die Temperatur auch – bei minus siebzehn Grad. Ich halte diese Angabe für optimistisch.

Endlich füllen sich die Heizkörper hier und im Bad mit Dampf; die Leitungen singen ächzend und knackend ihr Klagelied. Draußen findet eine Schlägerei statt. Stimmen dringen von der Straße herauf wie Erinnerungssplitter, buhlen um meine Aufmerksamkeit. Da draußen sind immer Stimmen. Man braucht nicht zuzuhören.

Wie lang wird der Wind wehen?

Bis ich sterbe.

Ich liege im Dunkeln auf dem Sofa und sehe zu, wie die Neonlichter an meiner Zimmerdecke tanzen.

VIER

»Ich werde Geld brauchen«, erkläre ich Warren Frost.

Es sind zwölf Grad minus, aber Frosts Jacke steht offen. Sein Gesicht ist rot. Er fährt mit seinem verrosteten Impala dicht an einen windschnittigen grauen Lexus heran. Die meisten Anwälte, die ihr Büro im Bereich des Loop haben, lieben teure Autos, aber Frost gibt sein Geld lieber für Frostschutzmittel aus. Er hat einen Flachmann aus Sterlingsilber im Schulterholster, und auf seinem Rücksitz stehen Kisten mit Chivas Regal und französischem Wein, angeschnallt wie Kinder.

Ich kriege Hunger. Eigentlich waren wir zu einem frühen Mittagessen verabredet. Ich habe heute morgen um fünf auf Frosts Anrufbeantworter gesprochen – ich bin nicht mehr eingeschlafen –, und die Antwort lautete: Ja, gut, halb zwölf, hier, in der Nähe von O'Hare. Aber statt was zu essen, veranstalten wir ein typisches Chicagoer Treffen – zwei Kerle auf einem Langzeitparkplatz. Fehlt eigentlich bloß noch eine Leiche im Kofferraum des Impala.

»Wieviel?« fragt er.

»Erst mal tausend.«

Er lacht. »Dafür kann ich ne ganze Armee anheuern.«

»Tja, dann heuern Sie eine an. Versuchen Sie, sie in Rosenbergs Institutsbüro zu schleusen und an seiner Sekretärin vorbeizukriegen. Und dann noch in die medizinische Abteilung in der Woodlawn Avenue und in sein Haus.«

Er denkt darüber nach, was ich gerade gesagt habe, und kickt mit dem Fuß ein Stück verdrecktes Eis von der Karosserie seines Impala weg. Dann macht er den Kofferraum auf und löst die vier Flügelmuttern, die den Wagenheber halten. Unter dem Ersatzreifen liegt eine Rolle Fünfziger. Sie sieht aus wie ein kleiner Kohlkopf.

»Sie wollen doch nicht wirklich in sein Haus, oder?« fragt er.

Ich zucke mit den Achseln.

»Ich geb Ihnen erst mal sechshundert«, sagt er und zählt die Scheine ab. »Bei mehr kriege ich Magenprobleme. Die habe ich sowieso schon. Donnie meint, das, was Sie vorhaben, sollte mich sehr, sehr nervös machen.«

»Deswegen will Donnie es ja nicht selber machen.«

»Tja, das macht mich nur noch nervöser, Harding. Normalerweise ist der Mann ein richtiger Pit Bull, wenn er mehr als drei Nullen riecht.«

»Aber der Pit Bull ist inzwischen Vizepräsident, Warren. Wahrscheinlich werden sie kastriert, sobald sie über den vierten Stock rauskommen. Zum Beispiel sein neues Büro. Passiert nicht oft, daß Typen aus meiner Gegend plötzlich eine Vorliebe für den Minimalismus entwickeln.«

Er reicht mir den Flachmann. Keine Ahnung, wie das möglich ist – schließlich war das Ding an seiner Schulter –, aber der Rum ist fast so kalt wie der Wind, der um den Impala herumpfeift.

Ich kenne Frost seit Jahren oberflächlich – jeder, der im Daley Center zu tun hat, läuft ihm irgendwann über den Weg, entweder vor Gericht oder im Herrenklo –, aber ich kann mich nicht erinnern, schon mal mit ihm persönlich zu tun gehabt zu haben. Manchmal sieht man ihn in den Nachrichten, wie er einen Klienten mit falschem Lächeln berät und sich mit ausgestreckter Hand gegen die Blitzlichter der Fotografen abschirmt.

Wie er an Elenya Rosenberg geraten ist, ist mir ein Rätsel.

»Warum so schnell, Harding?« fragt er. »Warum schon morgen abend? Schließlich ist es ihr Geburtstag ...«

»Weil ich mir den Tag ausgesucht habe, basta.« Ich habe ihm nichts von der Karte erzählt. Ich habe ihm überhaupt nicht viel erzählt, also sind wir in etwa quitt. »Wenn's nicht klappt, bitten sie uns vielleicht zu Kuchen und Eis herein.«

Er schweigt eine Weile. Ich frage mich, ob er beim Möbelkauf auch so lange überlegt.

»Sie sehen müde aus«, sagt er schließlich. »Abgearbeitet.« Ich bezweifle, daß er sich um meine Gesundheit Sorgen macht. Hier geht's eher um die Bedenken eines Versicherungsagenten, der eine Police ausstellen soll, um die Sicherheit seiner Investition. »Und Ihre Augen sind rot.«

»Ihre Augen sehen auch nicht so besonders aus, Frost.« Ich schaue mich nach einem Spiegel um und gebe mich dann mit dem Chrom des Impala zufrieden. Gar nicht so schlecht. Die meisten Leute, die ich kenne, wirken müde. Irgendwie wird das Nichtstun immer anstrengender.

»Ich würde gern mitkommen«, sagt er. »Wenn ich mir's recht überlege – ich bestehe drauf.«

Ich zucke mit den Achseln. Wenn er mir nicht in die Quere kommt, soll's mir egal sein. Allerdings glaube ich nicht, daß er mir eine große Hilfe sein wird. Der Schweiß steht ihm ja schon auf der Stirn, als er eine einzige Kiste mit Dokumenten zu meinem Truck schleppt. Frost hat genug Unterlagen für die Warren Commission dabei. Computerausdrucke, Statistiken – alles, um Stephens Geld aufzuspüren. Ich kann mir nicht vorstellen, daß ich irgendwas davon brauchen kann.

»Der Bericht über die ausländischen Finanzen und das Erbrecht ist von ein paar Assistenten der Northwestern erstellt worden«, sagt er. »Hundertprozentig würde ich mich darauf aber nicht verlassen. Doch wie's so schön heißt: immer dem Geld nach.« Mein Blick folgt einer aus einem alten Jahrbuch herausgerissenen Seite, die auf den Schnee flattert – Lucy Williams in weißer Uniform und mit gestärkter Schwesternhaube, Loyola School of Nursing. Unschuldigere Zeiten. Angezogen erkenne ich sie kaum.

Allerdings erkenne ich noch jemanden auf dem Klassenbild – einen Pfleger, den ich ein- oder zweimal dabei beobachtet habe, wie er Lucy nach der Arbeit nach Hause begleitete. Er ist leicht zu entdecken, weil er der einzige Mann in

Lucys Klasse ist. Er war schon damals kräftig wie ein Bär; jetzt ist er Mitte Dreißig, schaut ernst drein und hat die schwarzen Haare ordentlich aus dem Gesicht gekämmt. Einmal, als er Lucy sicher zu Hause abgeliefert hatte, kam er nahe genug an meinen 4Runner heran, um mein Gesicht zu sehen, und er schien erleichtert über das zu sein, was er da fand – eine solche Reaktion rufe ich nicht allzuoft hervor. Ich tat so, als schliefe ich. Er ging weiter.

»Unter dem Armaturenbrett müßte ein Korkenzieher sein«, sagt Frost. Ich denke, er will den Wein damit aufmachen, aber er benutzt ihn, um die Windschutzscheibe abzukratzen. Er will einen richtigen Drink.

Wir fahren ungefähr anderthalb Kilometer nach Du Page County, wo die Bebauungsvorschriften lockerer werden: Hier stehen Wohnhäuser und Einkaufszentren direkt nebeneinander, und gleich um die Ecke gibt's schon kleine Industrieanlagen. Wir stellen den Wagen auf der Straße ab. Frost wirft nie Geld in Parkuhren; das ist hier in Chicago so etwas wie ein Statussymbol. Wir überqueren die Straße. Frost hat beide Hände in den Hosentaschen und fingert nervös an seinem Kleingeld herum.

»Haben Sie schon mal eine von diesen Sexnummern angerufen?« fragt er.

»Nein.«

»Woher soll man denn wissen, daß man nicht mit irgendeiner Hausfrau in Des Plaines redet, die gerade ihre Wäsche in der Küche bügelt und sich über den Anrufer lustig macht?«

»Das ist eine andere Nummer, Warren.«

Das Wedge Inn befindet sich zwischen einem schlecht beleuchten Dim-Sum-Restaurant und einem Ventilatorengeschäft. Das Lokal hat Linoleumböden, Fenster aus Glasbausteinen und Old Style vom Faß. Es riecht nicht sonderlich gut hier, aber das tut's in einer Kneipe selten so früh am Tag.

Die Geschäfte und die Bar sind mir noch nie aufgefallen,

doch es wundert mich nicht, daß Frost sich hier auskennt. Offenbar hat er jeden Laden, in dem es Alkohol gibt, und jede Kneipe in den angrenzenden drei Counties im Kopf gespeichert. Er begrüßt einen Typen an der Tür, unterhält sich kurz mit ein oder zwei Stammgästen, schüttelt ein paar Hände, klopft dem einen oder anderen auf den Rücken – und reicht dann Jamie, der Barkeeperin, den Flachmann. Jamie füllt ihn nach, ohne zu fragen, wie eine Feldflasche am letzten Wasserloch. Und sie schenkt Frost ein ganz besonderes Lächeln, als sie uns unsere Drinks bringt.

Ich frage Jamie, ob es in dem Laden ein Telefon gibt, das ich benutzen kann.

»Hinten, Schätzchen. Neben dem Klo. Aber passen Sie auf Ihre Füße auf – wir haben heute ein kleines Problem mit der Kanalisation.«

Ich weiche den Pfützen aus und werfe einen Vierteldollar in ein altes Telefon mit Wählscheibe. Der Vierteldollar bringt nicht viel – die Vermittlung der Universität leitet mich zum International House weiter. Die dortige Vermittlung läßt es zehn- bis zwölfmal klingeln, bevor sie mir erklärt, daß in Noras Zimmer niemand rangeht. Ich habe jetzt nur noch einen Vierteldollar, und ich will ein Ferngespräch nach Springfield führen, aber zum Glück hat ein Freund namens Zekman Mitleid mit mir und übernimmt die Gebühren. Früher hat das mal ein Beamter von der Chicagoer Polizei für mich gemacht, aber irgendwann hatte er die Schnauze voll vom Polizistendasein. Jetzt fährt er in Florida mit einem Fischerboot Touristen herum. Manchmal bekomme ich eine Postkarte von ihm mit einem riesigen Alligator oder der Welt größtem Golfball, dem Epcot Center.

»Er gehört einem Swann«, sagt Zekman.

»Brookfield Zoo oder Lincoln Park?«

»Nein, kein Schwan, der heißt so, Harding. Ist auch n Doktor. Oder jedenfalls so was Ähnliches. Ein Quacksalber. Aber der Grand Am steht auf der schwarzen Liste.« Das bedeutet nicht, daß er gestohlen ist, nur, daß die Polizei gern wissen würde, wo er steckt. Normalerweise deshalb, weil die Zulassung abgelaufen ist. Er gibt mir eine Adresse – Lawndale Avenue/Ecke 89th –, die ich sehr gut kenne. Eine Tante von mir ist dort begraben – mitten im Evergreen Cemetery. Hübsche Landschaft da, aber wahrscheinlich nicht der allerbeste Ort für eine Arztpraxis. Kein Wunder, daß die Mitteilungen vom Amt nie angekommen sind. Früherer Besitzer? »Noch n Quacksalber, Harding – ein gewisser Sawyer.« Eine andere Adresse, die diesmal überzeugender klingt. Ich schreibe alles in ein Notizbuch, das ich mir zusammen mit einem passenden Bic-Kugelschreiber bei Walgreens gekauft habe. Allmählich wird noch ein richtiger Detektiv aus mir.

»Wo hast du den Geisterwagen gesehen?« fragt Zekman.

»Vor einem Truck Stop in Indiana.«

»Was du nicht sagst. Truck Stops haben manchmal gutes Essen. Was hat's da gegeben, gebratene Hühnerbrust mit Sauce?«

»Ich hab mir die Speisekarte nicht angesehen.« Zekman träumt davon, ein Restaurant zu eröffnen. Er sitzt in seinem Büro und liest Konzessionsbestimmungen und *Cooking for Fifty*. Alle wollen an einem anderen Ort sein als an dem, wo sie gerade sind.

Frost sieht zu, wie ich an unseren Tisch zurückkehre.

»Haben Sie jemanden im Hinterkopf, der Ihnen helfen könnte?« fragt er. Unser Tisch ist klein und wackelig – vielleicht schätzt Frost ihn, weil er nahe bei der Bar ist. Oder es ist der Tisch, an dem er immer sitzt, aber irgendwie habe ich den Eindruck, daß das für jeden Tisch hier gelten könnte. Über der Theke blinkt ein Old-Sign-Zeichen wie eine kaputte Verkehrsampel.

»Ja«, sage ich.

»Wie heißt der Mann?«

Ich nehme mir eine Handvoll Brezeln. »Den kennen Sie nicht«, antworte ich.

»Na wunderbar. Und da soll ich Ihnen vertrauen?«

»Tja, so funktioniert das eben, Warren. Was wollten Sie denn machen, seine Kreditwürdigkeit überprüfen?«

»Schlimmer als Ihre kann sie gar nicht ausfallen«, sagt er und bestellt mit einem Handzeichen noch eine Runde bei Jamie. Ich bin bei meinem ersten Old Style, und mehr werde ich davon auch nicht trinken. Frost kippt den Single Malt Scotch runter wie Eistee. Allmählich beginnt er zu wirken. Frosts Augen fangen an zu glänzen. »Ich habe Ihre ganze Lebensgeschichte in meinem Büro, auf siebeneinhalb mal zwölfeinhalb Zentimeter großen Kärtchen. Meine Assistenten sind sehr gründlich.«

»Was Sie nicht sagen. Vielleicht könnten die meine Steuererklärung für mich machen.«

Einen Trinker erkennt man immer daran, wie er auf seinem Stuhl sitzt. Der Genußtrinker lehnt sich zurück, als hätte er alle Zeit der Welt, und läßt sein Bier sogar ein bißchen warm werden. Aber Frost sitzt vorgebeugt da, beide Hände um das Glas gewölbt. Keine Macht der Welt kann ihm dieses Glas wegnehmen.

»Ich tue es für Elenya«, sagt Frost. »Verstanden? Weil ich nicht weiß, was ich sonst machen soll. Sie haben sie doch bei Donnie gesehen, oder?«

»Ja, Warren. Ich hab sie gesehen.« Ich gehe an die Theke, um mir Kleingeld zu holen. Die Jukebox im Wedge Inn hat keine Lieder von Patti Smith, also drücke ich meine zweite Wahl – Patsy Cline. Jamie hebt anerkennend den Daumen. Seelenverwandtschaft. Ich wähle meine eigene Telefonnummer und höre den Ansagetext von meinem Anrufbeantworter. Elenya, falls sie noch in meiner Wohnung ist, geht nicht ans Telefon. Ich habe keine Ahnung, was ich zu ihr sagen würde, wenn sie es täte. Ich habe auch keine klare Vorstellung davon, was am Sonntagabend passieren wird, nur das Gefühl, daß ich dort sein sollte. Elenya oder Nora oder beiden zuliebe.

Und was werde ich dort tun? Was werde ich verhindern? Keine Ahnung.

Ich nehme ein paar Erdnüsse zum Tisch mit.

»Solche Sachen mache ich normalerweise nicht«, sagt Frost.

»Klar, Warren. Deswegen benutzen Sie ja auch Ihren Ersatzreifen als Sparkasse.«

»Ich hatte nicht gerade den Eindruck, daß Sie ein schlechtes Gewissen hatten, als ich Ihnen die Scheinchen gegeben habe.«

»Tja, das kommt noch«, sage ich. Patsy Cline singt »Walkin' After Midnight«. »Was können Sie mir über Elenyas Mann sagen, den Nasenkönig?«

»Sie machen Witze. Jetzt beschatten Sie den Mann seit drei Monaten und müssen mich das fragen?«

»Ich weiß nur, wie er seine Mittwochnächte verbringt. Bis jetzt haben sich seine Aktivitäten auf Lucy Williams und ein bißchen perversen Sex beschränkt. Nichts, was man nicht schon mal in nem Pornofilm gesehen hätte. Aber letzte Woche haben die beiden noch ein Mädchen ins Spiel gebracht. Und da ist's ziemlich rauh zugegangen.«

»Ach?« sagt er.

»Also frage ich mich, ob er das öfter macht.«

»Zum Beispiel morgen abend?« sagt er.

»Donnie hat mich nur für mittwochs engagiert. Der Sonntagabend ist noch unerforschtes Gebiet, sozusagen eine Expedition in die Neue Welt. Wir könnten ganz schön tief fallen, wenn sich rausstellen sollte, daß die Erde doch eine Scheibe ist, also hätte ich vorher gern ein paar Hintergrundinformationen.«

»Viel gibt's da nicht zu sagen«, meint Frost. »Rosenbergs chirurgische Praxis ist eine Goldgrube – er hat da mehr Patienten, als er versorgen kann. Manche behandelt er im Krankenhaus, andere in seiner Praxis in der Woodlawn Avenue. Er unterrichtet an der Uni. Natürlich muß er auch ein bißchen forschen, weil die Uni das verlangt. Aber das ist seit der festen Anstellung wahrscheinlich weniger geworden. Was sonst noch? Ach ja, er arbeitet gern im Garten. Er hat eine Geliebte. Und er schlägt seine Frau.«

»Sehen Sie«, sage ich. »Ich hatte zum Beispiel keine Ahnung, daß er gern im Garten arbeitet. Um welche Forschungen handelt es sich genau?«

»Nichts besonders Wichtiges«, sagt Frost, Erdnüsse mampfend.

»Was heißt, daß Sie keine Ahnung haben, stimmt's? Ist er an der Uni beliebt?«

»Harding, Sie haben da studiert, nicht ich.«

Wie viele Ehemalige der Northwestern University reagiert auch Frost empfindlich auf die University of Chicago.

»Das ist zwanzig Jahre her.«

»Na schön. Sie wissen ja, wie das mit den Naturwissenschaften der University of Chicago ist. Da hat sich nichts geändert. Die reine Forschung, vollkommen realitätsfern, was anderes wird dort nicht honoriert«, sagt Frost. »Es sei denn natürlich, man bekommt den Nobelpreis. Gott verhindere, daß man irgendwas macht, was einen praktischen Nutzen haben könnte.«

»Vielleicht haben sie 1945 gelernt, wie gefährlich das werden kann.«

»Sie meinen Fermi, Szilard, solche Männer? Rosenberg schnipselt bloß an Nasen rum, Harding. Der spielt nicht in der Liga. In seinen Forschungsprojekten geht es wahrscheinlich hauptsächlich darum, welche Wattebäusche man bei solchen Operationen am besten verwendet.«

»Wo betreibt er seine Forschungen?«

»Tja, das Gebäude heißt Kent.«

»Ist das ein Chemielabor? Warum dort?«

»Wer weiß. Und wen interessiert's?«

Mein nächstes Lied klingt aus der Jukebox – »Seven Year Ache« von Rosanne Cash. Jamie lächelt. Es fehlt nicht viel, dann fangen die alten Leutchen an der Bar an zu tanzen.

»Haben Sie je mit Elenya über Stephen gesprochen?« frage ich.

»Wie meinen Sie das? Worüber?«

»Darüber, was er macht. Ich meine, mit Lucy und jetzt auch mit diesem Mädchen.«

»Nicht im Detail. Jedenfalls nicht, bevor Donnie uns die Fotos gezeigt hat. Da haben wir uns sozusagen dazu gezwungen gesehen.«

»Warum will sie jetzt gegen ihren Mann vorgehen?«

Er zuckt mit den Achseln.

»Ich kann mir nicht vorstellen, daß sie sich diese Mißhandlungen gefallen läßt ...«

»Daß er sie verprügelt? Ich glaube, das macht er noch nicht lange«, sagt Frost. »Erst seit letztem Jahr oder so. Sie haben recht; sie ist eine zu starke Frau – sie läßt sich das nicht lange gefallen.«

»Wann hat sie angefangen, von einer Scheidung zu reden?«

»Ich weiß es nicht so genau. Moment mal – ich erinnere mich, daß ich mich um Thanksgiving herum, vielleicht war's auch Halloween, mit ihr unterhalten habe – irgendwann letzten Herbst. Aber wir haben nur drüber geredet. Sie ist zu mir ins Büro gekommen und hat sich nach den Modalitäten erkundigt. Ganz unverbindlich.«

»Warum ist sie zu Ihnen gekommen? Sind Sie der Hausfreund?«

»Tja, so was Ähnliches.«

Ich warte eine Weile, aber Frost hat offenbar nicht vor, mir das näher zu erklären.

»Was ist mit anderen Freundinnen von Rosenberg? Kennen Sie noch andere als Lucy?«

Er schüttelt den Kopf.

»Vielleicht eine Frau namens Robin? Haben Sie den Namen schon mal gehört?«

Frost verneint.

»Nora Taylor?«

»Woher haben Sie all diese Namen?«

»Können Sie mir sagen, wie sein Tagesablauf aussieht? Wohin er geht, wer seine Freunde sind ...«

»Kaum zu glauben, daß ich Sie anheuere«, sagt Frost. »Sie wissen ja weniger über die Sache als ich.«

»Neulich abend hat Elenya erwähnt, sie habe Angst, daß ihr jemand folgt. Hat sie Ihnen das erzählt?«

»Nein. Hören Sie zu, Harding, Sie müssen mir wirklich sagen, wie Ihr Mann heißt«, kommt Frost, ganz der gute Anwalt, wieder aufs Anfangsthema zurück. »Und ich muß etwas über seinen Background erfahren.«

»Zum Beispiel, ob er bei den Freimaurern ist?«

»Zum Beispiel, ob er auch bei Ihnen war, als die Sache beim letztenmal alles andere als gut gelaufen ist.« Er sieht mich unverwandt an. »Als Sie Ihre Lizenz verloren haben. Das ist doch auch in Hyde Park passiert, oder? Jedenfalls der erste Teil der Geschichte.«

Ich bin nicht wütend, sondern eher erstaunt darüber, wie lang er gebraucht hat, um auf dieses Thema zu kommen. Wie viele Alkoholiker ist er sonst ziemlich flink.

»Sie lernen ihn morgen abend kennen«, sage ich. »Versuchen Sie, sich bis dahin zu gedulden.«

»Also war er beim letztenmal nicht mit von der Partie? Wenn ich einen meiner Assistenten beauftrage, die Gerichtsakten durchzuarbeiten – das war vor zehn oder elf Jahren in South Cottage Grove, da ist's doch passiert, oder? Da haben sie sie zumindest gefunden. Ziemlich häßliche Schnittwunden am Bauch und an den Armen. Würde ich dann den Namen dieses anderen Mannes herausfinden?«

»Hören Sie auf, Warren. Drängen Sie mich nicht.«

»Wie hieß das Mädchen noch mal – Andrea?«

»Angela.« Er kennt ihren verdammten Namen.

»Genau. Angela Martinez. Was ist eigentlich aus ihr geworden? Ich meine, nachdem sie aus Billings und aus der Reha raus war – hattet ihr zwei da noch weiter Kontakt?«

»Wir sind nicht gerade Brieffreunde«, sage ich und sehe mich nach Jamie um. Allerdings will ich kein Old Style mehr; ich mache gleich mit Whiskey weiter. »Warum lassen Sie das Thema nicht auf sich beruhen, Warren? Das ist lange her. Außerdem dachte ich, wir unterhalten uns über Elenya.«

Als er meinen Blick sieht, beschließt er, nicht weiter nachzubohren. Es sind also nur fünf Doppelte, ein Viertelliter Rum und die Androhung körperlicher Gewalt nötig, um ihn zum Schweigen zu bringen. Er bestellt sich noch einen Drink; ich habe inzwischen den Überblick verloren, wie viele er schon intus hat. Aber man merkt ihm den Alkohol nicht an. Seine Hände zittern nicht. Er hat die Konstitution des professionellen Alkoholikers. Er ist mit dem Zeug verheiratet.

Ich persönlich bin auch noch nicht bettreif, obwohl das Bier und der Whiskey, die Jamie mir hinstellt, einen guten Schlaftrunk abgeben würden. Meine Fäuste und meine Nerven entspannen sich etwas. Old Style wird nach drei oder vier Whiskeys tatsächlich trinkbar. Die Kombination wirkt angenehm betäubend. Besonders wenn die Jukebox »Love Is Strange« von Mickey & Sylvia spielt, wie jetzt.

»Urlaubsfotos?« fragt Jamie und wirft einen Blick über Frosts Schulter – er geht die Bilder durch, die ich von Rosenberg und Lucy gemacht habe. Wenn man sie schnell durchblättert, sieht's aus wie ein Stummfilm. »Da hat ja jemand ne Menge Spaß gehabt.«

»Tja, im Club Med«, sage ich.

»Sicher«, sagt Jamie lächelnd zu mir, »hierzulande gibt's keinen solchen Service mehr.«

FÜNF

Die Samstagnacht vergeht wie im Flug. Ich schlafe meinen Rausch vom Wedge Inn mit dem Gesicht nach unten auf meinem Sofa aus und wache um drei Uhr früh auf. Elenya ist weg. Der Porsche ist weg. Ich habe keine Ahnung, wann die beiden verschwunden sind.

Bei einem durchgehend geöffneten Jewel-Laden hole ich mir die Sonntagszeitungen, ein Bier und ein bißchen was zu essen, sogar ein oder zwei Orangen. Ein Junge, der Dosen mit grünen Bohnen zu Pyramiden aufbaut, dirigiert mich in Richtung Aspirin. Ich bin ein richtiger Glückspilz – die Jumbogröße wird zusammen mit einer Wegwerfuhr und einem flotten Spruch verkauft: *Zeit, sich besser zu fühlen.* Auf dem Broadway komme ich an Selected Works vorbei, einem Antiquariat, in dem ich oft nach Filmbüchern über Zombies oder japanische Monster Ausschau halte; eine Katze schläft auf ihrem Wachposten im Fenster. Und Godzilla schiebt irgendwo in Tokio Wache. Alle machen heute irgendeine Art von Nachtwache. Ich vergleiche die Zeit auf meiner neuen Armbanduhr mit der von der Uhr des Ladens. Sie geht jetzt schon zwei Minuten nach.

Auf meinem Anrufbeantworter höre ich eine Mischung unterschiedlicher Stimmen: Alison erklärt sich mißtrauisch bereit, mir zu helfen; Frost bestätigt den Treffpunkt; Donnie erklärt mir, er könne mir den Rücken nicht decken, also müsse ich Frost selbst auf die Finger schauen. Boone flüstert mir zu, daß die Säure nur Phenol ist, eine Substanz, die Schönheitschirurgen fürs Gesichtspeeling verwenden. Und Elenya – ich höre ihre Stimme seit Freitag zum erstenmal – sagt, sie sei wieder daheim in Kenwood, ich solle mir keine Sorgen machen, es käme alles wieder ins Lot. Ihre Stimme klingt leise. Diese Nachricht spiele ich zweimal ab.

Das Wetter schlägt am Sonntag nachmittag um. Die extreme Kälte läßt nach. Doch bereits am frühen Abend werden die Radiosendungen wieder für Sturmwarnungen unterbrochen. Die Temperatur lag den ganzen Tag um den Nullpunkt. Irgend etwas ist im Anmarsch. Es könnte Schnee geben oder Hagel oder Schneeregen. Vielleicht geht die Welt unter. Am Lake drängen sich die Wolken natürlich dichter zusammen. Radarwarnungen vermischen sich mit einer Lesung aus der Offenbarung des Johannes.

Es wird schon früh dunkel. Ich lege eine zusätzliche Regenjacke in meinen Truck, trage meinen festen Parka und die imprägnierten Stiefel; an den Gürtel schnalle ich mir ein tragbares CB-Funkgerät. Ich bin auf alles gefaßt, was die Nacht für mich bereithalten kann. Eiskalter Regen verwandelt sich in Schneeregen, während ich den Lake Shore Drive in südlicher Richtung entlangfahre. Als ich in Hyde Park ankomme, ist Schnee daraus geworden.

In der 47th Street geht mein Piepser los, kaum zwei Blocks von Rosenbergs Haus entfernt – ich drehe rasch um und entdecke ein Telefon vor einem Schnapsladen. Eine gelangweilte Kassiererin mit purpurfarbenen Haaren beobachtet mich durchs Schaufenster. Ich kenne die Nummer nicht, die ich anrufen soll. Das gilt auch für die Stimme.

»... muß Sie sofort sehen«, sagt eine Frau. Der Wind und die Autos und ihre Atemlosigkeit machen es mir schwer, sie zu verstehen – »im Chamberlain-Speisesaal ist's wahrscheinlich am besten – jemand hat mir Ihren Namen gegeben – mein Gott, ich hab ganz vergessen, Ihnen meinen Namen zu sagen; ich heiße Robin – *bitte, ich muß Sie sehen, ich brauche Ihre Hilfe ...*« Dann ist die Leitung tot. Ich stehe da und warte auf jemanden – die Vermittlung, die Kassiererin, den Spielleiter aus *Unsere kleine Stadt* –, der mir erklärt, was ich gerade gehört habe. Aber da ist nur das Freizeichen.

Chamberlain ist Teil eines großen Studentenheims mit dem Namen Burton-Judson, das wie ein Fort am Rand des Universitätsgeländes steht – das weiß ich, weil ich im ersten Semester selbst dort gewohnt habe. Robin ist davon ausgegangen, daß ich es kenne, und das macht mich ein bißchen stutzig. Das gleiche gilt für die Angst in ihrer Stimme – so etwas kann man nicht vortäuschen.

Die Eingangstür ist verschlossen. Wer so spät hier reinwill, muß an der Rezeption vorbei. Ich habe weder einen Studentenausweis noch eine plausible Geschichte zu bieten. Nach dem fünfminütigen Gespräch mit der Wachfrau habe ich nur erreicht, daß sie sich bereit erklärt, die Heimsprecherin anzurufen und für mich ins Brieffach mit dem Namen Robin Connor zu sehen – es ist leer. Sie wohnt in Zimmer fünfunddreißig, im dritten Stock.

Aber gleich gebenan gibt es eine Bibliothek und eine Aufsicht, die offenbar an geistesabwesende Jurastudenten und ihre Vergeßlichkeit gewöhnt ist – die Bibliotheken schließen in Hyde Park sogar am Wochenende noch nach den Bars. Wenn jemand auf die Idee käme, eine Forschungsbibliothek mit einer Schanklizenz zu verbinden, wäre er ein gemachter Mann.

Die Aufsicht stellt mir einen Tagesausweis aus, den ich sofort mißbrauche, indem ich einer Studentengruppe von den Bücherregalen in den Keller folge, von wo aus ein Verbindungsgang wieder zurück zum Burton-Judson-Wohnheim führt. Schon nach fünf Minuten stehe ich vor dem Speisesaal, aber die Mühe war umsonst, er ist verschlossen und stockfinster. Es ist niemand zu sehen, weder innen noch außen.

Allmählich wird die Zeit knapp. Alison und Frost warten auf mich. Ich möchte nicht zu spät zu Elenyas Geburtstagsparty kommen. Also überquere ich den kleinen viereckigen Platz vor dem Chamberlain House und warte in der Dunkelheit, bis die Tür aufgeht und ich hineinschlüpfen kann. Die Wachfrau hat mittlerweile ihren Posten verlassen, wahrscheinlich, um mein Treiben telefonisch zu melden. Ich laufe in den dritten Stock hinauf.

Jetzt wohnen sowohl Jungen als auch Mädchen in diesem Studentenheim; zu meiner Zeit war das anders. Die Tür zu Robins Zimmer steht einen Spalt offen. Ich klopfe leise, dann drücke ich die Tür auf – es ist dunkel im Zimmer; der Lichtschalter funktioniert nicht. Und es herrscht Chaos. Jeans, Bücher und Papiere liegen auf dem Boden verstreut. Ein hoch aufgeschossener Junge mit langen Haaren tippt mir auf die Schulter. Er riecht nach Gras. »Sind Sie ein Freund von Robin?«

Ich habe keine Zeit, ihm zu antworten, weil ich Sirenen höre. Wie dumm von mir, mein Gesicht nicht zu verhüllen – und noch dümmer, daß ich keine Handschuhe getragen habe. Wie um meinen Fehler wiedergutzumachen, benutze ich die hintere Treppe und eine andere Tür und mache einen Riesenumweg, um zu meinem Truck zurückzugelangen. Es schneit jetzt heftiger. Die Streifenwagen kommen schlitternd zum Stehen, als ich an ihnen vorbei in Richtung Norden fahre.

Ich komme ein paar Minuten zu spät in der Greenwood Avenue an und habe kaum Gelegenheit, Luft zu holen. Ein gelber Karmann-Ghia am Ende des Häuserblocks gibt mir mit seinen Scheinwerfern ein Zeichen und hält neben mir.

»Kannst du mir noch mal sagen, warum ich das hier mache?« fragt Alison, nachdem sie ihr Fenster heruntergekurbelt hat. Schneeflocken bleiben auf ihrem schwarzen Haar liegen.

»Weil du ein guter, loyaler Mensch bist.«

»Ach wirklich? Das kann nicht der Grund sein.«

»Weil ne Schwester von dir in der Scheiße steckt.«

»Viel besser, Harding. Aber angesichts dieses Wetters noch nicht genug.«

»Weil ich dir zweihundert Dollar zahle.«

»Gut«, sagt sie und nickt mir kaugummikauend zu.

»Das reicht. Ich brauch nur hin und wieder eine kleine Bestätigung. Möchtest du später noch bei mir vorbeischauen? Im Pay-TV läuft ein Gruselfilm, *Day of the Dead.*« Alison hat Kabelfernsehen. Und sie kennt meine Schwäche für Zombies.

Ich erzähle ihr kurz die Geschichte mit dem Piepser und was heute nacht im Studentenwohnheim passiert ist.

»Die mysteriöse Robin«, sagt sie. »Vielleicht war der Zettel, den ich gefunden habe, ja doch für sie persönlich bestimmt. Soll ich mich auch noch mal dort umsehen? Im B-J?«

»Morgen. Bleib heute nacht lieber bei Nora. Wenn sie überhaupt da ist ...«

»Jemand im I-House meint, daß sie da ist«, sagt sie und reibt sich Wange und Schläfe – sie hat wieder Migräne. Das Blut pulsiert in der falschen Richtung. »Jedenfalls hat sie ihre Post abgeholt. Allerdings glaube ich nicht, daß jemand sie gesehen hat.«

»Hast du dein CB-Gerät auf Kanal sieben eingestellt?«

»Klar.« Sie macht Anstalten, sich zu entfernen, dann entdeckt sie die Kamera auf meinem Armaturenbrett. »Nicht wieder die Leica, Harding. Die habe ich dir sicher schon vor zehn oder zwölf Jahren gegeben. Die ist eine Antiquität.«

»Sie hat Erinnerungswert für mich.«

»Genau das bedeutet das Wort ›Antiquität‹, Harding«, sagt sie mit einem Lächeln.

Dann kurbelt sie ihr Fenster hoch, macht das Friedenszeichen und fährt nach Süden, in Richtung Uni.

Zu dieser Jahreszeit sehen die Villen von Kenwood längst nicht so alt aus, wie sie sind. Manche von ihnen wirken wie Winterpaläste. Wenn der Schnee im Frühjahr wieder schmilzt, werden sie natürlich nach heruntergekommenem Adel ausschauen; die Rasenflächen sind ungepflegt, die Dachrinnen verrostet, und die Schindeln sind so oft ausgebessert, daß sie an einen bunten Quilt erinnern.

Rosenbergs Schloß beherrscht das Eckgrundstück. Drei Stockwerke, zwei Steintürme. Nach einem Jahrhundert wechselnder Besitzer und hastig durchgeführter Anbauten ist die Struktur jetzt fast kubistisch; Giebel und Balkone ragen in alle Richtungen; die Villa hat vier Eingangstüren. Die Fassade wirkt von allen Seiten unterschiedlich.

Frost ist auf die Minute pünktlich. Er kommt zu Fuß. Sein Impala steht irgendwo in der 47th Street. Das ist der Vorteil eines solchen Wagens – den kann man überall abstellen. Man braucht nicht mal die Schlüssel aus dem Zündschloß zu nehmen.

»Wo ist Ihr zweiter Mann?« fragt er. Er trägt einen hübschen Filzhut mit einem Kniff in der Mitte und einer kleinen Feder an der Seite. Ich weiß nicht so recht, ob das früher Sinatra oder später Robin Hood sein soll.

»Der beobachtet I-House«, sage ich.

»Warum?«

»Weil wir glauben, daß Nora dort wohnt.«

»Wer zum Teufel ist Nora?«

»Das Mädchen auf den Bildern«, sage ich. »Sie erinnern sich doch an die Fotos, oder?«

»Sie haben nen Kerl engagiert«, sagt Frost und schiebt den Hut in den Nacken, »und jetzt sitzt der vor nem Mädchenwohnheim? Mein Gott, bin ich froh, daß ich Ihnen nicht mehr als die sechshundert gegeben habe.«

Die Greenwood Avenue ist heute nacht menschenleer. Eine Auffahrt zwei Türen weiter führt zu einer Remise. Ich sehe mich um. Das Tor ist verschlossen, doch der Zaun dient nur als Schmuck. Ich zögere, aber Frost überrascht mich und klettert ohne Schwierigkeiten hinüber. Wir durchqueren ein Gewächshaus und gelangen zum hinteren Ende des Hauptgebäudes. Irgendwo bellt ein Hund. Trotz des Schnees sieht's so aus, als würde bald der Mond rauskommen.

Frost rutscht ein- oder zweimal aus und landet im Schnee. Er trägt Bürokleidung, und seine glänzenden schwarzen

Florsheim-Schuhe geben ihm wenig Halt. Jetzt erst fällt mir auf, daß ich den Mantel, den er trägt, erst vor ein paar Tagen Elenya um die Schultern gelegt habe. Ob er immer noch nach ihr riecht? Und wann hat sie ihn zurückgegeben?

»Haben Sie heute mit Elenya gesprochen?« frage ich. Wir starren beide auf das Haus.

»Ich hab sie nicht erreicht.«

Wir bleiben hinter einer Hecke am äußeren Ende des Grundstücks stehen. Hier liegt der Schnee ziemlich hoch. Ich habe ein Zoom, das nicht auf die Leica paßt, Frost hat ein Opernglas.

Aus der Nähe sieht das Haus riesig aus, wie ein halber Häuserblock. Nicht weit von uns entfernt befindet sich ein Salon mit großen Erkerfenstern. Wahrscheinlich später angebaut. Er ragt in den Garten hinaus wie eine ummauerte Veranda. Die Fenster sind hell erleuchtet, die Jalousien nicht ganz heruntergelassen. Ich werfe einen Blick auf meine neue Uhr: halb neun.

Zwei Gestalten stehen im Schatten des Kamins. Der Mann trägt einen dunkelblauen Bademantel, die andere Person, die viel kleiner ist, ein langes Herren-Oxford-Hemd. Die Hemdzipfel reichen der Frau fast bis zu den Knien. Als sie die Arme hebt, lugt ihr kleines Hinterteil heraus. Sie trägt eine Strumpfhose und glänzendrote Schuhe mit Pfennigabsätzen.

Das Licht ist jetzt ein bißchen gedämpfter. Der Schein des Kaminfeuers erhellt den Raum, als wäre er aus bernsteinfarbenem Glas.

»Ist das Nora?« fragt Frost. Sein Atem riecht nach braunem Rum.

»Ich kann's nicht genau sagen. Wir müssen näher ran.«

»Aber der Mann ist Rosenberg, oder?«

»Ich glaube schon.«

»Wir hätten Ausrüstung mitbringen sollen«, sagt Frost.

»Zum Beispiel?«

»Keine Ahnung. Was Detektive so brauchen.«

»Wir haben alles, was wir brauchen. Sie tragen doch einen Trenchcoat.«

»Holen Sie Ihren zweiten Mann, Harding. Wir brauchen ihn hier.«

»Noch nicht.«

»Rosenberg hat nen Bademantel an. Der geht nicht aus. Zu dritt könnten wir das Haus besser bewachen. Es gibt keinen Grund, warum Ihr Mann weiter bei I-House warten sollte ...«

»Wo steckt Elenya Ihrer Meinung nach?«

»Woher soll ich das wissen? Das hier ist wie ein Sperrgebiet. Vielleicht ist sie bloß ein paar Straßen weiter, vielleicht aber auch im nächsten Bezirk. Holen Sie Ihren Mann ...«

»Immer mit der Ruhe. Ich habe gesagt, noch nicht.«

»Schließlich zahle ich für dieses Fiasko.«

»Ja, aber ich organisiere es. Es ist mein Fiasko. Okay?«

Frost brummelt etwas. Ich hebe den Blick gerade rechtzeitig, um den nackten Rücken der Frau zu sehen, als sie das Oxford-Hemd von den Schultern gleiten läßt. Wenn das Nora ist, hat sie jetzt eine andere Frisur. Ich möchte ihr Gesicht sehen, aber wahrscheinlich werde ich dazu keine Gelegenheit mehr haben – sie legt sich jetzt über das Samtkissen auf dem Sofa, die roten Schuhe ragen in die Luft.

Rosenberg geht auf das Sofa zu.

»Können Sie damit umgehen?« frage ich und drücke Frost die Leica in die Hand. Er nickt. »Wenn Sie ums Haus gehen, können die Sie von innen nicht sehen. Fotografieren Sie durch das andere Fenster; von dort aus dürften Sie auch genügend Licht haben.« Ich hänge ihm die Leica um den Hals wie eine olympische Medaille. Zumindest hat er jetzt etwas zu tun. Was will man mehr? Irgendwie muß man den Mann beschäftigen, egal, wie sinnlos diese Beschäftigung ist. Er überquert die Auffahrt und verschwindet. Gott sei Dank ist er weg.

Wo steckt Elenya heute nacht? Ist sie etwa an ihrem Geburtstag nicht zu Hause?

Meine Füße verheddern sich ständig in trockenem Gestrüpp, Überresten vergangener Sommer. Ich befinde mich in einer Art Garten. Aussaattütchen mit Bildern von Ringelblumen und Gurken sind in den Beeten festgefroren. Pflöcke für Tomaten ragen aus dem Schnee wie Slalomstangen. Ich bahne mir vorsichtig einen Weg.

Ich gehe bis zu einem Holzhaufen. Auch ohne Zoom sehe ich, daß das nicht das Mädchen aus dem Motel ist. Sie liegt auf dem Bauch, das Hinterteil knabenhaft, ein umgedrehtes V. Ich warte ab. Rosenberg drückt die jungenhafte Gestalt in die Kissen und macht sich über ihr Hinterteil her. Mein Gott, ihr Gesicht ist im Polster vergraben. Laß sie doch atmen, du Schwein.

Ohne Wanzen oder Richtmikrofon entfaltet sich das Ganze wie ein alter 16-Millimeter-Porno in einer Peep-Show. Irgendwie wird's dadurch erotischer. Auch dadurch, daß das hier Rosenbergs eigenes Haus und kein schäbiges Motel ist. Ich habe keine Kamera und somit eigentlich auch keinen Grund, weiter zuzuschauen. Obwohl ich wütend darüber bin, daß Rosenberg dieses Mädchen erbarmungslos fickt, spüre ich doch voller Ekel, wie mein eigener Schwanz hart wird und sich gegen das aufgeschichtete Holz preßt.

»Harding!« Frost ist jetzt fast unter dem Fenster, zu dem ich ihn geschickt habe, und versucht auf einer alten Windfangtür aus Holz zu stehen, die in den Boden eingelassen ist. Er ist zu nah dran. Wo er sich befindet, gibt es kein richtiges Versteck, er muß sich in die Schatten ducken; das einzige Licht hier schimmert aus dem Innern und von einer schwachen Glühbirne über der Garage. Der Mond ist doch nicht herausgekommen. Frost winkt mich zu sich – er sieht etwas Interessantes durch das Erkerfenster auf der anderen Seite. Er hat immer noch die Kamera.

»Was?«

»Da, da.« Er fuchtelt mit den Armen herum und balanciert dabei auf der Kante der Windfangtür wie auf einem Surfboard. »Kommen Sie hier rüber.«

Ich habe kaum einen Schritt gemacht, als zwei Dinge fast gleichzeitig passieren: Ich sehe noch jemanden in dem Raum, eine andere Frau gleich hinter den Vorhängen, und sie kommt jetzt mit gefesselten Händen hervor ...

Und plötzlich ist es taghell.

Frost muß zu nahe rangekommen sein. Entweder das, oder Rosenberg hat die Windfangtür verkabelt. Ein lautes Klicken, eine automatische Schaltung irgendwo über der Garage. Kabel, die den ganzen Winter eingefroren dagelegen haben, erwachen ächzend zum Leben. Scheinwerfer an der Dachrinne direkt über mir gehen an und überfluten den Garten mit Licht. Dicke Eiszapfen fallen vom Dach.

Frost und ich weichen dem ersten grellen Licht aus und hasten auf die Rückseite des Hauses zu. Im Haus bellt ein Hund. Vor meinen Augen tanzen weiße Punkte. Jemand läßt die Jalousien mit einem Ruck herunter; ich rutsche aus und falle rückwärts in den Schnee. Als ich wieder auf den Beinen bin, fange ich an zu rennen. Eigentlich sollte ich Frost den Vortritt lassen – schließlich haben wir ihm das hier zu verdanken –, aber er ist langsamer als ich, und ich habe keine Lust zu warten.

Wir verlassen den Garten, machen einen weiten Bogen und stolpern über eine weiße Aussichtsterrasse, dann an einer Art Solarium mit einem großen grünen Sonnendeck aus Kiefernholz vorbei. Ich brülle Forst etwas zu. Ich habe jede Orientierung verloren. Und ich versuche, die Dunkelheit zu erreichen, die immer ein paar Schritte vor mir liegt.

Aber das Grundstück ist riesig, und Bewegungsdetektoren lösen die Scheinwefer an Giebeln, Abflußrohren, Mansardenfenstern und Bäumen aus. Das Licht ist immer einen halben Schritt hinter uns. Irgendwann zieht Frost mich über einen leeren Parkplatz. Als wir wieder auf der Straße sind und die Greenwood Avenue zu meinem Toyota hochrennen, sind Haus und Grundstück erleuchtet wie ein NASA-Gelände.

»Haben Sie die Kamera?« frage ich, völlig außer Atem. Zuletzt bin ich bei den Leichtathletikwettbewerben in der Schule so gelaufen. Ich fummle mit dem Schlüssel im Zündschloß herum.

»Fahren Sie verdammt noch mal los, bevor hier die ganze Polizei von der South Side antanzt. Ich kaufe Ihnen eine neue Kamera.« Er hat recht. Wir haben keine Zeit, uns hier rumzustreiten. Überall gehen Lichter an. Die Nachbarn treten vor die Türen, Daunenjacken über den Bademänteln. Das sehe ich im Rückspiegel, aber hauptsächlich konzentriere ich mich darauf, nicht gegen die geparkten Autos zu knallen.

Ich fahre so schnell, wie es das Wetter erlaubt. Das Hyde-Park-Viertel ist ein Gewirr aus Einbahnstraßen und Sackgassen. Allerdings halte ich mich nicht an die Vorschriften. Wir sind in verkehrter Richtung auf der Blackstone Avenue unterwegs, während ein Sicherheitsbeamter von der Uni zur Greenwood Avenue fährt. Unglücklicherweise ist mein Toyota 4Runner besser für Querfeldeinabenteuer als für enge Straßen in der Stadt geeignet – manchmal wird's ziemlich knapp. In einer leeren Garage, in die ich von der Dorchester Avenue aus rückwärts fahre, reißt es mir fast den Lack von der Tür.

Aber wir haben Glück. Das Blaulicht scheint immer einen Block von uns entfernt zu sein. Das gleiche gilt für die Sirenen.

»Haben Sie auch das Gefühl, daß Rosenberg sein Privatleben heilig ist?«

»Das ist eben so, hier in Hyde Park, Harding.« Er schaut zum Himmel hinauf.

»Haben Sie Angst, daß es wieder schneit?«

»Ich sehe nach, ob Hubschrauber unterwegs sind.«

Ich fahre durch den Washington Park und lasse den Wagen an einer Ecke gleich bei der Hochbahn. Allmählich ebbt der Adrenalinstoß ab, den die Flucht hervorgerufen hat, und ich würde am liebsten umkehren. Frost glaubt offenbar, daß wir eine kleine Pause machen. Er nimmt einen großen Schluck aus seinem Flachmann und reicht ihn mir. Seine Hände zittern. Heute abend trinkt er keinen Rum, sondern Johnnie Walker Black Label. Das Zeug brennt mir im Hals, aber ich beklage mich nicht, sondern nehme noch einen Schluck.

»Sie haben die Kamera fallen lassen, stimmt's?«

»Harding, ich hab's Ihnen schon gesagt, ich kauf Ihnen ne neue.« Er weiß nicht, daß die Seriennummer und zwei eingeritzte Initialen in einem winzigen Herzen jeden Interessierten direkt zu Alison und dann zu mir führen. Woher sollte er das auch wissen?

Aber das ist nur ein Grund dafür, warum ich mit dem Bus, dem Taxi oder zu Fuß gleich wieder zu dem Haus in der Greenwood Avenue zurückkehren werde.

Ich habe einen Blick durch das Fenster geworfen, bevor Frost den Alarm auslöste. Und ich möchte noch mal hineinschauen. Im Augenblick habe ich nur ein paar Momentaufnahmen, die sich zu einer vagen Montage verbinden. Ich erinnere mich, daß der Frau, die hinter dem Vorhang hervorkam, grob der Bademantel von den Schultern gezogen wurde, daß die Hände des Mannes dabei über rote Striemen und Flecken glitten – kein schwarzer Slip verbarg sie diesmal – und daß der Mann dann wieder zu der Gestalt auf dem Sofa zurückkehrte, auf deren Rücken ich nun eine gräßliche Narbe erkennen konnte. Dann entfernte Stephen die Fesseln von zwei schmalen Handgelenken. Die Gestalt auf dem Sofa krümmte sich wehrlos zusammen. Elenyas Schreie verhallten im Chaos des Alarms.

Und da waren noch Geräte, von denen ich angenommen hatte, sie seien für den Kamin – *nie etwas annehmen, nimm nie etwas an* –, ganz in der Nähe des Sofas, glühend rot.

Jetzt merkt Frost erst, wo wir stehen. Er verriegelt seine Tür. »Ich glaube, wir sollten fahren«, sagt er nervös.

»Wir fahren zurück«, sage ich und lege den Gang ein.

»Was? Sind Sie verrückt?«

»Vielleicht, aber wir fahren zurück.« Wir zucken beide zusammen, als mein Funkgerät zu knacken und zu knistern beginnt. Alison flüstert mit rauher Stimme immer wieder meinen Namen.

SECHS

Ich brauche ein paar Minuten, bis ich sie gefunden habe.

Ich fahre zusammen mit einer ganzen Menge anderer Autos die Ellis Avenue hinunter, da entdecke ich Alison vor ihrem Wagen, wie sie zu einer Reihe grauer Gebäude hinaufstarrt. Ich bin ganz dicht hinter einem riesigen Pontiac. Alisons Wagentür schwingt im Wind hin und her; bei jedem Stoß geht das Innenlicht aus oder an. Sie reagiert nicht auf meine Funkrufe.

Und ich habe auch nicht den Eindruck, daß sie mich sieht. Ich bin noch einen ganzen Block von ihr entfernt, als sie die Tür zuknallt und zu dem Gebäude sprintet.

Der Pontiac biegt in die 56th Street ein, also trete ich aufs Gas, mißachte ein Stoppschild an der 57th Street und schlittere mit dem Wagen auf den Gehsteig bis vor einen Bücherladen. Eine niedrige Steinmauer – eigentlich ein Pflanzkübel – bringt uns endgültig zum Stehen; meine Scheinwerfer sind kaputt. Als ich mir die Stirn mit der Hand abwische, ist Blut daran. Die Windschutzscheibe sieht aus wie ein Spinnennetz.

Warum rennt sie so?

Frost springt als erster aus dem Wagen und läuft hinüber zu ihrem.

»Nichts«, brüllt er herüber, nachdem er einen Blick hineingeworfen hat. Meine Tür klemmt. Ich brauche ein paar Minuten, bis ich sie geöffnet habe und bei ihm bin.

Sie steht auf der obersten Stufe zum Haus und zieht an der schweren braunen Tür.

»Alison«, rufe ich. Sie dreht sich um, ohne zu wissen, wer nach ihr gerufen hat. Ich erkenne ihren Gesichtsausdruck wieder. Oft habe ich ihn noch nicht gesehen.

»Was ist los? Alison …«

»Hol deine Knarre«, sagt sie. Ihr schwarzes Haar ist feucht vom Schnee. Als ich näher herankomme, sehe ich, daß ihre Hose voller Grasflecken ist und einen Riß hat; ihr Knie blutet. Von ihrer Jacke hängt ein Fetzen Leder runter. Ihre Brille ist naß. Sie sieht mich mit gehetztem Blick an.

Ich setze den Fuß auf die erste Stufe.

»Moment. Alison ...«

»Beweg deinen Arsch!«

Dann ist sie schon drinnen. Frost brüllt meinen Namen. Ich zögere, und schon ist sie verschwunden. Ich sehe, daß im ersten Stock Licht an- und ausgeht.

In meinem Handschuhfach liegen nur ein paar alte Straßenkarten, ein Reifendruckmesser, Ketchuppäckchen, alte Speisekarten und Pillen. Ich renne zurück zu Alisons Wagen, in dem ich ein Stemmeisen finde.

Der Wind peift jetzt um die Ecken. Ich habe den Eindruck, daß er den kleinen Wagen schüttelt.

»Was sollen wir machen?« fragt Frost.

»Suchen Sie ein Telefon. Rufen Sie 911.«

»Die können das zurückverfolgen ...«

»Machen Sie's einfach, ja? Und dann gehen Sie in die Notaufnahme des nächsten Krankenhauses – da sitzt normalerweise ein Bulle.«

Ich sehe unter dem Vordersitz nach und finde dort einen Eisschaber. Ich stecke ihn in die Gesäßtasche.

In weniger als einer Minute bin ich wieder bei dem Haus. Aber inzwischen ist der erste Stock genauso dunkel wie der Rest des Gebäudes.

Hinter der massiven Außentür folgen vier Stufen, dann noch mal eine Tür, die ebenfalls offensteht. Der Eingangsbereich ist bis auf den leichten Lichtschein der Glasschaukästen, die an allen drei Wänden stehen, dunkel. Die Luft ist verbraucht; es riecht nach Chemikalien. Ich warte eine Minute, bis sich meine Augen an die Dunkelheit gewöhnt haben. Ich bin schon seit Jahren nicht mehr in diesem Gebäude gewesen. Fast habe ich das Gefühl, wieder in der Schule zu sein.

Es gibt hier ein ganzes Labyrinth von Räumen, aber nur drei Türen. Russisches Roulett. Ich konzentriere mich zuerst auf die linke Tür. Irgend jemand hat mir mal vor Jahren gesagt, daß der Gegner immer erwartet, daß man sich zuerst nach rechts wendet. Gesetz der Wahrscheinlichkeit. Und das kann man ja für sich ausnutzen. Ich lausche an jeder Tür und habe die ganze Zeit das Gefühl, daß jemand dicht hinter mir ist. Das Gebäude ist so alt, daß es ein Eigenleben entwickelt hat. Ich zucke jedesmal zusammen, wenn es arthritisch ächzt. Aber alle Türen in diesem Stockwerk sind verschlossen.

Die Treppe befindet sich rechts von mir. Die Stufen sind aus Stein, und im Treppenhaus hallt das Echo. Es ist unmöglich, lautlos hinaufzugehen. Die Glaskästen, an denen ich auf dem Gang vorbeikomme, sind voll mit den neuesten chemischen Erkenntnissen der Studenten; Formeln, Gleichungen, Zeichnungen von chemischen Verbindungen. Zumindest diese Rätsel sind gelöst.

Ich höre, daß sich jemand im Flur über mir bewegt, aber ich kann die Richtung nicht bestimmen. Also gehe ich davon aus, daß dieser Jemand auf mich zukommt. Ich umklammere das Brecheisen fester, bewege mich auf die Treppe zu.

Das Licht im Eingangsbereich wird mit jedem Schritt, den ich mache, schwächer. Der Treppenabsatz im ersten Stock ist so dunkel, daß ich mich dort nicht einmal mehr an den Schatten orientieren kann. Ich höre und sehe nichts. Ich gehe auf und ab und überprüfe die Türen. Es könnte gut sein, daß ich mich im Kreis bewege. Ich komme mir vor, als wäre ich gerade erblindet.

Die Dunkelheit ist verwirrend. Schließlich finde ich eine offene Tür. Drinnen scheint sich nichts zu rühren. Ich drücke die Tür mit der Spitze des Brecheisens auf; sie schwingt sanft nach innen wie die schwere Tresortür in einer Bank.

Ich bin in einem kurzen dunklen Flur. Doch von irgendwoher sickert Licht herein; ich kann gerade so viel sehen, um zu dem Schluß zu kommen, daß das Büro rechts von mir leer ist. Ich ziele auf jeden Schatten – auf Stühle, Bücherregale, Bodenlampen –, als sei das Brecheisen eine Halbautomatik. Ich gebe ein leichtes Ziel ab für jeden, der sich nicht schon vorher totgelacht hat.

Aber es gibt nicht viele Leute, die gut schießen können. Es ist gar nicht so leicht, ein bewegliches Ziel zu treffen, auch wenn das Fernsehen uns etwas anderes glauben machen möchte. Und wenn ich mit dem verdammten Brecheisen nahe genug herankomme, hat der andere keine zweite Chance mehr.

Eine Tür schlägt hinter mir zu. Ich höre Sirenen, aber diesmal freue ich mich über ihren Klang. Sind das Stimmen, die da von den unteren Stockwerken heraufdringen? Ich kann es nicht sagen.

Ich gehe weiter, denn am Ende des langen Flurs steht noch eine Tür halb offen; ein Dreieck aus Licht ergießt sich in den Gang; dort finde ich Alison. Sie liegt zusammengekrümmt auf der Seite. Die rechte Hand hat sie unter dem linken Arm; sie hält sich den Bauch. Ein tiefer Schnitt geht durch ihre Lederjacke, quer über ihren Unterleib. Um ihre Knie eine Lache aus purpurfarbenem Blut.

»Es ist alles in Ordnung«, sage ich und berühre ihre Wange. Sie hat die Augen geschlossen, aber sie atmet. Ihr Gesicht ist schneeweiß. Ich habe Angst, daß sie einen Schock erlitten hat, also versuche ich, ihre Beine hochzulagern.

»Gleich kommt der Notarzt. Alison? Kannst du mich hören? Alles ist in Ordnung. Nicht aufgeben. Sie haben die Arterie nicht erwischt.«

Aber irgendwie ist es zuviel Blut für so eine Schnittverletzung. Als ich Alison herumdrehe, schlägt sie stöhnend die

Augen auf. Eine weitere rote Spur verläuft an der Innenseite ihres Arms. Der Brieföffner, den ich in Elenyas Porsche gesehen habe, hat sich im Stoff ihrer Jacke verfangen.

»Wir haben Mist gebaut«, sagt sie. Und dann kommt's noch schlimmer. Als ich gegen die Tür drücke, spüre ich Widerstand. Noras Körper ist nackt, ihre Beine sind völlig verrenkt. Der schwere Computertisch sieht aus wie ein Opferaltar. Der Boden ist glitschig von Blut.

Im hinteren Teil des Raums sitzt Lucy Williams gegen die Wand gelehnt wie eine Gliederpuppe. Sie öffnet und schließt die Augen. Sie betrachtet mich ohne allzu großes Interesse. Über ein Waschbecken gleich neben sich hat sie ordentlich ihren Mantel und ihren Hut gelegt, wie saubere Wäsche.

»Haben Sie Ihre Kamera mitgebracht?« fragt sie mit ausdruckslosem Blick. Die Hände, die sie auf den Knien gefaltet hat, hinterlassen blutrote Flecken auf ihren weißen Strümpfen. Dann lockern sie sich plötzlich und rutschen seitlich herunter. Sie sinkt zu Boden.

Polizeisirenen heulen vor dem Gebäude auf, Blaulicht dringt durch die Fenster. Ich ziehe den Mantel aus und lege ihn unter Alisons Kopf. Ich wische ihr das Blut von Wange und Mund, als ein stämmiger Polizist die Flurtür eintritt und brüllt, ich solle mich nicht bewegen. Ich fürchte, ihr ist nicht mehr zu helfen.

Teil zwei

Kosmetische Korrekturen

SIEBEN

Der Tag bricht an. Wir sind in der 57th Street Beach.

Dampf steigt auf vom vereisten Lake Michigan. Die Skyline hinter uns wird von Nebel und Dunst umhüllt. Ein typischer Chicagoer Morgen voll rauher Schönheit und Gewalt. Schwarzes Wasser schwappt auf den gefrorenen Sand.

»Bleiben Sie im Wagen, Harding«, sagt Jimmy Reilly zu mir. Er knallt die Tür mit dem Fuß zu und macht sich auf den Weg zum Strand. Reilly ist Beamter der Chicagoer Polizei, Abteilung Gewaltverbrechen. Ein älterer Polizist namens Keegan – Reillys Partner – zieht seine gürtellose Hose hoch, die ungefähr genauso schrundig ist wie sein Gesicht, und holt seinen Vorgesetzten. Es sind jetzt ungefähr ein Dutzend Uniformierte hier. Vier Einsatzwagen stehen halb auf dem Seitenstreifen, halb auf dem Strand; die Scheinwerfer schicken ihre Lichtkegel über den See wie Jupiterlampen beim Karneval. Der Verkehr auf dem Drive hinter uns wird langsamer, Schaulustige recken den Hals, um einen Blick auf dieses Spektakel zu erhaschen.

Es ist eine lange Nacht. Ich habe jede Menge Andenken und Preise, auf die ich gut und gerne hätte verzichten können; sie haften an mir wie billige Zuckerwatte. Ein Sanitäter hat mir mit zitternden Händen und einer Pinzette Glassplitter aus der Kopfhaut entfernt und den Schnitt mit rotem Desinfektionsmittel abgetupft – es tut nicht mehr weh, aber das getrocknete Blut und der Verband kleben an meiner Schläfe. Außerdem habe ich einen blauen Fleck an der linken Schulter, der nicht schmerzt, den ich aber fast zwanghaft reibe, wahrscheinlich eher, um die Erinnerung loszuwerden als den Schmerz. Die Polizisten, die durch die Tür im Kent-Gebäude gestürmt waren und gebrüllt hatten: *So-*

fort mit dem Gesicht auf den Boden, du Arschloch, hatten mich, als ich mich nicht schnell genug von Alison entfernte, einfach gegen die Wand geknallt und mir die Schulter verrenkt. Dann brachten sie mich in den Nebenraum, während Uniformierte das Gebäude durchsuchten, sich nach eigenen Souvenirs umsahen. Als wir das Haus verließen – Stunden später –, war Alison verschwunden. An der Stelle, an der sie gelegen hatte, befanden sich jetzt die Markierungen der Polizei. Das war mein letztes Souvenir, und ich habe einen hohen Preis dafür bezahlt: *Wir haben Mist gebaut, Harding*.

Ein Sergeant tastete mich nach Waffen ab, legte mir aber keine Handschellen an und verzichtete auch auf die Durchsuchung meiner Kleidung – offenbar konnte sich niemand entscheiden, ob ich ein Verdächtiger oder ein Zeuge war. Bevor die Beamten auf die Idee kamen, mir meine Pillen abzunehmen, schluckte ich lieber alles, was ich in meinen Taschen hatte. Vielleicht eine Überdosis, aber das war mir egal.

Sie brachten mich zur Spurensicherung, eigentlich nur, um eine Show abzuziehen; sie behielten meinen Mantel, mein Hemd und meine Stiefel; sie zerfledderten das wenige, was ich bei mir trug, aber sie stellten mich nicht unter Anklage. Dann ließen sie mich in einem kahlen Vernehmungszimmer mit einer Tasse kaltem Kaffee und einem tragbaren Panasonic-Recorder allein.

Die Kassette war offenbar mit einem ziemlich alten Gerät aufgenommen worden; jedenfalls klang das, was darauf zu hören war, alles andere als deutlich. Eine der Stimmen jedoch erkannte ich sofort. Die Stimme der Frau sagte mir nichts; sie war leise und hatte einen leicht südlichen Akzent, wie man ihn an der North Shore oft hört. Die des Mannes ging in dem Knistern fast unter, aber mittlerweile hätte ich Rosenbergs nasales Pfeifen auch aus dem Mormon Tabernacle Chor herausgehört.

Die Frau sprach als erste.

»– Stephen, ich hab dich doch bloß höflich gefragt, was zu Neujahr passiert ist. Ich versteh wirklich nicht, warum du dich so aufregst ...«

»– nichts ist passiert. Das hab ich dir doch schon gesagt. Laß uns weitermachen, und dann laß uns nach Hause fahren, ja ...«

»– mein Gott, wie eklig ...«

»– du hast doch noch nie was gegen das Geschirr gehabt. Und auch nicht gegen die Schlinge oder das Zaumzeug – du hast das verdammte Zaumzeug sogar ganz gut leiden können ...«

»– das waren ja auch nur ein paar Riemen und das bißchen Leder – aber das da ist hart, und es bedeckt mein ganzes Gesicht. Vielleicht hältst du mich ja für verrückt, Baby, aber ich muß atmen können ...«

»– du kannst schon atmen, solange du keine Panik kriegst ...«

»– *Augenblick, Stephen, nein* ...«

»– so: Du mußt's über die Ohren ziehen ...«

»– *Mein Gott, Stephen, na schön* – wieso denn solche Eile, Baby? Ich hau schon nicht ab. So, wie ich verpackt bin, ginge das gar nicht. Du könntest wirklich ein bißchen langsamer machen ...«

»– Sei leise, ja? Sonst schnür ich das Ding noch enger ...«

»– Mein Gott, ich hab mich doch bloß für deinen *Urlaub* interessiert – können wir uns denn nicht mal unterhalten ...«

»–War toll, was? Der Urlaub? Der Urlaub war absolut Spitze ...«

»– *hör auf, bitte, das tut wirklich weh* ...«

Die Aufnahme dauerte ungefähr zwanzig Minuten. Ich saß in meinem T-Shirt, meiner Jeans, mit nackten Füßen und einer Tasse kaltem Kaffee da und war ganz Ohr. Drei Stunden nachdem ich die Pillen genommen hatte, war ich absolut nüchtern und wartete darauf, daß sich irgendwas tat. Nichts passierte. Alles im Gebäude hatte plötzlich Alisons Namen oder ihr Gesicht.

Ich wollte zu ihr, egal, wohin sie sie gebracht hatten; ich wollte mit dem Mann von der Gerichtsmedizin sprechen, in die Leichenhalle gehen. Sie erklärten mir, man würde sehen, sie seien zu beschäftigt, ich solle das Maul halten. Ein junger Beamter, der erst so kurz bei der Polizei war, daß er noch seine Schuhe polierte, zog den Stecker des Kassettenrecorders heraus und begleitete mich nach oben in ein überfülltes Büro, das die Leute von der Abteilung Gewaltverbrechen während der Nachtschicht nutzten. Er sagte mir, ich solle sitzen bleiben. »Schnüffeln Sie nicht in den Papieren auf Detective Reillys Schreibtisch rum, und lassen Sie die Finger vom Telefon«, sagte er. »Der ist da sehr eigen.« Ich nickte – die Papiere lagen ungefähr so ordentlich auf dem Schreibtisch wie Zeitungen auf dem Boden eines Vogelkäfigs. Man bot mir weiteren Kaffee an sowie ein T-Shirt mit dem Aufdruck »Just Say No«; ich schüttelte den Kopf. Mir war nicht kalt; ich fühlte mich bloß benommen.

Keegan kam als erster wieder. Er trug zwei Becher, die bis zum Rand mit InstaBrew aus dem Kaffee-Automaten gefüllt waren; unter seinen verschwitzten Armen klemmten ein paar zerfledderte Akten. Er war viel älter als Reilly, trug den kurzen Haarschnitt der Marines, hatte eine ganze Menge Bic-Kugelschreiber dabei sowie eine grellkarierte Jacke, die er offenbar so schnell wie möglich loswerden wollte. Das kurzärmelige Hemd hatte er über den Bizeps hochgekrempelt wie ein Turnlehrer in der Schule.

»Bleibt heutzutage denn niemand mehr daheim, singt Weihnachtslieder und trinkt Eierpunsch?« fragte Keegan. Dann kam Reilly gähnend herein. »Wirklich, Reilly – sollte ich der einzige sein, der zu Weihnachten niemanden zum Bumsen findet?«

»Als ob da der Tag zählt«, sagte Reilly und drückte so fest auf die »Eject«-Taste des Panasonic-Geräts, daß die Kassette wie ein Fisch heraussprang und neben meinen Füßen landete. Auf dem Etikett standen jede Menge Bleistiftkürzel – »S. R./E. M., S & M, B & D, CBT/NT, GS/BS, FF«, dazu noch ungefähr ein halbes Dutzend, das ich nicht entziffern konnte, genug Hieroglyphen für eine ganze Pyramide.

»Nur Scheiße am Tatort«, sagte Reilly zu mir. Er wirkte resigniert. »Ein höllischer Tatort. Keinerlei Hinweise auf einen Kampf. Eine Frau im Flur, die ein Messer erwischt hat. Noch eine im Raum, hinter der Tür, ungefähr dreißig bis fünfunddreißig Stichwunden. Blut auf Teppich und Linoleum; Blut an der Schwester und den beiden Toten – kein Blut auf den Laboreinrichtungen, kein Blut an den Wänden. Keine blutigen Fingerabdrücke. Unser eigenes Labor ist bis Anfang nächstes Jahrhundert mit Arbeit eingedeckt, also haben wir keine Ahnung, wessen Blut es ist. Tja, der Tatort ist ein verdammtes College-Klassenzimmer – wenn die Leute von der Spurensicherung fertig sind, haben die sicher ungefähr neunhundert verschiedene Fingerabdrücke.«

»Könnte Spaß machen«, sagte Keegan und rührte seinen Kaffee mit einem blauen Bic-Kugelschreiber um. Tintenspritzer wirbelten auf der Oberfläche herum wie kleine Öltropfen. »Ich meine, die Kids überhaupt dazu zu kriegen, sich Fingerabdrücke nehmen zu lassen. An dieser Uni? Die jagen uns sicher die Menschenrechtsorganisation auf den Hals ...«

»Dann wäre da noch der andere Typ, der nach Hardings Aussage dort war«, sagte Reilly. »Aber den hat offenbar nicht mal Harding selbst gesehen.«

»Ich hab ihn gehört«, sagte ich. »Ich hab's Ihnen doch gesagt, oben ...«

»Ihn? Woher wissen Sie, daß es ein Mann war? Haben Sie vielleicht seine Eier schlackern hören?«

»Er war auf der Treppe, als ich reingekommen bin,

wahrscheinlich wollte er raus. Dann ist er übern Flur zurückgerannt ...«

»Tja, da müßten wir aber noch ein bißchen mehr haben«, sagte Reilly, »bevor wir von Tür zu Tür gehen und die Leute aus dem Bett holen, damit sie vor Ihnen auf und ab gehen und die Treppe runterlaufen. Keegan, haben wir das Mädchen eindeutig identifizieren können?«

»Noch nicht«, sagte Keegan. »Die Universität hat noch nichts bestätigt.«

»Dr. Rosenberg und seine Frau?«

»Die sind jetzt unten«, sagte Keegan. »Und sie haben einen ziemlich schicken Anwalt von der La Salle Street dabei. Rote Hosenträger.«

»Wow«, sagte Reilly. »Was ist mit Frost?«

»Ich hab ihm schon ein paarmal auf den Anrufbeantworter gesprochen«, sagte Keegan und zog seine Hose hoch. Jedesmal, wenn er zog, wurde ein weiteres Stück seiner weißen Beine über seinen Socken sichtbar. »Genau das macht man in dieser verdammten Schicht – man spricht auf Anrufbeantworter. Man reißt die Leute aus dem Schlaf.«

»Vielleicht sollten wir ein paar Beamte hinschicken. Wo wohnt er?«

»Frost? In Highland Park.«

»Mein Gott, haben wir da draußen überhaupt noch Amtsbefugnisse?«

»Keine Ahnung«, sagte Keegan. »Ich frag mal bei INTERPOL nach.«

Ich bin schon ein- oder zweimal auf diesem Revier gewesen. Es liegt im allerletzten Viertel von South Side und ist voll von Beamten, die sich am liebsten versetzen lassen würden oder nur noch auf ihre Pensionierung warten. Keegan paßt hierher. Aber mit Reilly ist das eine andere Sache. Er ist ungefähr so alt wie ich, etwa gleich groß, aber ein bißchen schwerer. Er sieht aus, als wäre er in den Siebzigern aktiver Sportler an der High-School gewesen; seitdem hat er wahrscheinlich etliche Bierchen gekippt. Sein Gesicht wirkt wie eine müde Maske – so sehen Beamte der Mordkommission nach jahrelangen Nachtschichten und ungelösten Fällen aus. Was er hier unten in diesem Viertel in der Nachtschicht macht, ist mir ein Rätsel. Aber er ist in der Gegend aufgewachsen. Für manche Typen kommt ein Verlassen der South Side einem Umzug nach Europa gleich.

»Ihre Freundin, Harding«, sagte Reilly und brach ein Gebäckstück in zwei Hälften. Die eine reichte er Keegan. Puderzucker legte sich auf die Hosen der beiden Männer wie Schnee. »Was glauben Sie – wie lang war sie allein da drin?«

»Zwei oder drei Minuten.«

»Warum ist sie zuerst rein?« Er sah sich nach einer Serviette um und wischte sich schließlich die Finger an einer Zeitung ab.

»Ich hab's Ihnen doch schon gesagt – sie hat mir zugerufen, ich soll zum Wagen zurück und n Brecheisen holen oder so was.«

»n Brecheisen oder so was«, sagte er nickend. »Sie meinen wohl ne Knarre.«

»Ich trage keine Pistole bei mir.«

»Sie haben also keine Pistole.«

»Nein.«

»Haben Sie das gehört, Keegan?«

»Ja«, sagte Keegan. »Vielleicht ist er doch dümmer, als ich dachte.«

»Wenn Sie sich ohne Pistole in so eine Situation begeben, sind Sie verrückt. Sie haben sie nicht zufällig irgendwo verschwinden lassen? Sagen Sie's mir lieber jetzt, es wird nur schlimmer, glauben Sie's mir. Die werden sie nämlich finden. Und wenn sie die ganze Nacht danach suchen müssen, werden sie ziemlich mürrisch. Wie Keegan hier.«

»Ich darf keine Waffe tragen. Ich bin vorbestraft.«

»Was Schweres vielleicht, eine .357er oder eine alte .44er ...«

»Ich hab's Ihnen doch schon gesagt ...«

»Harding, wenn Sie sich an die Waffengesetze halten,

dann sind Sie hier in diesem verdammten Staat der einzige. Letzten Herbst auf der Jagd gewesen? Heutzutage rüsten doch sogar die Rehe auf.«

»Wir wissen, daß Sie vorbestraft sind«, sagte Keegan und trank seinen Kaffee aus. Dann warf er den zusammengedrückten Becher gegen die Wand, von wo aus er in den Papierkorb flog. Wahrscheinlich auf ein verschmiertes Fax. »Das Gericht hat die Anklage auf Mord widerwillig fallenlassen. Die acht Jahre Knast sind auf drei reduziert worden, und von denen haben Sie achtzehn Monate abgesessen. Der Rest wurde zur Bewährung ausgesetzt – soll heißen: Sie haben jemanden umgebracht und sind ziemlich ungeschoren davongekommen. Haben Glück gehabt, daß Sie n Weichei von Staatsanwalt erwischt haben und n Provinzdorf im verdammten Kentucky. Soll außerdem heißen: Vielleicht werden Sie's wieder probieren.«

»Keegan meint folgendes«, sagte Reilly. »Wenn wir vom Zeugen eines Doppelmordes eine Aussage kriegen, die auf ein Baseballticket paßt – und wenn besagter Zeuge ein Exdetektiv ist, der hofft, seine Lizenz zurückzubekommen, weil er sich rehabilitiert hat ...«

»Schöner Traum«, sagte Keegan.

»... tja, dann machen wir uns doch Gedanken.«

»Hat Lucy Williams Ihnen denn nichts gesagt?« fragte ich.

»Nicht sonderlich viel.«

»Sie hat nicht gesehen, wer's gewesen ist?«

»Sie behauptet nein«, sagte Reilly. »Sie erklärt, sie hätte Nora genauso angetroffen wie Sie auch – tot. An was anderes erinnert sie sich nicht. Ihre Freundin hat sie angeblich überhaupt nicht gesehen. Sie müssen wissen – wir haben uns ungefähr fünf Minuten lang mit Lucy unterhalten. Dann war Funkstille. Das letzte, was sie gesagt hat, war, sie kann sich nicht erinnern, wie sie in das Kent-Gebäude gekommen ist. Und wir sollten was beim Chinesen bestellen, aber ohne Glutamat.«

»Son Scheiß.«

»Aber das waren ihre Worte«, sagte Reilly achselzukkend; für ihn war eine Aussage wie die andere. »Die Lady hat Einstiche an sechs verschiedenen Stellen ihres Körpers – in den Kniekehlen, an den Fußsohlen, im Mund. Sie ist ziemlich schlecht drauf, Harding. Hätte sich fast ne Überdosis gesetzt. Beinahe hätten wir da oben noch nen Leichensack gebraucht.«

»Na wunderbar«, sagte ich. Wann würden sie endlich damit aufhören?

»Igitt«, sagte Keegan. »Im Zahnfleisch?«

»Tja, so kann sie weiter kurze Ärmel tragen«, sagte Reilly, wieder achselzuckend.

»Und, stellen Sie sie unter Anklage?« fragte ich.

»Noch nicht«, antwortete Reilly. »Wir lassen sie erst mal ein bißchen runterkommen von ihrem Trip.«

»Ich beobachte sie jetzt seit sechs Wochen, Reilly. Sie hat Gras, Ecstasy und Pillen und vielleicht sogar Opium genommen, aber ich hab nie gesehen, daß sie sich was gespritzt hat.«

»Tja, Sie müssen's wissen, Sie sind ja der Experte«, sagte Keegan. »Vielleicht haben Sie sie ja versorgt. Schließlich sind Sie schon mal wegen Rauschgiftbesitzes angeklagt worden ...«

»Aber die Anklage ist fallengelassen worden. Die haben mir nichts nachweisen können; es war eine Falle.«

»Klar, so ist das meistens, Pech.«

»Wir haben Spritzen gefunden«, sagte Reilly. »Die Einstiche sind frisch. Vielleicht haben Sie einfach nicht gut genug aufgepaßt. Sie hat alles mögliche durcheinander genommen. Man hat ihr den Magen ausgepumpt.«

»Und ihre Taschen haben sie auch geleert«, sagte Keegan. »Fragen Sie ihn doch mal nach der verdammten Kassette. Ich würde hier gern noch vor Juni rauskommen.«

Reilly nickte, aber das Telefon klingelte, bevor er mich irgend etwas fragen konnte. Er hörte ungefähr eine Minute lang zu, mit einer Hand nach einer Zigarette tastend. »Na schön«, sagte er. »Geben Sie mir fünfzehn Minuten.« Dann legte er auf und starrte das Telefon an, als müßte es gleich wieder klingeln.

»Wir sollten noch bei der Leichenhalle vorbeischauen«, sagte Keegan. »Ich dachte, wir hätten noch ne halbe Stunde. So hieß es doch, oder? ne halbe Stunde.«

»Die Sonne geht schon auf. Die Leute von der Spurensicherung müssen vor Tagesanbruch zurück in ihre Särge. Zumindest können wir da draußen rauchen.«

»Ich bin dabei aufzuhören«, sagte Keegan und zupfte an seiner alten karierten Jacke.

»In der Schicht hier schaffen Sie das nie, das können Sie sich abschminken«, sagte Reilly. »Besorgen Sie Harding lieber ein Paar Schuhe und nen Mantel; irgendwas aus der Kleiderkammer. Vielleicht auch noch nen Pullover. Da draußen am Wasser ist es eisig.«

»Ist jemand schwimmen gegangen?« fragte ich.

»Tja, wir haben ne Wasserleiche«, sagte Reilly und nickt. »In der 57th Street.«

»Was für ne Größe haben Sie?« fragte Keegan. »Ich meine die Schuhe und den Mantel.«

»45 1/2, und die Konfektionsgröße ist 52«, sagte ich. »Aber bitte nichts Kariertes.«

»Gehen wir, Harding«, sagte Reilly. »Wir machen nen kleinen Ausflug.«

Wir fuhren über die 11th Street zur Pulaski Road. Anscheinend funktionierte die Heizung in Reillys Plymouth nicht, aber zumindest war ich nicht im Freien. In sämtlichen Eingängen entlang der West Harrison Avenue standen Nutten, Betrunkene und Junkies. Nur die Nutten bemerkten uns; vielleicht waren sie aber auch nur die einzigen, die es kümmerte – sie gingen schnell hinein, verschwanden im Schatten. Nutten haben einen unglaublichen Blick für Details.

Reilly zog die Kassette während des Fahrens aus seiner Tasche und hielt sie hoch wie bei einer Auktion von Sotheby's.

»Eine TDK 90«, sagte Reilly, »die kann man überall kaufen – im Best Buy oder bei Circuit City –, stimmt's, Harding?«

»Wahrscheinlich haben Sie recht«, sagte ich und entdeckte dabei zum erstenmal eine Hieroglyphe, die mir vorher nicht aufgefallen war – eine schwarze Gestalt hinter einem Stativ und einer Kamera. Das Logo von Alisons Laden.

»Wissen Sie, welcher Laden mir manchmal abgeht?« fragte Keegan und wickelte eine Zigarre aus. »Polks Brothers. Mein Alter hat da mal nen Kühlschrank gekauft. Die haben ihn geliefert, ausgepackt, und es war ne Ratte im Gefrierfach. Meine Mutter ist in Ohnmacht gefallen. Und mein Alter hat noch mal fünfundzwanzig Prozent Rabatt gekriegt. Nicht wegen der Ratte, sondern weil meine Mutter in Ohnmacht gefallen ist.«

»Haben Sie das Ding nicht zurückgehen lassen?« fragte Reilly.

»Warum denn? Es war tipptopp. Mit n bißchen Lysol war alles wieder paletti.« Keegan kurbelte sein Fenster herunter, biß das Ende seiner Zigarre ab und spuckte es hinaus. Dann wandte er sich mir zu, als machten wir gerade einen Sonntagsausflug. »Wissen Sie, Harding, wir haben die Kassette in Lucys Tasche gefunden. Sie erzählen uns, daß Lucy und Rosenberg miteinander vögeln; er behauptet übrigens, daß sie bloß – Zitat – ›Busenfreunde‹ sind. Na ja, vielleicht haben wir da so ne kleine Menagerie à trois ...«

»Tja, so was wird's wohl sein«, sagte Reilly lächelnd.

»Ich hab die Kassette nicht aufgenommen«, sagte ich. »Ich weiß nicht, wer das gemacht hat.«

Wir hielten hinter einem weißen Kalksteingebäude; ein Streifenpolizist auf der anderen Seite des Parkplatzes blendete kurz auf, um uns zu zeigen, daß er wach war.

»Sie und Ihre Freundin sind denen in die Quere gekommen, Harding«, sagte Keegan, halb zu mir gewandt. Er hatte die Zigarre noch immer nicht angezündet. »Zumindest gilt das für Ihre Freundin. Sie sehen ganz gesund aus. Sieht er nicht aus wie das blühende Leben, Reilly?«

»Ja«, sagte Reilly. Die Türen des Plymouth öffneten sich ächzend, als litten sie unter Arthritis; Knochen knirschten auf Knochen. »Bringen wir's hinter uns. Es ist Februar, und es ist arschkalt.«

»Ich hab gedacht, Sie hätten ne Wasserleiche«, sagte ich.

»Zuerst müssen wir noch nen kleinen Umweg machen, Harding. ne Freundin von Ihnen besuchen. Das wollten Sie doch die ganze Nacht, oder haben Sie's schon vergessen?« Wir gingen nacheinander zur Hintertür des Gebäudes, die Augen zum Schutz vor dem eisigen Wind zu Schlitzen zusammengepreßt.

Draußen in der 57th Street Beach weht der Wind noch stärker und bläst den Schnee übers Wasser. Ein bißchen weiter nördlich ragt eine Landspitze hervor, die die Leute »the Point« nennen, eine gute Stelle für ein Picknick, vorausgesetzt, es ist Tag und Sommer und man ist mit zwanzig oder dreißig anderen Leuten unterwegs. Es gibt dort keinen Sand, nur Felsen. Das Wasser ist zum Schwimmen zu gefährlich, aber die Jugendlichen ignorieren die ausgeblichenen Warnschilder auf den Felsen immer wieder und tauchen trotzdem hinein.

Reillys Plymouth quillt über von Fast food, einzelnen Pommes und steinharten Burritos. Endlich funktioniert die Heizung, allerdings läuft sie jetzt auf Hochtouren. Die Nahrungsmittelreste, die zwischen den Sitzen vergraben sind, erwachen zu neuem Leben. Im Wagen riecht es wie in einer Mikrowelle. Aus dem Funkgerät dröhnt eine ganz eigene Version von Chicago-Hip-Hop mit harten Großstadttexten, aber ohne nennenswerten Rhythmus – Notrufe aus der ganzen South Side. Neunhundert Morde in dieser Stadt im letzten Jahr. Die Toten vom Kent-Gebäude sind die Neuzugänge in dieser Hitparade.

Endlich gibt Reilly mir ein Zeichen auszusteigen. Keegans Gang in die Kleiderkammer hat zu einer kuriosen Mischung geführt – ein nagelneues Kapuzensweatshirt der Chicagoer Polizei, Stiefel voller Farbflecken, jedenfalls hoffe ich, daß es Farbe ist, eine Skijacke mit Fettschicht und losen Daunen. Auch ohne das Fett würde man mit dem Ding in Vail oder Aspen nicht viel Staat machen – bei den Abfahrten würde einfach zuviel Schnee durch die Einschußlöcher wehen.

Ich bleibe zurück, aber Reilly winkt mich nach vorn. Ein Uniformierter tritt beiseite, damit ich besser sehen kann. Keegan unterhält sich irgendwo mit der Unipolizei. Ein Sergeant steht mit einem Fuß auf der Plane, als hätte er Angst, daß sonst die ganze Scheiße weggeweht wird. Die letzte Temperaturansage, die ich gehört habe, sprach von minus fünfzehn Grad.

Die Leiche auf den Felsen ist grau und voller Frostbeulen, aber wahrscheinlich hat das nicht so viel mit dem Wetter zu tun. Die Natur ist dem Menschen gegenüber gleichgültig, ja grausam, aber sie benutzt keine Handfeuerwaffen.

»Kennen Sie ihn?« fragt Reilly und wölbt die Hände, um sich eine Zigarette anzuzünden. Der Rauch weht davon wie ein losgerissener Drachen.

Ich sage eine ganze Weile gar nichts. Er liegt auf dem Bauch, genau wie letzte Nacht, als er auf Rosenbergs Sofa geglitten war, obwohl ich ihn da noch für Nora oder ein anderes Mädchen gehalten habe. Statt des Oxford-Hemds trägt er jetzt eine Trainingshose, die so naß ist, daß sie an seinem schmalen Hinterteil anliegt wie eine zweite Haut. Irgend jemand hat sie vorne heruntergerollt, um die fleischfarbene Strumpfhose freizulegen, die seine Genitalien nach hinten drückt. Er hat keinen Mantel und keine Jacke an, nur einen alten Pullover mit Zopfmuster, der sich gleichzeitig mit seinem Leben aufgelöst hat. Er ist aus kürzester Entfernung erschossen worden.

Obwohl die Arme am Körper anliegen, sieht man die

Einschußlöcher am Rippenbogen; auf dem unteren Teil des Rückens befindet sich eine weitere Wunde, eigentlich eher eine große Narbe. Er hat den Kopf zur Seite gedreht, als wolle er sonnenbaden. Sein Gesicht ist grau, die Lippen sind bläulich. Die Augen starren ins Leere.

»Zwei Schüsse, sehr großes Kaliber, aus kürzester Entfernung«, sagt Reilly und dreht ihn herum, damit ich ihn besser sehen kann. Der Anblick ist furchtbar. »Vielleicht eine .44er. Keine Brieftasche und keine Ausweispapiere. Sie haben ihm die Kleider angelassen und ihn in den Lake geworfen. Aber er ist am Eis hängengeblieben. Wer zum Teufel schmeißt schon im Februar ne Leiche in den See?«

Ich brauche eine Weile, bis ich merke, daß das keine rhetorische Frage ist. Reilly sieht mich an.

»Deshalb haben Sie mich also gefragt, ob ich eine Pistole besitze?«

Reilly nickt. Die andern sehen mich ebenfalls an, wahrscheinlich fragen sie sich, wer ich bin und was ich hier draußen mache.

Aber sie müssen wissen, daß ich ihn nicht erschossen habe. Aus dieser Entfernung hätte ich am ganzen Körper Blut abgekriegt. Reilly möchte, daß ich Detektiv spiele. Warum, weiß ich nicht. Jedenfalls hat er deshalb die Leiche noch nicht abtransportieren lassen.

»Die haben ihn bestimmt nicht hier reingeworfen«, sage ich und sehe mich um. Das schwarze Wasser schwappt auf den Strand.

»Wo dann?«

»Vielleicht da unten, von den Felsen runter. Am Point. Und die Strömung hat ihn dann hier rübergetrieben.«

»Was für eine Strömung?« fragt Reilly. »Kaum zweieinhalb Meter draußen in diesem Tümpel? Dagegen könnte sogar noch ne Leiche anschwimmen.«

»Jedenfalls haben wir Fußspuren«, sagt der Sergeant. Er ist der älteste im Bunde. »Von einer Person, gleich unten am Strand. Wir haben Abdrücke genommen, alles abgemessen.«

»Was gar nichts bedeutet, solange Sie nicht die dazugehörigen Schuhe haben«, sage ich. Wenn wir schon Detektiv spielen, hätten sie auch gleich damit rausrücken können. »Von einer Person? Dann soll ihn also einer allein zum Wasser runtergetragen haben? Und was hat er dann gemacht – ist er vielleicht ins Wasser gewatet, um ihn zu taufen?«

»Gibt nicht viel Sinn, was?« sagt Reilly. »Ist nicht die cleverste Methode, ne Leiche verschwinden zu lassen. Aber so ist das die ganze Nacht gegangen. War ganz schön viel los heute.«

»Wie haben Sie die Leiche gefunden?«

»Tja, das war solide Polizeiarbeit, Harding. Da könnten Typen wie Sie noch was von lernen.«

»Heißt also, daß Sie nen Tip gekriegt haben. Hat jemand im Revier angerufen?« Reilly nickt. »Und Sie wissen nicht, wer?«

»Bei dem Kommunikationssystem in der City wär's leichter, die fehlenden Teile der Watergate-Bänder zu hören. Was haben wir sonst noch, Sergeant?«

Er zögert, weil er nicht weiß, wieviel er in meiner Gegenwart sagen soll.

»Nun machen Sie schon«, sagt Reilly.

»Möglicherweise wissen wir, wer er ist. Ist Zufall – einer der Unipolizisten kennt ihn, von der Arbeit im Krankenhaus oder so. Aber das ist noch nicht hundert Prozent sicher.«

»Wie heißt er?« frage ich.

»Wie gesagt, wir sind noch nicht hundertprozentig sicher, ob der Name stimmt, aber wir gehen mal davon aus, daß er Robin Connor heißt. Der Polizist meint, er war einer von den älteren Studenten.«

»Tja, jetzt wird er seinen Abschluß wohl nicht mehr machen«, sagt Reilly.

Der Sergeant bläst in die Hände, um sie warm zu kriegen. Inzwischen zeigt sich die Sonne; sie steigt über dem

See auf, aber sie ändert nichts an der Kälte. Vielleicht ist es im Februar auf dem Mars warm. Aber nicht hier in Chicago.

»Zeigen Sie Harding, was der Junge bei sich hatte«, sagt Reilly.

»Ach ja«, sagt der Sergeant und hält eine Armbanduhr hoch. Ich versuche, gelassen zu bleiben. Reilly gibt sich keine Mühe zu verbergen, wie genau er mich beobachtet. »Die hatte er in der Tasche. Ist um Mitternacht stehengeblieben, das könnte hinkommen. Aber bei so einer billigen Timex läßt sich das nicht so genau sagen. Wir haben Fingerabdrücke genommen.«

»Das ist eine Schuluhr«, sagt Reilly. »So was verkaufen die im Unibuchladen.«

»Sind Fingerabdrücke drauf?« frage ich.

»Ein paar. Das Wasser hat ziemlich großen Schaden angerichtet. Wir haben Glück, daß das Ding in seiner Tasche war.«

»Ja, das ist wirklich Glück.«

»Meinen Sie, daß die Uhr dem Jungen gehört, Harding?« fragt Reilly. Er hält mir die Uhr direkt vor die Nase; sie riecht nach Fisch, schwarzem Wasser und Tod. Und nach der Sickergrube hinter Zimmer neunzehn. Dann hält er sie an das Handgelenk des Jungen.

Ich schüttle den Kopf.

»Warum nicht?« fragt der Sergeant. »Bloß weil's keine Swatch ist ...«

»Die Abdrücke auf dem Lederarmband. Das Handgelenk des Jungen ist zu schmal.«

»Sehen Sie? Ich vergesse immer, daß Sie Detektiv sind. Aber dann verblüffen Sie mich wieder mit Ihrer bestechenden Logik.« Reilly läßt seine Zigarette in den Schnee fallen. »Sagen Sie's mir, wenn ich mich täusche. Eine Sekunde hatte ich den Eindruck, daß Sie ihn kennen.«

Ich schüttelte den Kopf. »Ich hab mir nur die Narbe an seinem Rücken angesehen.«

»Die kommt wahrscheinlich von der Wucht des Schusses.«

»Nein, das ist eine Narbe«, sage ich. »Man nennt das Branding.«

Vielleicht, denke ich, haben sie ihm in die Brust geschossen, um weitere solcher Narben unkenntlich zu machen. Ich überlege – Nora, Robin, Alison. Ich weiß, daß Rosenberg mit der Sache zu tun hat, aber ich bin die einzige Verbindung.

Wären alle drei noch am Leben, wenn ich mich nicht eingemischt hätte?

»Branding?« sagt Reilly mit fragendem Blick.

»Tja, das ist jetzt modern. Ist was ähnliches wie Piercing, bloß noch einen Schritt weiter.«

»Meinen Sie, die machen das wie bei den Kühen?« fragt der Sergeant angeekelt. »Mein Gott. Pervers.«

Reilly sieht mich eine Weile an, als warte er auf eine Reaktion, dann wendet er sich an den Sergeant. »Decken Sie ihn zu«, sagt er.

Um vier Uhr früh gingen wir durch die Dunkelheit zur Tür der Leichenhalle. Reilly zeigte seine Dienstmarke vor, um an dem Wachmann vorbeizukommen, und dann stiegen wir hinunter. Unsere Schritte dröhnten auf den hohlen Metallstufen. Der vordere Teil des Kellers war dunkel, die ihn umgebenden Labors geschlossen; aber der mittlere Teil, die Obduktionsräume, waren hell erleuchtet. Das hier war der erste Kreis der Hölle, die Vorhölle. Beide Obduktionstische waren belegt. Weitere sieben oder acht Leichen ruhten unter gestärkten weißen Laken.

Eine Angestellte namens Sharon schob schweigend einen Metallwagen in die Leichenhalle. Sharon trug eine weiße Maske und hohe rote Turnschuhe. Sie deutete auf den Stahlwagen und bot mir an, mitzufahren. Ich winkte ab. In dieser Nacht arbeitete nur ein Arzt hier – ein junger asiatischer Pathologe, den ich noch nie zuvor gesehen hatte. Die

Zahl der Neulinge hier ist nachts ziemlich hoch – an beiden Enden des Messers.

»Hallo, Henry«, sagte Reilly. Der Arzt hob kurz den Blick; er trug einen Plastikgesichtsschutz und hatte sich grüne Inhalationsstäbchen von Wick in die Nasenlöcher gestopft. Er sah aus wie ein übergroßes Insekt.

»Ihnen macht's doch nichts aus, wenn wir uns hier umsehen, Henry?« fragte Keegan.

»Suchen Sie was Bestimmtes?«

»ne Schwarzhaarige, ziemlich dürr, vorne aufgeschlitzt?«

Ich wandte mich ab, ohne etwas zu sagen.

Henry rieb sich mit dem Handrücken die Nase. »Kann mich nicht erinnern.«

»Ist zusammen mit ner andern Lady hier reingekommen. Bei der schaut die Brust aus wie ein Küchensieb.«

»Ach ja, die liegt da drüben«, sagte Henry und deutete auf einen Metallwagen zu seiner Rechten. »Aber die andere – das könnte jede hier sein. Ich bin heut' nacht nicht so ganz auf dem laufenden.«

»Ich hab gedacht, unsre beiden hätten Priorität«, sagte Reilly. »Das haben Sie uns versprochen. Wollen Sie etwa Ihr Versprechen brechen, Henry?«

»Ich hab diesen Typen hier aus der Kenilworth Avenue vorgezogen«, sagte Henry. »Der kommt aus ner besseren Gegend. Hören Sie, ich tu mein Bestes, hier pünktlich fertig zu werden. Um fünf kommt *They Saved Hitler's Brain* im Fernsehen.«

»Was ist in der Kenilworth Avenue passiert?« fragte Reilly und sah sich die Leiche genauer an.

»Die haben seinen Mantel durchsiebt, der war bestimmt zweitausend Eier wert. Irgend so ein italienischer Modemacher. Toller schwarzer Pelz.«

»Denken Sie, Sie können ihn retten?« fragte Reilly.

»Ich hab's versucht, das können Sie mir glauben«, sagte Henry und wandte sich wieder der Leiche zu. »Aber der Mantel ist hinüber.«

Keegan sah sich in der Erwartung, Alison zu finden, in der Halle um; er zog die gestärkten Tücher zurück wie ein Zauberer in einer Las-Vegas-Show. Auf dem Metallwagen gleich neben mir starrte ein alter Mann mit schütterem weißem Haar zur Decke. Hier roch es nicht nach Tod, nur nach kalter, institutioneller Weiterverarbeitung. Der Raum erinnerte mich an den Schlachthof, auch dort hing der Geruch des Todes nur dort, wo die Tiere tatsächlich getötet wurden.

Die ganze Nacht hatte ich die anderen gedrängt, mich herkommen zu lassen, und jetzt hatte ich schreckliche Angst davor, Alison zu finden, davor, wie entstellt sie wäre. Noras Leiche jedenfalls sah grausig aus. Messerverletzungen sind immer schlimmer als Schußwunden. Das liegt nicht am Schaden, den sie angerichtet haben, sondern an der Absicht, an der Leidenschaft, daran, wie zwei Leben sich überschneiden, wenn ein Messer im Spiel ist. Eine Pistole abzufeuern erfordert lediglich eine ruhige Hand und ein gutes Auge. Aber wenn man jemanden erstechen will – eine Frau –, muß man so nahe an ihr dran sein, daß man ihr in die Augen sehen, ihren Atem spüren kann. Und dann dringt man in ihren Körper ein wie ein wahnsinnig gewordener Liebhaber.

»Sehen Sie sie sich zumindest an, Henry«, sagte Reilly.

»Ja, ist ja schon gut.« Henry beugte sich über Noras Leiche, runzelte die Stirn und zog die langen gelben Handschuhe aus, damit er sich an der Nase kratzen konnte. »Ich dachte, die ist erstochen worden«, sagte Henry. »Haben Sie denn am Tatort keine Untersuchung vorgenommen?«

»Ich glaube doch. Warum?«

»Und welche Todeszeit haben Ihnen Ihre Leute genannt?«

»Sheldon hat sie sich angesehen«, sagte Reilly. »Der läßt sich nie festlegen. ›Ich kann mich nicht hundertprozentig dafür verbürgen‹, sagt Sheldon immer. Der hätte uns fast nicht bestätigt, daß sie tot ist.«

»Und was hat er zum unteren Teil ihres Gesichts und ihrem Hals gesagt?«

»Stichwunden«, antwortete Reilly. »Aber es hat ne Menge Blut gegeben.«

»Ich glaube nicht, daß das Stichwunden sind«, sagte Henry. »Jedenfalls nicht im Gesicht. Eher Verätzungen. Und die Stichwunden sehen aus, als seien sie jüngeren Datums. Schauen Sie sich doch mal die ganzen Blutergüsse an. Und die Gesichtsfarbe. Hat Sheldon die Frau vielleicht übers Telefon untersucht?«

»Soll das heißen, daß man ihr die Stichwunden erst nach ihrem Tod zugefügt hat?«

»Das kann ich jetzt nicht sagen.« Er nahm Noras Hände. »Keine Wunden, nichts, was auf Gegenwehr hinweisen würde.«

»Aber es hat ne ganze Menge Blut gegeben, zuviel dafür, daß ihr die Wunden erst nach ihrem Tod zugefügt worden sind, Henry.«

»Sind Sie sicher, daß es ihr Blut war?« fragte Henry zweifelnd. »Wenn ich hier drücke, verändert sich der Farbton der Haut nicht ...«

Reilly sah Keegan an.

»Wann werden wir's genau wissen?« fragte Reilly. »Noch in diesem Jahrhundert?«

Henry zuckte mit den Achseln. »Außerdem war da mehr als ein Messer im Spiel«, sagte er. »Sehen Sie die unterschiedlichen Einstichwinkel?« Er lächelte Keegan an. »Ist euch das da draußen am Tatort überhaupt nicht aufgefallen?«

»Vielleicht ist das Licht hier drin besser«, sagte Keegan.

Jetzt sind die Leute von der Unipolizei am Strand, ihre drei Wagen haben sie ordentlich nebeneinander gestellt, als wollten sie die Chicagoer Polizei nachäffen. Sie helfen dabei, Robins Leiche mit einer schweren Segeltuchplane zu bedecken. Keegan brüllt irgendwelche Befehle. Zumindest hier hat er das Sagen. Einer von den Unipolizisten rennt diensteifrig herum wie ein Pfadfinder.

»Habt ihr Trottel denn nichts für uns?« fragt Reilly ihn.

»Wir sind immer noch drüben im Kent-Gebäude beschäftigt«, antwortet der Unipolizist. »Eigentlich sollte die Tür in der Nacht verschlossen sein. Die Wachleute sitzen ganz schön in der Scheiße. Warten Sie bloß, bis der Institutsleiter wach ist. In einer Woche gehen die Anmeldebestätigungen raus – würden Sie Ihre Tochter jetzt noch auf dieses College schicken?«

»Ich habe keine Tochter«, sagt Reilly und blickt auf den See hinaus. »Und wenn, würde ich ihr sagen, sie soll Nonne werden.«

»Ich hab da grade was über den Unifunk gehört, Detective«, sagt ein Uniformierter zu Reilly. Die Funkspezialisten sitzen frierend hinten im Wagen und warten auf ein Signal von Reilly. Aber der läßt sich Zeit. »Das war viel später, aber der Typ von der Vermittlung putzt grade jemanden runter, daß er nicht früher auf einen Code 99 reagiert hat ...«

»Was zum Teufel ist denn ein Code 99?«

»Das ist die interne Bezeichnung dafür, daß ein hohes Tier Probleme hat. Sie wissen schon, die Katze vom Dekan ist den Baum hochgeklettert und traut sich nicht mehr runter – schicken Sie alle verfügbaren Einheiten. Gegen neun ist ein Anruf eingegangen. Es war falscher Alarm, aber alle sind ausgerückt, sogar die Midway-Patrouille, das war genau zu der Zeit, als es den Jungen erwischt hat. Der Typ ist Arzt. Er unterrichtet an der Uni und heißt Rosenberg. Wohnt in der South Greenwood Avenue.«

»Und warum zum Teufel hab ich nicht früher was davon erfahren?« fragt Reilly. Aber er scheint nicht überrascht zu sein.

»Wahrscheinlich hat er sich nicht ans Revier gewandt, sondern nur an die Unipolizei.«

»Und die hockt jetzt auf der Sache?«

»Sieht ganz so aus.«

Reilly dankt dem Uniformierten. Dann nickt er den Funkspezialisten zu. Darauf haben sie die ganze Nacht gewartet.

Reilly starrt mich an. Hier draußen sieht er irgendwie älter aus. Allerdings habe ich das Gefühl, daß ich heute nacht selbst ein paar Jahre gealtert bin.

»Reden wir im Wagen weiter«, sagt Reilly zu mir. Die Leute von der Gerichtsmedizin rollen Robins Leiche in einen schwarzen Plastiksack.

Ich bin ungefähr genauso scharf drauf, hier wegzukommen, wie die Leute von der Gerichtsmedizin, aber ich reiße mich zusammen und gehe langsam zum Wagen zurück, wie Reilly.

»Ihre detektivische Meisterleistung mit der Uhr hat mir imponiert, Harding.«

»Freut mich, daß ich Ihnen helfen konnte.«

»Wirklich sehr eindrucksvoll. Mir persönlich ist der eingravierte Abschlußjahrgang auf der Rückseite der Uhr aufgefallen – 76. Meiner Ansicht nach ist er von entscheidender Bedeutung. Wenn Sie nicht dabeigewesen wären, hätte ich die Sache mit dem Lederband gar nicht bemerkt.«

Er macht die Wagentür auf, steigt aber nicht ein, sondern zündet sich noch eine Zigarette an und stützt sich dann auf das Dach des Plymouth. Er raucht, denkt nach, sieht mich an. Die vielen Fältchen unter seinen Augen könnte auch der Schlaf nicht mehr glätten. Seine Ohren sind rot von der Kälte.

»Ich hab da was, was Sie sich durchlesen sollten«, sagt Reilly und entfaltet ein einzelnes Blatt Papier. Dann reicht er es mir über den Wagen. »Ich weiß nicht so recht, was ich damit anfangen soll.«

Auf dem Papier stehen nur ein paar Absätze; es handelt sich um einen Bericht über einen Raub, der sich in dieser Nacht ereignet hat, und die Adresse kenne ich – es ist die von Boone. Viel steht nicht auf dem Zettel, aber ich lese ihn zwei- oder dreimal. Mir wird ein bißchen schwindelig. »Ist ihm was passiert?«

Reilly schüttelt den Kopf. »Normalerweise hätte ich dem Bericht keine Bedeutung geschenkt. Hier in der Gegend ist ein Einbruch nicht mehr, als wenn jemand niest. Aber der Geschädigte behauptet, Sie zu kennen. Und das Zeug, das geklaut worden ist, gehört Ihnen. Er hat's für Sie aufbewahrt. Er will nicht so recht mit der Sprache rausrücken – hat was von ner Säure, Videotapes und Fensterkittpistolen gemurmelt. Ergibt das irgendeinen Sinn für Sie?«

Jetzt steht die Sonne hoch am Himmel, und man sieht einen Leuchtturm ein paar Kilometer weiter im Süden. Draußen auf dem See sind nur ein paar Schiffe unterwegs; Frachtschiffe, schwere Dinger, die Erz geladen haben. Es erscheint mir wie ein Wunder, daß sie von dem blauen Wasser getragen werden.

»Ich muß die ganze Geschichte wissen, Harding«, sagt Reilly. »Nicht weil sie mich besonders interessiert, das müssen Sie verstehen. Das sind wirklich nette Kids. Wunderbare Kids. Aber wissen Sie, was morgen los sein wird? Wieder zwei von denen. Und dann wieder zwei. Ich bin wie Henry – ich mag's nicht gern, wenn ich mit meiner Arbeit hinterherhinke ...«

»Wieso sprechen Sie von zweien?« unterbreche ich ihn. Mein Herz setzt einen Schlag aus.

»Was?«

»Sie haben gesagt zwei ...«

»Ach, tatsächlich?« Reilly spuckt auf den Boden. Er sieht mich schweigend an, wendet den Blick ab, seufzt. »Scheiße, tut mir leid, Harding ...«

»Es geht ihr einigermaßen? Alison?«

»Das war wirklich Scheiße von mir. Tut mir leid. Ich lad Sie später auf n Bier ein. Rosenberg mit seinem schnieken Anwalt hat die ganze Nacht gemauert. Wir haben nichts aus ihm rausgekriegt. Sie ist im Krankenhaus, ihr geht's gut. Die haben sie vor ein paar Stunden genäht. Sie ist hart im Nehmen, Harding.«

Ich spüre, wie mir warm wird – besser als von Drogen. Plötzlich verschwindet die Benommenheit; ich vergesse meinen Zorn darüber, daß Reilly mit mir gespielt, auf den richtigen Augenblick gewartet hat, mir die Sache mit Alison zu sagen. Er hat mich soweit: Ich werde reden.

Die Sonne hat jetzt den Nebel von der Skyline weggebrannt.

Auf dem Rücksitz des Wagens erzähle ich Jimmy Reilly den größten Teil dessen, was ich weiß.

ACHT

Irgendwann gegen sechs Uhr früh haben sie genug von mir und lassen mich hinaus auf die Straßen, die rutschig sind vom schmelzenden Schnee. Die Leute von der Spurensicherung haben sich mittlerweile Robins Zimmer im Chamberlain-Gebäude zugewandt. »Ihr Boss Wilson hat angerufen«, sagt Reilly, »und danach noch sein Boss. Wir sind wirklich beeindruckt, Harding.« Ich selbst habe Stephen und Elenya Rosenberg die ganze Nacht nicht gesehen, und von Frost habe ich auch nichts gehört. Vor dem Revier steht eine ganze Reihe Taxis, aber keiner der Fahrer ist scharf drauf, mich in Richtung Süden zu bringen. Also gehe ich erst mal zu Fuß. Es heißt ja, das sei gut für den Körper.

Zwei Busse später befinde ich mich im Innern eines Hochbahnbahnhofs und reiche dem Bahnangestellten meine Umsteigefahrkarte. »Nur Hinfahrt«, sage ich und gehe durchs Drehkreuz. Ungefähr auf halber Höhe der Treppe zupft jemand an meinem Ärmel. »Gehn Sie noch mal zurück?« sagt er. »Und lassen Sie für mich die Rückfahrkarte stempeln?« Eigentlich ist das keine Frage. Der Junge ist fünfzehn oder sechzehn, trägt ein altes Kapuzensweatshirt, schwarze Wollhandschuhe und keinen Mantel. Ich kann nicht erkennen, welche Hautfarbe er hat. Ich gehe weiter, aber er läßt nicht locker. »Sie sind wohl taub, was?« sagt er. »Gehn Sie zurück und holen Sie die Karte.«

Ich bin so benommen oder müde, daß ich ihm keine weitere Beachtung schenke. Als ich auf den Bahnsteig komme, warten dort drei Jungen. Einer von ihnen hat eine Whiskeyflasche am Geländer kaputtgeschlagen. Ich spiele mit dem Gedanken, den Zug in Richtung Norden zu nehmen.

Aber wir sind nicht allein auf dem Bahnsteig. »Polizei«, sagt ein Mann und zeigt den Typen eine kleine Automatik, wie Polizisten sie gern mit sich rumtragen, wenn sie keinen Dienst haben. »Ab in die Heia, Jungs.« Verblüfftes Schweigen, der Versuch, das Gesicht zu wahren, dann verschwinden die Teenager.

»Die Kollegen meinten, Sie brauchen nen Babysitter«, sagt er lächelnd. Er sieht müde aus, hat ungefähr mein Alter und meine Größe, ist aber kräftiger gebaut als ich. »Jetzt verstehe ich auch, warum. Sie sind noch sturer als die drei hier. Nehmen Sie demnächst lieber ein paar Tokens für die Hochbahn mit. Am besten gleich eine Monatskarte.«

»Beschatten Sie mich?«

»Ganz so würde ich das nicht ausdrücken. Ich bin auch auf dem Heimweg. Höllische Nacht, was?«

»Ich bin todmüde.«

»Dann wachen Sie lieber auf, Harding«, sagt er.

Ich nicke. Dabei sehe ich mein Gesicht in seiner verspiegelten Sonnenbrille. Er steigt in den mittleren Wagen, ich in einen dahinter. Er ist wahrscheinlich im Sitten- oder im Drogendezernat; er trägt Cowboystiefel, die nach echtem Klapperschlangenleder aussehen. Und er ist gut. Als ich am Garfield Boulevard aussteige, kann ich ihn nirgends mehr entdecken.

Alison liegt auf der Intensivstation. Dort ist es ruhig, die Lichter sind gedämpft wie in einem schicken französischen Restaurant. Mehr als einen kurzen Blick durch den Glaskokon ihres Zimmers habe ich den ganzen Morgen noch nicht erhascht. Und um so weit zu kommen, habe ich lügen müssen. Ich habe der Schwester schriftlich bestätigt, daß ich ein Verwandter von außerhalb bin.

Doch jetzt ist Alison fast wach. Sie hat eine grüne Maske über dem Mund, Schläuche in der Nase und Infusionskanülen an beiden Armen. Über ihrem Kopf hängen Monitoren mit zitternden grünen Linien sowie aufflackernden roten und blauen Lichtern; ihr Leben ist auf visuelle Informationen reduziert. Sie liegt regungslos da, bleich wie der Tod. Aber die Schwestern erklären mir, daß sie sich gut hält. Reilly hatte recht. Sie ist tatsächlich hart im Nehmen.

Ich stehe ungefähr fünf Minuten neben ihr, halte vorsichtig ihre Hand – sie ist an beiden Handflächen und -gelenken bandagiert – und flüstere so leise wie ein Bibliothekar mit ihr. Sie macht die Augen auf und wieder zu. Ich erwähne nichts von ihren Verletzungen und auch nichts davon, was vergangene Nacht passiert ist, sondern erzähle ihr lieber von dem Film, den wir zusammen ansehen wollten – *Die Nacht der lebenden Toten*.

Ich bin mir gar nicht so sicher, ob sie überhaupt wach ist – mein Geplapper soll nicht nur ihr ein Gefühl der Sicherheit geben, sondern auch mir –, aber als ich die Szene beschreibe, in der vier Zombies die Heldin in einer Einkaufspassage angreifen – ich dekonstruiere das in Form eines ziemlich ausführlichen marxistischen Kommentars und erwähne auch etwas von Derrida, Lacan, Walter Benjamin und Joe Bob Briggs –, bohrt Alison mir, die Augen immer noch geschlossen, einen Fingernagel so tief in die Hand, daß es fast blutet, und hebt dann ganz langsam fünf Finger in die Luft. Fünf Zombies. »Wo du recht hast, hast du recht«, sage ich. Ihre Hände sind kalt. Aber sie lächelt jetzt unter ihrer grünen Maske. Am liebsten würde ich sie in den Arm nehmen, aber sie ist an so viele Geräte angeschlossen, daß die Leute vom Krankenhaus nur einen Schreck bekommen würden.

Auf dem Weg hinaus erklärt mir eine der Schwestern, daß Alison in der vergangenen Nacht in der Notaufnahme ganz schön cool gewesen sei. »Sie hat unserem neuen Assistenten Rodriguez gesagt, er soll ihr keine Schmerzmittel geben, nur was zum Draufbeißen und nen Schnaps. Dann hat sie das Bewußtsein verloren.«

»Typisch Alison«, sage ich.

»Sie können ruhig ein bißchen rausgehen«, sagt sie. »Es dauert noch eine Weile, bis sie wieder richtig wach ist. Und danach wird ihr Gehirn immer noch ein bißchen vernebelt sein.«

»Da ist auch typisch Alison«, sage ich. »Was ist mit ihren Händen passiert?«

»Nur kleine Schnitte. Kein Grund zur Beunruhigung.«

In dem überfüllten Aufzug ernte ich wegen des modischen Zeichens, das ich mit meiner Skijacke und dem Kopfverband setze, ein paar interessierte Blicke. Alle anderen sehen dem Montag mit ordentlich gestärkten Uniformen und Büroanzügen entgegen. Als ich das Gesicht der Wand zuwende und die Hände abwehrend in die Taschen stecke, finde ich noch ein Souvenir: Im Futter meiner Jacke ist mein Piepser, den ich ganz vergessen hatte, dazu noch ein bißchen Kleingeld – ein Geschenk von Keegan. Ich schalte den Piepser ein, und als er sofort losgeht, fangen alle Leute im Aufzug an zu fummeln und zu suchen, als hätten sie plötzlich Läuse.

Im Eingangsbereich gibt es öffentliche Telefone, aber zuerst brauche ich einen Kaffee. Auf dem Weg zur Cafeteria schaue ich noch in der chirurgischen Abteilung vorbei. Alle Büros sind dunkel, auch das, das Rosenberg sich mit einem anderen Arzt teilt. Die Sekretärinnen stecken noch im Stoßverkehr auf dem Stevenson und Calumet Expressway. Der Schreibtisch an der Rezeption ist ordentlich aufgeräumt und ebenso ordentlich verschlossen. Und auf dem Witzkalender neben der Lampe ist immer noch das Datum von Freitag zu lesen – und der Witz vom letzten Jahr.

»Wiederholen Sie das noch mal«, sage ich zu dem Mann vom Telefondienst, der mich schon seit Stunden zu erreichen versucht. Ich sitze jetzt in der Cafeteria des Krankenhauses, ein Tablett mit Essen auf den Knien, auf das ich eigentlich keinen Appetit habe, einen schmierigen Telefonhörer zwischen Kopf und Schulter geklemmt.

Im Raum herrscht ein Lärm wie auf dem Hauptbahnhof. Aber nicht nur deshalb möchte ich noch einmal hören, was der Mann mir eben gesagt hat.

»Sind Sie ganz sicher?« frage ich. »Doktor Rosenberg will mich sprechen? Bei sich zu Hause?«

»Sir, ich bin mir seit zwei Stunden absolut sicher. Um zehn Uhr, in seinem Haus in der South Greenwood Avenue – soll ich Ihnen sagen, wie Sie hinkommen?«

»Nein, ich glaube, das finde ich«, antworte ich. Es ist kurz nach halb zehn.

Mein Truck ist weg, abgeschleppt. Wahrscheinlich steht er jetzt irgendwo auf Blue Island. Man hat mir mitgeteilt, daß ich ihn in achtundvierzig Stunden abholen kann – das heißt, wenn es mir gelingt, die Windschutzscheibe und die Scheinwerfer zu reparieren und die Schnauze einigermaßen hinzubiegen. Also kann das Ding ruhig noch ein paar Tage da draußen stehen. Die Batterie und der Kassettenrekorder sowie die Kassette von Patti Smith sind mittlerweile sowieso futsch, soviel ist sicher.

Vor dem Krankenhaus stehen keine Taxis; das ist für Hyde Park nichts Ungewöhnliches. Ich rufe alle Bekannten in der Nähe an, die mich chauffieren könnten – das heißt, nur Boone –, und mache mich schließlich zu Fuß zur 55th Street auf, um einen Bus in östlicher Richtung zu nehmen. Doch dort gehe ich in eine Autovermietungsagentur, in der mir der Angestellte widerwillig die Schlüssel zum billigsten Gefährt auf dem Hof überreicht, einem Ford Tempo, dessen Karosserie deutlich bessere Tage gesehen hat. »Sie haben Glück, daß ich Ihnen den ohne Kreditkarte gebe«, sagt er und kassiert fünfzig Dollar.

Mein letzter Fünfziger verschwindet schließlich in einem viel zu teuren Herrenbekleidungsgeschäft im Hyde Park Shopping Center, wo ich mir ein nachgemachtes L.-L.-Bean-Flanellhemd kaufe. Ich komme mir vor wie ein Holzfäller. Zu dem Ding kriege ich eine kleine Parfümprobe, mit der ich nach Meinung des Verkäufers eine klare modische Aussage machen kann. Ob das auch die richtige Aussage ist, kann ich nicht so genau beurteilen. Ich spare mir das Parfüm für einen regnerischen Tag auf.

Auf dem Parkplatz – der Tempo schlingert schon im Stehen – entferne ich acht Stück Karton und neunzehn Stecknadeln aus dem Hemd. Es ist völlig verknittert, aber zumindest kann ich jetzt das verdammte Sweatshirt und die Skijacke ausziehen. Außerdem nehme ich den Verband ab; allmählich komme ich mir damit vor wie ein Bürgerkriegsveteran auf einer Briefmarke; fehlt nur noch die Krücke.

Ich mache noch eine Runde über das Unigelände. Die schweren Türen des Kent-Gebäudes sind mit gelben Plastikbändern abgesperrt wie mit Lametta. Ein Unipolizist erklärt ungläubig lauschenden Studenten die Situation; sie hätten sicher den ganzen Tag gepennt, wenn sie vorher Bescheid gewußt hätten. Ein paar Beamte der Chicagoer Polizei fahren hinter mir vorbei; das Gesicht des Fahrers wirkt ungerührt hinter der Sonnenblende. Dann bedeutet er mir mit einer Geste, daß ich weiterfahren soll. Jetzt sieht es hier schon ganz anders aus. Die Schrecken der Nacht sind in Alltagsroutine übergegangen.

In der Greenwood Avenue steht, direkt vor Rosenbergs Haus, ein einzelner Wagen; der Fahrer gibt sich keine große Mühe zu verbergen, daß er von der Polizei ist. Auch der weiße Buick ist hier. Er bewacht die Auffahrt von oben. Am liebsten würde ich mich im Garten nach der Leica umsehen, aber nach dem Trara vom Sonntag habe ich das Gefühl, daß ich dazu eine Karte und ein Minensuchgerät bräuchte. Also gehe ich ganz normal zur Haustür. Meine Knie zittern ein bißchen; das liegt eher an den schlingernden Bewegungen des Tempo als an meiner Angst vor diesem Treffen. Aus dem Wagen auszusteigen ist fast so, als ginge man von Bord eines Bootes.

Ein Riegel wird zurückgeschoben; die Tür öffnet sich.

»Sie sind spät dran«, sagt Stephen Rosenberg und sieht mich dabei kaum an. Er läßt die Tür auf; offenbar ist das seine Art, mich hereinzubitten.

»Tut mir leid – ich glaube, ich habe meine Uhr verloren«, sage ich, aber er reagiert nicht darauf.

Ich folge ihm in einen Salon, einen Raum, den die Leute normalerweise mit teuren Möbeln ausstatten, aber nur zu besonderen Anlässen nutzen. Ich bin noch nie in so einem Raum gewesen, in dem man auch hätte essen können. Die Stühle sind unbequem. Rosenberg sieht sich interessiert meine Nase an. Ich betrachte seine Füße – zu dem teuren grauen Anzug trägt er braune Mokassins mit Quasten. Solche Schuhe hatte ich mit zehn auch mal; die habe ich bei einem Ausflug zu den Niagarafällen an einem echten Indianerhandelsposten bekommen.

»Eigentlich wollte ich zur Arbeit fahren«, erklärt er mir, »aber dann habe ich gemerkt, daß ich einfach nicht in der Verfassung bin. Das könnte ich meinen Patienten nicht antun. Wissen Sie, der Mann, der das Messer führt, muß selbst einen messerscharfen Verstand haben.«

»Das sollten Sie in Ihre Werbebroschüre aufnehmen«, sage ich.

Er starrt mich eine Weile an, überlegt offenbar, ob ich halten kann, was er sich von mir verspricht. Das Ergebnis scheint positiv auszufallen, denn er bietet mir Kaffee an, den ich annehme. Ich frage mich, ob Elenya ihn servieren wird. Doch da taucht auch schon eine Bedienstete auf mit einem Silbertablett, einem Wasserkrug – so etwas hätte meine Mutter fein säuberlich in Seidenpapier gewickelt im Speicher verstaut – und winzigen Porzellantassen, die zu zerbrechlich sind, als daß man sie sorglos verwenden könnte. Klassische Musik übertönt den morgendlichen Verkehr von draußen; sie wirkt fast so wie eine weitere schallschluckende Tapetenschicht. Heute morgen gibt's nichts von Jethro Tull.

»Ich habe mir gedacht, wir sollten uns kennenlernen«, sagt er. »Denn die Polizei hat mir berichtet, daß Sie mich für einen Mörder halten.«

»Meine Meinung zählt nicht, Rosenberg, nur die der Polizei. Und soweit ich sehe, tragen Sie ja auch noch keine Handschellen. Wo steckt denn Ihre Frau heute morgen?«

»Sie ist im Bett und schläft. Die Angelegenheit macht uns beiden sehr zu schaffen. Egal, welche Differenzen wir haben – das ist nichts im Vergleich zu diesen beiden tragischen Todesfällen.«

»Hoffentlich haben Sie viel Platz in Ihrer Werbebroschüre«, sage ich.

Er starrt mich an. Ich weiß nicht so genau, ob er aus der Fassung ist oder sich nur meinen Knochenbau ansieht, um zu entscheiden, wo er den ersten Schnitt ansetzen soll.

Er hat sich offenbar auch schon einmal hilfesuchend an einen Kollegen gewandt; aus der Nähe ist das deutlicher zu erkennen. Der Kollege hat sich jedenfalls größte Mühe gegeben, die Spuren, die Zeit und Schwerkraft in Rosenbergs Gesicht eingegraben hatten, wieder zu beseitigen. Rosenberg hat etwas Ausdrucksloses, Gelassenes: gepflegte Langeweile – es dauert Jahre, bis man sich so einen Gesichtsausdruck antrainiert hat.

»Das vergesse ich immer«, sagt er jetzt. »Sie haben ja nicht mal eine Lizenz, stimmt's? Sie sind eher so was wie ein Voyeur. Das hat mir sogar die Polizei gesagt. Mein Anwalt hat mir geraten, Sie wegen Verletzung meiner Privatsphäre anzuzeigen. Natürlich ist bei Ihnen nicht viel zu holen, aber eine Zivilklage könnte zumindest dazu führen, daß Sie Ihren Job aufgeben müssen. Was auch immer das für ein Job sein mag. Sagen Sie, gibt es eigentlich irgend etwas Privates oder Intimes aus meinem Leben, was Sie der Polizei nicht erzählt haben?«

»Alles, bis auf das größte Rätsel überhaupt, Stephen – warum zum Teufel Elenya ein Schwein wie Sie geheiratet hat. Was haben Sie gestern abend mit ihr gemacht? Und dieser arme Junge, Robin ...«

»Sie hatten keinerlei Recht, uns zu beobachten.«

»Ach? Dann machen Sie demnächst die Vorhänge ganz zu.«

Er wippt auf den Fußballen vor und zurück. Die Quasten an seinen Mokassins wippen mit. Er hat noch immer nicht Platz genommen, was manche Leute einschüchtern würde. Mir schlafen lediglich die Füße ein.

»Was haben Sie bei Nora verwendet?« frage ich. »Phenolsäure in Senf?«

»Das war Gleitmittel. BananAppeal – Lucy hat's besorgt –, das hab ich der Polizei schon gesagt ...«

»Wo ist die Flasche?«

»Die haben wir nicht aufgehoben«, sagt er verärgert. »Wir haben sie weggeworfen.«

»Im Bad? Oder in den Container vom Motel? Oder in den Servicekorridor hinter der Wand? Ich habe den Beamten von Ihrem kleinen Liebesnest erzählt; wahrscheinlich stellen sie es gerade auf den Kopf. Das Motel wird wohl noch nen Stern einbüßen im *Mobil Guide*.«

»Das ist lächerlich«, sagt er. »Wir haben nichts Unerlaubtes getan. Und Sie behaupten hier Dinge – genau deshalb hat mein Anwalt mir auch geraten ...«

»Hören Sie, wenn Sie mich eingeladen haben, um mir mit Ihrem Anwalt zu drohen, sollten wir jetzt getrennte Wege gehen. Der Kaffee ist gut, aber den Ärger ist er mir nicht wert.«

»Moment. Ich gebe nur wieder, was mir mein Anwalt geraten hat«, sagt er. Dabei verändert sich sein Tonfall leicht. »Sie wissen doch, wie Anwälte sind. Ich habe nicht vor, Sie zu verklagen.«

»Na wunderbar.«

»Eigentlich wollte ich Sie um Ihre Hilfe bitten. Deshalb habe ich Sie hergebeten.«

»Wie bitte?«

»Ich möchte Sie anheuern.«

Tja, die Woche bringt wohl ne Menge Überraschungen. Und dabei ist erst Montag.

»Ich dachte, ich bin bloß ein schmutziger kleiner Voyeur, von dem nicht viel zu holen ist.«

»Genau. Genau deshalb will ich Sie anheuern.«

»Und wie haben Sie sich das vorgestellt – wollen Sie mich mit Schmeicheleien überzeugen?«

»Wir müssen ja keine Freunde sein. Aber ich brauche Ihre Hilfe. Und ich bezahle Sie.«

»Wieviel?«

»Was Sie von Ihren anderen Klienten auch kriegen. Soweit ich weiß, hat Warren Frost Ihnen sechshundert Dollar gezahlt.«

»Aber das war für etwas, was ich selbst tun wollte, für jemanden, den ich leiden kann. Bei Ihnen würde der Preis anders ausfallen. Besonders nach dem, was ich gestern nacht gesehen habe.«

»Sie können überhaupt nicht beurteilen, was Sie gestern nacht gesehen haben.«

»Ich habe genug gesehen, um zu wissen, daß ich ein paar Antworten brauche, bevor ich auch nur einen Cent von Ihrem Geld anrühre.«

»Ich zahle Ihnen zehntausend Dollar«, sagt er. »Sofort. Ohne Verpflichtungen.« Er holt einen Scheck aus der Tasche und läßt ihn auf das Silbertablett fallen wie eine schmutzige Serviette. Er landet mit der Schrift nach unten, aber ich erkenne, daß mein Name drauf steht, neben mehr Nullen, als ich normalerweise zu Gesicht bekomme.

Ich glaube, das nennt man Dollardiplomatie. Es gibt auch noch eine andere Bezeichnung dafür: Bestechung. Aber in Chicago ist das nichts Ungewöhnliches.

»Ich gebe Ihnen alles, was Sie brauchen, Harding«, sagt er. Ich bin gerührt. Ich merke, wie schwer es ihm fällt, meinen Namen auszusprechen.

»Tja, Stephen, ich könnte ein Frühstück vertragen.«

Er legt mir den Arm um die Schultern. Zum erstenmal rieche ich, daß er Alkohol getrunken hat.

»Gehen wir ins Solarium«, sagt er. »Hier können wir nicht essen.«

Seine Köchin Giselle macht uns Omeletts. Das Solarium ist ein sechseckiger Anbau an der Rückseite des Hauses. Ich bin letzte Nacht dran vorbeigelaufen. Im Februar ist hier nicht viel mit Sonne, und der Ausblick ist auch alles andere als spektakulär – eine Sonnenterrasse aus Kiefernholz mit zugedeckten Möbeln und einem Gasgrill, dazu die Garagentür des Nachbarn mit einem verbogenen Basketballkorb.

»Wissen Sie, ich habe den Eindruck, daß ich mit Ihnen reden kann«, sagt Rosenberg und schiebt seinen Teller weg. Er hat noch mehr verdrückt als ich. »Sie können mich nicht leiden. Na schön. Sie haben meine negativsten Seiten gesehen. Ich habe keine Geheimnisse vor Ihnen. Das kann wunderbar befreiend wirken.«

»Ich würde sagen, dann brauchen Sie einen Psychotherapeuten. Und mit zehntausend Dollar kann man sich ne ganze Menge Fünfzig-Minuten-Sitzungen kaufen.«

»Elenya vertraut Ihnen. Das hat sie mir gesagt. Ihre Meinung ist mir sehr wichtig.«

»Bevor oder nachdem Sie sie geschlagen haben?«

»Keine Geheimnisse«, sagt er. »Na schön, ich habe auf diesem Gebiet so meine Probleme, das gebe ich zu. Aber ich arbeite dran.«

»Wir sind hier nicht in der *Donahue*-Talk-Show. Daß Sie die Sache zugeben, ist mir nicht wichtig. Für mich ist wesentlicher, daß Sie damit aufhören.«

»Ich habe schon damit aufgehört.«

»Es ist mein Ernst.«

»Also nehmen Sie den Job an?«

»Vergessen Sie den Job«, sage ich und starre ihn an. »Ich hab neulich nacht die blauen Flecken auf dem Gesicht Ihrer Frau gesehen.«

»Am Freitag?« fragt er. »Ach, da hat sie sich also rumgetrieben. Bei Ihnen ...«

»Sie sind ein ganz schöner Schläger. Aber ihre Nase zu verletzen wäre wohl nicht mit Ihrem Berufsethos zu vereinbaren, was?«

»Das war ich nicht«, sagt er. »Wirklich. Ich hab nicht mal gewußt, wo sie in der Nacht gewesen ist ...«

»Und letzte Nacht? Als Sie die kleine *Bonanza*-Inszenierung mit dem Kaminbesteck geliefert haben?«

»Was gestern nacht passiert ist, geht Sie nichts an. Und außerdem habe ich das Robin nicht angetan. Glauben Sie mir, er hat andere Freunde.«

»Wollen Sie etwa behaupten, daß Sie hier das Opfer sind?«

»Nein. Aber nicht nur ich brauche Hilfe, sondern vor allem Elenya.«

»Sie machen sich also Sorgen um Ihre Frau.«

»Ja.«

Er bietet mir eine Zigarre an, die ich ablehne.

Und dann – zwischen ein paar Zügen an seiner echten Havanna und einigen Schlucken von der Starbuck-Kenya-Mischung: Es ist immer noch dasselbe verdammte Porzellan, so dünn, daß ich bei jedem Schluck Angst habe, der Henkel könnte abbrechen – erzählt er mir seine Version der Ereignisse in der letzten Nacht.

»Eigentlich sollte es eine Geburtstagsparty für meine Frau werden, Harding. Ich weiß, daß ich mich in letzter Zeit nicht genug um sie gekümmert habe, also habe ich mir diesen Abend für sie reserviert. Dank Giselle hatten wir ein wunderbares Abendessen – Wild und gebratene Pilze; Giselle kocht normalerweise streng Nouvelle cuisine, aber bei besonderen Gelegenheiten nimmt sie's schon mal lockerer –, und dann haben wir uns auf einen Brandy ins Wohnzimmer zurückgezogen. Robin hat nach dem Abendessen vorbeigeschaut. Tja, und eins führte zum anderen ... das Ergebnis haben Sie ja gesehen. Ich hoffe, Sie haben auch gesehen, daß es sich hier um drei Erwachsene handelte, die in einer Privatwohnung ein bißchen Spaß hatten.

So gegen neun ist dann der Alarm losgegangen – wir wissen jetzt auch, warum, nicht wahr? –, und meine Frau ist in Panik geraten. Wir haben Sirenen gehört. Ich habe den anderen gesagt, sie sollen nach oben gehen, ich würde mich schon um den Alarm und die Polizei kümmern, aber wahrscheinlich hat Elenya gedacht, sie kommen hier rein – ehrlich gesagt, ich weiß nicht so genau, was sie gedacht hat. Bevor ich sie aufhalten konnte, war sie schon zusammen mit Robin durch die Hintertür verschwunden.

Die Polizisten sind dann wieder gegangen. Aber nach ungefähr einer Stunde sind sie zurückgekehrt und haben mir von der Sache mit Nora erzählt. Erst da – ich habe mich gerade angezogen, um mit ihnen zum Kent-Gebäude zu fahren –, ist Elenya wieder ins Haus gekommen, ganz leise durch die Hintertür. Sie ist über die Küchentreppe nach oben, hat sich umgezogen und ist dann wieder runter, um mit den Beamten zu sprechen – als wäre sie eben erst aufgestanden.

Später habe ich dann erfahren, daß Robin erschossen worden ist, kurz nachdem er mein Haus verlassen hat.«

»Und wie hat Elenya erklärt, daß sie so lange weggeblieben ist?«

Rosenberg schwieg eine Weile und rollte die Asche von seiner Zigarre auf den Teller. »Sie hat gesagt, sie haben nur in ihrem Wagen gesessen. Sie haben sich unterhalten, sich dann einen Kaffee bei Starbucks in der 53rd Street geholt und im Wagen drauf gewartet, daß die Leute von der Polizei verschwinden.«

»Und Sie glauben ihr nicht?«

»Ich glaube, es tut nichts zur Sache, was ich glaube«, sagt er. »Da wäre noch etwas anderes ...«

»Wollen Sie damit sagen, daß Elenya Ihrer Meinung nach Robin umgebracht hat?«

»Nein, nein. Aber ich fürchte, die Polizei könnte auf den Gedanken kommen, wenn sie herausfindet, daß sie so spät noch mit ihm zusammen war und kein plausibles Alibi vorweisen kann ...«

»Sollte Nora gestern abend mit von der Partie sein?«

»Nora?« Er wirkt überrascht. »Nein, natürlich nicht.«

»Und was ist mit Lucy?«
Er schüttelt den Kopf.
»Besitzen Sie eine Pistole?«
»Nein.«
»Und Ihre Frau?«
»Nein.«
»Kann ich mich mit ihr über die Angelegenheit unterhalten?«
»Nicht jetzt«, sagt er. »Wie gesagt, sie schläft.«
»Dann wecken Sie sie.«
»Ich möchte sie nicht wecken. Jemand will mich reinlegen. Jemand ist hinter mir her. Ich werde seit Monaten erpreßt. Oder zumindest versucht's jemand – aber ich habe bis jetzt nicht gezahlt. Inzwischen wünschte ich, ich hätte es getan – vielleicht wäre Nora dann noch am Leben. Jetzt habe ich Angst, daß Elenya ebenfalls in Gefahr schwebt.«
»Wie erpreßt?« frage ich. Er entschuldigt sich einen Moment – er hat einfach perfekte Manieren –, um eine Minute später mit einer Grußkarte ganz ähnlich der, die ich in Elenyas Porsche gesehen habe, wiederzukehren. Sogar das Schriftbild ist identisch.
Allerdings ist diese Karte kein Geburtstagsgruß.
»Das hier ist die aktuellste«, sagt er. »Es gibt noch ein Dutzend anderer.«

Gute Besserung!
Wenn Du denkst,
Es geht nicht mehr,
Kommt von irgendwo ein Lichtlein her!

Liebes Arschloch: Ich weiß, daß Du sie umgebracht hast, und ich weiß auch, wie. Versuch nicht, mich auszutricksen. Ich komme Dir auf die Schliche.
Du kannst mich nicht aufhalten.

»Wann ist die gekommen?«

»Sie hat vor ein paar Stunden auf meiner Veranda gelegen. Fragen Sie Giselle.«

»Kann ich die anderen sehen?«

»Die habe ich vernichtet«, sagt er.

»Nicht besonders clever. Worum ging's darin?«

»Das waren Drohungen, mich bloßzustellen, wenn ich mich weiter mit Studenten verabrede. Es hieß, irgend jemand würde bei einer Fakultätssitzung auftauchen und ein Video vorführen, auf dem ich mit einem meiner Freunde zu sehen wäre.«

»Sie meinen, mit einem Jungen wie Robin. Das würde so eine Sitzung allerdings beleben. Und wäre gar nicht gut für Robin. Sie sind mit keiner der Karten zur Polizei gegangen?«

»Nein.«

»Nicht einmal nach gestern nacht?«

»Ich würde das gern selbst regeln. Besser gesagt: Es wäre mir lieb, wenn Sie die Sache für mich regeln. Die Leute haben gesagt, meine Frau sei in Gefahr.«

»›Die Leute‹?«

»Es sind zwei. Zumindest glaube ich das ...«

»Sie sagten, Sie hätten nicht bezahlt – wieviel wollten die Leute denn?«

»Eine Million in bar.«

»Haben Sie so viel Geld flüssig?«

»Natürlich nicht.«

Ich stelle meine Kaffeetasse ab, damit ich sie nicht doch noch zerbreche. »Und da ist kein kleines Schweizer Konto, das Sie mir vorenthalten?«

»Wovon reden Sie?«

»Ach nichts. Vergessen Sie's.« Ich will ihm gerade erklären, welche Probleme ich mit der ganzen Sache habe – schließlich handelt es sich um einen ungelösten Mordfall, und ich halte ihn für tatverdächtig; ich möchte ihm sagen, daß ich ihn nicht einmal dann sonderlich gut leiden könnte, wenn er unschuldig wäre –, als Giselle mit perfekter Frisur und ebenso perfekter Kleidung hereinkommt und fragt, ob die Herren noch einen Wunsch haben.

»Nein, Giselle«, sagt Rosenberg, »es war wunderbar wie immer. Vielleicht noch ein bißchen Kaffee, aber das wär's dann.«

Sie macht einen Knicks – ich glaube, ich habe das bisher nur in einem ausländischen Film gesehen –, und Rosenberg erhebt sich mit seiner Mokkatasse. Es liegt auf der Hand, daß das Treffen seinem Ende zugeht. Ich bin mir nicht so sicher, was es gebracht hat; für beide Seiten.

»Finden Sie heraus, wer mich erpreßt«, sagt er. »Bringen Sie die Verantwortlichen zum Schweigen. Die Methode überlasse ich Ihnen. Halten Sie nur die Polizei aus der Sache raus und sorgen Sie dafür, daß mein Name nicht in der Zeitung erscheint. Sie werden es nicht bereuen. Und Elenya helfen Sie damit auch.«

»So, so.«

»Ich meine es ernst.«

»Könnten Sie mir nun noch sagen, inwiefern Elenya durch Ihre Seitensprünge gefährdet wird?«

»Sie ist auch nicht ganz unschuldig.«

»Lassen wir dieses Thema.«

»Moment. Ich meine nicht gestern nacht. Sie haben recht – gestern nacht war sie nicht sie selbst. Das hat zum Teil mit den Drogen zu tun ...«

»... die Sie ihr besorgen ...«

»In einer oder zwei von den Karten, die man mir geschickt hat, ist die Rede davon, daß sie ein Verhältnis hat. Und sie wird darin auch bedroht. Sie lebt sehr, sehr zurückgezogen. Sie wäre am Boden zerstört, wenn die Presse irgend etwas davon erführe.«

»Sie haben sich nie mit ihr darüber unterhalten?« frage ich.

»Nein.«

Offenbar sehe ich ungläubig aus.

»Wir haben Grenzen abgesteckt«, sagt er.

»Ich habe den Eindruck, daß Sie gerade dabei sind, die niederzureißen. Hat Lucy auch solche Karten wie Sie bekommen?«

»Lucy? Nein, jedenfalls hat sie mir nichts davon erzählt ...«

»Hat sie eine Schreibmaschine?«

»Woher soll ich das wissen?«

»Wissen Sie's denn?«

»Nein. Ja. Sie hat irgendwo eine alte tragbare Royal – was sollen die ganzen Fragen?«

»Ich habe Ihnen doch gesagt, daß ich eine Menge Fragen stellen würde. Die Polizei hätte wahrscheinlich sogar noch ein paar mehr. Wenn ich Sie wäre, würde ich versuchen, die Schreibmaschine zu finden. Und sehen Sie in Ihrer Praxis nach. Sorgen Sie dafür, daß über das Phenol ordentlich Buch geführt wird ...«

»Das kann man überall kaufen ...«

»Nun, Rosenberg, wenn jemand Sie erpreßt, benutzt dieser Jemand aber vielleicht lieber was von Ihrem.«

»Also übernehmen Sie den Job?«

»Das habe ich nicht gesagt. Wann haben Sie das Motel letzten Mittwoch verlassen?«

»Keine Ahnung. So gegen zwei oder drei.«

»Und wie hat's in dem Zimmer ausgesehen, als Sie gegangen sind?«

»Nicht viel besser als bei unserer Ankunft.«

»Warum sind Sie überhaupt dorthin gefahren?«

»Warum ist das wichtig?«

»Wahrscheinlich ist es nicht wichtig, da haben Sie recht. Aber tun Sie mir einfach den Gefallen und beantworten Sie meine Frage.«

»Nora wollte es.«

»Ach.«

»Ich meine es ernst. Sie hat solche verkommenen Spelunken geliebt. Übrigens sind wir früher schon mal dort gewesen.«

»Und wo haben Sie sie abgeholt?«

»In ihrem Wohnheim.«

»Und hinterher?«

»Ich hab sie auch wieder zurückgebracht ...«

»Und Donnerstag nacht? Wo waren Sie da?«

»In der Praxis, im Krankenhaus ...«

»Woher wußten Sie, daß ich vor dem Fenster war?«

»Was?«

»Lucy hat gesagt: ›Sie haben Ihre Kamera vergessen.‹ Als wir uns im Kent begegnet sind. Woher wußten Sie, daß ich Sie beobachtet habe?«

»Ich wußte es nicht. Sie hat das gesagt?« Wieder wirkt die Überraschung echt. »Detective Reilly hat's mir erst heute morgen gesagt.«

»Noch eine Frage – wieviel haben Sie Nora und Robin bezahlt?«

»Bezahlt? Ich habe weder ihnen noch irgend jemand sonst je etwas bezahlt. Nehmen Sie den Job nun an oder nicht?«

»Erzählen Sie das alles lieber der Polizei.«

Er schüttelt den Kopf.

»Wissen Sie, ich werden den Gedanken einfach nicht los, daß Sie mir das Geld für etwas anderes bezahlen wollen. Nicht dafür, daß ich Ihnen irgendeinen mysteriösen Erpresser vom Hals halte. Aber vielleicht bringt mich nur mein Zynismus auf solche Ideen.«

»Und wofür ist das Geld Ihrer Meinung nach?«

»Dafür, daß ich mich aus Ihrer Scheidung raushalte, Ihrer Frau nicht dabei helfe, an die zwei Millionen ranzukommen, die Sie irgendwo versteckt haben.«

»Jetzt sind's schon zwei Millionen«, sagt er und läßt die Zigarre in seinen Kaffee fallen; sie zischt wie eine Schlange. »Ich fürchte, mehr als zehntausend kann ich nicht bieten.«

Er erwähnt nichts mehr von den Erpressern. Der Scheck bleibt bei Rosenberg – auf dem silbernen Tablett.

Giselle begleitet mich zu einer Seitentür. Sie geht auf die Auffahrt, die zur Remise führt. Ich ziehe die verdammte Skijacke enger um die Schultern – es wird wieder kälter – und mache mich auf den Weg zur Straße.

Ich will eben den Rasen überqueren, als die Haustür aufgeht, ganz langsam. Ich überlege mir eine Ausrede für Rosenberg, als ich sehe, wer mich da beobachtet.

Elenya tritt auf die Veranda. Sie trägt einen langen Frotteemorgenmantel und Hausschuhe; die Arme hat sie um den Körper geschlungen. Der Morgenmantel ist ziemlich dick, aber gegen den eisigen Wind bietet er wenig Schutz.

»Harding?« fragt sie. »Hab ich's mir doch gedacht, daß Sie das sind. Ich hab Sie vom oberen Fenster aus gesehen. Ich habe oben gelesen. Vielleicht bin ich auch ein bißchen eingenickt ...«

»Wie geht's Ihnen?« frage ich, weil ich nicht so recht weiß, was ich sonst sagen soll. Es gibt zu viele Fragen, auf die sie mir ganz sicher keine Antwort geben wird. »Alles in Ordnung?«

»Ja«, sagt sie und lächelt mich kurz an. »Wahrscheinlich wird man mich bald in ein Pflegeheim stecken. Wer schläft schon am hellichten Tag?«

»Menschen, die die ganze Nacht wach waren«, sage ich. Aber es sieht nicht so aus, als hätte ich sie geweckt. Sie hat Strümpfe an unter dem Morgenmantel. Und sie trägt Ohrringe, die herumbaumeln wie Fragezeichen, sobald sie den Kopf bewegt.

Sie bittet mich nicht herein.

»Sie werden sich den Tod holen«, sage ich vom Fuß der Treppe aus; weiter wage ich mich nicht vor.

»Nein, nein, das tut ganz gut«, sagt sie. »Im Haus ist es zu warm. Stickig. Außerdem wird's wieder ein bißchen wärmer, finden Sie nicht auch? Jedenfalls habe ich das Gefühl. Im Wetterbericht heißt es, am Wochenende soll's wieder über sechs Grad werden.«

»Ach«, sage ich, »das habe ich noch nicht gehört.«

»Ich hab diesen Schnee einfach satt«, sagt sie.

Wir reden also übers Wetter.

Wir stehen eine Weile schweigend da. Irgendwo wurde ein Feuer angezündet. Es riecht nach Rauch. Eine Schar Gänse zieht in geschlossener Formation über uns hinweg. Hoffentlich haben die da oben mehr Ahnung, wohin sie wollen, als ich.

»Was ist gestern nacht passiert, Elenya?« frage ich schließlich. Sie schüttelt nur den Kopf und schlingt den Morgenmantel enger um ihren Körper. »Stephen hat mir erzählt, daß das eine Party für Sie war.«

»Ach?« Sie reibt sich die Augen, die rot sind vom Weinen. Jetzt weint sie nicht mehr. »Das war Stephens Party, das können Sie mir glauben. Ich habe Geräusche gehört. Ich hätte oben bleiben sollen ...«

»Die Polizei ...«

»Die waren da und wieder weg«, sagt sie. »Da und wieder weg.« Das klingt wie ein Wiegenlied. Ihr Kopf bewegt sich sanft zu einer Melodie, die nur sie hört.

Ich nehme ein Geräusch wahr. Durch den Spalt der geöffneten Tür dringt ein Lichtschimmer.

Angst huscht über Elenyas Gesicht, dann umwölkt sich ihr Blick. Sie findet es offenbar nicht merkwürdig, daß ich hier bin, in ihrem Garten. Sie stellt mir keine Fragen. Drogen haben manchmal diese Wirkung: Sie führen zu einer Logik, wo es eigentlich keine gibt, und ertränken die Fragen.

»Ich muß wieder rein«, sagt sie, ein wenig schwankend.

Die Tür hinter ihr knarrt. Sie tritt zögernd einen Schritt zurück.

»Eine schreckliche Nacht, finden Sie nicht auch?« sagt sie. Ich nicke.

»Sie wissen Bescheid über Nora und Robin ...«

»Da und wieder weg«, sagt sie.

Elenyas Hand ruht auf der Türklinke – gleich wird sie ins Haus gehen. Aber sie zögert eine Sekunde. Ihr Körper bewegt sich in die eine Richtung, ihr Gesicht und ihre Augen in die andere. Fürs erste ist der Blick, den sie mir zuwirft, das einzige, was ich bekomme.

Ich wäre mit drei oder vier Schritten an ihr vorbeigesprungen, doch Elenyas Gesichtsausdruck hält mich zurück, wirkungsvoller als jede Wand oder Tür. Ihr Blick ist vom Halcion getrübt, aber ich entdecke immer noch Sorge darin.

Ob um sie oder um mich, das kann ich nicht so genau beurteilen.

Sie geht ins Haus, ohne sich zu verabschieden, schließt die Tür, läßt die Jalousien herunter.

Ich kehre zu meinem Tempo zurück und muß mehr als fünf Minuten warten, bis er warm ist. Aus dem Radio dringen die Stimmen der Temptations, die sich wünschen, daß es regnet. Wahrscheinlich haben sie die Wettervorhersage für die nächsten fünf Tage gesehen. Dann fahre ich auf dem Lake Shore Drive in Richtung Norden in die gleißende Sonne hinein.

»Sie haben Geld für einen schicken neuen Wagen, aber nicht für die Miete?« sagt Minas mit einem Blick hinaus auf die Straße. Er hackt Zwiebeln. Ich versuche im allgemeinen, nicht mit Einwanderern zu streiten, die irgendwelche Besteckteile in der Hand halten, aber ich habe keine andere Wahl: Ich bin völlig abgebrannt.

Ich hole den vorderen Teil der *Trib* aus dem feuchten Abfall – Feta-Käse und Kartoffelschalen –, stelle kalten schwarzen Kaffee in eine Mikrowelle, die im gegenläufigen Rhythmus zu meinem Piepser piepst – wieder eine Nachricht, diesmal von Donnie Wilson. Ich schalte das verdammte Ding aus. Jetzt fällt mir ein, warum ich es seinerzeit in meiner Sockenkommode vergraben hatte.

Die Morgenzeitungen lassen sich nicht besonders ausführlich über den Fall aus; auf der ersten Seite heißt es in einer Spalte, eine Frau sei ermordet, eine andere innerhalb eines Unigebäudes am Hyde Park angegriffen worden. Es werden keine Namen genannt. Ein Sprecher der

Universität weigert sich zu bestätigen, daß die beiden Studentinnen waren – »oder in irgendeiner Weise mit der University of Chicago in Verbindung standen«. Eine schreckliche Tragödie; die Polizei tappt hinsichtlich des Motivs im dunkeln. Kein Kommentar. Aus. Kein Wort über Robin; er wird bis zu den späteren Ausgaben der Zeitungen warten müssen.

Minas liest über meine Schulter mit, das Hackbeil immer noch in der Hand. »Die Leute von der Polizei waren schon hier«, sagt er. Winzige Zwiebelstückchen kleben wie Schuppen an seinem Hemd. »Die haben nach Ihnen gefragt. Und sie haben mich geweckt.«

»Was haben sie gefragt?«

Minas zuckt mit den Achseln. »Wie lange Sie schon hier wohnen. Ob ich Alison kenne. Ob Alison Ihre Freundin ist, ob sie über Nacht bleibt. Viele Fragen. Sie haben mir auch Fotos von anderen Frauen gezeigt, ob die hierherkommen. Ob ich sie schon mal gesehen habe.«

»So, wie Sie das sagen, klingt's, als wär ich Jack the Ripper. Was haben Sie geantwortet?«

»Die Wahrheit«, sagt Minas. »Was weiß ich. Ich muß schon Geld an die Baubehörde und das Gesundheitsamt abdrücken, da brauche ich nicht auch noch Probleme mit der Polizei.« Er deutet auf den Kühlschrank. »Wollen Sie was? Ist noch Lamm da. *Galactoburiko*?«

»Nein danke.«

»Alison kommt durch?«

»Ich glaube schon.« Er starrt auf meine Kleidung. Diese alberne Jacke. Ich sehe aus, als hätte ich die letzte Nacht auf der Straße verbracht.

»Das ist eben gekommen«, sagt er und reicht mir einen Umschlag. »Hat Mr. Henderson höchstpersönlich gebracht.« Minas ist beeindruckt. Henderson leitet die winzige Bank am anderen Ende der Straße. Offenbar hatte er Langeweile.

In dem Umschlag steckt ein Scheck über zehntausend

Dollar, ausgestellt von Dr. Stephen Rosenberg, datiert auf heute.

Minas, der über meine Schulter mitliest, erklärt mir, ich solle mir keine Gedanken wegen meines Mietrückstands machen.

»Ich spiele mit dem Gedanken, mir einen Vogel zu kaufen«, sagt Minas und stellt ein Tablett mit Essen und einer Flasche Rotwein für mich zusammen – es ist keine Rede mehr von Lammbratenresten, seit er den Scheck gesehen hat. »Statt einem Kampfhund. Einen Würger.«

»Einen Kampfvogel? Darf man denn Vögel in Restaurants halten?«

»Ich lese Ihnen mal was vor«, sagt er und schlägt eine markierte Seite in einem abgegriffenen Taschenbuchlexikon auf: »›Der Würger ist ein fleischfressender Vogel, dessen Schrei hoch und schrill klingt; sein kräftiger, gebogener Schnabel endet in einer zahnähnlichen Spitze, mit der er seine Beute oft auf Dornen aufspießt.‹«

»Tja, dann werden Sie wohl bald weniger Gäste haben«, sage ich.

Das Licht am oberen Ende der Treppe ist aus. Als ich den Treppenabsatz erreiche, knacken Holzspäne und Gipsbrocken unter meinen Füßen. Ich stelle das Tablett mit dem Essen auf dem Boden ab, dann gehe ich zu meiner Wohnungstür.

Die Tür ist eingetreten, aus den Angeln gerissen; ich finde das ein bißchen übertrieben, aber wenn es dazu dienen sollte, mich zu beeindrucken, hat's funktioniert. Mein Puls rast, während ich von Zimmer zu Zimmer gehe und in die Schränke schaue wie ein kleiner Junge, der in dunklen Ecken nach dem schwarzen Mann sucht. Die rückwärtige Tür steht offen. Ich gehe hinaus und sehe mich auf der Hintertreppe um. Niemand.

Ein Aktenschrank ist umgeworfen. Der Inhalt meines Schreibtischs liegt auf dem Boden verstreut. Soweit ich sehe, fehlt nichts. Möglicherweise war das ein ungeduldiger Klient, dem das Warten zu langweilig geworden ist. Vielleicht sollte ich in Zukunft ein paar Zeitschriften hinlegen.

Dann fällt mir die Kiste mit den Dokumenten ein, die Frost mir letzten Samstag gegeben hat. Ich hatte sie unter meinen Eßtisch geschoben, auf dem eine Plastikdecke liegt, die ungefähr zwei Nummern zu groß ist. Aber das Versteck war nicht gut genug. Die Kiste ist weg.

Ich überlege, ob Rosenberg sich vielleicht deshalb so große Mühe gegeben hat, mich zu erreichen; möglicherweise hat er sich deswegen so angestrengt, mich bei sich zu behalten und mit Giselles Omeletts vollzustopfen. Ich nehme mir vor, weniger Eier zu essen.

Minas sagt, er werde die Tür für mich reparieren. Ich sehe, daß er an den Würger denkt. Mir geht's nicht anders – in meiner Vorstellung fliegen ungefähr zehn oder zwölf davon als Wachvögel durch mein Wohnzimmer. Ich nagle die Tür behelfsmäßig an den Rahmen und verstärke sie diagonal mit Holzbrettern. Jetzt sieht's bei mir aus wie in dem Haus aus der *Nacht der lebenden Toten*. Fürs erste werde ich wohl die Hintertür benutzen.

Ich rufe Boone an. Ich habe mich schon seit Tagen nicht mehr mit ihm unterhalten. Er liest *Scientific American* und wartet darauf, daß seine eigene Tür repariert wird. »Die haben das verdammte Ding aus den Angeln gerissen«, sagt er. »Du kannst dir das nicht vorstellen, Harding.« Ich versichere ihm, daß ich mir das sehr wohl vorstellen kann. Genau wie ich war er zur Zeit des Einbruchs nicht zu Hause, er schob wieder mal eine Nachtschicht in einem seiner zahllosen Jobs. Meine Sachen aus Indiana – die Fensterkittpistole, die Senfflasche, die Spritze, das Beta-Max-Video – alles ist weg. Und was die Kiste mit den Dokumenten anbelangt: Ich kann mir nicht vorstellen, daß sich außer meinem guten Freund Dr. Rosenberg jemand dafür interessiert.

»Wer hat gewußt, daß du das Zeug hast?« frage ich Boone. Niemand, er kennt nämlich niemanden.

Ich versuche mich zu erinnern, wem ich davon erzählt habe. Donnie wußte Bescheid. Habe ich Frost was davon gesagt? Oder Alison? Es fällt mir nicht mehr ein. Eigentlich war die Sache ja auch kein Staatsgeheimnis. Jetzt schulde ich Boone noch mehr Geld, nicht nur für seine Laborarbeit, sondern auch für die Tür. Ich sage ihm, er soll's auf die Rechnung setzen.

Das Radio funktioniert noch. Die Musik, die herausdudelt, ist voller Herzschmerz und Gefiedel. Es könnte New Country, vielleicht aber auch Old Country sein. Ich bin nicht versiert genug, um das zu unterscheiden. Inzwischen habe ich keinen Appetit mehr, also stelle ich das Essen in den Kühlschrank, wo es allein zurechtkommen muß. Der Rotwein ist neueren Jahrgangs und hat einen Schraubverschluß. Ich gieße etwas davon in eine Kaffeetasse. Der Wein sieht aus wie Mundwasser.

Das Telefon klingelt, als ich mich ausziehe. Ich hopse auf einem Bein hin; meine Jeans schleift auf dem Boden nach – das muß aussehen wie ein neuer Tanz für die Country Music Bars.

»Harding?« Es ist Elenya, ihre Stimme ist ganz leise. »Tut mir leid, daß ich Sie störe, aber ich wollte Sie fragen ...«

»Sie stören mich nicht ...«

»... aber ich wollte Sie etwas fragen.«

Schweigen. Ich warte, aus dem Telefonhörer dringt nur Knistern. Fast glaube ich, daß sie aufgelegt hat. Nur dieses Geräusch wie knisterndes Geschenkpapier. Seit aus der Telefongesellschaft Illinois Bell Ameritech geworden ist, klingt meine Telefonleitung wie eine Konferenzschaltung.

»Elenya?«

»Es gibt da einen Mann«, sagt sie schließlich.

»Was für einen Mann?«

»Einen Mann, den ich mal getroffen habe, in einem Fitneßcenter. Das ist schon Monate her. Ich hab ihn nur einmal gesehen. Aber ich glaube ... ich meine ... jetzt frage ich mich« – sie hat Mühe, ihre Gedanken zu ordnen – »ob er vielleicht was macht ...«

»Was macht?«

»... daß er vielleicht damit zu tun hat.«

»Womit was zu tun hat? Mit Noras Tod? Oder mit dem von Robin?«

Sie sagt, daß sie das meint.

»Wie heißt er?«

»Gaelen.«

»Und warum glauben Sie, daß er was damit zu tun hat?«

»Na ja, vielleicht täusche ich mich. Mein Gott, Harding, ich bin so müde ...«

Ich stelle sie mir vor, den Kopf in die Hände gestützt. Vielleicht wird sie von Giselle beobachtet.

Giselle, würden Sie meiner Frau bitte noch etwas Kaffee bringen ...

Oder ist die Person, die sie beobachtet, dieselbe, deren Anwesenheit ich hinter der Tür spürte?

»Elenya, bitte sprechen Sie weiter. Was hat er gemacht?«

»Er ist mir gefolgt«, sagt sie. »Das glaube ich zumindest. Nein, ich bin mir sicher. Er hat mir Sachen geschickt – Blumen, diese sündhaft teuren kleinen weißen Rosen und dazu eine leere Karte. Und manchmal hat das Telefon geklingelt, und wenn ich abgehoben habe, war da bloß dieser alte Song, noch aus meiner High-School-Zeit. Eigentlich hat das nichts Unheimliches, aber ...«

»Was für ein Song?«

»›Cherish‹«, sagt sie. »von The Association. Erinnern Sie sich noch daran?«

»Und wie lange ist das her?«

»Ach, ich weiß nicht so genau. Vielleicht fünf oder sechs Monate.«

»Und woher wußten Sie, daß er Ihnen folgt?«

»Harding, ich hab ihn vielleicht doch noch mal gesehen, als ich aus dem Lebensmittelgeschäft kam ...«

»Haben Sie ein Foto von ihm?«

»Nein, natürlich nicht ...«

»Wie sieht er aus?«

»Ich weiß nicht so genau ...«

»Ist er weiß? Schwarz? Groß? Klein?«

»Weiß, groß, sehr groß, dunkles Haar, und er hat einen Bart ...«

»Wissen Sie, was für einen Wagen er fährt? Vielleicht einen roten Grand Am?«

»Was für einen Wagen? Keine Ahnung. Ich kenne mich nicht so aus mit Autos – aber er könnte rot sein, dunkelrot ...«

»War es das Fitneßcenter in der 47th Street?«

»Ja«, sagt sie. Ich spüre, daß sie gleich wieder abdriften wird. »Mein Gott, ich weiß wirklich nicht, warum ich Ihnen das erzähle. Aber Sie sind so nett zu mir gewesen. Vielleicht hat er nichts damit zu tun, vielleicht bilde ich mir das alles nur ein – ich meine, schließlich ist es schon Monate her ...«

»Elenya, hören Sie mir zu, ja?«

»... ich hab ihn ziemlich lange nicht mehr gesehen.«

»Ich bin froh, daß Sie es mir gesagt haben.«

»Ja?«

»Ja. Aber weiter – was soll ich tun? Soll ich diesen Typ für Sie finden? Mit ihm reden? Der Polizei von ihm erzählen?«

Sie schweigt, ich höre nur ihren Atem. Ich kann mir vorstellen, wie sie sich fühlt, wie die Drogen ihren Verstand vernebeln. Es fällt ihr schwer, sich zu konzentrieren. Ich werde mich später noch einmal mit ihr unterhalten, wenn sie klarer im Kopf ist. Aber wahrscheinlich will sie mir dann nicht mehr viel erzählen.

»Vielleicht lieber nicht der Polizei«, sagt sie. »Vielleicht noch nicht jetzt ...«

»Haben Sie Stephen von ihm erzählt?«

»Du liebe Güte, nein ...«

»Sie haben ihn also einmal gesehen«, sage ich, »und sich mit ihm unterhalten. Und das war's?«

»Ja.«

»Und sonst war nichts?«

»Was meinen Sie damit?«

»Nichts, nur ...«

»Jetzt hören Sie sich genau an wie Stephen«, sagt sie.

»Ich versuche nur zu kapieren ...«

»Vergessen Sie's« sagt sie so leise, daß ich sie fast nicht verstehe. Ich schalte das Radio aus.

»Das ist mein Job, Elenya. Ich muß neugierig sein und dumme Fragen stellen.« Auch ohne die Musik tanzen meine Gedanken weiter.

»Ich hab gedacht, ich könnte mit Ihnen reden.«

»Das können Sie auch.«

»Ich habe ihn einmal gesehen, Harding. Im Fitneßcenter. Nicht in irgendeinem Motel in Indiana.« Sie schweigt. »In letzter Zeit scheine ich mich nur noch zu entschuldigen. Allerdings weiß ich nicht, wofür.«

Ich sage ihr, daß ich dieses Gefühl sehr gut kenne.

»Und was jetzt?« fragt sie. »Was machen wir?«

»Wir sagen es Reilly.«

»Harding, bitte. Nein.«

»Elenya ...«

»Nein.«

Ich kann ihr Zögern nicht verstehen. Wenn sie sich wirklich nur unterhalten haben ...

»Können Sie das nicht machen?« fragt sie. »Ihn für mich finden? Ihm diese ganzen dummen Fragen stellen? Schließlich ist das doch Ihr Job.«

»Aber wir haben es hier mit einem ungeklärten Mordfall zu tun, Elenya. Wenn Sie irgendwas wissen, sollten Sie es Reilly sagen. Oder Ihrem Anwalt.«

»Ich habe niemandem etwas davon erzählt.«

»Aber warum ...«

»Harding, bitte. Glauben Sie mir, es ist mir schwer genug gefallen, es *Ihnen* zu sagen.«

Ich dränge sie nicht länger. Ihre Stimme sagt mir, daß sie keinen Schritt weitergehen wird.

Als ich mich schließlich ausziehe, werfe ich alles bis auf mein neues Hemd in den Abfall. Den Scheck stecke ich in meine Sockenschublade. Dann drehe ich die Dusche so heiß auf, wie es geht, und stelle mich mit der Tasse in der Hand darunter.

Vergangene Nacht im Polizeirevier hat man mir erst nach ein paar Stunden erlaubt, mich zu waschen, und nur in Begleitung eines Uniformierten. Ich habe mir die Hände mit billiger Pinienölseife abgerubbelt und mich mit braunen Papierhandtüchern abgetrocknet, die nach Kleber rochen. Ich habe gerubbelt und gerubbelt, bis der Uniformierte das Wasser zudrehte und mich fast vom Waschbecken wegzerrte, aber selbst jetzt glaube ich noch, kleine Spritzer von Alisons Blut unter meinen Fingernägeln zu entdecken.

Normalerweise höre ich die Türklingel oder das Telefon, wenn ich unter der Dusche stehe. Heute habe ich das Gefühl, daß das sprudelnde Wasser voll mit eingeschalteten Piepsern ist. Das Wasser rauscht in meine Tasse, der Rotwein spritzt an die Wände und gegen den Duschvorhang. Es sieht aus wie in Hitchcocks *Psycho*. Hier in der Dusche höre ich außerdem das leise Zischen der Beatmungsgeräte von der Intensivstation; ein letztes Souvenir. *Wir haben Mist gebaut, Harding*. Es sind keine Nachrichten auf meinem Anrufbeantworter.

NEUN

Ich schlafe bis zwei Uhr früh, dann weckt mich Warren Frosts Stimme aus dem Wohnzimmer. Er redet einfach über das Piepsen auf dem Anrufbeantworter hinweg und muß noch mal anrufen, bevor ich weiß, daß er hochkommen will und ich die verdammte hintere Tür aufmachen soll. Ich wasche mir das Gesicht, und als ich in der Küche bin, höre ich ihn die Treppe rauftrotten.

»Haben Sie denn keine Klingel?« fragt er und drückt sich an mir vorbei. Dann holt er zwei Saftgläser aus meiner Küche und packt eine Flasche Scotch aus. Er schüttet ungefähr genausoviel ins Glas wie daneben, aber das ist kein großer Verlust. Schon nach einem Schluck gehe ich zum Tiefkühlfach. Ohne Eis ist das Zeug ungenießbar. Das ist so ziemlich der schlechteste Scotch, den ich je getrunken habe. Auf dem Etikett sind überall Schottenkaros und Wappen abgebildet, aber das Zeug ist in Chile abgefüllt.

»Wo haben Sie sich rumgetrieben, Warren?«

»In einer Bar in der Diversey Avenue. J. Edgar's – schon mal dort gewesen?«

»Nein.«

»Würde ich Ihnen auch nicht empfehlen. Es sei denn, Sie haben ne Vorliebe für Männer in Frauenkleidung.«

»Ich meine tagsüber. Und gestern nacht. Seit ich Sie losgeschickt habe, um die Polizei zu holen – Sie erinnern sich doch noch?«

Er nimmt einen großen Schluck Scotch. »Ich wollte nicht stören.«

»Sie sind einfach abgehauen.«

»Und Ihr verdammter Plan ist in die Hose gegangen«, sagt er. »Zuerst bringen Sie n Mädchen mit statt nem Mann, für den ich gezahlt habe ...«

»Ihr geht's gut, Warren, danke der Nachfrage.«

»... wir sollten Elenya helfen, jetzt, wo ihr Mann ihr einen solchen Schrecken eingejagt hat – ich weiß nicht mehr, was ich machen soll.« Er sieht sich zum erstenmal im Zimmer um. »Machen Sie gerade Frühjahrsputz?«

»Jemand hat hier heute morgen alles auf den Kopf gestellt. Haben Sie mit Elenya gesprochen?«

»Klar.«

»Wann?«

»Heute morgen. Gestern nacht hat sie mich vom Polizeirevier aus angerufen. Fehlt was?«

»Nein, es fehlt nichts. Es war ja auch nichts Wertvolles da. Sie hat Sie also angerufen? Wirklich?«

»Warum sind Sie so überrascht?« fragt er mit einem merkwürdigen Blick.

»Woher hat sie gewußt, wo Sie stecken? Reilly konnte Sie nicht aufspüren.«

»Ich hab auch mit Reilly gesprochen, Harding«, sagt er. »Glauben Sie lieber nicht alles, was man Ihnen auf dem Revier erzählt. Ich bin über ne Stunde da gewesen.« Er trinkt seinen Scotch aus und schenkt sich einen weiteren ein; ich nuckle noch an meinem ersten, warte darauf, daß das Eis schmilzt. »Sie haben ja die alte elfte Auflage«, sagt er, als er meine ramponierte Encyclopaedia Britannica auf dem Bücherregal entdeckt. Er nimmt den ersten Band in die Hand und beginnt, darin zu blättern. »Heutzutage gibt's das alles auf CD-ROM, das ganze Ding auf einer kleinen Disc. Aber irgendwie ist es nicht das gleiche, finden Sie nicht auch?«

»Schütten Sie Ihren Scotch nicht auf das Buch, Warren, ja? Das Zeug sieht aus wie Batteriesäure.«

»Normalerweise ist bei so alten Auflagen der Umschlag ausgeblichen oder er hat Wasserflecken – Sie haben Glück, die Bände hier sind noch in ziemlich gutem Zustand ...«

»Was haben Sie Reilly erzählt, Warren?«

»Ich habe mich hauptsächlich mit Keegan unterhalten«,

sagt er. »Was ich denen erzählt habe? Daß wir so gegen neun vor Rosenbergs Haus gewesen sind. Daß wir den Alarm ausgelöst haben und gerannt sind wie die Hasen. Daß wir Rosenberg und eine andere Person, die wir für ein Mädchen hielten, durchs Fenster gesehen haben. Daß wir zum Kent-Gebäude gefahren sind. Wieviel haben Sie für die Ausgabe bezahlt?«

»Sie haben Elenya nicht gesehen?«

»Nein, Harding.«

»Sind Sie sicher, daß Sie Elenya nicht durch das Fenster gesehen haben?«

»Ich hab doch gerade nein gesagt. Glauben Sie denn, ich verschaffe ihrem Mann ein Alibi, aber ihr nicht?«

»Wer ist ihr Anwalt?« frage ich.

»Kettering. Er ist Stephens Anwalt – ich würde ihm nicht über den Weg trauen, wenn's um Elenya geht. Ich würde ihm überhaupt nicht trauen.«

»Aber er vertritt sie beide?«

»Er berät sie, Harding. Es ist noch niemand angezeigt worden – niemand, nicht mal Lucy Williams. Die Beamten glauben nicht, daß Nora gestern nacht umgebracht wurde, haben Sie das schon gewußt? Die glauben, es wäre schon vor zwei oder drei Tagen passiert. Kennen Sie jemanden mit ner riesigen Tiefkühltruhe?« Frost nimmt mittlerweile den größten Teil des Sofas ein. Er lehnt sich mit dem Drink in der Hand zurück, ganz der nachdenkliche Anwalt. Er ist ziemlich betrunken; für ihn ist das eine Leistung. Seine Augen schimmern wie die Glasur billiger Töpferware.

»Die Polizei hat ein paar Leute in Ihr Motel geschickt ...«

»Es ist nicht mein Motel, Frost.«

»Nein, aber die sagen die ganze Zeit so dazu. Ich glaube, die waren nicht sonderlich glücklich drüber, daß Sie herumgeschnüffelt und Beweismaterial vernichtet haben.«

»Zu dem Zeitpunkt war es noch kein Beweismaterial, sondern nur Scheiße.«

Ich sage ihm, daß seine Kiste mit den Dokumenten verschwunden ist. Er runzelt die Stirn. Als ich ihn um Kopien bitte, kippt er das Glas so weit, daß die Eiswürfel darin gegen seine Nase klimpern. »Das ist gar nicht so leicht«, sagt er. »Fragen Sie lieber Donnie, der kann alles besorgen. Warum arbeiten Sie überhaupt noch für ihn, Harding? Sie sind doch nur sein Botenjunge, machen sich die Finger für ihn schmutzig ...«

»Sie können Donnie also nicht leiden? Wirklich? Er hält nämlich große Stücke auf Sie.«

»Er ist bloß ein kleiner Gangster, der Glück gehabt hat. Bei Ihnen war das ein bißchen anders. Wer war übrigens Ihr Anwalt damals in Kentucky?«

»Wann?«

»Sie wissen genau, wann.«

»Ach, das war so ein Typ aus der Gegend. Seinen Namen hatte ich von der Polizei. War vermutlich sein erster Fall nach dem Studium. Und im Studium hat er sich wahrscheinlich auch nicht gerade mit Ruhm bekleckert.«

»Aber Sie haben nicht verloren. Sie haben einen Kompromiß ausgehandelt.«

»Ja, ich habe einen Kompromiß ausgehandelt.« Ich kann nie so genau sagen, wieviel Frost über meine Vergangenheit weiß – oder warum er sich dafür interessiert. »Wollen Sie was zu essen?«

»Nein, ich hab schon genug gegessen in der Bar heute nacht – lauter so Sachen zum Knabbern. Was meinen Sie: Warum haben Transvestiten eigentlich eine solche Vorliebe für Kitsch?« Er streift die Schuhe ab, legt die Füße auf meinen Beistelltisch. In seinen Argyle-Socken sind centgroße Löcher.

»Wir können nicht alle Ihr Modebewußtsein haben, Frost.«

»Ich meine, wieso der ganze Glimmer und die Pailletten – die könnten doch auch ein hübsches, unauffällig konservatives Peck-and-Peck-Ensemble anziehen.« Frost rutscht die Brille von der Nase. »Transsexuelle kleiden sich einfach nicht so. Ich habe einen als Klienten – der ist bei der Stadt beschäftigt, bessert Schlaglöcher auf den Straßen aus. Der will nichts Besonderes, nur ne Lady sein.«

Es muß ziemlich viel Zeit vergangen sein, denn der Scotch fängt an, mir besser zu schmecken, wenn auch eher nach Tequila als nach Whisky. Die Limone in meinem Kühlschrank entpuppt sich als sehr, sehr alte Zitrone. Ich schenke mir nach und gebe etwas Salz dazu. »Gehen Sie da öfter hin, Warren?«

»Harding, ich schwöre Ihnen: Noch vor zwei Wochen hat die Kneipe O'Ryans geheißen. Ich hab da immer Bier getrunken, und die anderen Typen haben Darts und Billard gespielt. Aber heute nacht waren die Billardtische hergerichtet wie für ne Modenschau.« Er sinkt immer tiefer in die Polster; sein Kopf ruht bereits auf der oberen Kante eines Kissens. »Und wie geht's Ihrer Freundin?«

»Geht schon. Sie heißt übrigens Alison.« Ich sehe Frost zu, wie er seinen Mantel zu einem Kissen zusammenrollt. Er erinnert mich an einen Cowboy, der es sich für die Nacht gemütlich macht. »Sie war noch nicht so richtig wach nach der Narkose. Aber ich gehe gleich heute früh zu ihr.«

»Kaufen Sie ihr doch ein Genesungskärtchen oder so was von mir. Und kommen Sie bei mir im Büro vorbei, ja? Dann lade ich Sie zum Mittagessen ein. Irgend jemand kann ich das schon auf die Rechnung setzen.« Er trinkt seinen Scotch aus und läßt Buch und Glas auf den Boden fallen.

Ich lasse das Licht an und trage Band 25, *Schuwalow bis Subliminal*, zurück zum Regal. Zuerst Reilly und jetzt Frost – beide haben den Angela-Martinez-Fall ins Spiel gebracht. Bruchstücke davon tauchen immer mal wieder auf. Vielleicht, weil der Fall sich so lang hingezogen hat und nicht auf einen Staat beschränkt blieb ...

Natürlich fing alles hier in Hyde Park an, an dem Tag, als Martinez seine Tochter vor meinen Augen angriff. Als er die Kaution Kaution sein ließ und sich in Richtung Süden aus dem Staub machte, folgte ich ihm und ließ einfach meine anderen Klienten im Stich. Es hieß, daß er Familie im südlichen Kentucky hatte, also verbrachte ich den Sommer in Tabakscheunen, auf Kirchen- und Volksfesten, um den Mann zu finden und ein Gesicht zu vergessen.

Seine Frau wollte mir nicht sagen, wohin er ihrer Meinung nach verschwunden war, aber wegen des Geldes, das zusammen mit ihm verschwand, ging ich davon aus, daß er sich nach Argentinien oder Brasilien abgesetzt hatte. Doch statt dessen hörte ich, daß er im Daniel Boone National Forest gesehen worden war. Klar, diese Information war ungefähr so zuverlässig wie Berichte, daß jemand den Yeti entdeckt hatte, aber sie reichte aus, mich den ganzen Sommer lang durch die Straßen von Kentucky zu hetzen. Ich fühlte mich dort nicht zu Hause; die Sache wuchs mir über den Kopf – schließlich war ich ein Stadtkind und kein Pfadfinder. Wenn's hoch kam, nahm ich früher die Abkürzung durch den Zoo, um den 151er Bus zu erwischen – aber nichtsdestoweniger wanderte ich von Campingplatz zu Campingplatz, schlief im Truck oder stellte ein Zelt auf, mitten in der Wildnis. Nach ein paar Monaten sah ich dann selbst wie der Yeti aus.

Dann hielt mir eines Nachts auf einem Hausboot auf dem Lake Cumberland ein Fremder eine falsche Dienstmarke unter die Nase und erklärte mir, es sei an der Zeit, nach Hause zurückzukehren. Es war August, eine schwüle Nacht vor einem Sturm, und die Luft roch nach Regen. Der Mann hieß Patner. Er bot mir einen Schluck Red Man an, dazu das falsche Ende eines zwanzig Zentimeter langen Messers mit gebogener Klinge und gekerbtem Griff: ein Messer, wie es die Einheimischen zum Häuten und Zerlegen von Kaninchen und anderem Wild verwenden. Er ließ nicht mit sich reden. Ich hatte eine Pistole, aber die landete im dunklen Wasser. Genau wie Patner. Beide gingen unter wie die Scheißesäcke, die die Hausbootbesitzer beschwert aus ihren Toiletten versenken.

Ich kam bis Carbondale. Die Leute von der Bundespolizei haben die Pistole nie gefunden. Aber das Messer tauchte zwei Tage später zusammen mit Patners Leiche – Gesicht nach unten – im Schlamm nahe des Wolf Creek Dam auf. Sie brachten mich auf ein kleines Gericht unmittelbar an der Grenze nach Tennessee, wo wir unseren Kompromiß aushandelten. Patner war wegen Körperverletzung vorbestraft und wurde in zwei Staaten gesucht; niemand war sonderlich traurig darüber, daß er das Zeitliche gesegnet hatte. Und ich saß achtzehn Monate in einem Staatsgefängnis ab.

Eduardo Martinez verschwand. Ich habe nie wieder etwas von ihm gehört. Aber seine Tochter Angela hat mich nie ganz verlassen.

»Kann ich irgendwas für Sie tun?« fragt Frost vom Sofa aus. Seine Hand hängt herab.

»Können Sie mir eine Mitgliedschaft im Hyde Park Athletic Club verschaffen?«

»Nicht mit den Sachen, die Sie da anhaben«, sagt er.

Ich verrate ihm nur sehr wenig, aber Frost erklärt sich trotzdem bereit, mir zu helfen; er ist zu müde, um sich mit mir zu streiten. Er wird seine Sekretärin beauftragen, für mich eine zeitlich begrenzte Mitgliedschaft zu arrangieren. Wie ich Frost kenne, kriegt er's irgendwie hin, daß ihm der Betrag erstattet wird. Vielleicht schlägt er sogar noch Profit draus. Und mit ein bißchen Glück rutsche ich irgendwo aus, und dann ist die Versicherung des Athletic Club fällig.

Ich stelle mein Glas in die Spüle. Wahrscheinlich schnarcht er, also mache ich meine Schlafzimmertür zu. Wenigstens ist der Scheck hier drin bei mir.

Die Leute von der Polizei sind bei Alison, als ich ins Krankenhaus komme, also rolle ich mich auf dem Sofa im Wartezimmer zusammen. Die Schwestern sehen mich stirnrunzelnd an, etwa so, wie ich heute nacht Frost angesehen habe – mit dem gleichen Ergebnis. Alison ist mittlerweile aus der

Intensivstation heraus, ihr Zustand hat sich laut Aussage der Ärzte deutlich verbessert – er ist »gut« oder »stabil«, ich weiß nicht mehr, was. Die Ausdrücke klingen wie der neueste Wetterbericht; bedeutungslos, weil sie sich ständig ändern.

Wenigstens habe ich Frost noch abgezockt. Nachdem ich ihm meine Gastfreundschaft bewiesen hatte, konnte er mir meine Bitte um ein Darlehen nicht abschlagen. Er zog noch drei Fünfziger von der Rolle in seiner Tasche. Gott allein weiß, wieviel Geld der Typ mit sich rumschleppt. Eigentlich hätte ich warten sollen, bis er eingeschlafen war, um ihn dann auszurauben. Das wäre nur recht und billig, wenn man bedenkt, wieviel Zeit er bei mir im Bad verbracht hat. Als ich hinterher reinging, war meine Zahnbürste verdächtig feucht.

Ich habe nicht viel geschlafen. Jedesmal, wenn ich jetzt die Augen zumache, döse ich ein. Vor ein paar Sekunden war ich Schlittschuhfahren auf dem Midway Plaisance, der überflutet und gefroren war wie ein künstlicher See; Lucy hat darauf Pirouetten gedreht, an ihren Handgelenken waren silberne Ketten. Jetzt schneit es sogar schon in meinen Träumen.

Ich habe einen Kater vom Scotch oder vom Rotwein – vielleicht vertragen sich die beiden nicht. Eine Schwester in einem leuchtendgelben Hosenanzug tippt mir auf die Schulter. »Harding? Sie sagt, sie will Sie sehen.«

Alisons Tür steht einen Spalt offen. Keegan sitzt auf dem einzigen Stuhl im Raum. Er schaut sich die morgendlichen Zeichentrickfilme an, lacht über Bugs Bunny in der *Schatzinsel*, mampft Alisons limonengrüne Götterspeise.

»Gibt's was Neues?« fragt er und beäugt meine Tasche in der Hoffnung, daß sich darin noch mehr Eßbares befindet.

»In welcher Hinsicht?«

»Na ja, wir haben Sie ne ganze Weile nicht gesehen. Sind in der Zwischenzeit vielleicht noch n paar von Ihren Freundinnen aufgeschlitzt worden oder über die Klinge gesprungen?«

»Hören Sie auf damit, Keegan.«

Er lacht und schlägt mir mit einer gefalteten Zeitung auf die Schulter wie seinem Lieblingshaustierchen. Er hat dieselbe karierte Jacke an wie gestern, aber ich trage ja auch dasselbe Flanellhemd. Zumindest habe ich in der Zwischenzeit geduscht.

»Danke für die Unterstützung gestern, Keegan. An der Hochbahnhaltestelle.«

»Was?«

»Ich meine den Typen, den Sie mir nachgeschickt haben. Danke.«

»Ist schon gut«, sagt er. »Vielleicht sollten wir Ihnen ja auch noch den Hintern abputzen.«

Er macht sich auf den Weg zur Tür. »Tja, dann lasse ich euch Turteltäubchen mal lieber allein. Und passen Sie auf, daß hier nicht wieder einer abgemetzelt wird, ja, Harding?« Er entfernt sich, aber sein Körpergeruch bleibt.

Eine andere Schwester – sie ist älter und trägt tatsächlich Weiß – streckt den Kopf zur Tür herein. Sie gibt ein mißbilligendes Geräusch von sich, zu dessen Deutung man einen Linguisten oder einen Zoologen heranziehen müßte. »Sie hat genug Besuch gehabt.«

»Ich gehe gleich«, sage ich. Die Schwester nickt stirnrunzelnd.

»Tja, dich lieben einfach alle«, sagt Alison lächelnd. Ich ziehe einen Stuhl an ihr Bett und halte ihre Hand. Sie erwidert den Druck ganz leicht. Sie hat ihre Brille nicht auf; so sehen ihre Augen noch müder aus. Die Haare kleben an ihrem Gesicht. Es ist noch blasser als sonst. Ihre Hände sind kalt.

»Du siehst gut aus«, sage ich und gebe ihr einen sanften Kuß.

»Tja, mir geht's auch blendend«, sagt sie mit heiserer Stimme und versucht, mir ebenfalls einen Kuß zu geben. Dabei zucken ihre Augen vor Schmerz. »Wahrscheinlich tut mir so ein Schock hin und wieder gut.«

»Die Schwestern haben was davon gesagt, daß du die ganze Zeit meinen Namen gestöhnt hast ...«

»Das hättest du wohl gern. Allerdings bin ich noch ein bißchen benebelt«, sagt sie. »Augenblicklich sind meine Lieblingsdrogen Mountain Dew und Milk Duds. Das Zeug ist ganz schön stark. Ich glaube, die haben mir Morphium gegeben. Hast du das schon mal probiert?«

»Ein- oder zweimal. Aber ich krieg Durchfall davon.«

»Na, du bist mir schon ein Herzchen, Harding.«

»Aber es wirkt, oder? Du hast keine Schmerzen?«

»Nur der Hals tut mir weh«, sagt sie. »Das machen diese verdammten Schläuche.« Sie hat eine rote Wasserflasche mit einem gebogenen Strohhalm, wie Radfahrer sie an den Rahmen schnallen, wenn sie eine Tour machen. Sie nimmt einen langen Schluck. Es fällt ihr schwer, den Kopf zu heben.

»Soll ich dir irgendwas bringen?«

»Siehst du irgendwo meine Brille?«

»Hier.«

»Und meinen Schmuck?«

»Alles da. Ein Ring, eine Swatch, drei Ohrringe. Bin ich noch auf dem laufenden? Oder hast du dir in letzter Zeit irgendwas piercen lassen?«

»Nur das da«, sagt sie und schiebt das Nachthemd hoch. Der Verband ist noch weißer als ihre blasse Haut. »Die Narben kann ich dir leider noch nicht zeigen.«

»Ist schon recht«, sage ich. »Ich hab ja auch keine Kamera dabei.«

Sie lächelt und lehnt sich zurück, um ein bißchen fernzusehen. Ich hole ihr frisches Wasser und eine Portion Götterspeise von einem fremden Tablett, dann schließe ich die Tür hinter mir.

»Die sagen, ich hab Glück gehabt«, sagt Alison.

»Ach.« Jetzt begreife ich, warum sie die Götterspeise nicht gegessen hat. Es tut ihr zu weh, sich aufzusetzen, und Keegan wollte sie nicht bitten, sie zu füttern. Sie ist auch nicht sonderlich scharf darauf, von mir gefüttert zu werden. Der erste Löffel Götterspeise landet auf ihrem Nachthemd.

»Und wobei hast du Glück gehabt?« frage ich und gebe ihr einen weiteren Löffel.

»Unterleibsoperation«, sagt sie und deutet nach unten. »Innere Blutungen.«

»Und was ist mit deinem Arm?«

»Nicht so schlimm«, sagt sie nur, um ihre Stimme zu schonen.

»Und mehr haben sie nicht gesagt?«

Sie trinkt ganz langsam einen Schluck Wasser.

»Nur noch ein paar überflüssige Bemerkungen über meinen wunderbaren Muskeltonus und den geringen Fettanteil meines Körpers. Was ist in der Tasche?«

»Ach, das ist bloß n kleines CARE-Paket, das ich für dich zusammengestellt habe.«

»Her damit.« Ich mache die Tasche auf und reiche ihr Kaugummi, Milk Duds, *Elle, Historical Photography, Black Belt*, Baumwollpyjamas mit Füßen, einen neuen Discman und ein halbes Dutzend CDs – Metallica, Bauhaus, Danzig, Motörhead, die Klassiker eben. Wieder gibt sie mir einen Kuß. »Die richtige Musik für Migräne«, sagt sie. Ich erwähne nicht, daß ich alles von ihren zweihundert Dollar bezahlt habe. Frosts Geld ist auch schon ausgegeben.

Ich habe tausend Fragen, aber sie hat schon zuviel geredet.

»Soll ich meine Fragen an dich in schriftlicher Form einreichen?« frage ich. »Du könntest dann die Antworten aufschreiben.«

»Ich kann schon reden«, sagt sie heiser.

»Ich will nur wissen, wie du im Kent-Gebäude gelandet bist.«

»Jemand hat gesagt, daß Nora ihr Zimmer verlassen hat. Und dann hab ich noch eine Frau gesehen, die ich für sie gehalten habe. Sie hatte einen Mantel an, wie du ihn beschrieben hast. Ich bin ihr gefolgt.«

»Und sie ist die 59th Street runter und die Ellis Avenue rauf, statt über den Innenhof zu gehen?«

Sie nickt.

»Du bist ihr in deinem Wagen gefolgt?«

»Ganz unauffällig, Harding. Ich bewege mich auch auf Rädern wie ein Panther.«

»Tja, jetzt wissen wir, daß das nicht Nora gewesen sein kann.«

»Ja, allerdings.«

»Du hast ihr Gesicht nicht gesehen?«

Sie schüttelt den Kopf. »Ich war fast einen ganzen Block hinter ihr.«

»Aber sie ist rein ins Kent-Gebäude?«

»Ich glaub schon.«

»Du hast nicht gesehen, daß sie reingegangen ist?«

»Sie ist über den Gehsteig, ich war im Wagen – was ist übrigens mit meinem Wagen?«

»Einer von deinen Angestellten – Dave? – Dave hat ihn abgeholt. Sie können ihn im Geschäft brauchen.«

»Gut.«

»Warum bist du also rein? Wenn du sie doch gar nicht gesehen hast?«

»Ich habe Schreie gehört. Die mußt du doch auch gehört haben ...«

»Du hast Schreie gehört, bevor du rein bist?«

Sie nickt.

»Harding, ich hab der Polizei gesagt, daß ich Schreie gehört hab. Und du hast wirklich keine gehört?«

»Nein.«

Eigentlich sollte ich gehen. Sie sieht müde aus.

»Willst du, daß ich irgend jemanden informiere oder irgendwas für dich erledige?«

Sie schüttelt den Kopf.

»Sei nicht so verdammt autark. Laß mich irgendwas machen. Was ist mit deiner Wohnung? Hast du eigentlich noch ne Katze?«

»Nein«, sagt sie. »Die Katze hat Felicia genommen. Du könntest nachsehen, ob im Geschäft alles läuft, ob die Hilfe brauchen. Und du könntest mir meine Post bringen.« Sie bittet mich, ihr noch einmal die Wasserflasche zu geben, und lehnt sich dann wieder in die Kissen zurück. »Sieh nach, wie's meinen Pflanzen geht. Ein kleiner Rhododendron im Schlafzimmer braucht ein bißchen Liebe.«

»Ich geb ihm Wasser und erzähl ihm eine Gutenachtgeschichte.« Ich schiebe das Gitter an ihrem Bett herunter und setze mich direkt neben sie. Dann streiche ich mit den Fingern durch ihr Haar und setze ihr vorsichtig die Nickelbrille auf die Nase.

»Meine Haare sind schrecklich«, sagt sie ein wenig befangen und zwirbelt die Spitzen.

»Nein, nein, die sehen wunderbar aus. Einfach toll.«

»Übertreib's nicht, Harding.«

»Alison, ich hab gedacht, du bist tot. Ich hab dich da liegen sehen – ich hab's einfach nicht fassen können. Und jetzt freue ich mich, daß du wieder wach bist und redest und daß es dir einigermaßen gut geht ...«

»Hey, Harding«, sagt sie und nimmt meine Hand. »Du alter Softie. Du kannst nichts dafür.«

»O doch, Alison. Ich hab dich einem Risiko ausgesetzt, nur weil ich deine Hilfe brauchte. Und du hast mir geholfen. Ich bin verantwortlich für dich.«

»Ich treffe meine Entscheidungen selbständig. Schließlich bin ich ein großes Mädchen, das hast du doch nicht vergessen, oder?«

»Wie könnte ich das vergessen?«

»Also hör auf mit den Schuldgefühlen. Ich erhole mich bald wieder. Außerdem bin ich versichert. Wenn dir das was gibt, könntest du mein Bad putzen. Und meinen Herd.«

»Übertreib's nicht, Alison.«

»Weißt du, ich hab genau das getan, was man nie machen soll. Ich hab nach dem Messer gegriffen. Zurückschlagen und wegrennen, treten, aber um Himmels willen nicht nach dem Messer greifen ...«

»Er hat dir zuerst eins mit der Pistole übergezogen?«

»Tja, war wohl so. Keine Ahnung, warum er mich nicht erschossen hat. Wahrscheinlich hat er gedacht, ich bleibe liegen, aber es war dunkel, und er hat mir den Schlag von hinten verpaßt, ich wollte aber nicht einfach liegenbleiben und abwarten, was er als nächstes macht.«

»Und wie hat er dir die Stichwunden zugefügt?«

»Er hat mich rumgewirbelt, bevor ich wieder auf den Beinen war. Und mit der gleichen Handbewegung hat er das Messer geführt. Der Kerl war groß, Harding. Und er hatte Kraft. Du glaubst doch wohl nicht, daß ich nach einem fairen Kampf so aussehen würde, oder?«

»Ich glaube nicht, daß es deinem Ruf schadet. Lucy oder irgendeine andere Frau könnte es nicht gewesen sein?«

»Nun mach mal halblang«, sagt sie.

Ein Assistenzarzt drückt die Tür auf, ohne zu klopfen, und starrt mich ungeduldig an. Sein Stethoskop sieht nagelneu aus, es glänzt wie eine billige Stoßstange. Es fällt ihm gar nicht so leicht, Alisons Blutdruck zu messen. Aber immerhin besitzt er schon die wichtigste Eigenschaft der Profis im Gesundheitswesen: Er ist ein Arschloch.

»Nur Angehörige, mein Freund«, sagt er, ohne mich richtig anzusehen. »Die Besuchszeit beginnt erst in ... zehn Minuten. Wenn Sie also kein Angehöriger sind, sollten Sie lieber ne Fliege machen ...«

»Mein Vater«, sagt Alison und lächelt mich an.

»Ach«, sagt der Arzt stirnrunzelnd. Ich habe den Eindruck, daß er noch nicht in der Geriatrie gearbeitet hat.

»Ich glaube, ich gehe lieber«, sage ich und küsse Alison auf die Wange. Sie richtet sich ein wenig auf, um meinen Kuß zu erwidern, verzieht aber das Gesicht vor Schmerzen. Ihre Lippen sind trocken.

»Harding«, sagt sie.

»Ja.«

»Vergiß nicht, was John Wayne zu Ward Bond und seinen Leuten sagen würde: ›Ich will ihn lebend. Er gehört mir.‹«

»Na schön. Ich sehe, was sich machen läßt.«

»War das nicht vorhin Ihr Vater am Telefon?« fragt der Arzt Alison. »Ein Ferngespräch?«

»Mein Stiefvater«, sagt Alison. »Der hier ist mein richtiger Vater. Stimmt's, Dad?«

»Ich wollte grade gehen«, sage ich. »Wenn sie Ihnen Scherereien macht, Doktor, dann lassen Sie's mich wissen. Sie ist noch nicht so alt, daß ich sie nicht übers Knie legen könnte.«

»Tschüs, Dad«, sagt Alison. »Dad wollte wirklich grade gehen.«

ZEHN

AUF DEM KENNEDY EXPRESSWAY geht es nur langsam voran. Es ist kurz nach elf, als ich den Tempo auf einem Parkplatz abstelle. Donnie hat mich mehrmals durch seine Assistentin Serena – Lake Forest College '94 – anpiepsen lassen, um mich in den Schaumburg Towers zum Brunch einzuladen.

Entgegen Elenyas Vorhersage ist der Tag sonnig und sehr kalt; aus meinem Mund kommen Dampfwolken. Kilometerweit stehen hier nur Gebäude mit getönten Glasfronten in verschiedenen Farben – hypnotisierende Braun-, Gold-, Grün- und Blautöne. Das ist die Chicago School of Architecture, reduziert auf Mies van der Rohe mit schillernder Sonnenbrille.

Auch die Hotelaufzüge sind aus Glas und bewegen sich aus einer Lobby voller Farne und Geschäftsleute aufwärts. Ich fahre ganz allein mit dem Expreßlift hinauf zum Dach.

Der vierzehnte Stock ist so voller Platzhirsche, daß ich mir den Weg zum Restaurant mit den Ellbogen bahnen muß. Im Ancient Mariner ist heute Tropenprogramm angesagt – ein wüstes Durcheinander von unechten Palmen und Treibholz, von Reggae-Musik und Tagungsteilnehmern mit Bananendrinks. Ich sage einer braungebrannten Frau im Grasröckchen meinen Namen und warte an der Bar. Durch die Panoramafenster sehe ich das dem Ancient Mariner am nächsten gelegene Gewässer, den Freiluft-Swimmingpool, der jetzt genauso eisig ist wie das Lächeln der Bedienung, als sie mir Küßchen auf beide Wangen gibt und mir eine pinkfarbene Blumenkette um den Hals hängt. Sie riecht nach Gardenien.

Donnie Wilson sitzt in einer Nische. Er hat seinen Teller ein wenig beiseite gerückt, um mehr Platz für seinen

Laptop zu haben. Seine Hände sind zu groß für die Tastatur, sein Daumen kommt immer wieder an den Trackball, so daß der Cursor nach CyberSibirien fliegt. Das grünliche Licht des Bildschirms spiegelt sich in Donnies Rühreiern wider.

»Was für ein arschkalter Tag«, sagt Donnie und tippt mit einem Finger weiter. »Wenn mein Radiowecker verkündet, daß es minus fünfzehn Grad hat, weiß ich, daß es Probleme gibt. Sogar die Schlösser an meinem SL350 sind zugefroren. Und das, obwohl er in der Garage steht.« Er rutscht unruhig auf seinem Platz herum; die Nische ist ein bißchen zu klein für ihn. »Also brech ich morgens um sieben in meinen eigenen Wagen ein, bloß um an die verdammten Überbrückungskabel zu kommen, die dann nicht mal funktionieren. Und danach legt mich der Automobilclub – dem ich immerhin zweihundert Dollar im Jahr für Luxusservice hinblättre – eine halbe Stunde in die Warteschleife; da muß ich mir die Highlights aus *South Pacific* anhören. Die haben wirklich einen perversen Sinn für Humor.«

»Die Broadway-Version oder den Film?«

»Was?«

»Nichts – ist der Wagen dann irgendwann noch angesprungen?«

»Ich hab ihn abschleppen lassen«, sagt Donnie. »Und das alles, nachdem die Bullen um sechs bei mir geklingelt und mich und meine Frühstücksgesellschaft gestört haben. Wenn die Polizei mit deinem Namen ankommt, bedeutet das immer Ärger, Harding.«

»Tut mir leid, Donnie. Ich hab versucht, dich da rauszuhalten, aber es hat nicht geklappt. Wundert mich sowieso, daß die einen ganzen Tag gewartet haben, bis sie sich mit dir unterhalten wollten.«

»Ich bin in Seattle gewesen. Bei einem Seminar über Computerkriminalität. Dort konnte ich endlich mal ein bißchen Schlaf nachholen. Willst du was essen? Ich wette, du hast noch nichts zwischen die Kiemen gekriegt.« Er winkt eine blumenbekränzte, ziemlich schlanke Kellnerin heran, die mir Papayasaft einschenkt und aufzählt, was das Tropenbüffet zu bieten hat – jamaikanische Eier, echten karibischen Speck.

»Karibischer Speck?«

»Ja, Eidechsenspeck«, sagt die Kellnerin und klopft mit dem Stift auf ihren Notizblock.

»Laß die Finger von Eidechsenfleisch«, sagt Donnie. »Aber die Meeresschnecken kann ich empfehlen. Und es gibt auch guten Lungenfisch hier. Schwarz gebraten oder gegrillt oder so ähnlich.«

»Schwarz gebraten gibt's ihn nicht mehr«, sagt die Kellnerin.

»Wieso, hat's Probleme mit der Bergarbeitergewerkschaft gegeben?« frage ich.

»Nein, nein, der ist toll, wenn man ihn so zubereitet«, sagt die Kellnerin. »Aber wissen Sie, was passiert? Die Leute rennen uns hier die Türen ein, um den schwarz gebratenen Lungenfisch zu kriegen. Und die Versicherung ersetzt nichts. Versuchen Sie doch den hawaiischen *poi*. Einen frischeren bekommen Sie Mitte Februar in ganz Illinois nicht.«

»Danke, nur einen Kaffee«, sage ich. Mir ist es noch ein bißchen zu früh für Lungenfisch. Erst als sie wieder weggeht, fällt mir auf, daß die Kellnerinnen alle praktisch oben ohne servieren; sie tragen nur strategisch günstig plazierte Blumenketten. Wenn sie die Sachen an den Tisch bringen, müssen sie ein bißchen in die Knie gehen, damit alles ordentlich an seinem Platz bleibt, genau wie Onkel Hefner es ihnen schon 1962 beigebracht hat. Manche Dinge ändern sich einfach nicht. Kein Wunder, daß es hier nur so von Platzhirschen wimmelt.

»Was tippst du denn da?«

»Leistungsberichte. Es ist Quartalsende. Wenn du offiziell für mich arbeiten würdest, könnte ich dir eine Gehaltserhöhung geben.«

»Du hast ›Empfehlung‹ falsch geschrieben«, sage ich, als ich seinen Text auf dem Bildschirm lese.

Donnie runzelt die Stirn. »Tatsächlich? So schreib ich das schon seit vier Wochen. Bist du sicher?«

»Läßt sich leicht beheben. Drück auf F4, das ist das automatische Rechtschreibprogramm.«

»Woher weißt du ...«

»Laß mich das machen.« Spezialisten für Computerkriminalität haben, so wie's aussieht, von Schaumburg nichts zu befürchten.

»Wie geht's Alison?« fragt Donnie. »Hat sie einen ordentlichen Arzt?«

»Ich glaube schon.« Der Computer brummt. »Und jetzt klick das Feld ›Ersetze‹ an. Siehst du? Nimm doch besser die Bedienungsanleitung mit.«

»Die Bullen haben gesagt, die Verletzungen sind harmlos«, sagt Donnie und schaufelt Kaviar auf einen Ritz-Cracker. »Angeblich sind die Schnitte an ihrem Bauch nicht so schlimm. Und die Wunden an Händen und Handgelenken hat sie sich zugezogen, weil sie sich gewehrt hat. Das meiste Blut stammte von einem Schnitt am Arm.«

Er weiß immer mehr als ich.

»Ist schon mal jemand so mit dem Messer auf dich losgegangen, Donnie? Ich persönlich finde Stichverletzungen alles andere als harmlos. Und sie war verdammt noch mal auf der Intensivstation.«

»Immer mit der Ruhe, mein Junge. Töte nie den Boten, auch wenn er üble Kunde bringt.« Donnie schenkt uns beiden Kaffee aus einer Kanne nach. »Nettes Hemd«, sagt er. »Willst später wohl noch ein bißchen Holz hacken gehen, was?«

»Mach schon, Donnie«, sage ich.

»Was?«

»Mach schon, sag, was du sagen willst. Dann haben wir's hinter uns.«

Er lächelt. »Du mußt zugeben, daß ich dich gewarnt

habe. Ich traue diesem Frost nicht, ich mag Familienfälle nicht, die ganze Sache stinkt. Ich hab dich gewarnt, aber du wolltest ja nicht hören.«

»Und?«

»Tja, und ...«

»Du hast es mir gleich gesagt.«

»Stimmt doch, oder?« sagt er, ganz schön selbstgefällig. Man könnte meinen, er hätte den Ausbruch des Mount Saint Helen oder den Schwarzen Freitag vorhergesagt.

»Wie bist du überhaupt in die Sache reingeraten?«

»Frost hat mich um Hilfe gebeten, eigentlich hat er mich eher angebettelt.«

»Und wahrscheinlich hat er dir was gezahlt, selbstredend unter der Hand.«

»Na ja, ne Kleinigkeit«, sagt Donnie. »Schließlich habe ich Auslagen.«

»Zum Beispiel das Geld, das du mir gibst.«

»Genau«, sagt Donnie.

»Was haben die Bullen gefragt?«

»Die wollten Hintergrundinformationen über dich, Frost und die Rosenbergs.«

»Und was hast du ihnen erzählt?«

Donnie zuckt mit den Achseln. »Ich bekleide jetzt eine Führungsposition, Harding.« Eine von der Natur ausgesprochen großzügig ausgestattete Kellnerin – sieben Blumenketten – geht vorbei. Donnie starrt ihr hinterher. »Was bedeutet, daß ich entweder die Wahrheit sagen oder ein bißchen kreativer lügen muß.«

»Also – was hast du gesagt?«

»Über dich? Nichts. Ich hab Zeit geschunden. Ich mach gerade den Vierteljahresabschluß, Harding. Ich steck bis zu den Haarwurzeln in Budgetproblemen. Die Korinthenkacker von der Buchhaltung schauen mir jedesmal über die Schultern, wenn ich eine Zahlung an jemanden autorisiere, der nicht auf unserer Gehaltsliste steht.«

»An jemanden wie mich.«

Er nickt. »Über Frost hab ich dir die Wahrheit gesagt – dem traue ich nicht über den Weg. Und die Rosenbergs kenne ich nicht so gut. Außerdem wollten sie für Sonntag ein Alibi von mir – darüber war ich nicht allzu begeistert. War ziemlich peinlich für Serena, daß sie ihnen von dem Schlafzimmer in ihrer Eigentumswohnung erzählen mußte und davon, was ich darin gemacht habe.«

»Und was hast du da gemacht?« frage ich.

»Den Bullen mußte ich's sagen, Harding, aber dich geht das nichts an«, antwortet er lächelnd. »Wobei mir einfällt ...« Er holt einen Umschlag aus seiner Jackentasche und steckt ihn mir unterm Tisch zu. Entweder ist das teures Florpostpapier, oder das Ding hat in der Nähe des karibischen Specks gelegen.

In dem Kuvert sind ganz neue Fünfziger und Hunderter, insgesamt, schätze ich, an die tausend Dollar.

»Wofür?«

»Ich hab nen Job für dich.«

»Ich dachte, die Korinthenkacker von der Buchhaltung sitzen dir im Nacken.«

Er winkt ab. »Das schieben wir einfach ins nächste Quartal. Siehst du, das ist das Schöne an der Buchführung. Und es ist ein guter Job – er wird dir gefallen, Harding.«

»Hauptsache, ich muß nicht wieder dauernd raus in die Kälte. Ich hab allmählich keine Stiefel mehr. Worum geht's?«

»Um ne Firma in Elgin. Drogensache. Die Angelegenheit ist verzwickt, sie wird dir gefallen.«

»Du hast sicher fünfzehn andere Typen, die den Job machen können.«

»Sogar fünfzig. Nein, Harding, leider nicht. Die meisten von meinen Leuten sind Spezialisten ...«

»Soll heißen, sie sind Trottel.«

»Soll nur heißen, daß sie ihre Grenzen haben. Der Typ, den der Manager im Verdacht hat, ist unheimlich clever – der hat Wirtschaft an ner Topuni studiert und obendrein nen Abschluß in Kunstgeschichte in Yale gemacht. Son richtiger Großkotz. Du weißt schon, was ich meine. Der wird sich ganz schön wundern, wenn er's mit jemandem wie dir zu tun kriegt – mit ner gebildeten Kanalratte, wie er selber eine ist.«

»Danke fürs Kompliment, Donnie.«

»Die neunhundert sind bloß ein Vorschuß, Harding. Wenn du den Kerl festnagelst, sind noch mal zweitausend fällig. Serena sagt dir die Einzelheiten. Okay?«

Ich zögere einen Augenblick. Eigentlich bin ich müde, aber mit dem Geld könnte ich meinen Truck reparieren. »Okay«, sage ich.

»Und hör zu: Wenn Alison einen besseren Arzt brauchen sollte, sag's mir. Ich kenne da ein paar Typen.«

»Du kennst da ein paar Typen? Danke, Donnie. Ich glaube nicht, daß das in der Medizin so läuft. Und ich denke, sie schafft's auch so. Aber du könntest was anderes für mich tun.«

Jayne, unsere Kellnerin, kommt wieder an den Tisch, um zu sehen, ob wir noch Kaffee brauchen. »Bringen Sie mir doch einen koffeinfreien Latte Light, ja, Schätzchen?« sagt Donnie. »Mit fettarmer Milch. Ist der Kaffee auch frisch gemahlen?« Sie sieht ihn an wie einen Fünfjährigen, der sich wünscht, daß Weihnachten dieses Jahr auf Pfingsten fällt.

»Was ist los?« Donnie wendet sich wieder an mich.

»Die Dokumente über Rosenberg, die Frost mir gegeben hat. Jemand hat sie aus meiner Wohnung geklaut. Das meiste davon war's nicht wert, gestohlen zu werden. Aber wenn du mir die Bankauszüge noch mal besorgen könntest ...«

»Alle?«

»Na ja, die der letzten sechs Monate.«

»Mal sehen, was ich machen kann«, sagt Donnie. »Aber versprechen kann ich nichts. Die Angelegenheit hat offiziell sowieso nie existiert. Hat Frost denn keine Kopien?«

»Er sagt nein.«

»Soll ich sonst noch Wunder wirken?«

»Eine Kopie des Polizeiberichts vom Sonntag wäre auch nicht schlecht.«

»Den rücken die nicht raus, nicht bei einem Doppelmord.«

»Tja, ich würde mich auch schon mit dem Bericht über Robins Zimmer zufriedengeben. Über das, was fehlt.«

Eine andere Kellnerin – Jenn – bringt uns den Kaffee. Ihr Namensschildchen ist strategisch günstig an eine einzelne gelbe Blumenkette geheftet; um so was zu tragen, braucht man gute Nerven und eine noch bessere Haltung. Ich frage mich, ob »Jenn« ihr richtiger Name ist oder ob die andere Kellnerin ihr das »Y« gestohlen hat.

»Müssen Sie den ganzen Tag so rumlaufen?« frage ich Jenn.

»Nein, Schätzchen«, sagt Jenn. »Nur tagsüber.«

»Und die Nachtschicht ist besser?«

»Das Trinkgeld ist in der Nachtschicht besser«, sagt sie. »Da trägt man keine Blumenketten. Aber da friert man sich auch die Titten ab, wenn man bloß nen Tanga anhat – durch den Liftschacht zieht's höllisch. Sogar noch im vierzehnten Stock.«

Wir sehen ihr beide nach, wie sie weggeht.

»Ich muß unbedingt mal zum Abendessen herkommen«, sagt Donnie. »Bist du sicher, daß du nichts essen willst?«

»Ja.«

»Vergiß das Inselzeugs – die machen dir hier alles, was du willst. Waffeln, Pfannkuchen, Eier und Speck – richtigen Speck, Harding. Schweinespeck.«

»Ich hab keinen großen Hunger.«

»Dann iß wenigstens meine Eier auf. Mir sind sie sowieso zuviel.«

»Nein, danke.«

Er nickt und wischt sich den Mund mit einer schweren Baumwollserviette ab. Sein Piepser geht los. »Mein Gott, ich bin spät dran«, sagt er. »Begleit mich ein Stück, ja? Ich muß noch aufs Klo.« Er klappt den Laptop zu, trinkt seinen Milchkaffee aus und greift nach seinem Mantel, einem grauen Seehundfellding, das die schwulen Aushilfskellner bei jedem Gang aus der Küche bewundern. Donnie trägt keinen Hut, dafür aber einen langen weißen Kaschmirschal, importiert aus Lincolnshire, der ihm bis zur Taille reicht. Hoffentlich läßt er die Fenster zu, wenn er seinen SL 350 fährt.

Aus Gewohnheit – schließlich haben wir jahrelang zusammengearbeitet – beobachte ich Donnie, wie er sich einen Weg zwischen den voll besetzten Tischen hindurch bahnt, sich eine Handvoll Pfefferminzbonbons aus der Schale neben der Kasse nimmt, über etwas lacht, was die Dame am Empfang sagt, eine Hand ganz leicht auf ihren Rücken legt. Ich warte ungefähr eine halbe Minute, um zu sehen, ob irgend jemand sonst im Restaurant sich in dieselbe Richtung in Bewegung setzt.

Die Toilette ist lang und kühl und ruhig.

»Ich mache mir Sorgen wegen Frost«, sagt Donnie aus der ersten Kabine heraus. Er klappt den Toilettensitz mit der Spitze seines hochglanzpolierten italienischen schwarzen Halbschuhs hoch. »Weil ich glaube, daß er seine Finger mit in der Sache hat. Ich habe das Gefühl, daß er hinter Rosenbergs Frau her ist. Beim Geld bin ich mir sogar sicher. Paß auf, daß du nicht zwischen zwei Fronten gerätst.«

»Ich finde ihn ziemlich harmlos«, sage ich.

»Du meinst, weil er trinkt? Das ist Tarnung. Solche Schweine trinken immer. Er hat Verbindungen, Harding. Er gehört nicht selbst dazu, aber die Hälfte seiner Freunde.«

»Frost? Wirklich?« Ich weiß, daß er Klienten hat, die zur Mafia gehören – in Chicago geht's fast nicht anders –, aber ich habe ihn bisher eher als Handlanger gesehen. »Und warum bettelt er dich dann an, daß du Elenya helfen sollst?«

»Tja, du kennst doch die Organisation, Harding. Solche

Sachen sind zu persönlich, und persönliche Sachen mögen die nicht. Sie mögen noch nicht mal das Wort ›persönlich‹.«

»Und du meinst nicht, daß sie vielleicht das Geld wollen?«

»Wenn das Geld tatsächlich existiert, wollen sie es natürlich«, sagt Donnie. »Aber genau das überzeugt mich davon, daß es nicht existiert. Denn wenn es die Knete wirklich gäbe und die Kumpels von Frost hätten Wind davon gekriegt – würde Frost dann noch so rumlaufen? Dann hätte die Polizei ihn und die beiden Rosenbergs schon längst aus dem Des Plaines River gezogen.«

»Kriegst du selber auch noch Mafiasachen auf den Schreibtisch?«

»Genug, um zu wissen, daß ich froh sein kann, aus der City raus zu sein«, sagt Donnie. »Die Typen draußen bei mir sind anders. Die gehen mit ihren Kindern zur Little League, setzen Studentenblumen aus und unterzeichnen Petitionen für mehr Gehsteige. Das schließt natürlich nicht aus, daß sie jemanden unter diesen Gehsteigen begraben.«

»Aber es ist einfach pittoresker, oder?«

Offenbar hat er schon ein paar Drinks gekippt, bevor ich gekommen bin. Jedenfalls erreicht er allmählich den Weltrekord im Pissen.

»Du erinnerst dich doch noch an meinen alten Herrn, Harding«, sagt er.

»Aber klar.«

»Mein alter Herr hat immer gesagt – und mehr hat er mir zu den Fakten des Lebens nicht erklärt –, nun, als ich zwölf war, hat er zu mir gesagt, weil er Angst hatte, daß ich schon Mrs. Annastasio vom anderen Ende der Straße bumse – das hab ich übrigens auch getan –, also er hat gesagt: ›Es gibt nur zwei Arten des Bumsens, mein Junge, egal, was die andern dir weismachen wollen: rein und raus. Egal, wer's macht und wieviel Geld er hat.‹« Donnies Stimme klingt hohl aus seiner Kabine. »Er hat sechs Kinder gehabt, mein alter Herr, acht, wenn man die zwei mitrechnet, die's nie bis vor die Tür vom County Hospital geschafft haben. Also hat er wohl gewußt, wovon er redet.«

Endlich geht die Spülung, ein lautes Dröhnen, das einige Minuten lang von den Fliesen widerhallt.

»Dann hat Serena wohl einen sehr schönen Abend mit dir verlebt«, sage ich.

Donnie zieht den Reißverschluß seiner Hose hoch und tritt ans Waschbecken. »Hör zu, ich mach dir überhaupt keine Vorwürfe, Harding, okay? Nein, wirklich. Sie ist eine sehr attraktive Frau, ganz anders als Alison. Sie hat echt Klasse. Wir wissen beide, wie solche Dinge anfangen.«

»Welche Dinge, Donnie?«

»Elenya Rosenberg. Mein Gott, Harding, hörst du mir überhaupt zu?«

»Irgendwie hab ich was nicht mitgekriegt – wovon redest du eigentlich?«

»Sie hat doch Freitagnacht bei dir geschlafen, oder?«

»Haben die Bullen dir das gesagt?«

»Nicht offiziell«, sagt er.

»Sie war ziemlich wackelig auf den Beinen, Donnie. Sie ist so gegen drei Uhr morgens bei mir reingestolpert, und ich habe auf dem Sofa geschlafen.«

Er nickt und wischt sich die Hände ab.

»Und außerdem geht dich das einen Scheißdreck an«, sage ich.

»O doch, es geht mich was an, mein Freund«, sagt Donnie. »Weil ich gesehen habe, wie sie dich neulich nacht angeschaut hat. Ich würde mir wirklich wünschen, daß mich die Sache nichts angeht, aber wenn die beiden achtzehn Nachrichten auf meinem Anrufbeantworter hinterlassen und bei mir zu Hause aufkreuzen und auch noch Serena mit reinziehen, geht's mich wohl was an. Deswegen muß ich wissen, was los ist.«

»Nichts ist los«, sag ich. »Ich kenn sie doch kaum.«

Er frisiert sich, schüttelt das Wasser aus dem Kamm und klopft ihn am Chromwaschbecken ab. »Ich verlange ja auch nur, da du mich auf dem laufenden hältst. Weil die Sache sonst nicht hinhaut. Bis jetzt haben sie Lucy nur wegen den Drogen am Wickel. Sie hat gleich heute morgen Kaution beantragt.«

»Und wer hat die Kaution bezahlt?«

»Der Name sagt mir nichts. Die Sache ist über Manny's gegenüber vom Gericht abgewickelt worden, aber das Geld kam von Nelson Bryars, einem Krankenpfleger. Der wohnt in der South Drexel Avenue.«

»Du hast das nicht näher überprüft?«

»Natürlich könnte ich das, wenn's mir wichtig wäre, aber da es das nicht ist – warum sollte ich mir die Mühe machen?«

»Lucy weiß, wie Rosenberg in die Angelegenheit verwickelt ist, Donnie. Und sie weiß auch, wer sonst noch mit drinsteckt. Sie muß es wissen. Schließlich saß sie im selben Raum wie Nora, kaum zwei Meter von ihr entfernt, und sie war über und über voll Blut.«

»Genau wie Alison«, sagt er. »Wenn ich so drüber nachdenke: Das gleiche gilt auch für dich. Zieh mich da nicht weiter rein, Harding. Okay?«

»Ja.«

»Sind wir uns einig?«

»Ja.«

Warren Frosts Kanzlei liegt im West Loop, in der Nähe des Rathauses. Ich fahre durch die Stadt, an grauem Schnee und weißen Schlußverkaufsschildern vorbei. Als ich die Laken und Quilts von Ralph Lauren auf einem Himmelbett in der Hauptauslage von Field's sehe, muß ich gähnen. Ich brauche Schlaf. Das Fenster erinnert mich an das Red Lion Inn außerhalb von Boston, wo Alison und ich einmal untergeschlüpft sind und wie ein altes Ehepaar in Schaukelstühlen auf der Veranda saßen, Gin-Fizz-Gläser in der Hand.

Ich finde einen Parkplatz in einer kleinen Straße bei der

Randolph Street. Die Garagen sind voll; vielleicht kommt jemand auf die Idee, den Tempo zu stehlen. Der West Loop ist ein merkwürdiger Teil der Stadt. Hier stehen mit öffentlichen Mitteln sanierte Verwaltungsgebäude neben heruntergekommenen Blocks, bei denen das Geld ausgegangen ist. Am späten Nachmittag wärmen Staatsanwälte und Nutten nebeneinander die Barhocker. Vielleicht ist das doch gar nicht so merkwürdig, wie es klingt.

Frosts Kanzlei erledigt ziemlich viele Aufträge für die Stadt und bleibt wahrscheinlich deshalb lieber unauffällig. Die Fassade des Gebäudes ist rußschwarz. Eine große Drehtür setzt sich zögernd in Bewegung, als ich dagegen drücke, die Glasflügel kratzen übers Linoleum wie Fingernägel über eine Tafel. Außer dem Portier ist nur noch ein Mensch im Eingangsbereich, und der schiebt einen Mop über den Boden und hat wohl nicht mehr lange bis zur Rente. An der Wand ist eine gläserne Hinweistafel angebracht, die aussieht, als gehöre sie in eine Quizshow im Fernsehen – die fehlenden weißen Buchstaben liegen auf dem schwarzen Filzboden. Der Portier erklärt mir, Partlow, Lamb, Andrews und Frost seien im elften Stock.

Nun, das gilt vielleicht für Partlow, Lamb und Andrews.

»Ich fürchte, Mr. Frost ist heute morgen nicht im Haus«, sagt mir seine Sekretärin im Vorzimmer. Sie ist zierlich und hat eine sanfte Stimme, aber ihr Schreibtisch versperrt den Gang wie die Betonbunker, die Rommel in der Normandie aufbaute. »Haben Sie einen Termin?«

»Nein.«

»Mr. Frost ist dienstags nämlich nie im Büro.«

»Verstehe«, sage ich und schweige eine Weile. »Wieso sollte ich dann einen Termin haben?«

»Weil Mr. Frost die Termine manchmal durcheinanderbringt.«

Das glaube ich gern.

Ich sage ihr, daß mir ihre Kleidung gefällt, ein purpurfarbener Minirock und eine bauschige rotweinfarbene Seidenbluse, die sexy aussieht und Kindheitserinnerungen an Welch's Götterspeise weckt.

»Danke«, sagt sie. »Karmesin ist eine meiner Winterfarben. Haben Sie schon mal ne Farbenanalyse machen lassen?«

»Erst letzte Woche. Mir stehen am besten Kanonengrau und gebrochenes Weiß. Ist Mr. Frost vielleicht zu Hause?« Ich merke, daß ich gar nicht so genau weiß, wo sein Zuhause ist. Irgendwo in Highland Park. »Glauben Sie, ich könnte ihn dort erreichen?«

Sie zuckt mit den Achseln.

»Er hat mir versprochen, mich zum Essen einzuladen«, sage ich.

»Ich kann dafür sorgen, daß Sie nicht abgeschleppt werden«, sagt sie. »Aber zum Mittagessen kann ich Sie nicht einladen.«

»Gibt's irgendeine Möglichkeit, wie ich mich mit ihm in Verbindung setzen kann?« frage ich.

»Das funktioniert folgendermaßen«, sagt sie. »Ich schreibe Ihren Namen auf. Für den Fall, daß er hier anruft. Dann gebe ich ihm Ihren Namen. Und er ruft sie vielleicht an.«

»Macht er das denn jemals?«

»Nicht am Dienstag«, sagt sie.

Ich bedanke mich und gehe. Die Vorzimmersekretärinnen hier in der Gegend sind hart. Da muß man wissen, wo die Grenzen sind.

Als ich aus dem Aufzug komme, ist etwas mehr los in der Eingangshalle. Der Portier hat seinen Stuhl an einen Jungen verloren, der ein *VideoGame*-Magazin liest und Slurpee schlürft. Er ist Anfang Zwanzig, hat lange schwarze Haare, zu einem Pferdeschwanz zusammengebunden, und trägt eine Westernjacke mit Fransen. Der Putzmann versucht, den Boden sauberzumachen, aber der Junge ist nicht sonderlich kooperativ – er hebt die Beine nur ein klein wenig an. Der Putzmann hört auf sauberzumachen und starrt den

Jungen an. Auch der Portier beobachtet ihn. Ich würde sagen, mehr als fünfzehn Sekunden wird er nicht mehr auf dem Stuhl sitzen.

Als ich aber an ihm vorbeigehe, steht er auf und wirft den Slurpee-Becher in den Abfall. Dann folgt er mir nach draußen, in der Hand die Zeitschrift, deren Titelbild wie die Karikatur eines Flipperautomaten aussieht. Er bleibt ungefähr drei Schritte hinter mir. Das ist nicht die beste Methode, jemanden zu beschatten, aber heute lassen sich die jungen Leute bei solchen Dingen nicht dreinreden.

Ich gehe ungefähr einen halben Block, dann bleibe ich vor einem billigen Steakhouse stehen. Es riecht nach Lagerfeuer. Ein Typ mit einer weißen Kochmütze knallt ein Ribeye-Steak auf den Grill und winkt mich herein wie der Türsteher einer Oben-ohne-Bar; hier haben wir auch so etwas wie eine Fleischbeschau. Das Fenster ist fettverschmiert, aber ich kann die Kauflustigen trotzdem gut beobachten. Der Junge bleibt beim nächsten Gebäude stehen. Es handelt sich um ein Geschäft für Sanitätsbedarf, also ist er gezwungen, sich Bruchbänder, Stomabeutel und Erwachsenenwindeln anzusehen. Leider muß ich ihm ein paar Punkte auf der Geschicklichkeitsskala abziehen.

Um zu sehen, wie ernst die Angelegenheit ist, mache ich dem Koch im Steakhouse eine Freude und gehe hinein. Er deutet auf das Ribeye-Steak, das offenbar für mich gedacht ist, aber ich setze mich an die Theke und bestelle einen Kaffee. Er knallt etwas Schwarzes vor mir auf den Tresen, das irgendwie nach Metall schmeckt.

Der Junge kommt ebenfalls herein und geht an mir vorbei. Ich rieche billiges After-shave und feuchtes Leder – er trägt Lederstiefel und einen breiten Rodeogürtel mit großer Schnalle. Ich komme mir vor wie ein Sandwich zwischen dem Leder und dem Ribeye-Steak, sozusagen zwischen beiden Enden eines Rinderlebens. Der Junge überfliegt die Speisekarte und beobachtet mich im Sicherheitsspiegel. Dafür erhält er wieder ein paar Punkte auf der Geschicklichkeitsskala. Der Koch gibt ihm mein Ribeye-Steak.

Ich bezahle den Kaffee und verlasse den Laden so schnell wie möglich. Dabei überlege ich, was ich an interessanten Dingen bei mir trage: ein bißchen Bargeld, keine Kreditkarten. Eine Plastikuhr. Der Junge wird enttäuscht sein. Ich bin bereits in der kleinen Straße neben dem Tempo und habe die Schlüssel in der Hand, als er auf mich zukommt.

»Sie werden mir Ihre Brieftasche geben müssen«, sagt er und wischt sich nervös mit der Hand über die Lippen. »Und Ihre Wagenschlüssel. Haben Sie verstanden? Halten Sie lieber den Mund.« Er hat einen südlichen Akzent, allerdings klingt er nicht nach Virginia, sondern eher nach Uptown, Lawrence Avenue. Er sieht nicht aus wie ein Junkie.

Mir kommt die ganze Angelegenheit ziemlich albern vor. Ein Überfall, jetzt, am hellichten Tag, und überall Leute aus den Büros und Kauflustige. Er hat die Zeitschrift immer noch in der Hand. Jetzt merke ich, daß er ein bißchen anders gekleidet ist, als ich auf den ersten Blick gedacht hatte: Er trägt Goldketten um Hals und Handgelenke und ein Surfersegeltuchhemd unter der Wildlederjacke.

Albern hin oder her – als er noch einen Schritt näher kommt, packe ich ihn am Arm und ziehe ihn weg –, ich habe ungern jemanden im Rücken. Dann drücke ich ihn gegen eine Ziegelmauer. Er ist kleiner als ich, und ich drücke ein bißchen stärker zu, als ich eigentlich müßte, nicht ein-, sondern zweimal. Ich habe ein gutes Gefühl dabei, auch wenn ich das nicht haben sollte. Sein Kopf knallt gegen eine rostige Regenrinne, von der paprikaroter Staub herunterrieselt. Ich hätte Lust, ihm noch eine zu verpassen. Zwei oder drei Leute sind stehengeblieben. Das hier ist besser als Ringen im Fernsehen.

»Was wollen Sie von mir?« fragt der Junge überrascht darüber, daß ich ihn so grob anfasse, und versucht, sich meinem Griff zu entwinden. Er tut fast so, als hätte ich ihn verfolgt. Er hat jetzt Angst und atmet viel zu schwer für das, was ich mit ihm gemacht habe. Auch sein Blick ist hektisch, das hätte mir schon früher auffallen sollen. Jetzt muß ich mir selbst ein paar Punkte auf der Geschicklichkeitsskala abziehen. Speedsüchtige sind die unberechenbarsten Drogenabhängigen. Das Zeug hat auch seiner Haut nicht gutgetan – auf seinem Gesicht wimmelt es von Aknenarben und glänzendroten Flecken, die aussehen wie matschige Erdbeeren. Er ist jünger, als ich zunächst dachte.

Mittlerweile hat sich eine ganze Gruppe von Schaulustigen versammelt, und allmählich gerate ich in die Rolle des Buhmanns, also lasse ich den Jungen los. Aber er hat noch eine Überraschung für mich. Die Zeitschrift hat ein schmutziges Steakmesser verborgen, an dem noch Fleischreste haften – ich trete zurück, lasse ihm Platz. Ein Ding, mit dem man ein Ribeye-Steak durchschneiden kann, verdient Respekt. Jetzt ist er am Zug.

Ich spüre, daß er am liebsten auf mich losgehen würde. In seinen Augen flackert mehr Zorn, als Speed verursachen kann. Aber mir hat es ja auch nicht sonderlich leid getan, ihn gegen die Wand zu knallen. Und nach allem, was in den letzten Tagen passiert ist, finde ich es richtig erholsam, daß jemand sein Gesicht zeigt und direkt auf mich losgeht, auch wenn es der falsche Jemand ist. Ich ziehe meinen Mantel aus und wickle ihn um meinen linken Unterarm. Dann bedeute ich ihm mit einer Geste, daß er sich nur heranwagen soll. Schon wieder bedaure ich, keine Pistole zu haben.

Aber irgend etwas hält ihn zurück – vielleicht die Gruppe der Schaulustigen, die mittlerweile größer geworden ist. Er weicht langsam zurück und bahnt sich dann einen Weg durch die Menge. Schon ist er verschwunden. Ein oder zwei Leute fallen um wie Figuren eines Flipperautomaten. Ich helfe einer Dame vom Boden auf. Aus ihrer Einkaufstüte sind so viele grüne Blätter gefallen, daß der Gehsteig jetzt aussieht wie der Chicago River.

Auch gut, daß der Junge weg ist, denn fast hätte ich etwas

Dummes getan. Ich atme jetzt genausoschwer wie er. Er hat das Messer mitgenommen, aber die Zeitschrift verloren. Er hat sie offenbar abonniert, denn die Adresse klebt darauf: South Side Associates, dazu eine Straße tief in der South Side. Jetzt habe ich ein paar Bonuspunkte.

Ich habe mehrfach versucht, Elenya zu erreichen, aber ohne Erfolg. Entweder ist der Anrufbeantworter dran oder Giselle, die noch kürzer angebunden reagiert als die Maschine. Ich versuche es noch einmal von einer Telefonzelle in Hyde Park aus und höre das Besetztzeichen – ein gutes Zeichen. Außerdem habe ich versucht, Nelson Bryars zu erwischen, den Pfleger, der Lucys Kaution gezahlt hat. Unter seiner Privatnummer meldet sich niemand, aber als ich im Krankenhaus anrufe, erklärt mir der Stationsdienst vom siebten Stock, daß er an diesem Abend eingeteilt ist.

Starbucks ist nicht weit weg in der 53rd Street. Ich gehe hinein und frage, wer Sonntag nacht dort gearbeitet hat. Und als ich dann noch einen Dienstausweis vom Gesundheitsamt auf den Namen Dr. Marvin Winkler vorzeige, holt der Juniorchef zwei Angestellte: Gayla und Brick, beide noch keine zwanzig. Keiner kann sich erinnern, Elenya oder Robin gesehen zu haben. Als ich ihnen Fotos zeige, schauen sie mich nur verständnislos an.

»War an dem Abend viel los?« frage ich. »So viel, daß ihr euch nicht mehr so genau an die Leute erinnert?«

»Am Sonntag abend nicht«, sagt Gayla.

»Das Lokal war praktisch leer«, pflichtet Brick ihr bei. Ich habe den beiden ein Foto von Robin gezeigt, das auf der Titelseite der heutigen Zeitung abgebildet ist, aber da heutzutage niemand mehr liest, hätte ich ihnen genausogut etwas aus den Schriftrollen vom Toten Meer unter die Nase halten können.

»Was haben die angestellt?« fragt mich der Chef und deutet auf die Bilder. Kaffeekrümel hängen zwischen seinen Zähnen wie Mohn.

»Keine Sorge«, sage ich. »Wenn sie nicht hiergewesen sind, brauchen Sie sich keine Gedanken zu machen.«

»Gott sei Dank.«

»Wir sind uns noch nicht einmal ganz sicher, ob's ansteckend ist.«

Dann gehe ich hinaus und rufe Elenya von einer Telefonzelle aus an. Sie nimmt den Hörer schon beim ersten Klingeln ab. »Die Polizei ist hier«, sagt sie mit tonloser Stimme.

In der Greenwood Avenue herrscht Chaos. Auf der Straße steht ein halbes Dutzend Streifen- und Zivilfahrzeuge der Chicagoer Polizei. Der Garten ist voller Bullen. Ein Beamter der Unipolizei bewacht das Tor. Er wirkt ausgeschlossen und einsam.

»Lassen die Sie nicht rein?«

»Ich könnte schon, wenn ich wollte«, sagt er achselzuckend. Soll heißen, daß er höflicherweise auch informiert worden ist, sich aber raushalten soll. Zwar geht's hier um Angehörige der Universität, aber nicht um Universitätseigentum.

»Wenn die das Haus durchsuchen, könnte es den ganzen Tag dauern ...«

»Die sehen sich nur die Garage an. Für was anderes haben sie keinen Durchsuchungsbefehl.«

»Und wonach suchen sie?«

»Tja, das weiß der Himmel allein.«

»Wie sind die an den Durchsuchungsbefehl gekommen?«

Wieder ein Achselzucken. Soll heißen, daß sie ihm das auch nicht gesagt haben.

Reilly tritt durch die Haustür, gefolgt von Uniformierten, Rosenberg und jemandem, den ich nicht kenne, vielleicht Rosenbergs Anwalt. Alle reden gleichzeitig. Reilly winkt mir zu, und diese Geste bringt mich durchs Gartentor und gleich noch ein bißchen weiter.

»Nicht jetzt, Harding«, sagt Reilly und wendet sich mit

einem Blick auf das Garagendach dem seitlichen Teil des Gartens zu.

»Kann ich mitkommen?«

Er schüttelt den Kopf. Die Haustür ist geöffnet, und Giselle steht gleich dahinter, eingehüllt in einen Daunenmantel. Sie sieht sich den Dreck an, den alle hereintragen. Elenya sitzt im Nebenzimmer auf einer Fensterbank. Sie trägt einen riesigen Pullover zu einer braunen Hose und beobachtet, wie Reilly und seine Männer eine Leiter quer durch den Garten schleifen. »Hier soll eine Pistole sein«, sagt sie.

»Wo – in der Remise?«

»Oben auf dem Dach. Das haben sie zumindest gesagt. Ich frage mich bloß, welcher von unseren Nachbarn sich den Spaß gemacht hat, denen das zu erzählen.« Sie wendet sich mir zu und zieht den verrutschten Pullover zurecht. »Das ist also Reilly, der sensible Mann, dem ich mich Ihrer Ansicht nach hätte anvertrauen sollen? Seine Männer hätten fast die Tür aus den Angeln gehoben. Die sind hier reinmarschiert wie die Sturmtruppen. Schließlich haben wir Schlüssel.«

Sie ist wütend, das ist ein gutes Zeichen. Ihr Tonfall erinnert mich an den Abend bei Donnie. Ich kann ihr keine Neuigkeiten über Gaelen mitteilen, also setze ich mich einfach nur neben sie und sehe zu, wie die Polizisten sich mit der Leiter abmühen, während Keegan sich über die Dachrinne aufs Dach zieht. Oben befinden sich ein Kamin und fünf Belüftungsrohre, die früher zu den Bedienstetenunterkünften gehörten. Als Keegan das dritte davon überprüft hat, ist sein Ärmel zerfetzt und voll Ruß und flattert herum wie eine Piratenfahne im Wind.

»Die haben das halbe Polizeirevier geschickt«, sagt Elenya und massiert ihre linke Hand; wieder sehen ihre Gelenke rot und entzündet aus. »Man möchte meinen, daß die was Besseres zu tun hätten.«

Sie ertappt mich dabei, wie ich ihre Bewegungen beobachte, und legt die Hände wieder in den Schoß.

»Das ist nichts«, sagt sie. »Nichts, was mit all dem zu tun hätte ...«

»Wenn er Sie schlägt ...«

»Nein, nein«, sagt sie hastig. Dann streckt sie mir ihre Hände hin. »Das ist Gelenkrheumatismus. Ich nehme Prednisone und noch sechs andere Medikamente, und normalerweise ist dann alles in Ordnung. Aber in letzter Zeit ist es schlimmer geworden, wahrscheinlich durch den Streß. Stephen haßt mein Rheuma.«

Wenn etwas nicht perfekt ist ...

»Sie sollten ihn verlassen«, sage ich und erhebe mich. Meine Hand streicht dabei über ihren Arm.

»So einfach ist das nicht. Er zieht sowieso bald aus.«

»Wann?«

»Ich weiß es nicht. Bald.« Sie schlägt die Beine übereinander und wippt mit einem Fuß, bis der Schuh runterrutscht. »Sie kennen ihn nicht richtig, Harding.«

»Doch.«

»Er hat sich im letzten Jahr ziemlich verändert. Ich weiß nicht, was passiert ist. Als Sie mir die Fotos von seinen Mittwochsunternehmungen gezeigt haben, dachte ich, daß ich es begreifen könnte. Denn normalerweise dreht er am Donnerstag völlig durch. Wahrscheinlich haben seine Assistenten dann nichts zu lachen. Am Freitag ist es wieder vorbei. Ich gehe ihm an dem Tag aus dem Weg.«

Ein paar von den Streifenwagen verlassen die Straße. Keegan klettert die Leiter ganz vorsichtig wieder herunter; ich höre die Streben bis hierher ächzen, sogar noch durchs Fenster. Die Uniformierten schließen Wetten darüber ab, welches Bein Keegan sich als erstes bricht.

Ein Unipolizist kommt aus der Küche. Er sieht aus wie ein Bediensteter. »Falscher Alarm, Mrs. Rosenberg«, sagt er. »Sie haben noch ein oder zwei Fragen an Sie, bevor sie gehen. Es wird nicht mehr lange dauern.« Sie nickt. Ich sehe, daß Keegan die Leiter mit leeren Händen herunterkommt. Reilly schnippt seine Zigarette angewidert in den

Schnee und bedeutet den Uniformierten, sich zu entfernen. Rosenberg und sein Anwalt gehen an uns vorbei. Sie heben kaum den Blick; ihre Mäntel sind schwarz wie die von Bestattungsunternehmern.

»Harding«, sagt Elenya.

»Was?«

»Ich muß die ganze Zeit an die beiden jungen Leute denken, an Nora und Robin.«

»Ich weiß, ich auch.« Besonders der Gedanke an Nora verfolgt mich; Nora im Motel, auf dem Boden.

»Sie glauben doch nicht wirklich, daß Stephen jemanden umgebracht hat? Oder auch nur den Auftrag gegeben hat?«

»Ich glaube, daß er dazu fähig ist. Sie nicht?«

»Nein«, sagt sie und schüttelt den Kopf. Aber es klingt alles andere als überzeugt.

Ich verlasse das Haus durch die seitliche Tür und gehe noch einmal den Weg ab, den ich Sonntag nacht zur hinteren Seite des Gebäudes genommen habe. Die Luft ist rauh und scharf, die Nachmittagssonne fahl, eine Million Meilen weit weg. In einer Hecke finde ich die Leica; das Objektiv ist kaputt, der Film hängt heraus. Ich sammle die Einzelteile zusammen und bringe sie zu dem Tempo, der jetzt zwischen zwei großen ausländischen Wagen eingekeilt ist. Beide bewegen sich allerdings, als ich meine gemieteten Stoßstangen zum Einsatz bringe. Auf dem Weg zu Boones Wohnung halte ich an einem Zeitungskiosk am Hyde Park Boulevard. Der Holzverschlag verschwindet fast unter den Spätausgaben der Zeitungen; Pornoheftchen hängen mit Wäscheklammern befestigt an einer Leine an der hinteren Wand. Ein Kerosinofen erhitzt die Luft, aber die Dämpfe können nicht abziehen. Dem alten Mann, der die Zeitungen verkauft, scheint das nicht aufzufallen. Ich habe einmal direkt unter der Hochbahn gewohnt und war am Schluß so an den Lärm gewöhnt, daß ich kaum noch schlafen konnte, als ich umgezogen war. Man kann sich an fast alles gewöhnen.

ELF

Am Dienstag nachmittag setzt mich Boone bei einem Toyota-Händler ab, wo mein Truck wieder zusammengeflickt werden soll. Später wollen wir uns zum Abendessen treffen. Als ich den Tempo zurückbrachte, haben sich die Angestellten des Mietwagenverleihs wie die Sargträger in einer Zeichnung von Gorey versammelt, um mir dabei zuzusehen, wie ich auf den Parkplatz fuhr. Sonderlich glücklich waren sie nicht, daß der Wagen zu ihnen zurückkehrte. »Ich kann mir vorstellen, wie Sie sich fühlen«, habe ich gesagt.

Die Reparatur meines 4Runner nimmt den größten Teil des Nachmittags in Anspruch. Die Räder werden neu ausgerichtet, der Rahmen wird ausgebeult und gestreckt, und so gegen fünf Uhr habe ich das Gefühl, daß mir eine ähnliche Behandlung guttun würde. Donnies Vorschuß geht für eine neue Windschutzscheibe, eine Batterie und Scheinwerfer drauf. Die Stereoanlage wird warten müssen, aber trotzdem schaue ich bei einem Plattenladen vorbei – Alison hat ein Tapedeck –, wo der Verkäufer mir das neueste Werk von Patty Smyth andrehen will mit der Begründung, sie sei eins von den »Megababes«.

»Patti Smith«, sage ich. »›Easter‹. Was anderes nehme ich nicht.« Dem Mann gehört der Marsch geblasen. Auf der Fahrt in Richtung Norden greife ich ins Handschuhfach, um meine Sonnenbrille herauszuholen, und merke, daß der Mechaniker sich bedient hat: Mein kleiner Drogenvorrat ist verschwunden. Aber heute ist ein genauso guter Tag für einen Neuanfang wie jeder andere.

Im Hyde Park Athletic Club ist man erfreut, mich als neues Mitglied willkommen heißen zu dürfen. Ich muß Formulare ausfüllen, und ein Fitneßberater namens Elf wiegt mich und mißt meinen Körperfettanteil mit einem eiskalten Meßschieber. Dann stellt Elf mich Raul vor, meinem persönlichen Trainer, der mich mit einem ausgesprochen kräftigen Händedruck begrüßt. Während wir uns unterhalten, wandert sein Blick über meinen Bauch, meine Beine und meinen Schritt. Ich habe den Eindruck, daß Rauls Vorstellungen davon, wofür ein persönlicher Trainer zuständig ist, ein bißchen zu weit gehen.

»Haben Sie irgendwelche besonderen Fitneßziele?« fragt mich Raul, während wir zum Übungsraum gehen.

»Es wäre schön, wenn ich die Woche überstehe«, sage ich.

»Wie sieht's mit Problemzonen aus?«

»Ja.«

»Ich meine, welche ...«

»Ich sehe meinen Körper als einzige große Problemzone, Raul. Vom Kopf bis zu den Zehen. Aber ich habe Extraprobleme mit dem Rücken.«

Sein Gesichtsausdruck verfinstert sich. »Haben Sie alle Formulare unterschrieben ...«

»Sie meinen die Erklärungen, daß ich Sie von der Haftung enthebe – keine Sorge, Raul, ich habe alles unterschrieben. Ich gehe schon nicht gerichtlich gegen Sie vor. Vielleicht könnten Sie mir alles erklären?«

Raul zeigt mir das Entspannungsbecken, den Aerobic-Raum, die Nautilus-Maschinen und eine Zedernholzsauna voller Dampf. Allerdings riecht es darin keineswegs nach Zedernholz. Alte Männer starren mich an wie Schatten, die Platon erblicken. Ich winke ihnen platonisch zu. Keiner winkt zurück. Keiner bewegt sich.

»Und wo sind die Gewichte?« frage ich.

Raul führt mich in einen kleineren Raum mit Holzständern für die Hanteln. Ich sehe Spiegelwände und höre asexuelles Stöhnen und Grunzen. »Sie heben Gewichte?« fragt Raul und sieht mich zweifelnd an.

»Früher, im Bartlett Gym. Ein Freund von mir hat gesagt, ich soll wieder damit anfangen. Er kommt hierher, vielleicht kennen Sie ihn. Er heißt Gaelen.«

»Aber klar«, sagt Raul. »Sie sind ein Freund von Gaelen? Der ist die ganze Zeit hier. Heute morgen hat er ein paar ziemlich schwierige Übungen für seine Deltamuskeln gemacht. War ganz schön beeindruckend.«

»Heute morgen? Tatsächlich?«

»Sieht aus, als ob er Muskeln aufbaut und sich auf einen Wettkampf vorbereitet. In letzter Zeit hat er ganz schön viel Proteinpulver und B-Komplexe geschluckt.«

»Typisch Gaelen«, sage ich. »Dann kommt er heute wahrscheinlich nicht noch mal hierher. Vermutlich gönnt er seinen Deltamuskeln daheim ein bißchen Ruhe. Ich könnte auch ein bißchen Aufbaunahrung vertragen.«

»Damit würde ich warten, bis Ihr Rücken wieder in Ordnung ist. Ich zeige Ihnen jetzt diese Maschine für die Lateralmuskulatur, die haben wir grade erst reingekriegt. Elf schwört drauf.«

»Also arbeitet er nicht mehr am Dienstagabend?«

»Wer? Elf?«

»Gaelen.«

»Ach, Sie kennen doch Gaelen.«

»Klar.«

»So ein geistliches Amt wie das von Gaelen nimmt einen doch praktisch sieben Tage in der Woche in Anspruch.«

»Sein geistliches Amt?«

»Tja, so nennt er das jetzt«, sagt Raul. »Gaelen ist ein Heiler. Hat er sich Ihren Rücken noch nicht angesehen?«

»Nein, noch nicht richtig«, sage ich.

»Wissen Sie, ich habe den Eindruck, daß Ihr Nacken auch ein bißchen steif ist.«

»Nur wenn ich versuche, ihn zu bewegen.«

»Sie könnten ne Massage von Gaelen vertragen. Gaelen hat magische Finger, magische Hände. Es ist wirklich eine Schande, was die mit ihm gemacht haben, wo doch so viele echte Verbrecher rumlaufen – hey, Elf, hast du nicht gesagt, die Maschine hier ist super?«

»Absolut super«, sagt Elf. »Da kriegen Sie nen Bauch wien Waschbrett.«

»Ist das gut?« frage ich. Elf sagt, es ist gut. Wir gehen durch die Umkleidekabine zu den Duschen. Ich habe in meinem Leben durchaus schon Duschen gesehen, aber Raul besteht darauf, daß wir noch weitere nackte Männer stören. Diesmal winke ich nicht. So etwas könnte mißverstanden werden.

»Doppelkopf mit sechzig Pfund Druck dahinter.«

»Sie sprechen von den Duschen«, sage ich. Raul nickt. Elf läßt sein Handtuch zu Boden sinken; er ist nackt bis auf eine Hundemarke und hochgeschnürte Turnschuhe. Er zieht die Schuhe auch in der Dusche nicht aus.

»Ringelwürmer«, sagt Raul. »Aber der Arzt schwört, daß das nicht ansteckend ist – solange man die Füße in Bewegung hält. Nicht länger als fünf Sekunden auf jedem Fuß. So wird aus dem Duschen so etwas wie eine Areobic-Übung.«

»Haben Sie eine Ahnung, wann Gaelen wieder hier ist? Ich hab seine Privatnummer verloren ...«

»Morgen. Der macht ein diversifiziertes Übungsprogramm. Am Mittwoch – lassen Sie mich nachdenken –, ja, da sind Brust- und Bauchmuskulatur dran.«

»Gut – das wollte ich am Mittwoch auch machen. Ich hab gehört, daß er noch mit jemand anders trainiert. Mit einem Neuen.«

»Gaelen? Wirklich? Der ist doch ein Einzelgänger. Aber bei dem alten Gaelen weiß man das nie so genau.«

»Da haben Sie allerdings recht«, sage ich. »Bei dem alten Gaelen muß man auf alles gefaßt sein.«

Bei Hyde Park Photo Supplies ist die Hölle los. Felicia und ich haben einen labilen Waffenstillstand geschlossen; vielleicht wählt sie deshalb den Zeitpunkt meines Eintreffens, um mit Alisons Karmann-Ghia Besorgungsfahrten zu machen. »Laufen die Geschäfte gut?« frage ich, während sie ihre Jacke anzieht und die langen Haare auf den Rücken schleudert. Sie kleidet sich wie Stevie Nicks – jede Menge Rüschen und Spitzen –, aber zum Glück wirbelt sie nicht herum und singt nicht wie ein Backenhörnchen.

»Danach hast du mich heute morgen schon gefragt«, sagt sie. »Am Telefon.«

»Tatsächlich? Tut mir leid, das hab ich vergessen. Und seitdem hat sich nichts geändert?«

Sie sieht mich an, wie nur Felicia mich ansehen kann. »Fackel die Bude hier nicht ab«, sagt sie.

Dave und Dave, die beiden Teilzeitkräfte, sehen sich einem beständigen Strom von Kunden gegenüber. Ich bleibe, bis Felicia zurückkommt, bediene die Kasse, verlange für alles den falschen Preis. Das Geschäft läuft glänzend, und ich sehe wirklich gut aus, wie ich so die Beträge in die Kasse eintippe, aber ich koste den Laden mit Sicherheit zehn bis fünfzehn Dollar. »Vergiß die Mehrwertsteuer nicht«, sagt Dave oder Dave. »Und gib nicht so viele Plastiktüten her. Die sind teuer.«

Ich stelle meinen Truck in der Harper Avenue ab, hinter Alisons Wohnung, und überquere die Straße, um Lebensmittel und Bier im Co-op einzukaufen. In Alisons Wohnung ist es kühl, genau so, wie sie es mag; die Heizung im Bad ist ausgeschaltet. Ich nehme den Zweitschlüssel, den sie unterm Waschbecken versteckt hält, und gehe noch einmal hinunter, um die Post zu holen. Dann gieße ich die Pflanzen und trage den Abfall vor die Tür – eine Nachbarin von unten hört mich und bringt ein paar Zeitungen hoch. Die Küche sieht so aus, als hätte Alison sie gerade erst verlassen; *Trib* und *Times* liegen ordentlich auf dem Tisch, die Kaffeemaschine von Braun ist frisch gereinigt und riecht noch nach Essig. Ich mache mir einen Kaffee und setze mich an den Küchentisch, gähne, kämpfe mit einem Päckchen, das Boone mir von Donnie mitgebracht hat, gegen den Schlaf an. Die letzte Sonne des Tages macht mich müde.

In solchen Momenten klingt Donnies Angebot, mich fest anzustellen, fast verführerisch. Das Geld, das er mir gegeben hat, fühlt sich gut an in meiner Tasche. Der Truck ist repariert, und die Hintergrundinformationen, die Serena für mich zusammengestellt hat, sehen interessant aus – vielleicht ist auch der Job interessant, jedenfalls für eine oder zwei Wochen.

Das Unternehmen – Phoenix Rising, Inc. – macht Renovierungen und »Umstrukturierungen«. Das klingt nicht gerade mörderisch, aber in jedem Geschäft läßt sich was beiseite schaffen. Hier geht's um die Restaurierung von Wandgemälden und Mosaiken. Ich trinke Kaffee und informiere mich über einen Bahnhof mit Wandgemälden in Ohio – es handelt sich um Friese, Fresken und Fliesen – sowie über einen gewissen Nicholas V. Leander, den stellvertretenden Leiter der Marketingabteilung, seine verdächtig langen Mittagspausen und seine ständig laufende Nase. Sie wollen ihn vor die Tür setzen, aber zuerst wollen sie wissen, mit wem er Geschäfte macht. Es ist ihnen egal, wie ich dabei vorgehe. Tja, soweit also die ästhetische Distanz.

Ich habe schon Dutzende solcher Jobs für Donnie erledigt, keiner davon besonders gefährlich; das meiste legal, manches allerdings auch nicht. Der Höhepunkt meiner Karriere war damals, als ich drei Tage lang ein Mikroprozessorenunternehmen leitete, während ich versuchte herauszufinden, wer den Japanern Betriebsgeheimnisse verriet. Ich wußte seinerzeit genausowenig über Prozessoren wie heute – das gilt für Mikro, Makro, was auch immer. Aber ich habe den Bösewicht gefunden und jede Menge Dokumente unterschrieben, und als ich meine kurze Zeit als Manager hinter mir hatte, waren die Aktien des Unternehmens einen halben Punkt gestiegen. Noch ne Woche oder zwei, und *Forbes* hätte bei mir angerufen, um einen Bericht über mich zu schreiben.

Ich schalte Alisons Sony-Fernseher an, weil mich der Wetterbericht der ersten Nachrichten interessiert. Es schneit in der North Side; der Mann vom Wetterdienst sagt es den Zuschauern direkt vom Bahnsteig der Hochbahn in der Howard Street aus. Aber seine Kombination aus fröhlichem Geplauder und der Ankündigung, daß mit weiterem Schnee zu rechnen ist, kommt nicht sonderlich gut an beim Publikum da draußen. »Hier wird's allmählich ungemütlich«, sagt er mit einem gutmütigen Grinsen. »Ich gebe mal lieber zu Ron und Carol im Studio zurück.« Dann reißt ihm ein Schneeball mit Eisstücken die Brille von der Nase, und eine Hand greift nach seiner schwarzen Pelzmütze. Jemand anders schnappt sich seine Brieftasche. Ron und Carol wenden sich verblüfft dem Sport zu.

Ich spüle die Kaffeekanne und suche dann die Flasche mit achtzigprozentigem Absolut, denn ich weiß, daß Alison sonst keinen Alkohol in der Wohnung hat – sie behauptet, von allem anderen bekomme sie Migräne. Mit der Flasche setze ich mich auf einen wackeligen Rohrstuhl vor ihren Frisiertisch. Ihr Bett ist gemacht. Eine Man-Ray-Monographie liegt umgekehrt auf ihrem Kissen. Man sieht, wo ihr Körper auf dem Quilt eine Kuhle hinterlassen hat. Die Marmorplatte der Frisierkommode ist voller Parfümfläschchen und Lotions. Ich sprühe ein bißchen was davon in die Luft. Es riecht nicht ganz so wie Alison.

Boone und ich essen in einem schrecklichen italienischen Restaurant in der Nähe des South Shore Drive zu Abend. Ich bin gern in seiner Gesellschaft, denn er arbeitet noch mehr als ich, und zwar für noch weniger Geld, und außerdem hat er noch vier oder fünf Nebenjobs, über die er jammern kann. Den größten Teil des heutigen Tages hat er zum Beispiel als Werbehäschen vor einem Möbelladen verbracht, wo er mit seiner pinkfarbenen Schaumstoffhand die Leute hereinwinkte. Leider waren ihm die Bonbons in seinem Körbchen schon ziemlich bald ausgegangen.

»Häschen haben aber doch gar keine Hände, oder?« frage ich, als wir zu meinem Truck vor dem Restaurant gehen. Wir haben beide ein bißchen zuviel Chianti getrunken. Ich wische etwas aus Boones Haaren, was nach Zuckerwatte aussieht. »Häschenfell. Da ist noch was in deinem Bart.«

Es ist eine klare, sehr kalte Nacht. Der Schnee ist noch nicht bis zur South Side vorgedrungen. »Weißt du noch, wie wir gelacht haben, als Kopinski nen Job an der University of Panama angeboten gekriegt hat?« sagt Boone. »Der sollte in den Tropen die schwarze Materie erforschen. Tja, nach dem heutigen Tag kommt mir die Karibik nicht mehr so abwegig vor. Egal, ob man damit in der festen Unischiene landet oder nicht.«

»Kopinski hat seine Doktorarbeit abgeschlossen«, sage ich.

Boone denkt daran, seine eigene Dissertation über Teilchenphysik auf Multimedia-CD-ROM-Format aufzublähen. Ich stelle mir eine Diashow für die achte Klasse mit Mr. Molekül und Mr. Atom vor. Ich erzähle ihm von einem Freund, der Englisch studierte und aus seiner Arbeit über historische Science-fiction eine Opernproduktion der *Marschronik* machte – mit verheerendem Ergebnis.

Wir fahren durch das Hyde-Park-Viertel zur 58th Street und suchen einen Parkplatz vor dem International House. Erfolglos. Schließlich stelle ich den Truck in die Parkgarage des Krankenhauses. Wir gehen die sechs Häuserblocks zu Fuß zurück. Eigentlich wollte ich mich mit Esther an der Rezeption unterhalten, aber der Eingangsbereich ist praktisch menschenleer. Die Gehsteige und Midway Plaisance sind voller Studenten, die in Richtung Rockefeller Chapel gehen.

»Ich kann nicht lange bleiben, Harding«, sagt Boone. »Wenn ich das Häschenkostüm nicht bis zehn zurückbringe, verliere ich die Kaution, die ich hinterlegt habe.«

»Was ist Sache?« frage ich einen Mann vom Sicherheitsdienst vor dem I-House.

»Die Bulls hatten fünfzehn Vorsprung, als ich zuletzt reingehört hab«, sagt er.

»Nein, das hier.«

»Ein Gedenkgottesdienst«, sagt er. »Für die beiden Studenten.«

»Wann, jetzt?«

Er nickt.

»Hat aber nichts in der Zeitung gestanden.«

»Ist auch nicht offiziell«, sagt er. »Da machen bloß die Kids mit.«

»Die Uni wird nicht grade erbaut sein, wenn die Presse von der Sache hier Wind bekommt«, sagt Boone. Wir gehen in Richtung Westen, an den Lab Schools und der Ida Noyes Hall vorbei. »Die versuchen grade, mehr Unterstützung vom Staat zu bekommen. Die Zuständigen werden nen Herzinfarkt kriegen.«

Rockefeller Chapel ist eher eine Kathedrale als eine Kapelle. Sie wurde erbaut, um die Macht des Ölgeldes zu demonstrieren, und erinnert daran, wie aus Barock Manierismus werden kann – alle Nischen sind voll mit Skulpturen, Inschriften, Ornamenten und Buntglasfenstern. Am östlichen Tor, durch das Boone und ich hineingehen, befinden sich Darstellungen von Dante und Milton sowie die Worte »Selig sind, die reinen Geistes sind«. Studentenzüge nahen von allen Richtungen. Rockefeller Chapel ist nicht vergleichbar mit Canterbury, wirkt aber heute fast so.

Boone entdeckt weiter vorn Freunde. Ich möchte auf den Balkon, der wie eine Opernloge über dem Mittelgang hängt. Die Kirchenbänke sind leer – bis auf ein paar Gesangbücher mit Gospelliedern und den Zitronengeruch von Möbelpolitur. Dann hebt Musik an – Power Folk von WHPK.

Die Sprecher beginnen zögernd. Der Gedenkgottesdienst wurde vom Women's Center und der Studentenverwaltung organisiert, und die ersten Ansprachen klingen eher wie Ankündigungen, nicht wie Lobreden. Doch dann ändert sich die Atmosphäre. Jemand hängt große, grobkörnige Fotos von Nora und Robin auf. Die Bilder stammen aus den Einschreibeformularen fürs College. Die beiden sehen unglaublich jung darauf aus.

Zimmergenossen erzählen von Nora und Robin und allem, was sie geschafft haben. Robin wollte Jura studieren, Nora Medizin. Wir hören die Namen ihrer Geschwister und ihrer Eltern, aber natürlich sind keine Familienangehörigen anwesend. Auch wir gehören nicht zur Familie; eigentlich kennen wir die beiden kaum. Und die Leichen sind bereits auf dem Weg in die Heimat, nach Yellow Springs, Ohio, beziehungsweise nach Timber Ridge, Minnesota. Wir haben nur die Fotos, die ich mir genau ansehe. Ich suche darin nach der Nora und nach dem Robin, die ich vergangene Woche kennengelernt habe, will sie mir spät in der Nacht im Studentenwohnheim vorstellen, wie sie ihren kleinsten gemeinsamen Nenner entdecken – Rosenberg – und Pläne für eine Erpressung schmieden, bei der es um eine Million Dollar geht. Gott sei Dank bin ich in einer Kirche, denn diese Vorstellung erfordert einen ziemlich starken Glauben.

Um elf sind dann mehrere hundert Menschen in der Kirche, und der größte Teil des Mittelschiffs ist voll. Heute abend wäre es kein Problem, einen guten Platz in der Bibliothek zu ergattern. Auf der Chorempore versammeln sich jetzt Amateurmusiker mit Gitarren, Geigen, Flöten und Trommeln. Kerzen werden aus Einkaufstüten von Hyde Park Hardware geholt. Statt Brot und Wein gibt es hier Bowle und Tofu. Wieder gehen Leute, die Robin und Nora gekannt haben, ans Mikrofon und erzählen von ihnen. Manche dieser Erinnerungen sind traurig, aber die meisten eher lustig. Es riecht nach Gras. Die Bowle ist aufgepeppt. Aus dem Gedenkgottesdienst wird allmählich ein Fest.

Auch die Musik beginnt morbide, verändert sich aber allmählich. Vaughan Williams' »Lark Ascending« ist einfach zu traurig. Die kleine Gruppe von Musikern verlegt sich auf Folk und Moriskentanz, später auf Grunge und Hip-Hop. Die vorderen Reihen werden zu einem brodelnden Hexenkessel. Die letzte Sprecherin – eine Frau vom Gay Rights Center – streift durch die Menge wie eine Möwe, die kaum das Wasser berührt.

Ich beobachte das alles vom Balkon aus, und plötzlich entdecke ich ein bekanntes Gesicht in einem der Seitenschiffe. Lucy Williams steht hinter einer Gruppe von Studenten. Sie ist allein, sieht zu, wippt im Takt der Musik, trägt immer noch Mantel und Hut. Ich glaube, sie weint. Dann legt ihr jemand die Hand auf die Schulter, flüstert ihr etwas ins Ohr – ich bin einen Augenblick lang verwirrt, bis ich weiß, wer es ist: der Mann, der mich auf dem Bahnsteig vor den Jugendlichen beschützt hat. Heute trägt er weder die Sonnenbrille noch die Jacke von neulich. Jetzt legt er beide Hände auf Lucys Schultern, als wolle er ihr den Nacken massieren, aber das scheint sie nicht zu entspannen. Sie hält sich an ihrer Handtasche fest wie an einem Rettungsring.

Ich wünschte, Alison wäre hier – es gibt unter den Jugendlichen versteckte Codes für Ohrringe und Taschentücher, die ich ohne sie nicht entziffern kann. Der Mann holt gerade ein rotes Tuch aus seiner Tasche und wischt Lucy damit die Tränen ab. Seine Hände sind riesig. Ich glaube, auch dafür gibt's einen Code. Es sind nicht nur Studenten da, das sehe ich jetzt, sondern auch Angestellte der Uni und Nachbarn, so daß die Menge wirkt wie eine große Gruppe Kauflustiger im samstäglichen Co-op, doch der Typ ist hier irgendwie fehl am Platz. Er ist kein Polizist, das steht fest. Ich sehe mich nach Boone um, denn ich will gehen, aber ich kann ihn nirgends entdecken, und als ich wieder hinunterblicke, ist auch Lucy verschwunden. Genau wie der Typ.

Ich bahne mir einen Weg durch die Menge, gehe schnell hinunter und durch die Tür hinaus. Lucy läuft in Richtung

Westen. Als ich ihren Namen rufe, bleibt sie stehen, dreht sich halb um und sieht mich neugierig an. Wir haben uns nie offiziell kennengelernt, nie länger miteinander gesprochen, aber sie weiß, wer ich bin. Sie schenkt mir keine Beachtung, geht einfach weiter. Ich bin ein bißchen außer Atem, als ich sie in der Kimbark Avenue einhole. Das macht die Situation noch dramatischer.

»Lassen Sie mich in Ruhe«, sagt sie.

»Ich will mich nur mit Ihnen unterhalten.« Wir stehen in der Nähe einer Ampel. Jetzt beginnt es zu schneien; der Wind wirbelt die Flocken hoch. Sie schließt den Reißverschluß ihres Mantels. »Sie haben mich nach der Kamera gefragt, Lucy, erinnern Sie sich? Am Sonntag abend? Woher wußten Sie, daß ich jede Woche vor dem Fenster war?«

»Gehen Sie lieber.« Sie setzt sich wieder in Bewegung. Sie ist ziemlich nervös. Ich habe Mühe, mit ihr Schritt zu halten.

Schließlich packe ich sie am Arm.

»Lassen Sie mich los«, sagt sie und will sich meinem Griff entwinden. Aber als ich meine Hand wegnehme, läuft sie nicht fort. Statt dessen zündet sie sich unter einer riesigen Ulme eine Zigarette an. Sie steht mit dem Rücken zu dem Baum.

»Für wen arbeiten Sie?« fragt sie. »Für Elenya?«

»So kann man das nicht nennen. Ich möchte nur wissen, was Sonntag nacht passiert ist.«

»Tja, da fragen Sie mich zuviel.«

»Haben Sie denn nichts gesehen?«

»Ich habe der Polizei dasselbe gesagt, was ich jetzt Ihnen sage. Und es ist die Wahrheit. Ich war unterwegs zu Nora, um mit ihr zu reden, herauszufinden, was zum Teufel da lief. Da hat mich jemand gepackt und mir etwas über den Kopf gestülpt. Das war's. Ich kann mich an nichts erinnern, was passiert ist, bis Sie hereingekommen sind. Und auch daran erinnere ich mich nur noch schwach.«

»Worüber wollten Sie mit Nora reden?«

»Über das Tape, das ich am Mittwoch in ihrer Handtasche gefunden habe. Stephen muß man solche Sachen mit der Holzhammermethode klarmachen. ›Sie ist noch so jung‹, hat er gesagt. ›So unschuldig.‹ Er glaubt, daß er der Herr ist und sie die Sklavin, aber in Wahrheit ist es umgekehrt …«

»Sieht Ihre Beziehung auch so aus?«

Sie sagt nichts. Wir gehen wieder ein paar Schritte.

»Ich frage mich, warum Sie das Fach gewechselt haben. Sie waren in der Chirurgie, sogar auf Stephens Station. Wieso haben Sie es sich anders überlegt?«

»Ich hatte genug von dem Blut.«

»Kannten Sie Elenya damals schon?« Und dann stelle ich ihr noch ein halbes Dutzend Fragen, die sie alle nicht beantwortet.

Ich packe sie am Ärmel, damit sie langsamer geht.

»Lassen Sie los«, sagt sie. »Sonst schreie ich. Das ist mein Ernst.«

»Noch nicht.«

»… verdammt, ich bin verabredet. Ich darf mich nicht verspäten.«

»Mit wem? Mit Stephen?«

»Lassen Sie mich los!«

»Wer war der Mann heute in der Kirche, Lucy?«

»Niemand«, sagt sie und wirft ihre Zigarette weg. Aber mit der anderen Hand berührt sie ihren Hals.

»Wie heißt er?«

»Lassen Sie mich in Ruhe«, sagt sie, so laut, daß die Leute stehenbleiben und uns ansehen. Sie reißt ihren Arm los und stolpert ein paar Schritte weiter, dann beginnt sie, schneller zu gehen und schließlich zu laufen. Ich folge ihr und sehe, daß sie in der Ellis Avenue in Richtung Norden abbiegt. Sie wählt den gleichen Weg wie neulich abend Alison.

Das Krankenhaus ist um diese Nachtzeit geschlossen.

Ein Wachmann vor der Notaufnahme sieht mich kurz an und nickt dann. Ich lächle. Die Tür des Aufzugs zu den Stockwerken mit den Patientenzimmern geht gerade zu. Ich weiß nicht sicher, wohin Lucy verschwunden ist, aber ich kann es mir denken.

Normalerweise arbeitet sie im siebten Stock in einer geschlossenen psychiatrischen Abteilung, aber die Sicherheitsbestimmungen sind längst nicht so streng, wie man erwarten würde. Als ich aus dem Lift trete, begrüßt mich ein Assistenzarzt und macht Anstalten, mich nach meinem Ausweis zu fragen. Offenbar sehe ich aus wie ein Patient.

»Entschuldigen Sie mich bitte, ich bin Dr. Winkler«, sage ich und drücke mich an ihm vorbei. Assistenzärzte werden dazu ausgebildet, auf solche Informationen mit einer Schleimspur zu reagieren. »Ich suche eine Schwester namens Lucy Williams. Ist sie hier heraufgekommen?«

»Dr. Winkler?« sagt er. »Ich glaube, sie hat hier normalerweise nichts zu suchen – aber war sie das? Zusammen mit diesem anderen Arzt? Die beiden sind zum Freizeitraum gegangen. Ich glaube, wir kennen uns noch nicht – ich heiße Bob.«

»Danke, Bob. Sie machen das wirklich prima mit dem Aufzug.« Es ist sehr, sehr still auf diesem Stockwerk – alle Türen stehen weit offen, alle Patienten liegen im Bett. Ungewöhnlich still für die Psychiatrie. Vielleicht ist heute der Tag, an dem sie alle sediert werden.

Der Freizeitraum ist nicht verschlossen. In der Tür befindet sich ein kleines drahtverstärktes Fenster. Die Turngeräte, die hier herumstehen, sehen gebraucht aus, genauso ramponiert wie die Patienten, die sie benutzen. Das Licht ist grell. Ich sehe Lucy auf und ab laufen und rauchen. Dies ist wahrscheinlich der einzige Raum im ganzen Krankenhaus, in dem man rauchen kann. Lucy hat fahlblondes Haar, das nach hinten zurückgebunden ist, als arbeite sie. Ein paar Strähnen hängen ihr über die Wangen. Die Augen sind schmal; sie hat zuviel Maskara aufgetragen. Als sie mich vor der Tür hört, hastet sie zum Fenster und preßt ihr Gesicht gegen das Glas wie ein Kind, das an einem regnerischen Tag drinnen bleiben muß.

»Nicht schon wieder«, sagt sie, ohne mich anzusehen. Dafür hat sie ein Auge auf den Flur. Ihre Bewegungen sind hektisch, als hätte sie nicht viel Zeit. In dem grellen Neonlicht verschwimmen ihre Gesichtszüge. Aber ihre zitternden Hände wirken lebendig. »Was wollen Sie von mir ...?«

»Wer war der Arzt, der Sie begleitet hat?« frage ich. »Rosenberg?«

»Gehen Sie«, sagt sie. »Bitte. Warum sind Sie hier?«

»Warum sind *Sie* hier, Lucy?«

»Ich arbeite hier«, sagt sie. Und tatsächlich – jetzt, ohne Mantel, sehe ich, daß sie Jeans und Pullover trägt wie alle auf diesem Stockwerk, als könnte das den Patienten helfen, sich zu entspannen. Sie hat sogar ihr Namensschildchen an den Gürtel geklemmt. Ihr Pullover spannt über den Brüsten, die in merkwürdigem Kontrast zu ihrem fast schon magersüchtigen Körper stehen. Als sie die Ärmel ihres Pullovers hochschiebt – sie schwitzt wie in der Sauna –, sehe ich die Spuren an beiden Handgelenken.

»Aber nicht heute nacht«, sage ich.

»Doch, doch.«

Ich versperre ihr den Weg, aber sie hat nach wie vor das winzige Fenster in der Tür im Auge, das aussieht wie das Fensterchen eines Beichtstuhls. An der Wand hinter ihr befindet sich eine Collage, vermutlich von Patienten gemacht – Fotos von Tagesausflügen, Buntstiftzeichnungen, Postkarten. Eine von Disneyland, eine andere von Sea World, das Foto eines Delphins, der hoch aus dem Wasser springt, um die Touristen zu erfreuen, auf ewig in der Luft, aus seinem wäßrigen Gefängnis befreit.

Ich bin noch nie hier oben gewesen, aber wahrscheinlich sehen die psychiatrischen Stationen, genau wie die Patienten, überall gleich aus. Das Clorox, das das Putzpersonal auf alles kippt, erfüllt fast seinen Zweck, es überdeckt beinahe den Gestank von Kaffee und Zigaretten, von kaputten Leben und verbrannten Synapsen.

Lucy wird immer nervöser.

»Sie dürfen nicht hier rauf«, sagt sie. »Sie müssen gehen. Ich weiß nicht, was Sie von mir wollen ...«

»Ich versuche, Ihnen zu helfen.«

»Dann gehen Sie, bitte. Sofort. Denn Sie sind dabei ...«

»Ich weiß, daß Sie es nicht gewesen sind, Lucy. Sie sind Krankenschwester, Sie könnten sie nicht so umbringen, sie so foltern ...«

»... alles zu ruinieren ...«

»Nur einen Namen, Lucy. Wer war der Mann? Wen haben Sie gesehen ...«

»Niemand!«

»Wer war bei Ihnen? War es der Mann in der Kirche – hat er Nora umgebracht? Oder der Pfleger, der die Kaution für Sie bezahlt hat? Nelson?«

»Nelson! Was ...«

»Wenn Sie Stephen aus irgendeinem Grund schützen ...«

»Sie wollen also, daß ich sage, er ist ein Mörder? Na schön, er ist ein Mörder. Gehen Sie jetzt?«

Jemand dreht am Türknauf hinter mir. Kurze Stille, dann schnappt der Knauf wieder zurück wie die Feder in einer Mausefalle.

»Nein, um Himmels willen, warte«, ruft Lucy und stürzt zur Tür. Als ich mich umdrehe, um zu sehen, wer hinter mir ist, geht Lucy mit beiden Fäusten auf mich los. Sie schlägt mir voller Zorn ins Gesicht. Der Angriff überrascht mich so sehr, daß ich einen Schritt zurückweiche, und schon ist sie draußen. Die Tür schließt sich mit einem Klicken.

Ich hämmere gegen das winzige Fenster, dann gegen die Tür. Schließlich boxe ich auf den Sandsack ein, der daraufhin von der Decke fällt. Hier in der geschlossenen Abteilung sind alle Dinge – Duschvorhänge, Wasserhähne, Deckenlampen – nicht ordentlich angedübelt, damit man kein Seil daran festmachen kann. Und die Türen öffnen sich nach außen, damit man sich nicht verbarrikadieren kann.

Es dauert ein paar Minuten, bis mich jemand hört.

Schließlich macht eine Schwester die Tür auf und sieht mich neugierig an. Ihr Blick wandert zu meinen Handgelenken, an denen sich der blaue Armreif des Patienten befinden müßte.

»Lucy?« sagt sie. »Sie sind nicht Lucy.«

»Nein«, sage ich, aber sie hört meine Stimme nicht – genausowenig wie ich selbst. Denn das, was wir sagen, geht unter im Lärm eines Alarms, der ungefähr so klingt wie ein Laster im Rückwärtsgang.

»Scheiße«, sagt die Schwester und macht auf dem Absatz kehrt. Ich erwische die Tür gerade noch, bevor sie sich hinter ihr schließt.

»Was ist passiert?« brüllt jemand.

»Der Schizophrene von 8C ...«

»O nein ...«

Ich bin auf dem Flur, als ich Glas splittern höre.

Drei oder vier Schwestern rennen an mir vorbei und bellen irgendwelche Anweisungen – im Schwesternzimmer blinken Alarmlampen, über die Lautsprecheranlage werden Ärzte in den siebten Stock gerufen. Die Schwester kommt kopfschüttelnd aus 8C, verwirrt, die Hände in den Taschen, verblüfft über die Leute, die herbeieilen. Sie drückt sich gegen die Wand, um uns vorbeizulassen.

Das Zimmer ist leer.

Ich sehe in die Bäder, aber auch die sind leer. Das gleiche gilt fürs Fernsehzimmer.

Am anderen Ende des Flurs steht eine Feuerschutztür offen. Der Metallbalken zur Sicherung ist heruntergedrückt; ein erbrochenes Siegel hat einen weiteren Alarm ausgelöst. Der Pfleger, den ich vorher zusammen mit Lucy gesehen habe, tritt mit einem Schokoriegel in der Hand hinter der Tür hervor und sagt nur: »Ich kann's nicht fassen. Er ist gesprungen. Er ist wirklich gesprungen.« Die Krümel vom

Schokoriegel bröseln über sein Namensschildchen – Nelson Bryars – und sein Revers, an das die rote Aids-Schleife und eine amerikanische Flagge geheftet sind. Wie bei einem Veteranentreffen in San Francisco.

»Gesprungen? Wie?«

»Ist denn der Alarm nicht rechtzeitig losgegangen?« fragt jemand.

»Da war er schon weg. – Ich laufe runter zur Notaufnahme«, sagt Bryars. »Vielleicht ...«

»Ja, ja! Nach einem Sturz aus dem siebten Stock!«

Sie drücken die Feuerschutztür weit auf und drängen sich um das zersplitterte Fenster. Ich verliere einen Augenblick das Gleichgewicht und taumele gegen die Wand. Als ich mich wieder aufgerappelt habe, ist Bryars verschwunden.

»Das Ding ist dazu da, daß wir Zeit haben, herzulaufen, wenn was passiert. *Scheiße Scheiße Scheiße*. Wie hat er das bloß so schnell geschafft ...«

»Ruf runter«, sagt jemand. »Sofort.«

»Wo stecken die Leute von der Notaufnahme? – Warum rennt denn keiner runter ...«

»Vielleicht ist er ja noch am Leben ...«

»Wo bleiben die bloß? Mein Gott, was machen die eigentlich da unten?«

»Du gütiger Himmel.«

»Aber die Tür war verschlossen ...«

»Ist das zu fassen?«

»Eben hab ich ihn noch gesehen ...«

»Ich auch ...«

»Ich hab mich noch mit ihm unterhalten ...«

Ich stehe hinter den anderen. Das schmale, dunkle Treppenhaus ist wie eine winzige Kapelle; der Fenstersims sieht aus wie ein Altar, und darüber befindet sich ein blutverschmiertes Buntglasfenster.

Was auch immer zuerst durch das Fenster geflogen ist – an der Wand sehe ich die hellen Konturen eines jetzt fehlenden Feuerlöschers –, das Loch, das durch den Aufprall entstanden ist, war zu klein für einen menschlichen Körper. Der Schizophrene aus 8C muß sich schrecklich an dem metallverstärkten Fenster geschnitten haben, als er auf einen Stuhl stieg und sich hindurchstürzte, das Loch allein mit der Kraft seines Kopfes und seiner Schultern vergrößernd. Um so etwas zu tun, muß man wild entschlossen sein.

Überall liegen Glassplitter herum, am schlimmsten jedoch ist der Anblick des Glases, das sich noch in der Drahtverstärkung des Fensters befindet – scharfe Kanten, an denen blutige Stoff- und Hautfetzen hängen.

Als die Schwestern und Personal aus anderen Stockwerken durch die Tür drängen, meine ich, Schritte zu hören. Weiter oben im Treppenhaus schlägt eine Tür zu. Ich haste hinauf, aber die Tür ist verschlossen. Vor dem Dach gibt es nur noch ein weiteres Stockwerk. Alle Ausgänge sind versiegelt.

Wir versuchen, den besten Blick auf den armen Schizophrenen aus 8C zu erhaschen. Die Leute sieben Stockwerke unter uns tun im Licht der Straßenlaternen das gleiche, bis schließlich Ärzte und Sanitäter eintreffen. Als ich mich abwende, höre ich, ein halbes Stockwerk unter uns, das leise Schluchzen einer zusammengekauerten Gestalt in einer Nische des Treppenhauses. Der Mann hat die nackten Arme um seinen nackten Schwabbelbauch geschlungen und das weiße Krankenhaushemd zum Schutz über den Kopf gezogen. Er kann mich nicht sehen.

Als ich seine Schulter berühre, öffnen sich seine verschwitzten Hände wie eine Blume; er hatte die zitternden Finger um einen kleinen Bronzeschlüssel gekrampft. Er hält ihn mir hin, und ich nehme ihn, bevor irgend jemand etwas merkt.

Aber niemand interessiert sich für uns beide.

»Lucy«, sagt jemand und schaut nach unten.

»Mein Gott, Luce.«

Ich werfe einen Blick auf die Uhr: Mitternacht. Es ist Mittwoch.

Ich kann den Pfleger nirgends entdecken.
»Sie war ziemlich erschöpft.«
»Hat den ganzen Monat Doppelschichten gehabt ...«
»Sie hätte eine Ruhepause gebraucht ...«
»Tja, jetzt hat sie frei«, sagt eine Stimme. »Ganz frei.«

Sie finden den Krankenbericht für 8C unter dem Stuhl, bedeckt mit Blutstropfen wie vom Schweiß eines Marathonläufers. Die Kurzinformationen für das Personal der Nachtschicht – verbale und Muskelreaktion, Sedierungsmaßnahmen, allgemeine Stimmung – sind Routine. Aber die letzte Seite unterscheidet sich von den anderen: Sie ist getippt und mit tiefblauer Tinte unterschrieben.

Psychiatrische Beobachtungen:

Wahrscheinlich ist das ein Geständnis.
Sie haben Stephen erpreßt. Wir mußten etwas unternehmen. Ich weiß, das ergibt keinen Sinn. Ich weiß nicht, warum so etwas passiert. Es ist einfach so.
Wir haben Nora Samstag nacht umgebracht und die Leiche am Sonntag beseitigt. Wir wollten, daß Ihr glaubt, sie hätte es getan. Dann hätte er mir gehört. Und er wäre frei gewesen.
Es ist nicht Nelsons Schuld, er hat nur versucht, mir zu helfen. Robin ist irgendwie dazwischengeraten ...
Ich bin sehr, sehr müde. Aber jetzt ist es vorbei.
Stephen, es tut mir leid.
Ich liebe Dich auf ewig.
Lucy.

Wenn keine weiteren Bemerkungen notiert werden, sind keine ungewöhnlichen Beobachtungen gemacht worden, und es gab keine ungewöhnlichen Zwischenfälle.

»Tja, das wär's dann wohl«, sagt jemand.

ZWÖLF

GEIZELS SCHLÜSSELDIENST gehört einem Typ, den ich bei der Aufklärung eines anderen Falls kennengelernt habe. Er heißt Eddie French. Ich habe keine Ahnung, wer Geizel war, und ich glaube auch nicht, daß Eddie es weiß. Aber das Schild gehört nun mal zur Vincennes Avenue, also bleibt der Name. Ich bin am Mittwoch morgen der erste Kunde.

»Das ist gar nicht so leicht«, sagt Eddie und dreht meinen Schlüssel hin und her wie ein wertvolles Stück Porzellan. »Das ist wirklich nicht einfach.« Dann führt er mich durch seine Werkstatt nach hinten. Sie ist voller Schlüsselbretter mit Schlüsseln dran, und wo an den Wänden sonst noch Platz ist, sind Poster aus *Gallery* und *Hustler*.

»Ist dir schon mal aufgefallen«, fragt Eddie, während er herumsucht, »wie gut ein Schlüssel und eine Möse zusammenpassen?«

»Ehrlich gesagt, nein, Eddie. Wahrscheinlich hast du einfach schon zu viele Schlüssel gesehen.«

»Oder Mösen«, sagt Eddie. »Apropos: Wie geht's eigentlich deiner Freundin Alison?«

»Danke der Nachfrage. Kennst du Alison überhaupt?«

»Nee. Hab sie bloß mal bei nem Kampf der Tough Women gesehen, beim Kickboxen. Die hat ne Asiatin verprügelt, daß der Hören und Sehen vergangen ist. Ist von der Matte geflogen, als ob sie Flügel hätte.«

»Typisch Alison«, sage ich.

»Was für eine Frau«, sagt Eddie. »Was meinst du, wieviel stemmt die?«

»Keine Ahnung – Eddie, ich bin ein bißchen in Eile.«

»Wo, sagst du, hast du das Ding gefunden?« fragt er und holt Mappen vom Regal, die so dick sind wie Telefonbücher.

»Im Krankenhaus. Aber ich hab den Schlüssel schon in das einzige Schloß gesteckt, von dem ich dachte, daß es dazugehören könnte.« Das war das Schloß an der Feuerschutztür; ich wollte sicher sein, daß es sich nicht nur um Lucys Schlüssel zu den Flurtüren handelte. Für viel mehr war nicht Zeit gewesen, denn die Polizei war ziemlich schnell an Ort und Stelle erschienen. So gegen halb vier morgens waren wir fertig. Reilly fuhr mich höchstpersönlich nach Hyde Park zurück. »Die Todesursache ist diesmal leicht festzustellen«, sagte er. »Schlag mit einem stumpfen Gegenstand. Aufprall auf dem Gehsteig.« Der Lake Shore Drive war dunkel und still, und Reilly hatte sich Zeit gelassen. Er lenkte seinen Plymouth gemächlich wie einen Leichenwagen. Mittlerweile war mein Truck der einzige Wagen auf Parkdeck C. Ich hatte mich auf dem Rücksitz zusammengerollt, ein Stündchen geschlafen und beim Rausfahren eine Parkgebühr von zweiundzwanzig Dollar geblecht.

Eddie dreht das Radio lauter und hält den Schlüssel ins Licht. Kate Bush schmettert ein Liedchen über ihren Daddy – wieder eine Abhandlung über eine Therapie à la Reich. »Das hier ist kein Türschlüssel, Harding. Das hättest sogar du merken müssen.«

»Es könnte ein Schlüssel für ein Kästchen oder einen Schrank sein, oder?«

»Ja«, antwortet er. »Wahrscheinlich sogar. Was hast du denn wieder angestellt – irgendeiner armen Schwester in der Ausbildung den Schlüssel zum Giftschrank geklaut?«

»Nicht ganz.«

»Nein, natürlich nicht«, sagt Eddie. »Hast du's vielleicht mit dem Garderobenschrank der betreffenden Person versucht?«

Ich schüttle den Kopf. Die Polizei ist mir zuvorgekommen.«

»So ein Schlüssel ist das nämlich, Harding. Ein ganz einfaches Schloß, wie Studenten es an ihren Garderobenschränken oder Fahrrädern haben. Ziemlich schwer rauszufinden, wozu das Ding gehört. Solche Schlüssel gibt's massenhaft.«

»Also eine Sackgasse?«

»Hab ich das gesagt?« fragt Eddie lächelnd. »Geh rüber zum Restaurant und hol mir einen Jasmintee, ja? Hier, du wirst Kleingeld brauchen – die Frau haßt es, wenn die Leute mit Scheinen bezahlen.« Er gibt mir eine Handvoll Vierteldollarmünzen.

»Ich spendier dir den Tee, Eddie«, sage ich.

»Nein, nein, du zahlst für die Zeit, die ich aufwenden muß, um das verdammte Schloß zu finden. Meinen Tee zahle ich selber.«

Die Maywood Rental Storage Co. befindet sich in einer Seitenstraße auf der westlichen Seite des Eisenhower Expressway. Sie taucht immer mal wieder in den Nachrichten auf, weil die Mafia bevorzugt dort ihre Leichen entsorgt. Wahrscheinlich liegt sie einfach günstig, ungefähr auf halbem Weg zwischen First Ward und Cicero.

Ich biege am frühen Nachmittag in den dazugehörigen Parkplatz. In der Zwischenzeit bin ich in der ganzen Stadt unterwegs gewesen. Eddie hat eine ganze Kanne Jasmintee gebraucht, um den Hersteller des Schlüssels herauszufinden, der hauptsächlich Garagentorschlösser produziert. »Aber im großen Rahmen, nicht für Bauunternehmer oder für den Einzelhandel. Der macht Schlösser für Lagerhallen, und die kaufen ihre Tore bei unterschiedlichen Herstellern. Wir können schon mal ne Vorauswahl treffen, wenn du nicht soviel rumtelefonieren willst.«

Hätte ich über die Logik dieses Falls nachgedacht, hätte mir klar sein müssen, daß ich hier in Maywood fündig werden würde. Denn von all den Adressen, die Eddie mir gegeben hat, liegt diese am nächsten beim Hyde-Park-Viertel.

Ein Angestellter namens Todd streut Salz auf die Auffahrt und hört dabei Van Halen über seinen Walkman, so laut, daß die Musik quer über den Parkplatz dröhnt. Ich zeige Todd den Schlüssel, und er nickt und läßt mich vorbei. Ich hätte ihm genausogut meinen Hausschlüssel zeigen können.

Vor mir liegen vier Reihen rosafarbener Garagenboxen: eine Farbe wie von blühenden Obstbäumen. Das Bild eines tollwütigen Hundes weist darauf hin, daß hier alles von Sparky's Sicherheitsdienst beschützt wird. Sparky schaut nicht gerade vertrauenerweckend aus. Ich stelle den Truck hinter der Halle ab und mache mir so lange in meinem 4Runner zu schaffen, bis Todd das Salz zum Streuen ausgeht. Als er im Innern des Gebäudes verschwindet, stecke ich meinen Schlüssel in alle Schlösser.

Ich brauche knapp zehn Minuten. Das Numerierungssystem ergibt nicht viel Sinn; vielleicht ist das Absicht und gehört zu Sparky's genialem Plan. Endlich läßt sich eine Eckbox öffnen; sie hat die Nummer 1204.

Im Innern des kleinen Raums finde ich Schachteln von der Kleidersammlung, ein billiges Tischchen und das Messingimitatkopfende eines Bettes – genug Durcheinander, um einen Eindringling zu entmutigen. Die Sachen sehen aus, als hätte der Vormieter sie hiergelassen. Wie die Zahnseide und das große Mr.-Tooth-Poster, die ich beim Einzug in meiner Wohnung vorgefunden habe. Ganz hinten, hinter einer Kieferntruhe in der Form eines Armensargs, befinden sich zwei Pappkartons vom Lebensmittelmarkt.

Im ersten Karton sind sieben oder acht Tapes von BASF. Sie stecken in numerierten Hüllen, aber ich kann keine Inhaltsverzeichnisse finden. Die Hüllen sind neu, doch die Enden der Tapes sehen zerknittert und alt aus.

Im zweiten Karton sind mindestens fünfzig TDK-Kassetten gelagert.

Sie sind besser gekennzeichnet, und zwar mit ganz ähnlichen Initialen wie die auf dem Tape, das ich in Alisons Tasche gefunden habe. Sie sind ziemlich dicht gestapelt, jeweils fünf werden von einem Gummiband zusammengehalten. Ich gehe alles auf der Suche nach bekannten Namen oder Daten durch, kann aber nichts entdecken. Die Kälte frißt sich durch meine Jacke. Ich nehme zwei Kassetten mit – »Demo Eins«, nur diese ist einzeln verpackt, und noch eine von weiter unten.

Dann ziehe ich das rosafarbene Garagentor herunter und verschließe es wieder. Den Schlüssel stecke ich ins Handschuhfach.

Alison hat ein Tapedeck, aber ich will nicht so lange warten. Also gehe ich zu Todd ins Büro und frage ihn, ob er mir seinen Walkman für fünf Minuten borgt. Er gibt ihn mir, pflanzt sich aber bei der Tür auf, damit ich nicht damit abhauen kann. Ich schalte das Gerät nicht sehr laut, aber der Junge hört, was läuft; jedenfalls lächelt er vor sich hin.

Die Stimme auf »Demo Eins« ist wieder die von Rosenberg, aber diesmal hat er eine andere Partnerin. Die Kassette selbst ist nicht gekennzeichnet, doch auf dem Index steht mit verwaschener roter Tinte in Druckbuchstaben »Manning 1/4«.

Ich spule den Sex im Schnellauf durch – Todd ist ein bißchen enttäuscht –, bis zu einer Stelle, die postkoital klingt. Nein, nein, was da zu hören ist, hat nichts mit Zärtlichkeit zu tun, sondern mit ärztlicher Fürsorge:

> »– zwölftausendfünfhundert minus dreihundert. Das ist der aktuelle Stand. Leg die Versicherungsformulare selber ab, überlaß das nicht Sandra – Nachuntersuchungen zweimal die Woche bis, laß mal sehen, 18. Juni, das heißt für den Sommer ist gesorgt ...«
>
> »– geht die Benommenheit wieder weg?«
>
> »– die Benommenheit verschwindet immer. Vergiß die Benommenheit. Hast du den Scheck?«

Ich gebe Todd seinen Walkman zurück. Er trägt einen winzigen Kupferring im Ohr. Wahrscheinlich bin ich der einzige Mensch auf diesem Planeten, der keine Piercinglöcher hat.

»Wollen Sie nen Gratiskalender?« fragt er und gibt mir einen, bevor ich ablehnen kann. Auf jedem Kalenderblatt befindet sich ein wunderbares Hochglanzfoto von Maywood Storage, jedesmal aus einem anderen Winkel oder zu einer anderen Jahreszeit aufgenommen, und auf jedem sind die typischen Kunden zu sehen – Frauen im Bikini. Für den Juli hat der Verantwortliche eine Gruppenaufnahme gewählt; zwölf Garagenboxen mit zwölf Frauen, die alle in die Kamera lächeln.

»Wirklich sehr edel«, sage ich. Ich schreibe die Nummer der Tür, zu deren Schloß mein Schlüssel paßt, auf die letzte Seite, gleich neben den wohlgeformten Körper einer Miss Dezember.

»Ich bin auch dabei.«

»Im Bikini?«

»Dezember«, sagt er und blättert im Kalender. »Da, das bin ich – mit dem Weihnachtsmannkostüm.« Die Garagen sind mit Folie verkleidet, und die Helferinnen des Weihnachtsmannes sitzen, nur mit einem Tanga angetan, auf seinem Schoß.

»Heiße Sache«, sage ich.

Ich halte an einer Tankstelle, in der es mehr Lebensmittel und Lotterielose gibt als Scheibenwischerblätter. Das Münztelefon ist bei den Tiefkühltruhen. Auf einem Schild steht, daß zuviel Ziegenkäse am Lager ist; folglich kann man ihn billig erwerben. Eine Kinderzeichnung einer Ziege mit einer Sprechblase klebt am Glas. »Mä-ä-ä, kauft meinen Käse«, steht in der Blase. Boone ist auch nicht viel zivilisierter als die Ziege.

»Video Savages«, meldet sich Boone mit rauchiger Stimme. Es klingt, als hätte er eine Erkältung. »Was kann ich für Sie tun?«

»Mein Gott, Boone.«

»Harding, bist du's?«

»Was mußt du denn da machen, Boone, die Wände mit nem Schlauch abspritzen?«

»Neuer Job, Harding. Wie hast du mich aufgespürt?«

»Die Leute vom Labor haben mir die Nummer von der Blutbank gegeben, die haben mich an einen Second-Hand-Plattenladen weiterverwiesen, und die haben mir gesagt, ich soll hier anrufen. Zum Glück hatte ich genug Münzen dabei. Boone – haben die Leute von der Polizei mit dir geredet?«

»Nein«, sagt er. »Warum auch? Hier ist alles ganz legal. Glaube ich wenigstens.«

Der gute alte Boone. »Was ist mit Donnie? Hast du den heute schon gesehen?«

»Noch nicht. Zu dem muß ich später. Harding, du solltest dir das hier wirklich mal anschauen. Ein supergeiler Laden. Ist für jeden was dabei.«

»Ich weiß, wie Porno-Video-Shops aussehen, Boone. Wieso ist denn da so ein Krach? Bist du im Hinterzimmer bei den Plexiglasnischen und den Sextelefonen?«

»Mein Gott, Harding, wie altmodisch. Sei mal ein bißchen aufgeschlossen für Multimedia. Hier gibt's CD-ROM und digitales Fernsehen – Tori Welles kommt wie ein Erdbeben; sechs auf der Richterskala. Für so was muß man sich verstärkten Beton und Stahlträger einbauen lassen.«

»Mir ist Ashlyn Gere lieber.«

»Ach, die haben wir auch – von vorn und von hinten. Das kannst du dir aussuchen.«

»Gibt's bei euch keine Männer im Trenchcoat? Die immer mit Kleenex ...«

»Tja, daran hat sich nichts geändert. Hier wird regelmäßig frisch gestrichen. Hör zu, ich kann keine Privatgespräche führen, sonst kürzen die mir den Lohn.«

»Ich hab nen anderen Job für dich. Es geht wieder um Tapes, um Kassetten. Da sind jede Menge Stimmen drauf, eine von einem Mann und dazu alle möglichen Frauen. Du sollst sie aussortieren und ihnen Namen zuordnen.«

»Klingt nach nem zoologischen Forschungsprojekt. Jane Goodall und so.«

»Ja, da liegst du gar nicht so falsch. Aber die Sache sollte dir Spaß machen, schließlich bist du ja jetzt durch Video Savages im Training. Und erzähl niemandem was davon, okay?«

»Gibt's Geld dafür?«

»Klar.«

»Als du mich letztens im Skiff am Belmont Harbor mit meiner Kamera und ner Sechserpackung Stroh's hast sitzenlassen – ich bin zwei Tage da draußen versauert, bis die Frau endlich die Bluse hochgezogen und dem Typ auf dem Deck einen geblasen hat und nicht in der Kabine ...«

»Aber die Fotos hast du gemacht. Und alle waren zufrieden – bis auf den Zahnarzt und seine Kieferspezialistin.«

»Irrtum. Ich hab mir den Sonnenbrand meines Lebens geholt. Und das für achtzig Dollar am Tag plus Spesen. Während du mit Donnie Wilson wahrscheinlich ein paar Tausender abkassiert hast. Erinnerst du dich an den Typen, der seine Frau verprügelt hat? Da hab ich die ganzen Fotos geschossen, weil du mit Alison Zoff hattest ...«

»Das hier ist ein anderer Fall.«

»Und was heißt das?«

»Es heißt, daß hier keine Frau ihren Mann mit einem dreckigen Küchenmesser zu erstechen versucht. Und daß man keine Polaroidaufnahmen durchs Fliegengitter machen muß.«

»Wie hieß der Kerl noch mal? Grocer?«

»Grossman.«

»Ja, genau, es war noch Zitronenschnee an der Klinge – der Staatsanwalt hätte wirklich auf Totschlag plädieren sollen, der Kerl hätte ja an Lebensmittelvergiftung krepieren können. Ich hab die Küche für dich verwanzt, erinnerst du dich?«

»Klar.«

»Für fünfzig Eier und deine Olivetti«, sagt er. »Irgendwie hab ich das Gefühl, daß es hier um deutlich mehr Kohle geht, wenn ein Schönheitschirurg mit von der Partie ist.«

»Aber nein«, sage ich. »Schließlich beute ich dich doch immer noch aus, oder?«

Am Mittwoch bringe ich wieder ein schreckliches Abendessen hinter mich – diesmal zusammen mit Alison. Im Vergleich zum Krankenhausessen ist der Fraß in Flugzeugen erste Sahne. Es geht dabei hauptsächlich um ein Motivationsproblem: Sowohl die Betreiber von Krankenhäusern als auch die von Fluglinien wissen, daß ein gewisser Prozentsatz der Kundschaft ohnehin stirbt; warum sollte man sich also große Mühe geben?

Die Polizei ist schon da, als ich komme. Reilly unterhält sich mit Alison. Keegan scheint sich eher für die Nachrichten über eine Schießerei im White Castle an der 79th Street zu interessieren. »Ich esse da jeden Abend«, erklärt er. Er trägt wieder die Klamotten vom Sonntag. »Wenn die den Schuppen deswegen zumachen, bin ich ziemlich traurig.«

»Ein paar Leichen im Lokal würden Sie also nicht stören?« frage ich.

»Harding, bei meinem allerersten Einsatz hatte ich es mit nem Typ zu tun, der sich nach ner Schießerei selber die Smith & Wesson in den Mund gesteckt hat ...«

»Jetzt kommt wieder die alte Geschichte«, sagt Reilly.

»Mein Partner hat gekotzt, sobald er in der Küche war und das arme Schwein gesehen hat – das war übrigens erst drei Tage später, mitten im Juli. Und wissen Sie, was ich gemacht habe? Ich habe die Ermittlungen zu Ende geführt, meinen Bericht geschrieben, und hinterher bin ich gleich ins Bratislava gefahren. Da hab ich *prazsky* und Roggenbrot gegessen und die ganze Nacht dunkles Bier getrunken. Und wissen Sie was? Hat toll geschmeckt.«

»So wurde eine Legende geboren«, sagt Reilly.

Wir unterhalten uns auf dem Flur. Nonnen gehen an uns

vorbei. Das hier ist kein katholisches Krankenhaus, aber es gibt jede Menge Nonnen.

»Warum unterhalten Sie sich mit Alison?«

»Reine Routine«, sagt er. »Bei ungeklärten Mordfällen hat's der Captain gern, wenn wir ein paar Fragen stellen. Komisch, was?«

»Ist Bryars schon irgendwo aufgetaucht?«

»Der Pfleger? Noch nicht. Aber wir behalten seine Freunde im Auge. Und er hat Familie, hier und in der Racine Avenue. Der taucht schon wieder auf. Ist zu groß zum Verstecken.«

»Was haben Sie in seiner Wohnung gefunden?«

»Genug«, sagt Reilly. »Briefe von Lucy. Eine Schreibmaschine mit Typen, die zu der Notiz und der Geburtstagskarte passen. Noch das eine oder andere. Spritzen vom siebten Stock, gefüllt mit Phenol.«

»Aber keine Pistole.«

Er schüttelt den Kopf. Da kommt Keegan aus Alisons Zimmer.

»Ganz schöne Show da oben auf Rosenbergs Dach«, sage ich. »Sie müssen wirklich gedacht haben, Sie finden was, wenn Sie höchstpersönlich raufklettern.«

»Ich hab ein bißchen Bewegung gebraucht«, sagt Keegan.

»Der Anruf kam von Bryars«, sagt Reilly. »Wir haben heute nachmittag seine Telefonrechnungen durchgesehen. Und die Einzelheiten, die er uns über Noras Leiche gesagt hat, haben uns den Durchsuchungsbefehl verschafft. Der wußte Sachen, die nicht in der Zeitung gestanden haben.«

»Nelson und Lucy«, sagt Keegan, »eine traurige Geschichte, Harding. Es bricht einem das Herz.«

»Was haben Sie im Motel gefunden?«

»Zuviel«, sagt Reilly.

»Kann ich den Bericht der Leute von der Gerichtsmedizin sehen?«

»Sie wissen, daß Sie das nicht können.«

»Was hat der Schizophrene von 8C gesagt?«

»Daß Lucy ein Engel ist – und jetzt im Himmel. Harding, verderben Sie mir nicht die Laune. Es ist eine wunderschöne Nacht, und ich habe ein Geständnis. Nichts stimmt mich fröhlicher als ein ordentliches Geständnis.«

»Ein *getipptes* Geständnis.«

»Mit Unterschrift. Gottes Schäflein sind unterschiedlich«, sagt Reilly. »Aber sie finden alle ihren Platz bei uns.«

»Reilly, Sie hätten Priester werden sollen.«

»Dann könnte meine Mutter jetzt ruhiger schlafen«, sagt er.

Wieder kommt eine Nonne an uns vorbei; ihre weißen Turnschuhe quietschen auf dem Linoleum, ihr Goldkreuz schwingt vor ihrer Brust wie das Pfeifchen eines Schiedsrichters. Sie lächelt Reilly an.

»Gehe in Frieden«, sagt sie.

»Amen, Schwester«, sagt Reilly.

»Ich kann's nicht fassen, daß der Fall damit abgeschlossen sein soll«, sagt Alison zu mir, nachdem die Beamten weg sind. »Verdammt!«

Ihrem Hals geht es inzwischen besser.

Sie ißt sogar schon wieder Cracker Jacks. Ein paar schüttet sie in meine gewölbten Hände, ein paar in ihre; es ist fast wie bei der Kommunion. Ich erwische das Geschenk, das in der Packung ist, einen kleinen Blechengel. Wahrscheinlich war das Ding als Christbaumschmuck gedacht, was bedeutet, daß die Cracker Jacks schon seit September im Regal standen.

Alison trägt eine Trainingshose und eins meiner blauen Arbeitshemden. Sie zieht den ausgewaschenen blauen Baumwollstoff nach oben, um mir ihre Verbände zu zeigen.

»Du sagst also, ein Pfleger hat mir das angetan?« fragt sie.

»Nein.«

»Du hast ihn mit eigenen Augen gesehen? Ist er groß?«

»Riesig«, sage ich. »Die haben eine ganze Menge Zeug gefunden, Alison, bei ihm in der Wohnung und bei Lucy.«

»Ein Pfleger ...«

»Viele von denen waren mal bei den Sanitätern in der Armee.« Ich schalte den Fernseher an. »Das sind ausgebildete Staatskiller. Du brauchst dich nicht zu schämen.«

Ich rücke mit dem Stuhl näher an ihr Bett heran. Wir trinken Kaffee aus Plastikbechern und essen dazu Cracker Jacks.

»Sag mir eins, Alison. Du bist doch ziemlich oft auf dem Unigelände. Gibt's da viele Typen wie Rosenberg? Ich meine, Leute, die's mit den Kids treiben?«

»Das sind keine Kids mehr, Harding«, sagt sie.

»Du weißt genau, was ich meine.«

»Robin und Nora? Die waren beide einundzwanzig.«

»Und Stephen Rosenberg ist siebenundvierzig.«

»Na und? Du warst vierunddreißig, als wir uns kennengelernt haben. Und ich zwanzig.«

»Ich war dreiunddreißig, das ist ein großer Unterschied.«

»Weißt du auch, warum? In unserer Beziehung war ich die Lehrerin, und du warst der Schüler.«

»Du hast Glück, daß du im Krankenhaus liegst«, sage ich. »Hier schützt dich die Genfer Konvention vor meiner Rache.«

»Ach, räch dich ruhig, Harding«, sagt sie und gibt mir den letzten der Cracker Jacks. »Hab ich dir schon erzählt, daß mein Dad heute angerufen hat?«

»Und, wie geht's Stan?«

»Ganz gut, scheint's. So zufrieden, wie man eben in Fort Lauderdale sein kann.«

Sie erzählt mir von der Mietervereinigung, die er in dem Altendorf gegründet hat; von dem Minigolfturnier, das er gewonnen hat; von dem Obst, das er ihr jeden Monat per UPS schickt, als könnte man hier in Chicago keine Grapefruit kaufen. »Und dabei mag ich Grapefruit nicht mal besonders«, sagt sie. »Aber es ist nett, daß er sie schickt.« Alison hat ein ungezwungenes Verhältnis zu ihrem Vater, und ich beneide sie darum. Das gleiche galt auch für ihre Mutter. Als Sylvia vor vier Jahren starb, ging ich zusammen mit Alison zur Beerdigung, obwohl wir uns ein paar Monate zuvor getrennt hatten. Aber Beerdigungen sind ziemlich hart, wenn man allein ist.

Und dabei bin ich noch gar nicht auf so vielen gewesen. Ich war grade nicht in der Stadt, als mein Vater starb, und ich kam deswegen auch nicht zurück. Als meine Mutter starb, saß ich im Knast. Ungefähr eine Woche lang sagte mir niemand was; irgendwann kritzelte dann ein Wärter eine Notiz auf Klopapier und legte sie mir aufs Essenstablett. Für solche Anlässe hat Hallmark einfach keine passende Karte.

Alison langweilt sich so sehr, daß sie den Packen Material für meinen nächsten Auftrag liest und sich mit den Quartalsberichten und dem Lebenslauf von Nicholas V. Leander beschäftigt. Sie zeichnet ein Ziegenbärtchen und Hörner auf die Unterlagen.

Ich stelle unsere Tabletts hinaus in den Flur; es ist fast wie im Hotel. Dann nehme ich meinen Mantel.

»Gehst du?« fragt sie.

»Ich kann später noch mal vorbeikommen«, sage ich. »Aber ich muß da was überprüfen.«

»Kann das nicht bis morgen warten?«

»Du wirst dieses Zimmer bald verlassen, und ich muß zur North Side. Das, was ich jetzt vorhabe, ist unten in der 92nd Street. In ner Stunde bin ich wieder da.«

»Kannst du noch mal in meine Wohnung gehen?«

»Klar.«

»Bring mir doch nen Joghurt mit. Erdbeere. Und kauf dir selber was, damit du nicht meinen Kühlschrank ausräumen mußt. Bleib nicht zu lange weg, Harding – im Spätprogramm kommt *Fists of Fury*. Ein richtiger Schlitzaugenknaller.«

Als ich aus Alisons Wohnung komme, fällt mir ein brauner Ford auf, den ich vorher noch nie bemerkt habe. Es könnte einer von Reillys Leuten drinsitzen, aber als ich ein paar rote Ampeln mißachte, bleibt er mir trotzdem auf den Fersen. Das macht mich nervös. Ich brauche fast zehn Minuten, bis ich ihn am South Shore Drive abgehängt habe und durch den Jackson Park fahre. Ich konnte nicht erkennen, wer hinterm Steuer saß.

Die Adresse auf dem *VideoGame*-Magazin ist ungefähr zehn Minuten entfernt; sie liegt etwa dort, wo aus der Pulaski Road die South Crawford Avenue wird, und entpuppt sich als indisches Restaurant namens Tandoori Grill. Der rote Grand Am steht hinter dem Gebäude.

Im Innern befindet sich ein kleines Restaurant mit vier Tischen, in dem man auch Saris und indische Videos kaufen kann; an den Wänden hängen aufgeworfene Poster von indischen Filmstars. Die Gewürze, den Curry und das Fleisch aus dem Tandoori Grill riecht man schon draußen auf dem Gehsteig.

Ich frage die Frau an der Theke, ob ich die richtige Adresse habe.

»Dr. Sawyer?« fragt sie. Ich nicke und gebe ihr das Geld für ein kaltes Taj Mahal und etwas, das *masala dosa* heißt, so eine Art indische Crêpe. Sie ist köstlich, sage ich ihr, und sie strahlt. »Noch eine?« fragt sie, als ich die erste noch gar nicht aufgegessen habe, und schon kommt sie mit der nächsten aus der Küche.

»Ja, noch eine«, sage ich. Ich hätte hier essen sollen, nicht im Krankenhaus. »Ist Dr. ...«

»Sawyer«, sagt sie und nickt mit dem Kopf. »Das DC« hinter seinem Namen, erklärt sie mir, steht für »Doctor of Chiropractic«.

»Wissen Sie, ob Dr. Sawyer jetzt zu Hause ist?«

»Ich glaube nicht«, sagt sie.

»Aber Dr. Sawyer wohnt hier?«

»Ja«, sagt sie. »Oben.«

»Und was ist mit Dr. Swann?«

»Swann? Den kenne ich nicht. Wollen Sie sich behandeln lassen?«

»Ja, meinen Rücken«, sage ich und greife mir an die Wirbelsäule wie ein Volltrottel oder ein schlechter Schauspieler, um es ihr zu zeigen; bei der Bewegung durchzuckt mich ein spitzer Schmerz. »Ich dachte nur, ich hätte seinen Wagen draußen vor Ihrer Tür gesehen. Den roten Pontiac. Und ich habe mir außerdem gedacht, daß er hier sein könnte. Vielleicht ist er ja früher heimgekommen?«

»Ich weiß es nicht«, sagt sie unsicher und sieht hilfesuchend nach oben, als erwarte sie ein Zeichen von Schiwa oder Dr. Sawyer. »Vielleicht gehört der Wagen einem Gast. Dr. Sawyer fährt einen anderen, einen BMW.« Sie dreht die Sitar-Musik leiser, und wir legen beide den Kopf schräg, um Geräusche von oben besser zu hören. Der einzige Gast ihres Lokals, ein alter indischer Gentleman mit sauberem weißem Hemd, stellt die Dose Cola light auf den Tisch und legt den Kopf ebenfalls schräg, um zu lauschen.

»Ich glaube, ich höre etwas« sagt er schließlich. Die Frau nickt unsicher.

»Das klingt wie eine Frau«, sage ich.

»Das ist das Fernsehen«, sagt sie bestimmt. »Keine Frau.«

»Gibt's hier irgendwo eine Klingel?« frage ich. »Und einen separaten Eingang?«

»Auf der Seite. Möchten Sie noch eine *masala dosa*?«

»Lieber nicht. Sonst kriege ich kein Frühstück mehr runter.«

»Oder noch ein Bier?«

»Nein, nein danke.« Ich gebe ihr das Geld für die zweite *masala dosa* und gehe wieder hinaus auf die Straße. Über dem Lokal befindet sich lediglich ein weiteres Stockwerk. Das Dach ist mit Teerpappe gedeckt. Die Jalousien vor den Fenstern sind heruntergelassen, aber ich glaube zu sehen, daß der Fernseher läuft. Ich klingle, einmal, zweimal, höre nichts, drücke gegen die Tür. Sie ist verschlossen.

Auch der Grand Am ist abgeschlossen und steht zu nahe an der Straße, als daß ich einen meiner Tricks ausprobieren könnte. Auch von brachialen Methoden lasse ich lieber die Finger, obwohl ich mit denen normalerweise mehr Erfolg habe als mit einem Dietrich.

Der Wagen ist nicht neu, aber vor kurzem gewaschen und gewachst worden; die Salz- und Wetterflecken sind von Reifen und Unterboden entfernt, auch das Innere ist gereinigt. Sogar der Aschenbecher ist sauber. Die Straßenlaternen tauchen alles in gelbes Licht. Ein silbernes Kreuz hängt vom Rückspiegel. Der Motor ist noch warm.

Auf den Schalensitzen und dem Armaturenbrett liegen lediglich ein Radarwarngerät und ein CB-Funkgerät. Auf der hinteren Ablage befindet sich ein merkwürdiges Sammelsurium von Büchern: eine Bibel, Platons *Der Staat* und ein Taschenbuch, das ich noch aus High-School-Zeiten kenne: Henry Millers *Fruchtbare Kreuzigung*. Ich blicke durchs Fenster auf der Beifahrerseite, als eine Mondfinsternis den Wagen in Dunkelheit hüllt. Die Mondfinsternis tippt mir ziemlich unsanft auf die Schulter.

»Kann ich Ihnen irgendwie helfen?«

Es ist der Typ, den ich anfangs für einen Bullen hielt und der in der Rockefeller Chapel mit Lucy geredet hat. Aus der Nähe sehe ich, daß er dicht am Mund eine dünne Narbe hat, die sich auseinanderzieht, wenn er lächelt. Er trägt eine schmale Sonnenbrille mit blauen Gläsern und ein schweres schwarzes Eisenkreuz, das über seiner dicken Fliegerjacke baumelt. Und er hat meine ungeteilte Aufmerksamkeit.

»Sie haben wahrscheinlich schon auf mich gewartet«, sage ich und überlege, ob er verärgert ist, weil ich so langsam geschaltet habe, oder ob er sich über meine Dummheit amüsiert. Ich bin ihm in die Falle gegangen, wenn auch zögernd. »Ich hätte Ihnen ein Ribeye-Steak mitbringen sollen.«

»Steigen wir in den Wagen«, sagt er und legt mir die Hand schwer auf den Arm. Seine Haare sind dunkel und glatt. Er hat einen Kaugummi im Mund, der nach Lakritze riecht. »Da können wir uns besser unterhalten.«

»Über Henry Miller?«

»Warum nicht«, sagt er mit schiefem Grinsen, und die Narbe wird unglaublich lang. Auch seine Zunge ist gepierct. »Obwohl ich nicht so recht weiß, warum ich mich mit so einem Stück Scheiße überhaupt unterhalten sollte.«

»Da wären wir schon zu zweit«, sage ich. »Wir haben also ne Menge gemeinsam.« Normalerweise schlage ich nicht als erster zu, aber ich habe das Gefühl, daß dies der richtige Augenblick ist, von den Regeln abzuweichen. Ins Auto steige ich nicht mit ihm, soviel steht fest.

Ich erwische ihn mit dem Handrücken am Mund. Sein Kopf zuckt zurück, aber sein Gesichtsausdruck verändert sich kaum, und sein Körper bewegt sich so gut wie gar nicht.

Anscheinend habe ich eine lange Nacht vor mir.

Er packt mich am Arm. Ich entwinde mich seinem Griff, habe aber keinen Platz zum Ausweichen. Er erwischt meine Jacke und schleudert mich herum, gegen den Wagen. Der Seitenspiegel knallt in meine Niere wie eine Stahlfaust; ich krümme mich vor Schmerz zusammen. Für solche Sachen bin ich einfach nicht fit genug.

Ich stehe vornüber gebeugt da und versuche, Luft zu bekommen, als ich sehe, daß er beide Arme hoch über den Kopf erhebt, die Hände verschränkt. Ich habe keine Pistole und kann mir auch nicht vorstellen, daß der Mann etwas Angenehmes vorhat, also packe ich seine Knöchel, bevor er seine Fäuste auf meinen Rücken sausen lassen kann, und reiße ihm die Beine unter dem Körper weg.

So etwas erwarten die meisten nicht, und so funktioniert mein Trick. Er hat die Arme so weit hinten, daß er leicht aus dem Gleichgewicht zu bringen ist, und fällt um wie ein Mammutbaum. Ich habe genug Zeit, zu meinem Truck zu rennen. Wahrscheinlich, denke ich, wird er in seinen Grand Am springen und mir nachfahren, aber er bleibt einfach auf der Straße stehen und klopft den Schmutz von seiner Jacke, ein irres Grinsen auf den Lippen. Ein unvoreingenommener

Schiedsrichter würde wohl auf ein Unentschieden plädieren. Ich würde ein paar Punkte für unsportliches Verhalten verlieren, hätte mir aber Hochachtung verdient, weil ich in einer höheren Gewichtsklasse angetreten bin.

Doch leider springt mein Truck nicht an. Also ist der technische K.o. von vorhin vertan. Ich ahne, daß der richtige K.o. erst noch bevorsteht.

»Damit geht's besser«, sagt der Ribeye-Junge aus den Schatten, ein paar Zündkabel und einen Verteilerdeckel in der Hand, »hab ich recht, Gaelen?« Der Name klingt in der kalten Nachtluft nach wie das Läuten einer Kirchenglocke. Unter den Arm hat er eine Knarre geklemmt, eine Mossberg-Pumpgun, wahrscheinlich Kaliber 12. Mit dem Ding könnte man ein Nashorn unmähen. Und im Bund seiner Jeans steckt eine Beretta. Ich fühle mich geschmeichelt, daß er meinetwegen so starkes Geschütz auffährt. Fehlen eigentlich nur noch Minenwerfer und Panzerfäuste hinter der Chutney-Theke.

Die Beifahrertür ist nicht verschlossen, aber als ich die Hand ausstrecke, um den Knopf herunterzudrücken, knallt ein Arm durch mein Fenster. Kräftige Finger packen meinen Hals und ziehen mich durch das zerbrochene Glas hinaus auf die Straße. Wie durch ein Wunder habe ich keine Schnittwunden, doch Gaelens Gesicht über mir, der meinen Kopf vor sich hält wie einen Sandsack, ist das letzte, woran ich mich erinnere.

Ich liege, halbwegs bei Bewußtsein, Hände und Füße hinter dem Körper gefesselt, im Kofferraum, den Gaelen jetzt aufmacht. Eine schwere Metalltür wird zugeschoben. Wir sind in einem leeren Lagerhaus. Es riecht nach Tieren, nach einer alten Scheune. Ich kenne den Geruch. Wir sind hier ganz unter uns. Die beiden hieven mich aus dem Kofferraum wie einen Sack Getreide und lassen mich auf den Beton fallen.

Hoffentlich wissen sie nichts von meinem Rücken.

»Sie sind ja völlig verkrampft«, sagt Gaelen und tastet die Muskelknoten an meinem Nacken ab. Er hat kalte Hände, jetzt riecht sein Atem nach Knoblauch. »Genau wie Ihre kleine Freundin.«

Ich reagiere, aber viel hilft mir das nicht.

Surrender, surrender / But don't give yourself away ...

Alles fängt ganz unvermittelt an. Sie nehmen mir die Fesseln ab, damit sie mich flach auf den Bauch legen können. Der Junge drückt mir das Knie ins Kreuz und die Beretta in den Nacken; Gaelen packt pfeifend – er liebt seine Arbeit – mein rechtes Bein und inspiziert es kurz wie ein Prachtexemplar hinter Glas, dann verdreht er es mit einem Ruck. Scharfer Schmerz durchzuckt mich. Dann läßt er los – offenbar glauben sie, es mit einem Anfänger zu tun zu haben.

»Wir wollen, daß Sie auf Ihren Körper lauschen.«

Gaelen drückt gegen meinen Rücken, genau an der Stelle meiner Verletzung; wahrscheinlich hat das Schwein sich meine Röntgenaufnahmen angesehen. Als der Junge – er heißt Oren; wir sprechen uns hier alle mit dem Vornamen an – meinen linken Arm nach hinten reißt und mir die Schulter ausrenkt, verliere ich fast wieder das Bewußtsein. Mein Blick trübt sich; Farben wirbeln in meinem Gehirn durcheinander wie auf einem fauvistischen Gemälde. »Der Schmerz«, sagt Gaelen, »dient dem Körper dazu, zu sagen, daß etwas nicht in Ordnung ist.«

»Und was ist nicht in Ordnung, Harding?« fragt Oren. »Sagen Sie uns, was nicht in Ordnung ist.«

Dann hört der Schmerz plötzlich auf. Jetzt sind nur noch wir drei hier in diesem schmutzigen Raum. Gaelen versteht sein Handwerk – er weiß, wie weit er gehen kann, ohne daß ich den Löffel abgebe. Seine Hände sind riesig; sie erinnern mich an die meines Großvaters. Elenyas Gesicht taucht wie eine Vision vor mir auf.

»Sie hat sich an Ihrer Schulter ausgeweint«, sagt Gaelen. »Sie hat in Ihrem Bett geschlafen.«

»Und sie hat noch ein paar andere Sachen gemacht, Arschloch«, sage ich, und schon geht Gaelen wieder auf mich los. Er springt wie ein Panther auf mich und knallt meinen Kopf auf den Betonboden.

Jetzt schmecke ich Blut im Mund, und dazu Dreck und Stroh. Als ich sehe, daß Gaelen eine Spritze in der Hand hält und mit dem Finger dagegentippt, so daß ein paar Tropfen wegsprühen, versuche ich erneut, mich ihnen zu entwinden, doch die beiden Männer packen mich und werfen mich wieder zu Boden. Gaelen drückt mir das Knie ins Kreuz; den Arm hat er um meinen Hals, als wolle er mich in zwei Teile brechen. Ich kann mich nicht bewegen. Meine Hose wird bis zur halben Höhe der Wade aufgerissen, starre Lederriemen schneiden in meine Knöchel. Ich werde von all den Händen abgelenkt, die sich an meinem Körper zu schaffen machen. Und dann spüre ich plötzlich einen neuen grellen Schmerz – wie eine Nadel, die tief in meinen Rücken eindringt.

Gaelens Finger drehen meinen Kopf nach rechts. Zum erstenmal fällt mir das getrocknete Blut unter seinen Nägeln auf. Dann spüre ich einen Druck, habe das Gefühl, daß etwas an eine Stelle gezwungen wird, an der es nichts verloren hat. Der Schmerz pocht parallel zu meinem Herzschlag, laut und unregelmäßig. Mein Herz setzt einen Schlag aus; die nächste Ladung Blut führt zu lautem Hämmern. Es ist, als bohre man mit einem spitzen Gegenstand in einem freiligenden Nerv herum. Jemand sagt meinen Namen. »Na macht schon«, höre ich mich selbst wacker mit merkwürdig verschwommener Stimme sagen. »Na macht schon.«

Dann beginnen die Fragen, und das Zeug, das Gaelen mir gespritzt hat, verschlimmert die Schmerzen noch. Aber die beiden haben sich verkalkuliert. Wie die meisten Menschen glauben auch sie, daß Ablenkung die beste Methode ist, den Schmerz in den Griff zu bekommen. Aber genau das Gegenteil ist der Fall. Ich habe etliche Jahre Zeit gehabt, über diese Frage nachzudenken. Man muß sich ganz auf den Schmerz konzentrieren, ihn zum einzigen Lebensinhalt machen.

Der Blechengel aus Alisons Cracker-Jacks-Packung ist in meiner rechten Hand. Gaelen stellt die Fragen. Zuerst will er etwas über Kassetten wissen, doch schon bald verliert er das Interesse und wendet sich persönlicheren Dingen zu – was zum Teufel ich mit Elenya treibe; wie lange ich sie schon kenne; wie lange meine Freundin meiner Meinung nach noch leben wird, wenn ich den Mund nicht aufmache.

»Wir wissen genau, wo sie ist, Harding.«

Und sie wollen wissen, ob ich mir schon mal Gedanken über Jesus, den Erlöser, gemacht habe.

Wenn Oren spricht, ist seine Stimme ein bißchen zu hoch; er versucht, seine Erregung, vielleicht auch seine Vorfreude, im Zaum zu halten. Dann läßt er sich auf den Betonboden fallen wie ein Ringrichter, der einen Kämpfer auszählt. Sein Gesicht ist gleich neben meinem. Er sieht mich mit irrem Blick an.

»Sie landen auf dem Grund des verdammten Sees! Und die Würmer fressen Ihr verdammtes Herz!«

»Wir können tun, was wir wollen«, sagt Gaelen, und ich sehe, daß seine Zunge durch das Piercing fast so gespalten ist wie die einer Schlange. »Vielleicht sind wir mit Ihnen und Ihrer Freundin schon fertig. Vielleicht auch nicht. Vielleicht holen wir Sie mitten in der Nacht, wenn Sie am wenigsten damit rechnen. Also halten Sie sich von den Rosenbergs fern. Von beiden.«

»Laß mich das Schwein abstechen, Gaelen!«

»Das hat er gar nicht verdient. Machen wir doch ein bißchen Musik. Mögen Sie Musik?« fragt er mich. »Ich persönlich liebe Musik. Ich kann gar nicht genug davon kriegen. Das da ist unsere kleine Band.«

Das bißchen Fassung, das ich noch habe, verflüchtigt sich, als Oren einen Kassettenrecorder anschaltet. Die Stimmen auf der Kassette hallen in der dunklen Lagerhalle wider. Sie kommen vom hinteren Ende des Raums, aus dem hintersten Winkel meines Herzens. Sie schweben in der Luft wie Geister.

Das Gesicht eines Mädchens. Die langen blonden Haare eines Mädchens schwingen hin und her, berühren kaum den Boden.

Die erste Stimme gehört Eduardo Martinez. Er spricht auf der Kassette nicht mit mir oder mit dem Jungen oder Gaelen, sondern mit seiner Tochter Angela – er schmeichelt ihr anders, als die beiden mir schmeicheln, erstickt ihre Proteste. Sie klingt noch jünger als in meiner Erinnerung. Ich habe diese Kassette noch nie gehört. Ich habe nicht einmal gewußt, daß eine solche Kassette existiert. Und ich habe keine Ahnung, was sie mit den Rosenbergs zu tun hat.

Zuerst treiben die Stimmen dahin und verklingen, ein Pärchen, das sich im Nebenzimmer eines billigen Motels streitet. Dann stellt der Junge den Recorder neben mich, damit ich alle Nuancen von Angelas Angst höre. Ihre Stimme ist für mich so schmerzhaft wie ein Messer, aber ich sage nichts. Sie drehen das Gerät so laut, daß nichts mehr zu verstehen ist. Etwas in mir bewegt sich ganz weit weg.

Der Junge trägt jetzt Kopfhörer; das Kabel baumelt herunter. Gaelen tritt einen Schritt näher an mich heran. Ich verliere jegliches Zeitgefühl.

Als die Kassette zu Ende ist und die Frustration über mein fortgesetztes Schweigen die beiden zu heftigeren, weniger ausgeklügelten Foltermethoden motiviert, habe ich den Blechengel fast durch meine Handfläche gebohrt. Dieser Schmerz ist schlimmer und klarer als alles, was die beiden mit mir anstellen. Ich konzentriere mich ausschließlich darauf.

Ich lande irgendwo in einer Gasse auf dem Boden. Religiöse Traktate der Universal World Church liegen so nahe neben mir, daß ich das Kleingedruckte lesen kann. Im Augenblick erscheint mir das tröstlich. Meine Füße sind ziemlich gefühllos, und ich bin so müde, daß ich mich fast geschlagen gebe und die Augen zumache. Dann huscht etwas Braunes, sehr Schnelles unter einem Container direkt vor meinem Gesicht heraus. Ich rapple mich ziemlich schnell hoch.

Ich lehne mich fünf bis zehn Minuten gegen eine rote Ziegelwand und warte darauf, daß dieses schwere Schwindelgefühl vergeht, doch das tut es nicht. Ein dickflüssiger Film bedeckt meinen Mund, und meine linke Schulter und mein Kreuz tun höllisch weh. In meiner rechten Hand pocht der Schmerz. Ich könnte einen Drink vertragen, besser noch eine Morphiumampulle. Ich höre Angelas Stimme. Sie wiederholt Worte und Sätze, die zu vergessen ich mich jahrelang bemüht habe. Ihr Kupferarmband im zerrissenen Futter meiner Jacke brennt wie Feuer.

Am Ende der Gasse steht eine Straßenlaterne. Ich brauche bestimmt fünf Minuten, um sie zu erreichen. Und dort merke ich, daß ich mich nicht mehr in Oak Lawn befinde. Sie haben mich in der East 63rd Street abgeladen, gleich hinter einer Reihe verlassener Wohnhäuser. Meine Jacke ist völlig zerfetzt, und meine Brieftasche ist verschwunden, aber der schwarze Betreiber einer Reinigung, der gerade das Sicherheitsgitter vor seinem Schaufenster herunterläßt, hat so etwas wie Mitleid. Ich darf reinkommen, sein Telefon benutzen und mich aufwärmen.

Ich wähle zum erstenmal eine Nummer, die mich Donnie vor ein paar Monaten hat auswendig lernen lassen, für den Fall, daß ich nicht mehr aus noch ein wüßte. Ich glaube, jetzt ist es soweit.

»Ja?« meldet sich eine mir unbekannte Stimme schon beim ersten Klingeln. Der Mann hört sich jung und ein bißchen unsicher an. Ich kann mir vorstellen, wie sein Bleistift übers Papier huscht.

»Wir sind gleich da«, sagt er.

»Warten Sie – wie lange wird's dauern?« frage ich, doch da ist die Verbindung schon unterbrochen.

Mein Ring und meine Uhr sind weg. An meinem Hemd

und meiner Hose klebt Blut, in meinen Haaren Dreck. Meine Finger riechen nach Hundescheiße. Den Mann von der Reinigung scheint das nicht zu überraschen; er arbeitet sich in der Dunkelheit systematisch durch ein Päckchen Kools. Für ihn ist das eine ganz normale Nacht in der Woodlawn Avenue.

Er schaltet das Radio ein; es erklingt Marvin Gayes »What's Going On«. Ich halte das für eine berechtigte Frage.

»Und wie sollen die Sie finden?« fragt er schließlich.

»Was?« Auf dem Boden liegt ein Haufen Schmutzwäsche, auf dem ich mich am liebsten zusammenrollen würde.

»Sie haben denen nicht gesagt, wo Sie sind«, sagt er, und ich denke mir gerade, da hat er wirklich recht, als draußen eine Hupe ertönt. Ich glaube zwei vertraute Schatten in dem Wagen zu erkennen, aber es ist zu dunkel, ich bin mir nicht sicher. Es könnte der beigefarbene Ford sein, aber auch der Grand Am.

Mother, mother, there's too many of you crying, singt Marvin.

»Gibt's hier ne Hintertür?« frage ich.

Der Mann von der Reinigung heißt Purdy – er sagt es mir dreimal –, ich soll einfach Purdy zu ihm sagen wie alle andern auch, einschließlich seiner Frau. Purdy's Sunshine Cleaners: Ich wiederhole das ein paarmal; allmählich klingt es wie eine Art Mantra.

Sein Wagen steht vor dem Pfandhaus neben seinem Laden; jeder kann ihn von der Straße aus sehen, also muß ich bis zur 61st Street gehen, zwei ziemlich lange Häuserblocks. Über meinem Kopf kommt ein Jackson-Howard-B-Zug funkensprühend zum Stehen; Endhaltestelle. Ich weiß nicht, wie lange ich brauche. Jedenfalls wartet Purdy geduldig. Er ist die Woodlawn Avenue hochgefahren, um sie abzuhängen. Nachts gibt's in ganz Amerika keinen besseren

Ort als die South Woodlawn Avenue, um einen Wagen mit weißen Typen abzuhängen.

»Haben Sie gesehen, was für ein Wagen das war?« frage ich, als ich auf ihn zuhumple.

Er schüttelt den Kopf. »Vielleicht n Ford. Ich kenn mich mit den neuen Modellen nicht so gut aus.« Er starrt mich an. Wahrscheinlich fragt er sich, in welche Schwulitäten ich ihn da bringe. »Kann auch n Chevy gewesen sein.«

»Können Sie mich ins Krankenhaus fahren?«

»Das Jackson Park Hospital ist gleich am Ende vom Block.«

»Nicht ins Jackson Park, sondern in die Uniklinik. Zum Nachteingang, in die Notaufnahme – ich bezahle Sie dafür.«

»Das hier ist kein Taxi«, sagt er, erklärt sich aber dazu bereit. »Steigen Sie schon ein.«

Im Wagen riecht es nach Zigaretten und Reinigungsmitteln. Wir halten bei einem Walgreens-Laden, damit ich zwei Flaschen Canadian Club kaufen kann – die sind im Sonderangebot – und ein Fläschchen Advil, aber es ist gar nicht so leicht, die Gänge entlangzuhumpeln, und noch schwieriger ist es, ohne Brieftasche zu zahlen. Also kauft Purdy das Zeug und erklärt mir dann, daß er keinen Alkohol trinkt. Ein Verkäufer will uns Wodka oder Gin aufschwatzen; klare Getränke seien gerade in. Als ich wieder beim Wagen bin, habe ich Probleme, den linken Arm zu bewegen.

Ich gebe Purdy meinen Namen und meine Adresse und einen Schuldschein, mit dessen Einlösung er bestimmt nicht rechnet. Er wartet sogar noch, bis ich sicher im Krankenhausgebäude bin. Er hat recht: Er ist kein Taxifahrer, sondern ein Engel.

Ein Arzt sieht mich durch die automatische Glastür humpeln und ruft eine Schwester, die mich zur Rezeption bringt. Die Frau an der Aufnahme findet meinen Namen im Computer. Ich habe früher hier an der Uni studiert; das gefällt ihnen. Vielleicht ist das der einzige Ort in dieser Stadt, wo das zählt.

Der Arzt gibt mir ungern Schmerzmittel, ohne mich vorher richtig untersucht zu haben. Und ich bleibe ungern so lange bei ihm, während Alison allein in ihrem Zimmer liegt. Das Zeug, das Gaelen mir gespritzt hat, wirkt in Schüben – das grelle Neonlicht im Krankenhaus führt zu kleinen Explosionen hinter meinen Augen; ich sehe ständig Lichtblitze. Die Leute von der Notaufnahme sehen mich an, als könnten sie die Blitze ebenfalls wahrnehmen. Hoffentlich macht's ihnen Spaß. Aus meiner Perspektive ist das Ganze jedenfalls wie ein hübsches kleines Feuerwerk.

»Sind Sie gestürzt?« fragt der Arzt und versucht, meine Arme zu rollen. Eine Schwester kümmert sich unterdessen um meine Hand. Es ist mir rätselhaft, wie ich es geschafft habe, den Mantel auszuziehen.

»So was Ähnliches.«

»Ihre linke Schulter sieht übel aus«, sagt er. »Die Farbe habe ich noch nie gesehen. Doris, wie sagt man überhaupt dazu?«

»Aubergine«, antwortet die Schwester, offenbar die Farbexpertin des Krankenhauses.

Zum Glück ist der Arzt nicht so wählerisch wie Purdy. Als die Schwester aus dem Zimmer ist, schlage ich ihm einen Deal vor: eine Flasche Canadian Club für ein bißchen Cortison und eine Tetanusspritze. Keine Schmerzmittel; es wird eine lange Nacht. Der Arzt verbindet mir die Hand.

Alison schläft schon, als ich hereinkomme; der Fernseher läuft noch. Ich ziehe den Stuhl zum Bett und lege die Füße neben ihre. Sie trägt den Pyjama mit den angenähten Füßlingen, den ich ihr gekauft habe. Sie bewegt sich ein bißchen, sagt aber nichts. Ich mache die Flasche auf und gieße was von dem Whiskey in den Becher, den der Arzt mir gegeben hat; wahrscheinlich ist der eigentlich für was anderes gedacht. Der Whiskey schmeckt gut, obwohl die Risse in meinem Mund bei jedem Schluck brennen. Das Cortison macht meine Schulter ein bißchen beweglicher. Ich schlucke drei Advil. Ich habe den Stuhl so hingestellt, daß ich die Tür im Auge behalte, die sich nicht verschließen läßt. Sonst kann ich nichts tun.

Fists of Fury ist vermutlich schon vorbei, jedenfalls im Fernsehen. Dafür wird jetzt *Funny Face* gezeigt. Astaire ist ein bißchen gealtert, seit er letzten Mittwoch zusammen mit Ginger nach Rio geflogen ist, aber mir geht's ganz ähnlich. Audrey Hepburn sieht allerdings phänomenal aus.

Als ich nach der Fernbedienung greife, berühre ich leicht Alisons Hand, und sie wacht kurz auf. Sie flüstert verwirrt meinen Namen. Ihr schlafender Körper weckt eine ganze Flut von Erinnerungen. »Alles in Ordnung«, sage ich und schalte den Fernseher aus. Sie nickt und schläft wieder ein. Nachdem ich die halbe Flasche ausgetrunken habe, höre ich nur noch Alisons leisen Atem und die gedämpften Krankenhausgeräusche von draußen, die wie Warnungen hereindringen, dann schlafe auch ich ein.

Teil drei

Gaelen

DREIZEHN

Leon Changs Lagerhalle steht hinter einem Geschäftsviertel am Rande von Chinatown, das sich auf dem absteigenden Ast befindet. Die mit Brettern zugenagelten Läden entlang der 23rd Street sind längst so etwas wie Folk-Kunst-Exponate geworden; das Sperrholz schimmert in allen Brauntönen, die es unter dem Einfluß der Witterung annehmen kann. Eine Wechselstube ist das einzige noch verbliebene Geschäft des ganzen Blocks. In dieser düsteren Straße und an einem bedeckten Morgen wie dem heutigen sehen die gelben Schilder mit der Aufschrift *Einlösung von Sozialhilfeschecks/Begleichung von Gasrechnungen* fast schon fröhlich aus.

Chang handelt mit allem, was illegal ist – mit Menschen, Hardware und Software. Er ist eine letzte Zuflucht für viele. Auch für mich.

»Es ist alles bereit«, sagt Chang. »Moy hat die Unterlagen.«

Chang ist ausgesprochen gut organisiert. Mr. Moy sitzt hinter einem Vorhang aus Zigarettendunst in einem Drahtverschlag. Moy selbst darf kein Geld wechseln und auch kein Bargeld annehmen; wahrscheinlich hat er nur in die Familie eingeheiratet. Also gibt man sein Geld Changs Bruder in der Wechselstube. Der drückt einem dann einen ordentlichen Gummistempel auf die Hand, wie in einer Studentendisco.

Das Geld wird mit Hilfe von Gasrechnungen und Zahlungsanweisungen gewaschen und kehrt so wieder zu Chan zurück, zunächst in die Geldkassette auf seinem Schreibtisch und dann in den alten Safe der Boston Co., der hinter Beton und weiterem Hühnerdraht verborgen ist. »Familienbetrieb seit 1947« steht auf einer Blechplakette über

Changs Käfig. Ich glaube, er hat die Plakette auf einem Schrottplatz gefunden.

»Laufen die Geschäfte gut?« frage ich.

Chang antwortet, er könne sich nicht beklagen. Er trägt eine Mütze wie zur Entenjagd und schneidet gerade einen Artikel aus *Reader's Digest* aus. »Mein unvergeßlicher Hehler« lautet die Überschrift.

Ich habe Chang einmal einen Gefallen getan, indem ich den Deckel einer Dose mit Pfirsichen von Del Monte aus dem Hals seines Bruders zog. Danach habe ich ihm die Halsschlagader mit einem Schweißband abgebunden. Wie durch ein Wunder hat der Junge überlebt. Ich war damals gerade dabei, nach Süden zu ziehen, und Changs Bruder hatte eine ziemlich harte Verhandlung wegen Vergewaltigung vor sich. Das Mädchen, über das er sich hergemacht hatte, war zur Tatzeit erst zwölf, und es trug die schwarzweiße Festkleidung sowie den Schleier für den samstäglichen Gottesdienst. Ich glaube, er hat die ganzen zwei Jahre in Einzelhaft gesessen.

»Das erste Vierteljahr ist prima gelaufen«, sagt Chang. »Und je mehr Sachen verboten werden, desto besser. Das neueste sind diese kleinen Dinger zum Inhalieren. Sehen Sie?« Er hält mir China White mit Menthol hin. »Man muß nur die Kristalle auskochen, dann legt man eine Zigarette in die Chemikalien, bis sie sich vollgesaugt hat – das ist besser als Pilze. Und davor waren Klebstoffe in.«

»Und was ist mit Sprühfarben?«

»Die sind wunderbar für uns«, sagt Chang. »Es kommt immer wieder etwas Neues auf. Das Geschäft hier ist rezessionsbeständig. Als nächstes wird wahrscheinlich Butan schick.« Vor Changs Schaufenster lungern ständig Kids herum. Wahrscheinlich ist Pause in der Schule.

»Da haben Sie sich etwas sehr Gutes ausgesucht«, sagt Chang. »Ich sage immer, Qualität ist wichtig.«

»Wo ist das Ding her?« frage ich, nehme eine Pistole aus einer Geldtasche mit dem Aufdruck Cermak Currency

Exchange und prüfe sie mit der linken Hand. Die rechte ist immer noch bandagiert. Ein alter Mann, der Pulver auf einer Digitalwaage abmißt, hebt zum Spaß die Hände.

»Die kommt aus gutem Hause«, sagt Chang. »Da brauchen Sie sich keine Sorgen machen. Sehr sauber. Sehr kalt.«

»Fühlt sich irgendwie zu leicht an«, sage ich und wiege den Revolver in der Hand. Ich habe schon seit Jahren keine Waffe mehr abgefeuert. Die Fälle, mit denen ich es normalerweise zu tun habe, erfordern keinen Browning 9mm Automatik.

»So werden die heutzutage eben hergestellt, Harding. Sie sind nicht mehr auf dem laufenden. Keine Sorge, mit dem würden Sie einen Elefanten umlegen.«

»Könnte gut sein, daß ich das muß«, sage ich und denke an Gaelen. »Haben Sie auch die passende Munition dazu?«

»Für Sie sogar gratis. Zwei Schachteln. Magazine mit fünfzehn Schuß. Okay? Und ich hätte noch was anderes, was Sie interessieren könnte.«

Chang wendet mir kurz den Rücken zu, um noch eine kleine Schachtel zu holen. Immer wenn Chang sich umdreht, achten seine Wachleute besonders aufmerksam auf die Ausgänge. Es gibt insgesamt drei, wenn man die Garagentür mitzählt. Einer der Wachmänner beobachtet mich aus den Augenwinkeln; die rechte Hand ruht auf seinem linken Unterarm. Ich sehe drei weitere Wachleute, darunter auch einen Jungen, der ein T-Shirt mit dem Aufdruck »Love Sucks« trägt und eine Remington in der Hand hält. Wahrscheinlich sind noch andere postiert. Für mich liegt die Hintertür am nächsten; ich müßte fünf oder sechs große Schritte machen, um sie zu erreichen. Aber daran ist bei meinen Rückenschmerzen ohnehin nicht zu denken. Außerdem hinke ich wegen der Lederriemen und Gaelens liebevoller Massage immer noch ein bißchen.

Chang holt aus der Schachtel ein Stück schimmernden Stahl und poliertes Chrom, nicht größer als seine Faust.

»Sehen Sie? Sehr leicht, ganz klein. Gut zu verstecken. Aber Kaliber 7.65.«

»Ich glaube nicht, daß ich die möchte. Wen soll die denn aufhalten, ein Eichhörnchen oder ein tollwütiges Backenhörnchen vielleicht?«

»Die ist nicht für Sie, Harding, sondern für Ihre Freundin«, sagt er. »Zur persönlichen Sicherheit.«

»Dann haben Sie also schon davon gehört?«

»Wissen Sie, wir kriegen hier auch Zeitungen. Der Pony Express hält ein-, zweimal die Woche in der Cermak Road.« Er geht um seinen Tisch herum und legt mir die kleine Waffe in die Hand.

»Die ist absolut sauber, Harding. Deswegen habe ich an Sie gedacht.«

»Sie meinen, Sie haben die Herstellungsnummer weggefeilt. Das heißt heutzutage nicht mehr viel. Die Leute im FBI-Labor sind mittlerweile auch schon ausgebuffter.«

»Nein, ich meine, die ist sauber; ich gebe eine hundertprozentige Garantie darauf. Man kann nicht zurückverfolgen, woher sie stammt. Eine Jungfrau. Einen Browning kann man immer zu jemandem zurückverfolgen – keine Sorge, nicht zu Ihnen und auch nicht zu mir. Aber das Ding hier nicht. Diese Waffe hier existiert nicht.«

»Wieviel soll sie kosten?«

»Für Sie? Fünfhundert. Von jedem anderen müßte ich mindestens achthundert verlangen.«

»Tja, dann bieten Sie sie lieber einem anderen an.« Ich öffne Changs Tür. Einer seiner Wachleute steht ziemlich nahe daneben. Er hat einen Baseballschläger in der Hand. Ich glaube nicht, daß er auf dem Weg zum Training ist. Alle Mitglieder von Changs Familie machen mich irgendwie nervös.

»Ich muß haushalten«, sage ich. »Auch wenn Ihr Angebot großzügig ist.« Es ist zu großzügig, ich habe keine Ahnung, wie ich das wiedergutmachen soll. Aber wenn ich auf den Browning verzichte, könnte sich die Frage unter Umständen erübrigen. Und ich brauche das Geld fast so dringend wie den Revolver.

Am Morgen habe ich Rosenbergs Scheck aus meiner Sockenschublade gegraben und bin damit zur Bank gegangen. Doch der verlegene Schalterbeamte erklärte mir, bei der Summe habe es sich eigentlich um einen Kredit gehandelt, der mittlerweile gestrichen worden sei.

»Und wann?«

»Moment – letzten Mittwoch.« Also nach Lucys Tod, nachdem die Polizei sich auf sie und Nelson Bryars konzentriert hatte.

Chang betrachtet mich voller Mitgefühl.

»Ich könnte sie Ihnen leihen. Weil Sie den Browning ja sowieso kaufen. Ihre Freundin soll sie ein paar Tage ausprobieren. Sich daran gewöhnen. Ist so etwas wie eine Probefahrt.«

»Chang, Sie sollten Gebrauchtwagen verkaufen.«

»Die haben wir auch«, sagt er. »Mit ziemlich wenig Kilometern auf dem Tacho.« Er schweigt ganz kurz und beugt sich ein wenig vor. »Liegt Ärger in der Luft? Irgendwas, was ich wissen sollte?«

»Nein, warum? Nur weil ich Waffen kaufe? Die meisten von den Kids, die sich hier ihren Klebstoff zum Schnüffeln holen, haben wahrscheinlich eine Uzi im Hosenbund.«

»Sie sehen aus, als hätten Sie eine Auseinandersetzung hinter sich. Ihr Gesicht ist grün und blau. Und Sie tragen eine kugelsichere Weste.«

Ich lächle. »So sieht das also aus?« Ich bezweifle, daß die Rückenschiene, die ich heute trage, eine Kugel aufhalten würde.

»Ich hab nur Probleme mit dem Rücken«, sage ich. »nen Bandscheibenschaden. Wie geht's übrigens Ihrem Bruder?«

»Der hat viel zu tun. Er hat ein neues Geschäft in Lake County. Was kann ich sonst noch für Sie tun?« Chang hat keine Zeit für Small talk. Er ist wie ein Kommissionär, der ein Geschäft zum Abschluß bringen möchte. »Vielleicht ein bißchen Schmuck oder eine neue Armbanduhr?« Er holt einen Eisbottich mit Ringen, Anhängern und Armbändern hervor und fischt eine goldene Rolex sowie eine schwarze Movado heraus. Wenn sie nicht echt sind, sehen sie doch so echt aus, daß sie mich täuschen, und mehr verlange ich von nichts in meinem Leben.

»Ich habe Cousinen, die im Hotelfach arbeiten«, erklärt Chang. »Tja, das ist der Vorteil einer großen Familie.«

»Zwanzig?« sage ich und nehme die Movado. Ich sollte Alison mal hierher mitnehmen. »In letzter Zeit hab ich irgendwie Ärger mit meinen Uhren.«

»Fünfundzwanzig. Geben Sie mir das Geld, wenn Sie flüssig sind. Okay? Und Harding – sagen Sie mir, wie ihr die Pistole gefällt.«

Changs Lagerhalle und Kuriositätenkabinett ist so ziemlich mein letzter Halt. Der Tag beginnt zu früh, um fünf. Alison schläft noch, aber alle andern im Krankenhaus sind bereits hellwach und machen einen Heidenlärm. Die Schwestern bereiten die Patienten auf die Operationen vor, die um sieben Uhr stattfinden, leeren Urinbeutel, unterhalten sich lachend und schieben scheppernd Metallwägelchen herum wie Stewardessen auf einem kurzen Flug.

In der Notaufnahme hat wieder derselbe Arzt Dienst. Er schickt mich in die Hämatologie und zum Röntgen. Es ist nichts gebrochen, aber schon bald entspinnt sich eine lebhafte Diskussion über Bandscheiben und Sehnen und die verschiedenen Farbtöne, die meine Schulter mittlerweile angenommen hat. Drei Ärzte und eine Schachtel mit Farbstiften aus der Pädiatrie sind nötig, um eine endgültige Diagnose zu erstellen. Der Arzt steckt mich in eine Rückenschiene, die als Folterwerkzeug eines De Sade würdig gewesen wäre, pumpt mich mit Kodein und Cortison voll und stellt mir ein Rezept für Fiorinal, Flexeril und Finklestein aus – letzteres ist ein Orthopäde, der angeblich Wunder wirkt. »Ansonsten müßten wir Sie nach Lourdes schicken«, sagt er. Als seine Schicht zu Ende ist, geht er mit einem Canadian Club nach Hause und guckt sich *Jeopardy* im Fernsehen an.

Boone holt mich mit seinem Escort vom Krankenhaus ab. Er erklärt sich bereit, bei Alison zu bleiben. Außerdem fährt er mich zur Polizei, wenn ich ihm Frühstück spendiere. Eigentlich habe ich ihn angerufen, weil ich mir Geld von ihm leihen wollte, also passen unsere Pläne nicht ganz zusammen. Er hat eine Fallschirmjägerjacke mitgebracht, die ungefähr zehn Pfund wiegt und genug verborgene Taschen für einen Zauberer hat. Wir essen Pfannkuchen im Wheel Café in der 35th Street. Boone zahlt. Das Essen ist gut, aber ich habe Mühe, in die Nische und in die Jacke zu schlüpfen.

»Weißt du was? Du machst bei jedem Bissen Grimassen«, sagt Boone.

»Dann sieh mir eben nicht beim Essen zu.«

»Es ist aber ziemlich unterhaltsam«, sagt er.

Die Polizei hat ähnlich viel Mitgefühl mit mir.

»Sie sind überfallen worden«, sagt Reilly, als ich ihn vor dem Vernehmungszimmer abfange. »Gratuliere. Der Beamte an der Rezeption sucht jemanden für Sie, der sich mit Ihnen unterhält.«

»Können Sie das nicht machen?«

»Ich bin in der Mordkommission, Harding. Und Sie sehen mir noch halbwegs lebendig aus. Jedenfalls im Augenblick. Wenn Sie später noch mal tot auftauchen, werde ich mich vielleicht mit Ihnen unterhalten.«

»Können Sie keine zehn Minuten für mich erübrigen? Es waren zwei. Der eine heißt Gaelen – ich hab ihn in Gesellschaft von Lucy gesehen. Und er verfolgt Elenya Rosenberg – mir ist er letzte Woche auch gefolgt ...«

»Hat er gestanden und uns eine Mordwaffe hinterlassen? Wenn nicht, muß er sich hinten anstellen. Tschüs, Harding.«

Ein Uniformierter namens Hernandez nimmt meine Aussage auf und zeigt mir dann ein paar Verbrecherfotos. Der Name Gaelen kommt dem Computer nicht bekannt vor.

Ich erzähle Hernandez von Oren, aber er verliert schon nach kurzer Zeit das Interesse an meiner Geschichte, also fasse ich mich kurz. Allerdings holt er einen Streifenwagen und fährt mich zum Tandoori Grill, der gerade öffnet. Die Frau dort erinnert sich an mich, doch das ist auch schon alles. Niemand hat etwas gesehen. Niemand hat etwas gehört. »Hier ist die Musik immer ziemlich laut«, erklärt sie. Sie meint die Ravi Shankar Blues Band. Sie verkauft Hernandez zwei ihrer *masala dosa*.

Mein Truck steht immer noch um die Ecke. Ein Junge im ölverschmierten Arbeitsanzug an der Shell-Tankstelle gleich in der Nähe hilft mir, eine neue Verteilerkappe zu montieren. Da ein neues Fenster dreihundert Dollar kosten würde – mehr als die Windschutzscheibe –, kaufe ich eine Rolle durchsichtige Plastikfolie in einem Haushaltswarenladen und verklebe das Loch notdürfig. Es handelt sich um einen einfachen Raubüberfall, also nehmen die Beamten keine Fingerabdrücke. Hernandez verläßt mich, nicht ohne mich vorher zu ermahnen, daß ich nicht ohne Führerschein fahren soll. Als er weg ist, lenke ich den Truck die 95th Street in Richtung Ryan Expressway und dann nach Norden. Der Wind pfeift durch meine Behelfskonstruktion und reißt an den Ecken wie ein Kind, das an einem Pflaster zupft. Ich habe das Gefühl, daß mir jemand folgt, aber ich kann nicht feststellen, welcher Wagen es ist.

Die Zulassungsstelle befindet sich in der West Side. Die Warteschlangen sind ziemlich lang und erstrecken sich hinaus bis in den Vorraum, von wo aus sie sich wieder zurückwinden und kreuzen, so daß sich kleine Gesprächsinseln bilden. Spediteure, denen der Führerschein abgenommen worden ist, stoßen gegen alte Damen, die sich die Zahlen und Buchstaben auf der Tafel für den Augentest zu merken versuchen. Nervöse Kids, die hier ihren vorläufigen Führerschein beantragen, haben sich alle Blätter mit den Straßenverkehrsregeln und die meisten Stühle geschnappt. Alle anderen stehen und fühlen mit. Die meisten von den Leuten hier in der Schlange haben ihre Brieftaschen mit allen Kreditkarten verloren, ein Problem, das ich zum Glück nicht habe. Jeder von uns hat seine eigene Geschichte.

»Sie sind vor einem indischen Restaurant überfallen worden?« fragt mich der Mann vor mir. »Ach – mich haben sie vor einem thailändischen Lokal überfallen.«

»Und mich vor einem chinesischen«, sagt ein anderer.

»Mich vor einem armenischen.«

»Vor einem tschechischen.«

»Einem mexikanischen.«

»Ich esse bloß noch zu Hause, Mann.«

»Genau.«

Der letzte in meiner Schlange hat gefärbte blonde Haare, deren eigentliche Farbe man an den Wurzeln sehen kann. Genau wie seinen Bauchnabel.

Er deutet auf seinen Nabel. »Die haben mir meinen Diamanten rausgerissen.«

»Was du nicht sagst«, meint der Typ mit dem tschechischen Restaurant.

Sie haben mir einen auf zehn Tage befristeten Führerschein ausgestellt, mit dem ich die Zeit überbrücken soll, bis die Polizei die Vorfälle geklärt hat, und jetzt fahre ich auf der Roosevelt Road in östlicher Richtung zu Maywood Storage. Da alle Sachen aus dem Handschuhfach verschwunden waren, dachte ich mir, daß auch die Kassetten weg wären, und ich habe recht: Sobald ich mit schmerzendem Rücken auf dem Parkplatz der Lagerhalle fahre, sehe ich, daß die Tür zur Nummer 1204 lose in den Angeln hängt. Wahrscheinlich hatte Sparky, der tollwütige Wachhund, seine freie Nacht, als das passiert ist.

Todd ist wieder im Büro. Es dauert eine Weile, bis ich mich an den blöden Kalender und an den schönen glatten

Bauch einer Miss Dezember erinnere. Ich habe den Kalender im Truck liegen lassen. Das war fast so gut wie ein Wegweiser.

Todd schiebt das Fenster zurück.

»Ist alles weg?« frage ich.

»Ja«, antwortet Todd aus seinem Büro heraus. »Irgendwann letzte Nacht. Tja, so was kann passieren. Hauptsache, es ist niemand verletzt worden, stimmt's?«

»Stimmt.«

»Sind Sie ein Freund von ihr?« Er trägt einen Rollerblade-Helm und einen Spandex-Overall und sieht aus, als wolle er für eine Rolle in *American Gladiators* vorsprechen. »Von der jungen Frau, die 1204 gemietet hat?«

»Warum?«

»Weil wir sie schon die ganze Zeit zu erreichen versuchen. Sie geht nicht ans Telefon. Aber sie muß die Unterlagen für die Versicherung ausfüllen.«

»Ich kenne sie, aber ich bin nicht sicher, ob ich sie erreichen kann. Nicht mehr.«

»Schade«, sagt Todd, und ich pflichte ihm bei.

Dann bedanke ich mich bei ihm und lege den Gang ein. Wenn ich gleich fahre, komme ich der nachmittäglichen Rush-hour zuvor. Oder gibt's jetzt eine Rush-hour in der Gegenrichtung? Ich versuche, mir über die Verkehrsbewegungen klarzuwerden, als Todd meine Gedanken unterbricht.

»Glauben Sie«, sagt Todd, »daß sie aus der Schule raus ist oder so?«

Ich schalte wieder in den Leerlauf und ziehe die Handbremse. »Was meinen Sie damit?«

»Nichts, nur ... ich kenne ein Mädchen, das auch da zur Schule gegangen ist. Aber sie ist nach einem Vierteljahr wieder raus – ihr war's da einfach zu kalt, wissen Sie? Die ganzen grauen Gebäude ...«

Ich springe aus dem Truck, ohne den Motor abzustellen.

»Kann ich mal die schriftlichen Unterlagen sehen? Vielleicht sind die Eintragungen undeutlich. Manchmal sehen ihre Dreien wie Fünfen aus. Vielleicht haben Sie nur die Zahlen falsch gelesen.«

»Gut.« Er reicht mir den Mietvertrag, der nicht auf Lucys, sondern auf Nora Taylors Namen lautet. Sie hat ihren richtigen Namen und ihre richtige Adresse angegeben. Das Datum auf dem Vertrag ist der 24. Dezember. Fröhliche Weihnachten. Ich war einfach davon ausgegangen, daß der Schlüssel Lucy gehörte.

»Muß man hier nicht so eine Art Kaution hinterlegen?«

»Klar doch. Die meisten erledigen das mit ner Kreditkarte.«

»Und Nora?«

»Das steht auf der Rückseite. Es sollte eine Fotokopie angeheftet sein.« Tatsächlich, da ist eine Fotokopie von Noras Quittung. Oder besser gesagt von Robins – über fünfhundert Dollar in bar.

»Alles in Ordnung?« fragt Todd.

Ich nicke.

»Wie oft ist sie hergekommen?«

»Woher soll ich das wissen? Ich hab sie bloß ein- oder zweimal gesehen.«

»War sie da allein?«

Er nickt. »Nein, warten Sie. Einmal hat ein Typ sie hergebracht. Sie haben sich über die Schule unterhalten. Hören Sie, sind Sie wirklich mit ihr befreundet?«

»Natürlich.«

»Tja, dann sagen Sie ihr, sie soll uns sofort anrufen.«

»Das sage ich ihr.«

»Und sagen Sie ihr auch, daß es uns leid tut.«

Ich nicke und lege den Gang wieder ein.

»Wollen Sie noch einen Kalender?« fragt er.

Ich sage nein. Einer reicht mir.

Ich esse allein in einem mexikanischen Restaurant zu Abend – in dem Lokal, vor dem der Mann in der Warteschlange ausgeraubt worden ist –, trinke eiskalte Margaritas und halte die Augen offen, um nicht wieder überfallen zu werden. Irgendwann meldet sich Donnie bei mir, entschuldigt sich und gibt mir eine Adresse in Hoffman Estates. Er ist den ganzen Tag in Etatsitzungen gewesen, hat Dezimalstellen verschoben und mit imaginären Zahlen jongliert. Den Abend verbringt er damit, imaginäre Golfbälle zu schlagen.

VirtualLink ist ein computerisiertes Golfcenter. Draußen pfeift der Wind, aber Donnie trägt Dockers-Shorts, ein Izod-Shirt und Golfschuhe. Er steht mit einem Vierer-Eisen in der Hand auf AstroTurf und legt einen imaginären Ball aufs Tee. Sein Kopf ist mit etwas bedeckt, was aussieht wie ein Toaster. Fünfzehn andere Männer stehen, ganz ähnlich verdrahtet, in Kabinen über ihm.

Ich will an seinem Ärmel zupfen, als ein Angestellter namens Skip mich zurückhält.

»Stören Sie ihn nicht«, sagt Skip. »Der ist jetzt in einer ganz anderen Welt. Man kann einen Schock erleiden, wenn man einen virtuellen Sandbunker zu ruckartig verläßt.«

»Was sieht er denn gerade?«

»Im Moment?« Skip wirft einen Blick auf den Monitor. »Im Moment spielt er das vierzehnte Loch von St. Johns, das liegt außerhalb von Glasgow. Das Fairway geht dahinter ein bißchen nach rechts. Ein ziemlich schwieriger Schlag. Er muß dem Sand ausweichen – prima, er hat's geschafft. Wunderbar, gut gemacht.« Skip bemüht sich sogar um einen englischen Akzent. Es klingt, als spiele er in einer Matinee von *Pygmalion* mit.

Donnie setzt seinen Helm ab.

»Guter Schlag, Sir«, sagt Skip.

»Harding – das solltest du auch mal probieren. Was Tolleres kannst du dir nicht vorstellen.«

»Du schwitzt«, sage ich. »Dabei hast du dich keinen Zentimeter bewegt. Ist das imaginärer Schweiß? Verwendest du ein imaginäres Deo?«

»Natürlich schwitze ich – ich habe ja gerade die achtzehn schwersten Löcher der Welt gespielt. Was war mein Score, Flip?«

»Skip, Sir. Hundertvierundvierzig.«

»Eine schöne runde Zahl«, sage ich. »Liegt jedenfalls über deinem Bowling-Schnitt, soweit ich weiß. Seit wann spielst du denn Golf?«

»Seit jetzt. Seit mein Chef Golf spielt«, sagt Donnie. »Und die Hälfte von der Geschäftsleitung. Die alten Knacker reden über nichts anderes. Was für ein blödes Spiel, was?«

»Ich hab's nie sonderlich leiden können«, gebe ich zu. »Aber die Schuhe gefallen mir.«

Der alte Donnie hat Darts in Bars gespielt. Der neue Donnie spielt Golf. Er zieht die Stöpsel aus seiner Ausrüstung und überläßt Skip den toasterähnlichen Helm, dann gehen wir hinüber zum neunzehnten Loch des VirtualLink, wo der Whiskey zum Glück nicht virtuell, sondern real ist. Donnie bestellt Mineralwasser aus Brasilien. Es ist aus »echtem Regenwaldregen«, und vom Etikett grinst uns ein fröhlicher Eingeborener entgegen. Ich bestelle mir einen SimCity-Cocktail mit echtem Kentucky-Whiskey. Auf dem Etikett ist ein betrunkenes Landei. Ein Computermonitor – der wahrscheinlich für High-Tech-Videospiele gedacht ist – zeigt das Spiel der Blackhawks.

»Ich muß mich bei dir entschuldigen«, sagt Donnie. »Wegen gestern nacht. Der Junge hat vergessen zu fragen, wo du bist.« Donnie schüttelt den Kopf. »Der ist ganz neu, frisch von DePaul. Er hat einen Abschluß in Kriminologie, aber du siehst ja, was der wert ist. Bei uns geht's schon zu wie beim FBI – wir heuern nur noch Studenten an.« Er schenkt sich Wasser nach. »Alles in Ordnung? Du gehst ein bißchen wie Walter Brennan.«

»Ich werd's überleben.« Es ist nicht sonderlich klug, Alkohol zu trinken, wenn man Muskellockerungsmittel intus hat, aber als der Barkeeper meinen Drink auffüllt, wehre ich mich nicht. Zumindest zahlt Donnie. Ich erzähle ihm, was letzte Nacht passiert ist. Er hat Mitleid mit mir, verliert aber noch schneller als Hernandez das Interesse an meiner Geschichte. Überfälle stehen ziemlich weit unten auf der Liste interessanter Verbrechen.

»Wenn du jemanden für deinen Rücken brauchst – meine Schwester Janice kennt da nen Typ am Humboldt Park. Der zieht die Schuhe aus und läuft mit seinen Stahlfüßen über ihren Rücken. Kommt direkt aus Bangkok; ich könnte dir seine Nummer besorgen.«

»Danke fürs Angebot.«

»Gibt's keine Möglichkeit, die Typen zu finden?« fragt er. »Du hast keine Ahnung, wo sie stecken?«

»Das haben sie mir nicht auf die Nase gebunden.«

»Und was willst du jetzt unternehmen? Willst du warten, bis sie sich wieder über dich hermachen?«

»Ich hab da so ein paar Ideen.«

Er nickt und wartet, bis der Barkeeper sich den anderen Gästen zuwendet. Dabei trommelt er mit den Fingern auf der grünen Glasflasche herum.

»Einer von ihnen ist noch ein Junge«, sage ich. »Der andere heißt Gaelen. Und den will ich mir vorknöpfen.«

»Ist das sein Vor- oder sein Familienname?«

»Keine Ahnung. Kannst du den Namen durch deinen Computer jagen?«

»Klar, aber wenn die Polizei keine Informationen über ihn hat, glaube ich nicht, daß bei uns was über ihn gespeichert ist.«

»Das kann man nie wissen. Und wenn du schon dabei bist – laß doch auch den Namen Sawyer durchlaufen. Der ist so ne Art Arzt.«

»Was hat der mit der Sache zu tun?«

»Wieder keine Ahnung. Ich tappe im dunkeln, Donnie. Wie üblich.«

Er nickt und notiert sich die Namen auf einer Serviette.

»Merkwürdig war nur die Kassette, die sie mir vorgespielt haben.«

»Was war drauf?«

Ich schweige eine Weile. »Das glaubst du mir nicht.«

»Aber sicher. Mir kann man doch alles erzählen.«

»Eduardo Martinez. Und Angela.«

Donnie sagt nichts. Er sieht sich nach dem Barkeeper um.

»Ich schwör's dir, Donnie ...«

»Harding ...« sagt er schließlich kopfschüttelnd.

»Glaubst du vielleicht, ich denke mir das aus?«

»Und wo soll der Zusammenhang sein?«

»Das weiß ich nicht. Woher zum Teufel soll ich das wissen?«

»Sie entführen dich, schlagen dich zusammen, spielen dir eine zehn Jahre alte Kassette vor ...«

»Vielleicht ist Martinez wieder da«, sage ich.

»Hör auf damit, Harding.«

»Nun, jedenfalls will mich jemand fertigmachen, Donnie, soviel steht fest.«

Er denkt über das nach, was ich gesagt habe, und widerspricht mir nicht.

»Was willst du jetzt machen?« fragt er.

»Keine Ahnung. Irgendwie muß ich an Rosenberg ran.«

»Ich dachte, du willst diesen Gaelen kriegen ...«

»Der ist bloß ein Handlanger.«

»Aber du weißt nicht, ob er der Handlanger von Rosenberg ist. Bist du hinter ihm oder hinter seiner Frau her?«

Ich sage nichts. Die Medikamente und der Alkohol machen mich zu gesprächig. Ich frage nach den Bankauszügen, die aus meiner Wohnung gestohlen wurden, doch er schüttelt den Kopf und sagt, Frost müsse sie haben.

»Der sagt nein, er hat sie von dir.«

»Da täuscht er sich. Der versäuft noch sein ganzes Gehirn. Aber das da könnte dich interessieren«, sagt Donnie und holt ein ordentlich gefaltetes cremefarbenes Stück Papier aus seiner Brieftasche. Es handelt sich um teures Papier, und es sind zwei Wasserzeichen drauf, das des Herstellers und der runde Abdruck eines versiegelten Kondoms.

Es ist kein offizielles Dokument, nur eine Notiz von einem Kontakt Donnies. Ich erfahre, daß am vergangenen Mittwoch fünfzigtausend Dollar auf Rosenbergs Girokonto eingegangen sind und aus unbekannten Gründen am selben Tag wieder abgebucht wurden. Der Barkeeper versucht, mich in ein Gespräch über die Mißerfolge der Blackhawks in den letzten Spielen zu verwickeln, aber ich interessiere mich mehr für dieses neueste Machtspielchen von Rosenberg.

»Mein Informant sagt, daß das keine Gelder aus dem Ausland sind. Er hat nur ein paar Aktien verkauft und den Erlös auf sein Geschäftskonto umgebucht, Harding.«

»Und?«

»Tja, das beweist überhaupt nichts. Vielleicht braucht er ein neues Stethoskop, Verbandsmaterial oder ein paar von diesen kleinen Gummihämmerchen. Gaelen – weißt du irgendwas über ihn?«

»Er hinterläßt einen nachhaltigen Eindruck. Abgesehen davon weiß ich nicht viel.«

Donnie weiß, daß ich ihm nicht alles sage – er ist zu schlau, um das nicht zu merken –, aber er drängt mich nicht. Der neue Donnie. Der besorgte Donnie. Der gute Freund.

Eigentlich sollte ich ihm noch was sagen, aber ich weiß nicht mehr, wem ich vertrauen kann.

»Du wolltest doch den Polizeibericht über das Zimmer von diesem Robin, oder? Ich konnte keine Kopie besorgen. Aber ich weiß, daß er acht- oder neunhundert Dollar auf dem Konto hatte. Aus seinem Zimmer hat nicht viel gefehlt. Sie haben die schweren Sachen dagelassen – einen Fernseher und einen neuen Computer. Also kann's kein richtiger Einbruch gewesen sein.«

»Was für ein Computer?«

»Du machst wohl Witze, Harding.«

»Und sie wissen immer noch nicht, wo er erschossen wurde?«

»Inoffiziell haben sie einen Fleck im Jackson Park gefunden, in der Nähe der Lagune. Die untersuchen eine ganze Menge Zeug außerhalb der Stadt, in unterschiedlichen Labors.«

»Was für Zeug?«

»Mein Gott, das weiß ich auch nicht, Harding. Das ist ne verdammte Lagune. Vielleicht Farne oder Flechten oder Moos. So Glitschzeug aus dem See. Funktioniert dein Truck wieder?«

»Ja.«

Er schweigt eine Weile.

»Ich hab da ein paar Leute«, sagt er und saugt an der Zitrone aus seinem Mineralwasser.

»Ich weiß.«

»Die können sehr diskret sein. Und sie hören auf mich.«

»Danke, Donnie. Was ich brauche, sind Informationen. Den Rest würde ich lieber selber erledigen.«

Donnie wischt sich die Hände an der Serviette ab.

»Wie wär's mit einer Pistole?« fragt er ganz ruhig.

»Ich komme zurecht.«

»Brauchst du Geld?«

Ich schüttle den Kopf.

»Und du bist bis Montag einsatzbereit für den neuen Job?« fragt er.

»Bis dahin bin ich es.«

»Ruf mich an, wenn du da bist.« Er trinkt sein Wasser aus. »Laß es mich wissen, wenn du irgendwas brauchst. Da hast du's wenigstens bloß mit Architekten und Kunstgeschichtlern zu tun. Die brechen dir nicht den Arm.« Er gibt dem Barkeeper ein Zeichen, damit er ihm die Rechnung zum Unterschreiben bringt. »Ich muß weitermachen – ich hab schließlich noch achtzehn Löcher vor mir. Ich will nicht, daß irgend so ein Schwein vor mir fertig ist. Das Neuner ist irgendwo in Asien, da schauen lauter kleine Geishas zu und applaudieren. Vielleicht lassen sie die Kimonos fallen, wenn man einlocht. Willst du auch mal ne Runde probieren?«

»Ich glaub nicht.«

»Hier gibt's sogar ein Hinterzimmer, Harding, wie in einem Pornoladen. Virtueller Sex, völliges Eintauchen. Und die Mädchen sagen nie nein.«

Ich stehe im Aufzug des Krankenhauses und will hinauffahren, um Alison zu besuchen, als ich beschließe, einen kleinen Umweg über den OP zu machen. Eine Schwester in Grün erklärt mir, Dr. Rosenberg operiere im Moment. »Sie können da nicht hinein«, sagt sie, ganz ähnlich wie vorher Skip. »Haben Sie mich nicht gehört? Ich habe gesagt ...« »Ist der chirurgische Andenkenladen nicht da hinten? Ich wollte mir nämlich auch so ne kleine Mütze kaufen«, sage ich und drücke die Schwingtür auf.

Dahinter waschen sich zwei Ärzte die Hände, assistiert von zwei Schwestern in Weiß; das Ganze sieht aus wie ein religiöses Ritual. Die Hohenpriester drehen sich um und werfen einen Blick auf den Eindringling in ihr Allerheiligstes. Ich lächle, das Haupt gesenkt wie ein reuiger Sünder.

»Ich bin nur auf der Durchreise«, sage ich. »Tut mir leid. *Mea culpa.*«

»Sie können nicht ...« sagen mehrere Stimmen gleichzeitig.

Es ist erstaunlich einfach, in das Herzstück des Operationsbereichs zu gelangen. Ich hatte bewaffnete Wachleute oder zumindest ein ausgeklügeltes System von vakuumversiegelten Türen und doppelten Schlössern erwartet wie in *Andromeda Strain*. Aber diese Türen hier sind eher wie die auf der hinteren Veranda von meinem Onkel Bud. Der hat seine Türen auch nie verschlossen.

Sechs grüne Gestalten stehen um einen Körper herum. Rosenberg sieht mich als erster, nimmt die Brille ab und starrt mich über seine lange nackte Nase an. Aus dem tragbaren Stereogerät klingen Bachs Goldberg-Variationen in einer Aufnahme mit Glenn Gould. Glenn summt vor sich hin, als erwarte er, daß der Patient gleich einstimmt. Rosenberg verzieht keine Miene. Er scheint nicht erstaunt zu sein, mich zu sehen.

»Ich hatte ganz vergessen, daß Sie Bach mögen«, sage ich. »Ich bin's ja gewohnt, Jethro Tull zu hören, wenn Sie in der Nähe nackter Körper sind.«

»Würden Sie bitte übernehmen, Dr. Lewis?« sagt er zu einem Assistenten.

»Soll ich die Sicherheitskräfte informieren, Doktor?«

»Nein – kümmern Sie sich lieber um den Patienten. Bitte.« Er geht durch eine andere Tür hinaus; seine locker sitzende grüne Hose schlackert um seine Beine wie das Gewand eines Scheichs. Als ich ihn einhole, steht er bereits vor einem glänzenden Metallwaschbecken. Die anderen Anwesenden verlassen den Raum.

»Was wollen Sie von mir?« fragt er. »Sie haben mich bei einer Septektomie gestört.«

»So nennt man das? Klingt wahnsinnig wissenschaftlich. Und ich dachte, es ginge bloß wieder um so eine überteuerte Eitelkeitskorrektur ...«

»Sind Sie aus einem bestimmten Grund hier?«

»Ich habe nichts von Ihnen gehört«, sage ich. Ich rede mit seinem Rücken, das gefällt mir nicht. »Ich hab's mir noch mal überlegt und bin zu dem Schluß gekommen, daß ich den Job möchte.«

»Was für einen Job?«

»Den Job, den Sie mir geben wollten. Ich sollte die bösen Buben, die Erpresser, für Sie finden. Sie wollen mich doch noch, oder?«

»Nun ja«, sagt er und dreht sich zu mir um. Dabei trocknet er sich die Hände ab. »Aber ich bin mir mittlerweile nicht mehr so sicher, ob Sie so viel Geld wert sind.«

»Und wieviel bin ich Ihnen wert?«

»Ich dachte, wir könnten ein kleines Geschäft machen. Sie sagen mir, was Sie herausgefunden haben, und ich zeige Sie nicht wegen Verletzung meiner Privatsphäre an.«

»So, so, mein Marktwert ist also gesunken.«

Er lächelt.

»Das ist immer das Risiko beim Spekulieren. Man muß genau wissen, wann man kauft und verkauft. Der Scheck hat Ihnen gehört. Sie hätten ihn nur einzulösen brauchen.«

»Und jetzt?«

Er wirft die Gummihandschuhe in den Abfall. »Jetzt hat jemand anders den Scheck. Das ist eine geschäftliche Entscheidung.«

»Und die fünfzigtausend? Was für eine Art von Geschäft ist das?«

»Was ...«

»Sie haben ziemlich viel Geld vom Konto abgehoben. Und obendrein haben Sie eine ganze Menge Aktien flüssig gemacht. Sie haben keine Mühen gescheut, um sofort an das Geld heranzukommen – wegen Lucy? Wollte sie etwas sagen, was die Polizei nicht hören sollte?«

»Ich glaube, Sie sollten jetzt gehen.«

»Die Bullen haben die getippte Beichte geschluckt – sie haben die Schreibmaschine, und die Unterschrift ist koscher –, aber Sie und ich, wir wissen, daß es einem Arzt nicht schwerfällt, eine Schwester dazu zu bringen, daß sie etwas unterschreibt, nicht wahr? Besonders, wenn sie nen Schuß braucht und Sie die Spritze in der Hand haben ...«

Wieder fragt jemand, ob er die Sicherheitskräfte holen soll. Nach kurzem Zögern nickt Stephen. Seine Hände sind schon längst trocken, aber er rubbelt sie immer noch ab.

»Wer hat das Geld bekommen, Stephen? Gaelen?«

»Ich kenne niemanden, der so heißt.«

Aber die Angst, die über sein Gesicht huscht, sagt etwas anderes. Zum erstenmal habe ich einen blanken Nerv erwischt. Die Sicherheitskräfte, die inzwischen eingetroffen sind, begleiten mich zur Tür. Rosenberg sieht schweigend zu. Er wäre ein toller Pokerspieler. Jetzt begreife ich ihn besser. Er ist nicht ohne Angst. Aber nicht ich bin es, vor dem er Angst hat.

Die ruhigen Hände des Chirurgen zittern ein klein wenig.

»Sagen Sie, Stephen – als Sie versucht haben, mich anzuheuern –, wollten Sie da, daß ich Ihnen die Tapes besorge? Oder Gaelen?«

»Unsere Geschäftsbeziehung ist zu Ende«, sagt er mit ausdruckslosem Gesicht.

Diesmal verschließen sie die Türen.

Ich bleibe bis Mitternacht bei Alison. Die Nähte beginnen zu jucken. Ich glaube nicht, daß mein Rücken noch eine Nacht auf diesem Stuhl aushält. Wir sind beide müde und mürrisch. Ich gebe der Schwester meine Telefonnummer und fahre zu Alisons Wohnung, um dort ein paar Stunden zu schlafen. Ich lege mich in ihr Bett.

Um zwei Uhr früh ruft sie mich an, um mir zu sagen, ich solle schnell den Fernseher einschalten. Ich denke, die Invasion der Chinesen oder der Baptisten aus den Südstaaten hat begonnen, aber es ist nur Don »the Dragon« Wilson, der kickboxend die Welt errettet. Wir sehen zusammen übers Telefon zu, und Alison erläutert mir jede Bewegung des Dragon. Als ich im wichtigsten Augenblick zu schnarchen anfange, brüllt Alison ins Telefon und weckt mich auf.

VIERZEHN

Am Freitag vormittag wird Lucy Williams in engstem Kreise auf einem kleinen Friedhof am äußersten Ende der South Side begraben. Ich gehe hauptsächlich aus Neugierde hin, um zu erfahren, wer sonst noch erscheint; aber das Ergebnis ist mager – die meisten Anwesenden sind Familienangehörige. Es ist ein grauer Tag. Die Schwester, die ich Dienstag nacht im Freizeitraum gesehen habe, steht an der Seite des Friedhofs. Sie ist schwarz gekleidet und trägt dazu ein Kopftuch mit Art-déco-Muster, das ein bißchen an ein Buntglasfenster erinnert. Die Hände hat sie vor dem Bauch gefaltet, genau wie Lucys Hände jetzt wahrscheinlich gefaltet sind. Als der Gottesdienst vorbei ist, trete ich zu ihr.

Es schneit ein bißchen. Wir stehen unter einem Vordach, als warteten wir auf ein Taxi.

»Haben Sie sie gut gekannt?« frage ich.

»Sie sind nicht von der Polizei«, sagt sie. Sie kennt mich, weiß aber nicht so genau, woher.

Ich schüttle den Kopf. »Nein, ich bin nur ein Freund.«

Sie sieht sich um. Die wenigen Trauergäste sind bereits wieder gegangen. Sogar der Priester sitzt schon im Wagen und zündet sich eine Zigarette an.

»Davon hatte Lucy nicht viele«, sagt sie. »Das hat man heute gesehen.«

Sie sucht in ihrer Handtasche nach einem Papiertaschentuch. Ich reiche ihr ein zerknittertes, aber sauberes Kleenex.

»Danke.«

»Wie gut haben Sie sie gekannt?«

»Nicht so gut«, sagt sie und putzt sich die Nase. »Aber ich bin die Oberschwester. Irgendein Vertreter der Station mußte ja zur Beerdigung kommen. Sie war eine gute Krankenschwester, egal, welche Probleme sie hatte. Aber die haben wir schließlich alle, oder?«

»Ja.«

»Kennen Sie sie schon lange?«

»Nein, erst seit ein paar Monaten. Ich habe sie auf einer Party kennengelernt. Bei den Rosenbergs.«

Sie macht Anstalten, etwas zu sagen, überlegt es sich dann aber anders. Wir gehen über das rutschige Gras zum Wagen, der zusammen mit einem halben Dutzend anderer hier abgestellt ist, als handle es sich um einen beliebten Aussichtspunkt.

»Es hätten wirklich ein paar Leute mehr kommen können«, sagt sie.

»Ich sehe nirgends Nelson Bryars, den Pfleger von Ihrer Station ...«

»Der hat Urlaub. Die Polizei scheint ihn zu verdächtigen.«

»Und?«

»Er hat niemanden umgebracht. Die beiden jungen Leute und Lucy? Sind die Typen von der Polizei denn übergeschnappt? Er würde so etwas nie machen. Die Hälfte der Schwestern von unserer Station mißbraucht ihn als Babysitter.«

»Ich hatte den Eindruck, daß er in der Nacht, als er zur Notaufnahme hinuntergerannt ist, ziemlich durcheinander war.«

»Wir waren alle durcheinander. Vielleicht denkt Nelson sogar, es war seine Schuld, weil er als erster zur Stelle war. Es ist alles so schnell passiert.«

»Es war auch ein Assistenzarzt da ...«

»Ach, Bob. Der arbeitet nicht fest für uns.« Sie mustert mich, versucht, sich darüber klarzuwerden, wo sie mich hinstecken soll. Inzwischen sind wir fast bei ihrem Wagen; er ist ganz hinten abgestellt. Die Szenerie erinnert mich an die Anfangssequenz von der *Nacht der lebenden Toten*. Wenn jetzt ein alter Mann auf mich zukommt, kriegt er einen Stein auf den Schädel.

»Haben Sie in der Nacht sonst noch jemanden gesehen, jemanden, der nicht dorthin gehörte ...«

»Sie sind nicht wirklich ein Freund von ihr, stimmt's?«

»Stimmt«, sage ich. »Aber ich habe sie gekannt. Und gemocht. Allerdings hatte ich keine Gelegenheit, sie besser kennenzulernen.«

»Was haben Sie in der Nacht auf unserem Stockwerk gemacht?« Sie nimmt das Kopftuch ab und faltet es zu einem Dreieck wie eine Flagge. Sie hat blondes Haar.

»Ich hab versucht zu helfen. Aber meine Erfolgsquote ist in letzter Zeit nicht sonderlich hoch gewesen.«

»Glauben Sie denn nicht, daß sie gesprungen ist?«

»Durch ein geschlossenes Fenster? Sie sind doch Krankenschwester in der Psychiatrie – finden Sie das nicht auch ziemlich ungewöhnlich?«

»So was passiert«, sagt sie. »Manche von den Patienten würden auch durch eine Ziegelwand springen, um rauszukommen.«

Sie steigt in ihren Wagen, der in einer Rinne steht. Die Tür geht kaum zu, schabt Gras und Erde vom Boden ab. »Ich weiß nicht mal, wie Sie heißen«, sagt sie und kurbelt das Fenster runter.

»Harding.«

»Harding, ich heiße Jesse«, sagt sie und streckt mir die Hand hin. Ich bin immer überrascht, wenn jemand freundlich und offen ist. Sie hat einen ziemlich kräftigen Händedruck.

»Ich habe überhaupt keine Ärzte bei der Beerdigung gesehen« sage ich, und ihr Lächeln erstarrt.

»So ist das immer. Aber sie waren immer sehr, sehr freundlich zu ihr, das können Sie mir glauben.«

»Wie zum Beispiel Dr. Rosenberg?«

Sie nickt und läßt den Motor an.

»Aber er ist doch verheiratet, oder?« sage ich.

»Ja, ja«, sagt sie. »Das sind sie alle.«

Von einem Friedhof der South Side zu einem anderen – die Union Stockyards sind schon vor Jahren geschlossen worden, aber es gibt immer noch ein paar Fleischfabriken in der Gegend. Ich entdecke ein Schild, das in Richtung Personalabteilung weist, aber ich brauche eigentlich keinen Job. Ein Vorarbeiter fragt mich, was ich hier mache. »Ich bewundere die Architektur«, sage ich. Er sieht mich an, als wäre ich grade vom Mars gefallen. Schlimmer wär's, wenn ich von Oscar Mayer käme, dem großen Konkurrenten, und Firmengeheimnisse klauen, am Ende gar bessere Hot Dogs fabrizieren wollte. Eine ordentliche Portion Fett hängt ihm selbst über den Gürtel; drinnen warten noch ein oder zwei Bottiche Fett darauf, ausgelassen zu werden. Ich schlendere ein wenig in der Gegend herum und versuche, nostalgische Gefühle heraufzubeschwören. Ich bin im Nachbarbezirk aufgewachsen und hatte Verwandte hier, in den Überresten dieser Fleisch-und-Wurst-Stadt. Der Fluß ist heute nicht mehr blutrot vom Schlachten, aber der Geruch – er ist untrennbar mit dem Schmutz und den Bäumen und dem Beton verbunden – hängt noch immer in der Luft.

Das habe ich Mittwoch nacht wiedererkannt, als ich in Gaelens Wagen lag – den Geruch. Und in der South Racine Avenue – nicht weit entfernt von der alten Armour-Wurstfabrik – finde ich das, wonach ich suche: eine große verlassene Lagerhalle, groß genug, um Flugzeuge darin unterzubringen. Man könnte mit dem Wagen hineinfahren, das Metalltor zuziehen und alles anstellen, was man möchte. In den umliegenden Straßenzügen ist nichts und niemand. Ich überprüfe diese Theorie, indem ich laut schreie, doch dann wünschte ich, ich hätte es nicht getan.

Die Kindheitserinnerungen sind stark. Doch die Erinnerungen an die Mittwochnacht – an die körnige Oberfläche des Betonbodens, an die stickige Luft und an das Stroh, das an meinem Gesicht und meinem Nacken klebte – sind stärker. Ich entdecke Fußspuren und Abdrücke eines Körpers im Staub, verrostete Mountain-Dew-Dosen, eine zerknüllte

Packung Beeman's Blackjack neben einem Abfallfaß aus Metall, die Sorte, an deren Feuern sich die Menschen in kalten Nächten auf der Straße die Hände wärmen. Ich gehe im Kreis herum, warte auf weiß Gott was, und dabei höre ich nur in der Ferne einen Zug und das Echo meiner Stiefel auf dem Beton. Auch Gaelens Worte klingen mir noch im Ohr – Ermahnungen, Gebete. Hierher kommt niemand aus Zufall oder auf der Suche nach Spaß. Gaelen, vielleicht auch Oren, muß ganz ähnliche Erinnerungen haben wie ich.

Ich frage ein paar Leute in den wenigen kleinen Geschäften, die es hier in der Gegend noch gibt – Hi-Lo Foods, Sally's Hair Spa, ein Billard- und zwei Waschsalons. Ein Taxifahrer, der gerade einen Fahrgast aussteigen läßt, erklärt mir den Weg zur nächsten Bar, Biff's Chop House. Sie liegt zwei Häuserblocks weiter südlich. Die Wirtin bietet mir einen Platz in Nische eins an, doch ich will nur einen Hocker an der Bar und mich mit dem Barkeeper unterhalten. Ich habe nicht den Eindruck, daß Biff selbst da ist. Wahrscheinlich ist er unterwegs, um seinen Fleischvorrat aufzufüllen, und das dauert jetzt ein bißchen länger als früher, weil die Schlachthöfe zugemacht haben. Niemand kennt einen Mann namens Gaelen. Aber nachdem ich einen zweiten und dann einen dritten Drink bestellt habe, taucht von irgendwoher der Name Oren und dann auch der seines Begleiters auf. »Ich glaub, sein Familienname ist Bauer«, sagt Leo, ein Schuhverkäufer im Ruhestand. »Hat Softball gespielt in der Freizeitliga. Hätte damals schon einen Haarschnitt vertragen können.« Das Telefon befindet sich im hinteren Bereich des Lokals, gleich neben einem Zigarettenautomaten, den die Leute hier bearbeiten wie einen einarmigen Banditen. Doch jetzt verläßt mich das Glück. Es gibt zu viele Bauers, als daß die Auskunft mir alle Nummern geben könnte. Eine Kellnerin bringt mir einen doppelten Bourbon und eine Speisekarte in Form eines Hufeisens. Ich bedanke mich bei ihr. Und dann bedanke ich mich bei der Wirtin, die hier für Biff die Stellung hält.

Im Oriental Institute Ecke 58th Street/University Avenue ist es still wie in einem Grab. Warren Frost beugt sich über einen Glaskasten, um die Aufschrift auf einem geknickten Kärtchen zu lesen, das aussieht wie eine Tischkarte für die Mumie, die hier in Frieden ruht. »Hat sich seit dreitausend Jahren nicht mehr bewegt«, sagt Frost. »Kein schlechtes Leben.«

»Ich dachte, Sie laden mich zum Mittagessen ein.«

»Tue ich auch, tue ich auch.« Er hat im Andenkenladen eine Halskette gekauft – ägyptisch, aus Gold und sehr teuer. »Für Elenya«, erklärt er mir.

»Ach.«

»Ich hab mit dem Trinken aufgehört – hab ich Ihnen das schon gesagt?«

»Frost, Sie überraschen mich immer wieder.«

Ich warte, bis er seinen Rundgang beendet hat. Mir persönlich liegt nicht allzuviel an alten Töpferwaren, und Leichen habe ich diese Woche schon genug gesehen.

Da Frost für das Essen zahlt, sparen wir weder Kosten noch Mühe. Ich hätte doch bei Biff's essen sollen. Wir gehen die zwei Blocks bis zum Unibuchladen und schieben Zeitungen und Flugblätter von einem Sims in der Halle. Ein Student in abgerissener Jeans bringt mich dazu, eine Petition zu unterzeichnen – ich weiß nicht mal, was ich da unterschreibe. Frost kauft eine große Tüte Lebensmittel in dem kleinen Laden rechts von uns. Er trägt einen zerknitterten Anzug, der heute wahrscheinlich schon mal besser ausgesehen hat.

»Solche Sachen mag ich«, sagt Frost. »Ein jüdischer Lebensmittelladen, der von achtzehn Koreanern geführt wird.«

Frost nimmt sich ein Dreifach-Sandwich, das er kaum in den Mund bekommt – Pastrami, Corned beef, Zunge, alle möglichen Sorten Käse und dazu russische Sauce. Es wäre einfacher, wenn er sich gleich pures Cholesterin injizieren ließe.

»Ich hoffe, Sie haben Hunger«, sagt er. »Was hätten wir denn da noch? Ach ja, Hühnchensalat auf Weizenbrot, Thunfisch auf Weißbrot und Zunge auf Roggenbrot.«

»Geben Sie mir das mit dem Hühnchensalat. Was meinen Sie – wer hat wohl als erster Zunge gegessen?«

»Wahrscheinlich irgendein Epileptiker«, sagt Frost und reicht mir ein Sandwich und dazu Kaffee. »Brauchen Sie Milchpulver oder Zucker? Braunen Zucker vielleicht?«

»Ein Päckchen Zucker, bitte.« Frost trinkt Orangensaft ohne Wodka. Vermutlich hat er gerade erst gemerkt, daß es den auch so gibt. »Womit habe ich mir dieses opulente Mahl verdient, Warren?«

»Ich hab gehört, was mit Ihnen passiert ist«, sagt er und mampft vor sich hin wie eine Heuschrecke. »Ich hab mir Sorgen gemacht.«

»Und da sind Sie gleich zu mir gekommen, stimmt's?«

Frost macht sich über sein zweites Sandwich her. Ein Mädchen, das neben uns sitzt, schaut ihm beim Essen zu. Ich sehe die junge Frau an und zucke mit den Achseln. Sie steckt den Finger in den Mund, als wolle sie sich erbrechen.

»Ich darf das«, sagt Frost. »So steht's im Programm. In den ersten zwei Wochen darf ich alles essen, was ich will. Nur Alkohol gibt's keinen.«

»Wann haben Sie zuletzt Alkohol getrunken?«

»Neulich nacht, den Scotch, zusammen mit Ihnen.«

»Jetzt verstehe ich alles. Der Scotch hätte jeden zum Antialkoholiker gemacht. Die sollten das Zeug bei Treffen der Anonymen Alkoholiker kostenlos verteilen.«

»Es wurde allmählich Zeit, daß ich damit aufhöre«, sagt er.

»Einfach so?«

»Der Mensch kann sich doch ändern, oder?«

»Wahrscheinlich schon.« Der neue Frost. Er muß wirklich eine harte Woche hinter sich haben. Frost hat immer wieder neue Überraschungen parat.

»Haben Sie Arbeit?« fragt Frost.

»Ja, ich fange am Montag mit nem neuen Auftrag für Donnie an. Warum? Was wollen Sie von mir?«

»Wieso kommen Sie auf die Idee, daß ich was von Ihnen will?«

»Weil Sie mich zum Essen einladen. Es ist zwar kein sonderlich gutes Essen, aber trotzdem habe ich das Gefühl, daß Sie mich damit um den Finger wickeln wollen. Also, was ist los?«

»Haben Sie die Bankauszüge von Donnie bekommen?«

Ich schüttle den Kopf. »Er sagt, Sie haben sie.«

»Ach, tatsächlich? Das ist aber merkwürdig. Ich frage mich bloß, warum er sie Ihnen nicht geben will ...«

»So habe ich das nicht gesagt ...«

»Aber Sie haben's gemeint. Er sitzt auf den Auszügen wie eine Glucke. Warum?« Frost denkt über diese Frage nach, läßt sich durch seine Gedanken aber nicht beim Essen stören. »Nun, wen könnte ich anrufen? Ich kenne jemanden von Hyde Park Federal.«

»Dann schulde ich Ihnen dafür auch noch was, nicht nur fürs Essen, stimmt's? Was haben Sie vor, Warren?«

»Zuallererst«, sagt er, »bevor Sie irgendwas dazu sagen, bevor Sie ablehnen, möchte ich, daß Sie folgendes wissen: Es ist nicht für mich ...«

»Sagen Sie mir, worum's geht.«

»Ich mache das aus reiner Menschenfreundlichkeit, um einem Freund zu helfen. Ich würd's ja selber machen, Harding, aber ich bin Anwalt. Ich kümmere mich um Prozesse, Zivilsachen ...«

»Könnten Sie ein bißchen genauer werden?«

»Es gibt da ein Büro«, sagt Frost. »Und einen Schreibtisch. In dem Schreibtisch ist etwas, was ich gern hätte ...«

»Und das Büro sowie der Schreibtisch sind verschlossen?«

Er nickt.

»Und es gibt eine Alarmanlage?«

»Könnte sein.«

Tja, soviel zum Thema Prozesse und Zivilsachen.

»Sie wollen also, daß ich einbreche? Geben Sie Ihren Klienten auch solche juristischen Ratschläge? Es ist wirklich ein Wunder, daß Sie noch nicht Richter sind.« Ich reiche ihm den Rest von meinem Sandwich. »Danke fürs Mittagessen. Meine Gurke können Sie auch noch haben.«

»Warten Sie. Es ist für Elenya. Er hat Briefe von ihr ...«

»Was für Briefe?«

»Sie wissen schon«, sagt Frost. »Und Kassetten.«

»Und die bewahrt er in seinem Büro auf?«

»Genau.«

»Woher wissen Sie das?«

»Er hat's Elenya gesagt. Er verhöhnt sie damit. ›Versuch du nur, dich von mir scheiden zu lassen‹, sagt er. ›Dann werde ich den Boulevardblättern aber was erzählen.‹«

Nun, denke ich, die Boulevardblätter würden sicher auch über ihn schreiben, doch ich spreche meinen Gedanken lieber nicht aus – schließlich stellen die Leute bei Scheidungen die verrücktesten Sachen an. Aber Briefe? Na und?

»Sie kann nicht an den Schreibtisch ihres Mannes?«

Frost schüttelt den Kopf. »Als die Sache mit der Scheidung aktuell wurde, hat er alle Schlösser auswechseln lassen. Und er hat seinen Mitarbeitern gesagt, sie sollen Distanz zu Elenya halten. Wissen Sie, Harding, er zahlt ihre Gehälter, nicht sie. Und sie hören auf ihn.«

»Es geht um das Praxisgebäude in der Woodlawn Avenue?«

»Ja.«

»Sind Sie sicher, daß ich nicht auch noch in die Chirurgische Abteilung im Krankenhaus einbrechen soll?«

»Daran habe ich noch gar nicht gedacht«, sagt Frost.

Wir gehen durch den Buchladen. Ich marschiere ziemlich schnell an den Regalen mit der Philosophie vorbei. Als ich Platons *Der Staat* entdecke, muß ich zum Fiorinal greifen.

Es handelt sich um dieselbe Ausgabe, die Gaelen hatte. Frost lungert bei den Zeitschriften herum.

»Ich mag Elenya, Warren. Ich würde ihr gern helfen. Aber meine Antwort lautet nein.«

»Ich hab noch nichts vom Geld erwähnt.«

»Es geht mir nicht ums Geld.«

»Gut«, sagt er. »Es gibt nämlich auch keins.«

»Legen Sie das *Penthouse* weg, Warren, sonst tropft Ihnen die Sauce von der Gurke auf Miss März.«

Ich rufe Alison vom Telefon in General Books aus an. Sie ist immer noch ein bißchen mürrisch. Zum Glück habe ich eine Beschäftigung für sie, für die sie nur ein Telefon benötigt. Ich werde Rosenberg auf die Schliche kommen, allerdings nicht so, wie Frost sich das ausgedacht hat. Ich gebe Alison auch noch den Namen Bauer. »Wieviel ist dir die Sache wert?« fragt sie. »Fünfzig?«

»Vierzig«, sage ich. Ich muß sie wirklich bewundern, daß sie noch vom Krankenhausbett aus mit mir handelt. Ich kaufe ihr ein paar Illustrierte, Sachen, die man im Zeitungsladen eines Krankenhauses nicht bekommt – *Tattoo, Reps and Abs, Gothick Sex, Off Our Backs* und zwei Ufo-Zeitschriften für mich. Ich empfinde den Gedanken, daß Aliens die Welt erobern, als sehr tröstlich, vielleicht deshalb, weil ich dann mit einem Schlag all meine Geldprobleme los wäre. Der Mann an der Kasse sieht Frost finster an, als dieser eine Handvoll Gratis-Lesezeichen und vier Pläne vom Unigelände mitnimmt.

»Ich kann Ihnen allerdings was anderes anbieten«, sagt Frost. »So eine Art Anreiz für Sie.«

»Was? Noch mehr Sandwiches?«

»Sie erinnern sich doch an Michaels, den Typen von der Behörde, der Ihren Antrag auf Neuzulassung als Detektiv abgelehnt hat?«

»Er war nicht der einzige«, sage ich. In meinem Kopf schrillen sämtliche Alarmglocken. »Die Abstimmung ging damals vier zu null gegen mich aus.«

»Aber seine Stimme zählt sehr viel. Besonders jetzt – er ist nämlich inzwischen stellvertretender Ausschußvorsitzender. Er hat großen Einfluß.«

»Und?«

»Tja, ich kann Ihnen kein Geld geben. Aber ich kann dafür sorgen, daß Michaels diesmal mitspielt.«

»Sie machen Witze«, sage ich und starre ihn an. »Der hat die weißeste Weste der Welt. Er ist Republikaner und obendrein noch Methodist. Michaels können Sie nicht kaufen.«

»O doch.«

»Einfach so?«

»Einfach so.«

»Und wie wollen Sie das machen?«

»Sie wissen doch, wie solche Dinge funktionieren«, sagt er. »Oder muß ich Ihnen das erklären?«

»Wenn die Sache so einfach ist«, sage ich, »sollte ich vielleicht persönlich zu ihm gehen.«

»Wollen Sie vielleicht zur Bürozeit hingehen und einen Termin mit ihm ausmachen?« fragt Frost lächelnd. »Ich glaube, so funktioniert das nicht.«

»Und wieso sollte der Gouverneur meinen Antrag bewilligen?«

Frost lacht. »Glauben Sie denn, der schert sich einen feuchten Kehricht um Sie? Den Wisch unterschreibt irgendein Assistent. Den Zettel steckt man irgendwo dazwischen, am Freitagnachmittag, wenn fast niemand mehr im Büro ist. Da gehen alle früher nach Hause und denken an Old-Style-Bier, nicht an Harding. Da unterschreiben die alles. Was bedeutet schon ein Zettel mehr? Sie machen sich wirklich zu viele Gedanken.«

»Ich mache mir gern Gedanken«, sage ich. Warum mich sein Angebot überrascht, weiß ich nicht. In dieser Stadt läßt sich, abgesehen von Schlaglöchern, alles irgendwie richten. Nichts ist endgültig. Man sehe sich nur Rosenberg an, der die kleinen Fehler der Natur ausbügelt. Und auf der Welt ist auch nichts endgültig. Er kassiert Millionen. Man sehe sich nur seine Frau an, die durch eine Scheidung dagegen anzugehen versucht.

Ich stelle mir vor, daß ich wieder ein richtiges Büro haben kann mit meiner gerahmten Lizenz an der Wand. Eine zweite Chance – das ist ein Lieblingsspruch meines alten Herrn. Doch dann klingt mir ein altes Chicagoer Sprichwort in den Ohren, ähnlich wie vor kurzem meine Stiefel auf dem Boden jener Lagerhalle widerhallten: Sich selbst macht man immer am leichtesten was vor.

»Treffen Sie sich mit Elenya«, sagt Frost. »Reden Sie mit ihr. Bevor Sie nein sagen.«

FÜNFZEHN

Als ich bei Rosenbergs Haus ankomme, öffnet Elenya die Tür. Sie ist mit einer Jeans und einem Kaschmirpullover bekleidet, legerer, als ich sie bis jetzt gesehen habe. Aber sie sieht wunderbar aus – kein Make-up, die Augen klar. Sie dirigiert mich ins Wohnzimmer und bietet mir Kaffee an. Ich bedanke mich und überlege, ob Giselle ihn bringen wird, doch da geht Elenya schon in die Küche, um ihn selbst zu machen. Ich folge ihr.

»Ich muß erst die Bohnen mahlen«, sagt sie. »Darauf besteht Stephen. Wenn ich eine eigene Wohnung habe, kaufe ich nur noch Folgers. Teebeutel, nicht das, was Stephen mag – offenen Lapsang Souchong, der absolut trocken gelagert werden muß, dazu kaltes Quellwasser, gekocht in einem eigenen Topf. Ich hänge dann nur noch einen Teebeutel in eine Tasse mit ganz normalem Leitungswasser und stelle das Ganze in die Mikrowelle.«

So wie sie »Lapsang Souchong« sagt, klingt das sehr, sehr erotisch, aber ich bezweifle, daß der Name in Alltagsgesprächen allzuoft vorkommt. »Sie ziehen aus?«

Sie nickt. »Ich habe eine Schwester in Galena. Sie malt. Ich habe mich nur noch nicht an sie gewandt, weil sie fünf Kinder hat und genug eigene Probleme. Und weil ich ungern weglaufe ...«

»Sie laufen nicht weg.«

»Nein?« sagt sie, nicht sonderlich überzeugt. »Ich habe aber das Gefühl. Ich stelle mir jetzt schon seit Monaten vor, daß ich Stephen aus dem Haus verjage. Statt dessen ziehe ich selbst zu einer Schwester, die ich bloß einmal im Jahr sehe. Und die einen noch schlimmeren Mann hat als ich, wenn Sie das glauben können. Aber ich weiß einfach nicht, wohin ich sonst soll.«

»Galena ist aber ein bißchen extrem.«

»Ich weiß.«

Ich schweige eine Weile. »Sie sind herzlich eingeladen, bei mir unterzuschlüpfen. Bis Sie etwas Besseres gefunden haben ...«

»Danke, ich glaube nicht, daß das ...«

»Leitungswasser und Aspirin, soviel Sie wollen. Und Teebeutel. Nicht mal die von Liptons, sondern die von Tetley.«

»Ich weiß Ihr Angebot zu würdigen«, sagt sie. »Aber Warren meint, es wäre besser – bis die Sache mit der Scheidung geregelt ist –, wenn ich bei einer neutralen dritten Person wie Sandy bliebe. Egal, wie eng's in dem hübschen kleinen Galena wird.«

»Wahrscheinlich hat Warren recht«, sage ich. »Was ist er nur für ein Spielverderber, daß er die ganze Zeit recht hat.« Ich habe den Eindruck, daß wir nach dieser Aussprache beide erleichtert sind. Sie sucht sich lieber selbst etwas. Und ich – ich weiß nur, daß ich ihr helfen möchte. Aber aus Gründen, die mir nicht ganz klar sind, ist es leichter, wenn ich Distanz halte.

Außerdem muß ich hier Keegan zitieren: Leute, die in meine Nähe kommen, werden oft verletzt.

Die grüne Kaffeemaschine von Krups zischt vor sich hin wie eine Dampflokomotive. Es gibt auch einen Küchentisch, aber ich befinde mich nicht in einem Haus, in dem man einen solchen Tisch nutzen würde. Wir nehmen den Kaffee mit ins Wohnzimmer.

Elenya sitzt mit geschlossenen Beinen da und balanciert die Kaffeetasse auf den Knien. Der Teppich mit dem großen kahlen Adler ist Early American. Der letzte Raum, durch den wir gegangen sind, hat mir eher nach französischem Landhausstil ausgesehen. Ähnlich wie das Äußere des Hauses ein Durcheinander aus unterschiedlichen Stilen ist, scheint auch das Inntere unter verschiedenen Innenarchitekten gelitten zu haben.

Elenya ertappt mich dabei, wie ich die Zinnpokale auf dem Kaminsims anstarre.

»Das ist Stephens größte Schwäche«, sagt sie. »Na ja, eine seiner größten Schwächen. Er weigert sich, irgend etwas wegzuwerfen. Das gilt besonders für seine Pokale. Die hier sind für seine Turniersiege im Golf, vielleicht auch im Bridge. Ich weiß es nicht mehr so genau.«

»Haben Sie viel zu packen?« frage ich.

»Nein.«

»Stephen weiß, daß Sie ausziehen?«

Sie nickt.

»Wenn ich er wäre, würde ich versuchen, Sie davon abzubringen.«

»Aber Sie sind nicht er«, sagt sie traurig. »Allerdings muß ich jetzt tatsächlich weiterpacken. Ich habe Sandy versprochen, daß ich ihre Kinder von der Musikprobe abhole. Macht's Ihnen was aus, mit nach oben zu kommen?«

Nein, natürlich nicht. So, wie sie mit ihrer Jeans aussieht, sollte Stephen meiner Meinung nach alle Türen und Fenster vernageln, um mögliche Verehrer abzuwehren.

Ihr Schlafzimmer ist im Stil von Laura Ashley mit einem Schuß Crate and Barrel eingerichtet und wird von einem großen Bett beherrscht. Dazu kommen eine Frisierkommode und ein Schrank, in dem kein einziges Stück Herrengarderobe hängt. Es ist deutlich zu sehen, daß sie Stephen schon vor langer Zeit so gut wie möglich aus dem Zimmer verdrängt hat. Sie fängt wieder mit dem Packen an, legt die Kleider ordentlich in einen großen Samsonite-Koffer.

»Eins von jedem«, sagt sie. »Daran muß ich mich ständig selbst erinnern. Ich brauche nur einen Koffer, weil ich mit leichtem Gepäck reisen will. Ich werde mir das Etagenbett mit einer Zwölfjährigen teilen; ich ziehe also nicht gerade in eine luxuriöse Zweitwohnung.«

»Was ist mit Pelzen und Schmuck? Und mit Geld?«

»Ich habe Geld. Zwar keine zwei Millionen Dollar, aber genug zum Leben. Die Pelze lasse ich hier. Ich trage sie sowieso nicht mehr. Ein paar Schmuckstücke werde ich allerdings mitnehmen, die wirklich wertvollen Dinge, die Stephen mir zu Beginn unserer Ehe geschenkt hat. Sachen wie das hier.« Sie hält eine goldene Halskette mit einem Medaillon hoch, das groß genug ist für ein Paßfoto, doch es befindet sich nichts darin. »Eigentlich ertrage ich den Anblick dieser Dinge nicht mehr.«

»Lassen Sie sie einschmelzen«, sage ich. Aus dem Schlafzimmerfenster sehe ich den Weg, dem ich Sonntag nacht ums Haus herum gefolgt bin. Von hier aus wirkt er wie ein Hindernisparcours mit Bäumen und Gartenmöbeln. Keegans Fußspuren auf dem Garagendach sind noch zu erkennen. »Hat sich die Polizei eigentlich für das Durcheinander letzten Dienstag entschuldigt?«

»Ich weiß es nicht.«

»Was ist mit Stephen – was hat er zu Ihnen gesagt? Nachdem Sie die Bilder von ihm und Lucy gesehen haben, meine ich?«

»Nicht viel.«

»Er hat sich nicht entschuldigt, die Sache erklärt oder abgestritten?«

»Er hat gesagt: ›Siehst du, jetzt sind wir quitt.‹ Seiner Ansicht nach ist das der Ausgleich für die seelischen Verletzungen, die ich ihm im Laufe der Jahre zugefügt habe. Der Himmel allein weiß, wovon er spricht. Aber ich glaube nicht, daß das jetzt noch wichtig ist.« Sie holt ein Kleid aus dem Schrank, vergleicht es mit einem andern. »Reichen Sie mir doch bitte mal den Kleidersack von da drüben, ja?«

»Er hat mir gesagt, er glaubt, Sie hätten ein Verhältnis.«

»Ach. Wann?« Es klingt nicht sonderlich überrascht.

»Diesen Montag.«

»Das haben Sie noch gar nicht erwähnt.«

»Ich habe es bisher nicht für wichtig gehalten. Ich dachte, das gehört mit zum Erpressungsspielchen. Daß er versucht, Ihren Ruf zu schädigen.«

Sie packt schweigend weiter. Ich habe den Eindruck, daß

sie dieselben Kleider immer wieder neu ordnet. »Er hat mich einmal eine Hure genannt«, sagt sie. »An einem Donnerstagmorgen. Er hat zwei Bloody Marys trinken müssen, um sich das zu trauen. Dann hat er ein schlechtes Gewissen und Schuldgefühle bekommen. ›Es tut mir leid, es tut mir ja so leid, bitte verzeih mir.‹ Und dann hat er mich geschlagen. Das war das erste Mal.« Sie weicht meinem Blick aus. »Hat Warren mit Ihnen geredet? Er hat gesagt, er würde mit Ihnen reden.«

»Ja, wir haben miteinander zu Mittag gegessen. Daran kaue ich immer noch. Nicht nur am Essen, sondern auch an seinem Angebot. Er hat mich gebeten, etwas zu tun, worauf ich nicht sonderlich scharf bin ...«

»Sie müssen es nicht tun. Ich kann sehr gut verstehen, wenn Sie nicht wollen ...«

»Meine Vorbehalte haben mit Warren zu tun«, sage ich. »Wenn Sie mich bitten – wenn Sie mir erklären ...«

Das, was ich gerade gesagt habe, beschäftigt sie. »Welchen Unterschied macht es, wer Sie fragt?«

»In meinem Job macht das einen großen Unterschied, das können Sie mir glauben. Was versucht Stephen zu verbergen?«

Sie sagt eine Weile nichts. Ich setze mich neben sie aufs Bett. Sie hat einen wunderschönen Kaschmirpullover auf dem Schoß. Jetzt beginnt sie, ihn ganz langsam mit den Fingern zu kneten wie Teig; sie verdreht das Gewebe und zieht es lang, bis ich meine Hand auf ihre lege. Dann hört sie auf.

»Helfen Sie mir, Elenya. Ich tappe im dunkeln.«

»Letzten Freitag«, sagt sie, »als ich zu Ihnen in die Wohnung gekommen bin. Ich war vorher nicht zu Hause, sondern bin zu diesem Motel in Indiana gefahren ...«

»Wirklich? Warum haben Sie das gemacht?«

»Jemand hat mich angerufen – ein Mann. Ich habe die Stimme nicht erkannt. Es war nicht Gaelens Stimme, sondern eine jüngere. Er sagte, er sei der Hotelmanager, mein

Mann sei bei ihm und brauche Hilfe. Ich habe im Krankenhaus angerufen, und Stephen war nicht dort.«

»Warum haben Sie nicht mich angerufen? Oder Frost?«

»Ich habe versucht, Warren zu erreichen, bin aber nicht durchgekommen. Und Sie habe ich da noch nicht gut genug gekannt.«

Eine Stunde später oder so kannte sie mich gut genug, um in meinem Bett zu schlafen. Aber das sage ich nicht.

»Das Motel war dunkel. Fast wäre ich wieder umgekehrt. Im Büro des Managers war niemand, nur die Tür zu Zimmer neunzehn stand offen. Auch das Fenster war offen. Und es lag jemand auf dem Bett.«

»War das Licht an?«

»Nein, aber ich konnte sehen ...«

»Das waren nur die Bettlaken, Elenya.«

»Nein, Harding – der Mond stand am Himmel. Es war Nora. Und sie war tot. Es war schrecklich. Ein Teil von ihrem Gesicht war nicht mehr da.« Sie schweigt. »Warum passiert das alles?« fragt sie. »Wissen Sie es? Müssen all diese Leute sterben, weil ich mich scheiden lassen will ...«

»Nein.« Das erinnert mich an Lucys Abschiedsbrief. *Solche Dinge passieren einfach.*

»Jemand hat mir einen Schlag versetzt. Ich muß das Bewußtsein verloren haben. Und als ich aufgewacht bin, war die Leiche verschwunden. Es war niemand da. Aber ich hatte das Gefühl, als sei jemand da. Ich hatte Blut an den Händen. Die Vorhänge bauschten sich im Wind – es war wie in einer Geistergeschichte. Ich bin eine Weile in der Gegend herumgefahren. Dann bin ich zu Ihnen gekommen.«

»Der blaue Fleck an Ihrem Gesicht stammte also von dem Schlag?«

»Ja.«

»Aber Sie haben niemanden gesehen, keine Stimmen gehört?«

Sie schüttelt den Kopf.

»Elenya. Wie konnte er Sie ins Gesicht schlagen, ohne daß Sie ihn gesehen haben?«

»Ich weiß es nicht. Glauben Sie, daß ich lüge?«

»Nein, natürlich nicht. Haben Sie Ihren Wagen unverschlossen vor dem Motel gelassen?«

»Ich glaube nicht.«

»Was haben Sie in dem Motel berührt?«

»Ich weiß es nicht ...«

»Wo war Ihr Mann in der Nacht?«

»Ich weiß es nicht so genau. Jedenfalls hat er nicht hier im Haus geschlafen.«

»Passiert das oft?«

»Oft genug«, sagt sie.

»Und was war Ihrer Meinung nach der Sinn der ganzen Sache?«

»Der Sinn? Das hier ist der Sinn.« Sie holt eine kleine Tasche mit Schnappverschluß aus einer Schreibtischschublade und nimmt einen Schlüssel heraus. Mit dem Schlüssel öffnet sie das Schloß einer Schmuckschatulle. Im Innern befindet sich eine einzelne VHS-Kassette, eine Marke, von der ich noch nie gehört habe. Sie kommt aus Taiwan. Elenya steckt die Kassette in einen Videorecorder von Sony und holt die Fernbedienung für den Fernseher.

Anfangs denke ich, wir sehen einfach nur fern, einen alten französischen Film, vielleicht Robert Bresson, auf PBS – schwarzweiß, ein Packesel klettert einen Hügel hinauf. Dann merke ich, daß der Film auf der Kassette ist. Er hat wacklige Untertitel. Plötzlich wird der Bildschirm blau und das Bild wieder scharf – jemand hat den Film überspielt, immer noch in Schwarzweiß. Die Aufnahme sieht nach einem billigen Camcorder aus, wie man sie zur Videoüberwachung in Geschäften benutzt.

Wir sehen Zimmer neunzehn der Hoosier BudgetCourts aus der Eckperspektive. Nora liegt auf dem Bett, noch am Leben. Von der Seite kommt eine Frau mit schwarzem Pelzmantel. Elenyas Gesicht ist ziemlich deutlich zu erkennen.

Sie geht zum Bett und hebt den Arm, dann folgt höchstwahrscheinlich ein Schnitt, den man allerdings nicht sieht. Die Sache ist geschickt gemacht: Die Frau hat jetzt ein Messer in der Hand, einen Brieföffner, und sie sticht immer wieder auf Nora ein. Ihr Gesicht ist währenddessen nicht zu erkennen. Man kann auch nicht genau erkennen, ob Nora noch am Leben ist.

Dann geht die Frau mit dem Rücken zur Kamera aus dem Bild.

Der Bildschirm wird blau; der Film mit dem Packesel, der jetzt einen Hügel hinunterklettert, läuft weiter.

»Kann ich das noch mal sehen?« frage ich, und Elenya nickt. Sie geht aus dem Zimmer, um ein Glas Wein zu holen, während ich die Kassette vor- und zurückspule. Die Schnitte sind auf diesem Gerät nicht erkennbar, aber mit der richtigen Ausrüstung könnte man sie sichtbar machen. Niemand würde mit so einem Tape etwas erreichen.

Es sei denn, jemand wollte Elenya Angst einjagen, sie daran hindern, um ihren Anteil in der Scheidung zu kämpfen. Vielleicht ist das den Leuten, die den Film aufgenommen haben, auch gelungen – jedenfalls lehnt sie jetzt im Türrahmen und trinkt nervös Chablis. Ich schalte den Fernseher aus und hole die Kassette aus dem Recorder. Das Ding wurde ziemlich billig reproduziert, das sieht man.

»Da will Ihnen jemand etwas anhängen«, sage ich. »Das liegt auf der Hand. Sie sollten keine Angst haben.«

Sie nickt und kaut an ihren Fingernägeln.

»Ich habe hinterher einen Anruf bekommen«, sagt sie. »Angeblich gibt es noch weitere Kopien von der Kassette, bessere Kopien, an denen die Polizei monatelang herumzupuzzeln hätte. Und der Anrufer hat mir erklärt, daß ich die ganze Zeit wegen Mordverdachts im Gefängnis sitzen müßte. Dann hat er mir noch in allen Einzelheiten geschildert, was im Gefängnis mit mir passieren würde.«

»Wenn Sie nicht was machen?«

»Ich weiß es nicht. Der Anrufer hat sich nie wieder bei

mir gemeldet. Aber vielleicht verstehen Sie jetzt, warum ich wegen Gaelen nicht zur Polizei gegangen bin ...«

»Sind Sie sich sicher, daß nicht er die beiden Male angerufen hat?«

»Ja«, sagt sie. »Ich kenne seine Stimme.«

»Elenya, wenn ich die Kopie einer solchen Kassette aus dem Schreibtisch Ihres Mannes hole – falls sie sich überhaupt dort befindet –, nützt das nicht allzuviel.«

»Also hat Warren Ihnen die Sache nicht sonderlich gut erklärt, oder?«

»Warren hat mir überhaupt nichts erklärt, Elenya.«

»Ich will nicht, daß Sie die Kassette zurückholen. Ich weiß, daß die jede Menge dieser Tapes haben können. Aber Stephen hat eine Fotodisc in seinem Büroschreibtisch. Darauf sind Bilder, die er im Lauf der Jahre aufgenommen hat. Von seinen kleinen Verabredungen.«

»Ist das so was wie eine CD-ROM?«

»Nein, das ist eine Computer-Disc. Ich weiß auch nicht, wie das funktioniert. Aber jedenfalls kann er sich seine Lieblingsfotos ansehen, wann immer er will. Zum Beispiel wenn es ihm zu langweilig wird, an Leuten rumzuschnippeln. Wahrscheinlich ist die Methode sicherer für ihn – so gibt's nämlich keine Negative, und er kann leicht Abzüge davon machen.«

»Er hat Ihnen davon erzählt?«

»Ich weiß es jedenfalls«, sagt sie mit ausdruckslosem Gesicht.

»Frost hat etwas von Briefen erwähnt ...«

»Die gehören mir«, sagt sie. »Warren will die Fotodisc – er meint, die ist ein gutes Beweismittel. Aber ich will die Briefe. Stephen hatte kein Recht, sie an sich zu nehmen.«

»Elenya, die Videokassette – wie ist Ihnen die geliefert worden?«

»Sie wurde nicht geliefert«, sagt sie und trinkt ihren Wein aus. »Genau das macht mir ja angst. Sie lag bereits hier, als ich am Samstagmorgen das Zimmer betreten habe.

Und der Videorecorder ist ganz von allein angegangen. Nach der Nacht bei Ihnen. Ganz von allein.«

Sie erklärt mir kurz, wie sie alles an dem Morgen vorgefunden hat – der Fernseher und der Videorecorder waren an eine Powerbox angeschlossen, wahrscheinlich gelenkt durch eine Fernsteuerung außerhalb des Hauses. So etwas kann man überall kaufen. Fernbedienungen funktionieren wie Piepser: mit genug Saft dringen die Signale auch durch Wände. Die Sachen sind jetzt im Keller, weil Elenya sie nicht mehr sehen will.

»Das ist jetzt fast eine Woche her«, sagt sie. »Worauf warten die?«

»Ich weiß es nicht. Vielleicht haben sie ja schon das, was sie wollen. Zeigen Sie mir mal die Sachen im Keller.«

Ich gehe selbst hinunter, schalte das Licht ein. Es ist kühl und ein bißchen feucht da unten, wie das in Kellern von alten Häusern nun mal so ist. Risse verlaufen durch die Fundamente, Spinnen überwintern im Mauerwerk. Das Neonlicht an der Decke flackert zischend wie ein Heuschreckenschwarm. Das Haus wird mit Gas beheizt; der Kessel befindet sich neben einer vernagelten Kohlenrutsche. Ich frage mich, wie viele Jahre es wohl gedauert hat, den Kohlenstaub aus dem Keller herauszubekommen.

Die Drähte und die Powerbox, von denen Elenya mir erzählt hat, sind in einem großen Korb gleich beim Waschraum. Vielleicht wurde das Zeug bei Radio Shack gekauft; es gibt keine Möglichkeit, seine Herkunft zurückzuverfolgen. Ich lehne mich an eine verzogene Tür neben dem Sicherungskasten. Wieder einmal habe ich mehr Fragen als Antworten. Allmählich gewöhne ich mich daran. Auf dem Boden liegt Schmutzwäsche – hauptsächlich wohl von Stephen: Socken, Unterwäsche, Hemden. An manches kann ich mich von seinen Mittwochsausflügen her erinnern. Von jetzt an wird er seine schmutzige Wäsche selbst waschen müssen.

Vielleicht ist es die Kohlenrutsche, vielleicht auch der Geruch im Waschraum – Bleich- und Waschmittel, Stärke, die in den kalten Betonboden eingelassene rostige Rinne –, die mich an mein eigenes Elternhaus und daran erinnern, wie meine Mutter immer den Samstag verbrachte: damit, die Sachen meines Vaters zu waschen, zu bügeln und zusammenzulegen. Und sie war immer länger als nötig in einem Keller geblieben, der feuchter und dunkler war als dieser. Unsere Kohlenrutsche hatte noch funktioniert – und führte in einen kleinen Raum, aus dem immer schwarzer Staub drang. Dieser Staub breitete sich im ganzen Haus aus, bedeckte meine Trophäen aus der Little League und legte sich über alles, was man länger als ein paar Wochen dort unten ließ.

Mein Vater arbeitete als Dachdecker. Er verbrachte seine Tage damit, über die Dächer zu laufen, die mit Teerpappe oder grauen Schindeln gedeckt waren. Seinen Lohn bekam er immer bar am Freitag, in einer Kneipe Ecke Ashland Avenue, die an diesem Tag um sechs schloß, damit die Leute von Vaters Betrieb dort allein einen trinken konnten. Das Bier ging dabei auf seinen Arbeitgeber, und die Beschäftigten des Unternehmens reisten zu diesem Zweck aus dem ganzen Mittleren Westen an. Das Ganze war als Zusatzleistung gedacht, sozusagen als Sicherheit dafür, daß Frauen wie meine Mutter auch tatsächlich etwas von dem Geld in der Lohntüte sahen, bevor die Männer alles versaufen konnten.

Irgendwann nach Mitternacht verschob sich die Achse meiner elterlichen Welt. Dachdecker ist ein elender Job – man muß über verrottende Dachsparren klettern, fällt schon mal durch eine kaputte Stelle oder ein Oberlicht, friert sich im Winter den Hintern ab oder bekommt überhaupt keine Arbeit. Wenn die Dachdecker also wieder unten auf der Erde waren, löste das Freibier nur Unzufriedenheit und Frustrationen aus. Mehr als einmal fand ich meinen Vater sturzbetrunken im Garten vor unserem Haus. Mehr als einmal half ich ihm dann die Stufen hinunter zu unserer Toilette und hielt seinen Kopf, während er sich übergab, wischte ihm hinterher das Gesicht ab und legte ihn auf ein Feldbett. Mehr als einmal fielen mir die bernsteinfarbenen Flecken an den Armen meiner Mutter auf. Bald schon lernte ich, am Samstag zeitig aufzustehen, allein zu frühstücken, die Dinge zu erledigen, die ich zu erledigen hatte, und das Haus so früh wie möglich zu verlassen.

»Jemand war hier im Haus«, sagt Elenya und kommt halb die Treppe herunter. Sie verschränkt die Arme vor dem Körper, weil ihr kalt ist. Und dann knallt eine der Neonleuchten, die Sicherung brennt durch, und wir stehen im Dunkeln. Auf dieser Seite des Kellers gibt es keine Fenster. Nur aus der Küche dringt etwas Licht. Die Tür geht ganz langsam zu.

»Harding«, sagt Elenya mit angsterfüllter Stimme.

»Keine Sorge, ich gehe rauf …«

Ich weiß nicht so genau, was ich zuerst höre – daß die Küchentür verschlossen wird, daß Elenya unten zu weinen beginnt, oder daß die Tür hinter mir aufgeht. Es ist auch egal. Als Gaelens Arm auf meinen Rücken heruntersaust, lande ich mit einem Knie auf dem Boden. Ich will mich hochrappeln, aber er schlägt erneut zu, mit noch mehr Kraft, wie ein wütendes Tier. Trotz der kühlen Luft hier unten schwitzt er, wahrscheinlich weil er sich in dem kleinen Raum hinter mir versteckt hat, und sein Schweiß tropft mir in den Nacken. Elenya kreischt etwas, fleht ihn an aufzuhören, aber er schenkt ihr keine Beachtung. Als er wieder zuschlägt, habe ich das Gefühl, daß er mich in den Boden stampfen will.

Als ich zu mir komme, ist es dunkel. Immer noch kein Licht. Hätte ich den Browning bloß nicht im Truck gelassen. Es ist still im Haus.

»Elenya«, sage ich. »Sind Sie noch da?«

Keine Antwort, aber ich höre etwas auf der Treppe.

»Ja«, flüstert sie rechts von mir.

»Alles in Ordnung?«

Wieder keine Antwort.

Ich schlage mir das Knie an einer Holzstütze an und taste mich an der Wand entlang, bis ich beim Sicherungskasten bin. Als ich den Kippschalter im Sicherungsautomaten umlege, dringt ein bißchen Licht aus der Küche herunter. Die Tür steht jetzt wieder offen.

Elenya hat sich nicht von der Stelle bewegt. Sie hat die Arme wie zum Schutz um den Körper geschlungen. Sie sitzt zusammengekauert auf den Stufen, die Arme um die Knie, so dicht an der Wand wie nur möglich.

»Wo ist er hin?« frage ich.

»An mir vorbei«, sagt sie zitternd. »Nach oben.«

»Hat er Sie berührt?«

»Nein, nur seine Hand ist an meiner Wange vorbeigewischt. Ich hab ihn nicht mal richtig gesehen ...«

»Haben Sie ihn gehen hören?«

»Nein«, flüstert sie.

Ich laufe hinauf. Zwar habe ich keine Waffe bei mir, bin aber so dumm zu hoffen, daß er noch da ist. Das Erdgeschoß ist leer, und nach dem feuchten, kühlen Keller wirkt es warm. Da Elenya immer noch unten ist, sehe ich mich schnell im Haus um. Das Gebäude ist zu groß, um in jeden Schrank und unter jedes Bett zu schauen, aber ich kann mir auch nicht vorstellen, daß er sich noch einmal versteckt. Außerdem hat er ja bekommen, was er wollte: die Videokassette. Gaelen beseitigt seine Spuren. Als ich durch die Küche zurückgehe, wird mir bewußt, daß ich ein Messer hätte packen sollen. Aber ich kann Messer nicht sonderlich leiden.

»Harding?« sagt Elenya, die Stimme merkwürdig tonlos. Sie sitzt immer noch auf der Treppe, halb im Dunkeln. Ich hätte sie nicht allein lassen sollen.

»Er ist weg, Elenya. Ich rufe lieber die Polizei ...«

»Kommen Sie runter zu mir«, sagt sie, und ich tue ihr den Gefallen.

Wir sitzen etliche Minuten schweigend da. Der Rücken tut mir höllisch weh, das gleiche gilt für meinen Nacken und meine linke Schulter. Ich lausche, wie das Haus sich an das kalte Wetter anpaßt. Elenya hält sich die Hand vor den Mund und schaukelt vor und zurück wie ein autistisches Kind. Ich weiß nicht, wie ich sie trösten soll. Ich weiß ohnehin nicht viel.

»Gehen wir wieder rauf«, sage ich. »Diesmal können Sie mir ein Aspirin geben. Und ich könnte noch einen Kaffee vertragen.«

»So hat die Sache damals auch angefangen«, sagt sie. »Wir haben zusammen Kaffee getrunken. Ich saß allein da, und er fragte – ich weiß nicht, warum ich zugestimmt habe. Es gibt jede Menge Leute von der Uni da. Er sah ganz ordentlich aus, ganz normal. Was dieses ›Normal‹ auch bedeuten mag.«

»Und dann sind Sie zusammen ausgegangen?«

»Nein, der Kaffee, das war nach dem Sport. Da gibt's ein kleines Restaurant und eine Theke mit vegetarischen Sachen. Wir haben uns über Tennis unterhalten. Ich hatte Probleme, den Aufschlag zu retournieren, wegen meiner Arthritis. Er hat sich meine Hände und meine Handgelenke angesehen und sie ganz sanft massiert. Ich fand das sehr nett. Ich hatte den Eindruck, daß er sich Sorgen macht. Und er war sanft. Ich dachte, er arbeitet dort. Als Trainer oder so.« Sie zittert ein wenig. »Aber dann hat er plötzlich angefangen, mir Geschenke zu senden, mich anzurufen, mir Blumen zu schicken; und wenn ich aus dem Co-op kam, stand er schon da, um mir die Einkaufstüten abzunehmen. Er hat die ganze Zeit im strömenden Regen auf mich gewartet, auf dem Parkplatz ...«

»Lassen Sie uns raufgehen.«

»... vielleicht sollte ich mir eine Pistole kaufen. Warum verschwindet er nicht ...«

»Es ist kalt hier unten«, sage ich. »Oben wird's Ihnen bessergehen. Und Sie müssen wirklich raus hier. Ich helfe Ihnen beim Packen.«

»Ja, gut«, sagt sie.

Aber sie rührt sich nicht von der Stelle. Ich hätte noch mehr Fragen über Gaelen, aber zwei Dinge sagen mir, daß dies nicht der richtige Zeitpunkt ist, die Fragen zu stellen: Elenyas Gesichtsausdruck und das manipulierte Kabel aus der Telefondose, das mir jetzt auffällt. Wenn ich Elenya sage, daß ihr Telefon angezapft worden ist, bekommt sie nur noch mehr Angst.

»Warum verschwindet er nicht?« fragt sie noch einmal.

»Er verschwindet, Elenya. Das verspreche ich Ihnen.«

Als ich die Hand ausstrecke, bin ich mir nicht sicher, ob sie sie überhaupt sieht. Meine Finger wischen über ihren Ärmel.

Endlich hebt sie den Blick und streckt ebenfalls die Hand aus. Ich führe Elenya nach oben.

SECHZEHN

»**Ich brauche** keine Pistole«, sagt Alison. Ich schiebe sie im Rollstuhl durch die Flure, was ihr ausgesprochen gut gefällt. Krankenhausvorschrift, habe ich ihr erklärt. Aber das war gelogen. Sie hat ihre Nike-Tasche mit dem Pyjama drin auf dem Schoß, die Füßlinge sind im Reißverschluß eingeklemmt. »Ich weiß dein Angebot wirklich zu schätzen, Harding, aber ich kann selbst auf mich aufpassen. Und mir tut der Bauch weh, wenn ich lachen muß, also bitte bring mich nicht zum Lachen. Kein Kichern, kein Gacksen, nichts. Ich meine es ernst. Und keine blöden Witze.«

»Über meine Witze lachst du doch sowieso nicht.«

»Hör auf damit, Harding. Ich mein's wirklich ernst.«

Im Aufzug erzähle ich ihr eine Geschichte über ein Pferd in einer Bar, aber Alison stülpt schnell die Kopfhörer ihres Walkman über und läßt sich von MC5 die Ohren zudröhnen. Dabei trommelt sie auf einem imaginären Schlagzeug herum. Eine Nonne, die neben mir steht, schüttelt den Kopf, die Hand an ihrem Rosenkranz.

»Gehirnerweichung«, sage ich. »Sie hat nur noch vier oder fünf Wochen.«

»Ach, die Arme.«

Die Glastüren der Notaufnahme öffnen sich mit sanftem Zischen, und schon sind wir draußen in der Kälte. Unter ihrem schwarzen Wollmantel trägt Alison ein langes rotes Kleid, das sie leicht an- und ausziehen kann. Ich habe es unter ungefähr einem Dutzend schwarzer Jeans ganz unten in ihrem Schrank gefunden. Ich glaube, das Kleid ist eigentlich eng geschnitten, aber sie hat abgenommen durch die Götterspeisendiät. Jedenfalls hängt das Ding an ihrem Körper wie ein Kaftan.

Ich hole den Truck aus der Krankenhausparkgarage,

dann fahren wir auf der Cottage Grove in Richtung Norden zur 57th Street. Ich gebe Alison zweihundert Dollar aus dem Schreibheft, das ich jetzt als Brieftasche verwende.

»Was wollen wir damit machen?« fragt sie und steckt das Geld ein.

»Wir fahren erst mal zu dir.«

»Nein, ich meine damit ...« sagt sie und streckt mir ein paar gelbe Seiten hin, die sie aus ihrem Notizbuch gerissen hat. Darauf hat sie die Ergebnisse ihrer Telefoniererei vermerkt. »Und was ist mit Mittagessen? Ich hab noch nicht mal gefrühstückt. Du hast mir Hamburger versprochen ...«

»Sag mir, was du rausgefunden hast.«

»Sie heißt Elizabeth Manning und wohnt am North State Parkway. Das ist ne schnieke Gegend, nicht weit vom Playboy-Gebäude entfernt. Apropos Implantationen – du hast doch gesagt, daß Rosenberg bloß Nasen korrigiert. Bei ihr hat er Silikon genommen. Aber wahrscheinlich weißt du das sowieso schon alles, sonst hätte ich ja nicht da anrufen müssen.«

»Sag's mir trotzdem«, sage ich.

»Sie ist immer noch als seine Patientin registriert, und ihr Konto ist noch aktiv. Die Krankenhausakte zeigt, daß alles bezahlt ist. Genau wie du vermutet hat. Alles wurde als ›medizinisch notwendig‹ eingestuft.«

»Und was ist mit der Krankenversicherung?«

»In Reese? Das hab ich dir doch schon gesagt ...«

»In Mitchell.«

»Da ist das Konto ausgeglichen. Ich bin ja kein Buchprüfer, Harding, aber ich habe wirklich keine Ahnung, was das Ganze soll. Die Überweisungen sind Routine. Ich meine, wenn du da einen Versicherungsbetrug nachweisen willst, mußt du andere Belege anbringen.«

»Und die Praxis von Rosenberg? Wie sieht ihr Konto dort aus?«

»Wieso interessiert dich das?«

»Ach, tu mir einfach den Gefallen.«

Sie seufzt. »Zu denen bin ich nie durchgedrungen. Die Arzthelferin dachte, ich mache so eine Telefonumfrage – ich habe fast eine Stunde an der Strippe gehangen.«

Ich mache direkt vor dem Medici kehrt. Alison kann's nicht fassen, daß der Medici-Burger so kurz vor dem Ziel aus ihrer Reichweite verschwindet.

»Mein Mittagessen«, jammert sie. »Meine Pommes, mein …«

»Wir müssen die Geschichte heute abschließen, Alison. Vor dem Wochenende, bevor alles zu hat. Sonntag, genau um Mitternacht, wird aus dem Prinzen ein Kunsthistoriker.«

Ich werde vorsichtiger, vielleicht auch nur paranoid. Hinter dem Hyde Park Shopping Center befindet sich ein Parkplatz, aber ich fahre zweimal um den Block, bevor ich mich dort sicher fühle. Und ich parke den Truck quer, um Alison vor dem Wind und dem Verkehr in Richtung Süden zu schützen.

»Ich habe ein Telefon zu Hause in meinem Schlafzimmer«, sagt sie.

»Ich weiß, aber das hier gefällt mir besser.«

Sie schiebt einen Vierteldollar in den Schlitz.

»Früher hast du mein Schlafzimmer gemocht.«

»Ich weiß, aber …«

»Was?«

»In letzter Zeit ist es mir da ein bißchen zu eng geworden.«

Sie knallt mir den Ellbogen in die Rippen. »Soll ich mich für irgendwas entschuldigen?«

»Nein, nein – benutz lieber das Telefon hier, bevor wir beide erfrieren.«

»Wie heißt die Sekretärin mit Vornamen?«

»Sandra.«

»Kleine Praxis?«

»Ein oder zwei Helferinnen …« Doch da gibt sie mir auch schon ein Zeichen, den Mund zu halten.

»Humana Krankenversicherung«, sagt Alison mit leiser, schroffer Stimme. Sie zwinkert mir zu. »Bin gerade dabei, die Akte über eine Elizabeth irgendwie abzuschließen. Der Computer ist abgestürzt, ich hab hier nur so eine undeutliche Kopie. – Sind Sie das, Sandy? Sandy, hier ist noch mal Dottie West von Medical Records ...«

»Die tiefe Stimme gefällt mir«, flüstere ich. »Ist ausgesprochen *butch*.«

»Halt's Maul, Arschloch«, sagt Alison. »Nein, Sandy, nicht Sie, tut mir leid – wir haben hier so einen Praktikanten von der Technischen Hochschule ...«

Ich mache die Beifahrertür des Truck auf und greife unter den Fahrersitz, wo ich den Browning befestigt habe. Ich löse den Klebestreifen, sehe nach, ob die Waffe geladen ist, und schiebe sie in den Hosenbund. Unter dieser Jacke könnte man ein ganzes Arsenal von Waffen verstecken.

Alison beobachtet mich von der Telefonzelle aus. Sie ist alles andere als erfreut über den Anblick der Pistole.

»Wie läuft's?« frage ich.

»Wir sind in der Warteschleife«, sagt sie. »Du weißt, daß du dir Zugang zu den Unterlagen sowohl im Krankenhaus als auch im Büro verschaffen müßtest, um einen Versicherungsbetrug nachweisen zu können. Aber wenn du nicht bei beiden einbrechen möchtest, weiß ich eigentlich nicht, wie du das schaffen willst. Es sei denn natürlich, du kennst die Paßwörter für beide Systeme ...«

»Wir wollen keinen Versicherungsbetrug nachweisen. Geht sie immer noch zu Rosenberg?«

»Noch einmal, diesen Samstag. Eine routinemäßige Nachuntersuchung. Hier. Wie findest du das?« Sie gibt mir den Telefonhörer, damit sie selbst nach einem Kaugummi suchen kann. Sie steht direkt neben mir. »Die zweihundert, die du mir versprochen hast, Harding, die waren für letzten Sonntag. Aber du schuldest mir noch was für die Dunkelkammer und noch mal fünfzig für heute, stimmt's?«

»Vierzig.«

»Ich dachte, wir haben fünfzig ausgemacht.« Ihre Finger gleiten an meinem Hosenbein entlang zum Schritt. »Du bist ja immer noch kitzlig«, sagt sie.

»Nein, bin ich nicht.«

Sie packt fester zu.

»Scheiße, Alison, mach so was nicht bei dem Wetter. Nennst du das Kitzeln?«

»Es könnte noch schlimmer kommen.«

»Vierzig, fünfzig, was ist das schon für ein Unterschied. Über so was kann man doch reden.«

In der Warteschleife von Cosmetic Procedures Inc. ist keine Berieselungsmusik zu hören, sondern Dr. Stephen Rosenberg höchstpersönlich, der Gesichts- und Körperkorrekturen empfiehlt, um das klassische Ideal zu erreichen: Bauchstraffung, Verödung von Besenreisern, Absaugen von Fett, Unterbauchmodellierung, Brustaufbauplastiken und mikrorhinoplastische Korrekturen.

»Das Problem ist nur«, murmelt Alison, »daß das Silikon im Körper wandert. Das Zeug taucht dann irgendwann unten an den Knien oder hier unter den Armen oder vielleicht sogar hier auf ...«

»Hör auf, ja?« Ich habe Probleme, mich auf die Tonbandaufnahme zu konzentrieren, wenn Alison so dicht neben mir steht. »Wir sind hier schließlich nicht zu Hause.«

»Deine Jeans wird dir allmählich zu eng«, sagt sie belustigt.

»Fettzellen«, erklärt Rosenberg weiter, »die aus Ihrem Unterhautfettgewebe am Gesäß gesaugt werden, ähneln nach Meinung mancher Fachleute Tapioca oder Kaviar oder sogar Hüttenkäse ...«

»Zeit zum Mittagessen«, sagt Alison lächelnd.

Das Medici ist keins meiner Lieblingslokale – es ist immer überfüllt und zu teuer, und außerdem gibt's hier um die 57th Street keinen Alkohol. Aber ich gebe Alisons Bitte nach. Wir sitzen in einer Nische gleich bei der offenen Küche. Ich behalte die Tür im Auge.

»Mann, sieht das toll aus« sagt Alison, als die Kellnerin das Essen bringt – riesige Hamburger mit dunklem Brot und vor Fett triefende Pommes. »Gleich krieg ich einen Kalorienschock.«

»Das Krankenhausessen wird dir fehlen, Alison. Kratz ja nicht an meiner Kellertür, wenn du Sehnsucht nach Götterspeise hast. Was hast du über die Bauers rausgefunden?«

»Ich hab nicht mit ihnen selbst gesprochen. Willst du deine Pommes allein essen?« Ich schüttle den Kopf. »Aber der Priester der Gemeinde war sehr hilfsbereit. Mr. und Mrs. Bauer haben ungefähr fünfzehn Jahre in der Gegend gelebt. Mr. Bauer – Max – hatte Probleme mit dem Herzen und mit der Flasche, und seine Frau ist regelmäßig in die Kirche gegangen.«

»Wo haben die beiden gewohnt?«

»Ach so, tut mir leid. – In der North Lincoln Avenue. Nicht weit von deiner Wohnung weg, von dem Loch, das du untervermietet hast, sobald du aus dem Knast warst. Wohin du meine Wenigkeit das erstemal abgeschleppt hast. Gib mir doch mal den Ketchup, ja?«

»Hast du eine Adresse oder eine Telefonnummer?«

»Die beiden sind tot, Harding. Und außerdem sind sie auch nicht Orens richtige Eltern. Die Bauers waren Stiefeltern, die haben so viele Kinder bei sich aufgenommen, daß es bei denen zugegangen sein muß wie in Grand Central Station. Pater Pat – ist das nicht herzig? – erinnert sich nicht mehr an die Namen der Kinder, aber weil ich mich als Schwester Teresa von der kirchlichen Jugendfürsorge ausgegeben habe, konnte ich ihn schlecht fragen – ich hatte ja angeblich die Namen.«

»Ist das alles?«

»Noch nicht ganz. Pater Pat erinnert sich noch sehr gut an den kleinen Oren. Weil der nämlich in der Kirche gearbeitet hat, ob du's glaubst oder nicht. Tja, der Junge war ein Wunderkind ...«

»Dein irischer Akzent ist noch schlimmer als meiner.«

»Sorry. Pater Pat hat sich ein paarmal nicht so klar ausgedrückt. Ich glaube, er leidet unter Arterienverkalkung. Oren ist weggelaufen. Denkt jedenfalls Pater Pat.«

»Und wie alt war er damals?«

»Fünfzehn, sechzehn? Wer weiß das schon, Harding.«

»Und warum hat er den Namen der Bauers angenommen?«

»Keine Ahnung.«

Ich schreibe das in mein Detektivnotizbuch; das beeindruckt Alison mächtig. *Keine Ahnung*. Sie nimmt sich das, was von meinem Hamburger noch übrig ist. »Das ißt du doch sowieso nicht mehr, oder?«

Alles andere kann ich vom Jugendamt erfahren; die Einzelheiten von Orens Kindheit interessieren mich nicht sonderlich. Ich will nur Gaelen finden und herauskriegen, in welcher Verbindung er zu Rosenberg steht. Der Rest ist dann Schweigen.

»Elizabeth Manning hat nur in Rosenbergs Praxis Schulden«, sagt Alison. »Sie hat sich für dreißigtausend Dollar ne Rundumerneuerung machen lassen. Verteilt auf drei oder vier Sitzungen. Sie stottert das Geld in Raten ab.«

»Tja, kann ich mir vorstellen.« Einen Augenblick lang bin ich abgelenkt. Das Lokal ist das genaue Spiegelbild des Restaurants, das ich in Erinnerung habe. Aber das Mobiliar und die Holznischen entsprechen dem Bild, das ich aus der Vergangenheit habe. »War das Lokal mal auf der anderen Straßenseite?«

Sie nickt. »Erinnerst du dich noch an unseren letzten Besuch hier?«

»Das ist ganz schön lange her.« Allerdings ist die Musik heute die gleiche wie damals: Bob Dylan mit »Visions of Johanna«. »Warum?«

»Die Nacht der lasziven Kostümparty«, sagt Alison.

»Weißt du noch? Der erste von vielen Stopps, bevor wir in die Ida Noyes Hall gegangen sind. Du hast behauptet, du könntest auf nüchternen Magen keinen Alkohol trinken.«

»Tatsächlich?« Damit habe ich mittlerweile keine Probleme mehr.

»Erinnerst du dich wirklich nicht mehr?«

»Verschwommen«, sage ich. Ich erinnere mich noch an Mülltonnen voller Bowle gleich hinter der Tür; das Zeug war aus Äthylalkohol und Lebensmittelfarbe gemacht.

»Du weißt nicht mehr, daß wir uns als Superman und Lois Lane verkleidet haben?«

»Und wer war ich?«

»Superman«, sagt sie.

»Gut, gut.«

»Und was ist mit dem Ringerwettkampf und dem Streit, den du vom Zaun gebrochen hast?«

»Das denkst du dir aus.«

»Weißt du noch, wie die Nacht zu Ende ging?« fragt sie und klaut mir meine letzten Pommes.

»Irgendwas Romantisches?«

»Und wie.«

»Am Point?« rate ich. »Haben wir uns zusammen den Sonnenaufgang angesehen?«

»Fast«, sagt Alison. »Wir waren in der Notaufnahme von Billings; die Schwestern haben dein Superman-Cape gehalten, während sie dir den Magen ausgepumpt haben.«

»Wir haben wirklich ne Menge Spaß miteinander gehabt.«

An der Tür zur Wohnung bitte ich Alison, im Flur zu warten.

»Willst du mich über die Schwelle tragen?« fragt sie ein bißchen ungeduldig über meine Vorsicht, aber sie tut mir den Gefallen und wartet. Ich gehe durch alle Zimmer, mache alle Schränke auf, sehe mir die Schlösser an, um festzustellen, ob sich jemand daran zu schaffen gemacht hat. Alles sieht ganz ordentlich aus.

Ich lege ihre Nike-Tasche aufs Bett und zeige ihr die Pistole.

»Ich weiß, daß du schießen kannst«, sage ich. »Aber wenn du trotzdem ein bißchen üben möchtest, können wir raus nach Riverdale auf einen Schießplatz fahren. Meine Schießkünste sind ungefähr so eingerostet wie deine.«

»Harding, wirklich«, sagt sie. »Ich kann Pistolen nicht leiden.«

»Bitte nimm das Ding. Wenigstens, bis das hier vorbei ist. Alles andere weißt du ja: Geh heut abend nicht allein aus ...«

»Ich muß wieder zur Arbeit ...«

»Bleib hier. Laß niemanden rein. Und pieps mich an, wenn irgendwas los ist. Ich bin in ein paar Stunden wieder da.« Dann zeige ich ihr, wie man die Waffe entsichert, und sehe nach, ob sie geladen ist. Es ist nur eine Kaliber 7.65, aber ich habe Chang gebeten, sie mit Teilmantelgeschossen zu laden. Gaelen ist ein Schrank von einem Mann, doch wenn er keine kugelsichere Weste trägt, hat er keine Chance.

Ich kann nur hoffen, daß sie das Ding auch benutzt, denn eigentlich tritt sie lieber mit den Füßen. Aber bei jemandem wie Gaelen braucht man mehr als Konzentration und ein gutes Gleichgewichtsgefühl.

»Wenn jemand fragen sollte: Die Knarre gehört mir«, sage ich. »Sag ihnen, ich hätte die Zulassung, die Papiere, alles.«

»Wer sollte denn fragen?«

Ich gebe ihr keine Antwort. Statt dessen schließe ich die hintere Tür auf und gehe die Treppe hinunter; ich will mir die Straße genauer ansehen. Das Gebäude ist gut in Schuß, und die Hintertreppe befindet sich gegenüber einer Reihe von Läden, so daß hier normalerweise auch noch nach Einbruch der Dunkelheit Leute unterwegs sind. Die Hintertür ist aus Massivholz und hat ein schweres Schloß. Wenn ich hier reinwollte, würde ich es vorne versuchen.

Alison gibt ihren Pflanzen Wasser und sieht ihre Post durch. Ich wasche mir an der Küchenspüle mit kaltem Wasser Gesicht und Hände. Dann nehme ich noch zwei Fiorinal, stecke ein paar in die Tasche und lasse das Fläschchen bei Alison. Mein Rücken ist in Ordnung, solange ich mich bewege, aber meine linke Schulter schmerzt unentwegt.

»Wie eng bist du mit Felicia befreundet?«

Alison atmet tief durch. »Ist das eine Vernehmung oder ein Interview für *People*-Magazine?«

»Ich mache mir lediglich Sorgen um deine Sicherheit, Alison«, sage ich. »Kannst du Felicia vertrauen? Mehr will ich nicht wissen.«

»Ihr vertrauen?«

»Könntest du ihr vertrauen, wenn dein Leben auf dem Spiel stünde?«

»Ich glaube schon«, sagt sie.

»Gut.«

»Steht mein Leben denn auf dem Spiel?« fragt sie und sieht mich an.

»Es könnte sein. Jedenfalls möchte ich, daß du noch einen Ort hast, wo du hinkannst. Für den Fall, daß was passiert. Einen Ort, an dem du sicher bist.«

»Er würde mich nicht verfolgen ...«

»Das hat er schon, Alison. Er verfolgt uns beide. Und ich glaube nicht, daß er schon mit uns fertig ist.«

Sie denkt nach. Ich bringe sie absichtlich aus der Fassung. Alisons Hauptschwäche ist, daß sie ihre Gegner unterschätzt. Und in Zeiten wie diesen ist ein bißchen Paranoia gar nicht so schlecht.

»Wenn du nach ihm suchst, begleite ich dich«, sagt sie.

»Nein. Nicht heute.«

»Dann solltest du eine Waffe mitnehmen ...«

»Das tue ich«, sage ich. »Sperr die Türen zu. Ich schaue noch mal vorbei. Oder ich ruf dich an.«

Ich trete hinaus auf den Flur, gehe die Treppe hinauf,

sehe mich um und komme wieder herunter. Sie wartet an der Tür.

»Und leg die Kette vor«, sage ich.

»Harding – du erinnerst dich doch noch, daß ich dir neulich gesagt habe, du sollst ihn mir lebend bringen?«

Ich nicke.

»Vergiß das ›lebend‹«, sagt sie.

SIEBZEHN

Es ist Freitag und später Nachmittag, als ich in einem Büroviertel in der South Side, einer Gruppe von niedrigen Gebäuden in Calumet City, ankomme. Hier draußen sind die Fenster nicht bronze- oder goldfarben getönt, sondern mit abblätternder grüner Farbe und dicken schwarzen Sicherheitsbalken bedeckt.

Dr. Sawyer arbeitet im zweiten Stock, für ein Unternehmen mit dem Namen Midwest Sports Medicine. Reillys Zögern, ohne guten Grund in einer Arztpraxis herumzuschnüffeln, war verständlich.

Aber ich brauche für die meisten Dinge keinen guten Grund.

Im Wartezimmer sind ein älterer Herr mit Gehhilfe, eine Mutter mit ihrer Tochter und ein kleines Mädchen mit verstauchtem Knöchel, das *Highlights* liest. Kernspinaufnahmen von Rotatorenmanschetten hängen gerahmt an den Wänden, als wären es Monets Heuhaufen. Eine Arzthelferin in weißer Kleidung fragt mich, ob ich einen Termin habe; ich verneine.

»Sind Sie schon mal bei uns gewesen?« fragt sie.

»Ich glaube schon. Dr. Rosenberg hat mich an Sie verwiesen.« Sie nickt. »Dr. Stephen Rosenberg.« Der Name scheint ihr nichts zu sagen.

»Wenn Sie bitte diese Versicherungsformulare ausfüllen würden ...«

»Ist Gaelen heute hier?« frage ich.

»Wer?«

»Gaelen. Arbeitet er denn nicht hier?« Sie schüttelt den Kopf, ansonsten kann ich keine Reaktion erkennen. Ich fülle die Formulare im Stehen aus; an der Theke der Rezeption ist ein Bleistiftstummel, mit einer Schnur festgemacht.

Ich denke mir eine Krankenversicherungs- und eine Social-Security-Nummer aus und muß mich zurückhalten, dazu keinen albernen Namen aus der dritten Klasse wie I. P. Daley oder Dick Hertz einzutragen. Bei solchen Scherzen fängt Alison nämlich immer an zu gähnen.

Ich blättere fast alle herumliegenden Zeitschriften durch und sehe mir die zugehörigen Adressenaufkleber an. Auf manchen steht South Side Associates, genau wie auf der Zeitschrift, die der Junge bei sich hatte, auf anderen Sawyer, auf wieder anderen Swann. Und auf manchen lese ich Midwest Sports Med. Alle jedoch tragen dieselbe Adresse, die, an der ich mich befinde.

Eine Schwester ruft meinen Namen auf, bevor ich die aktuelle *Bones and Health* durchhabe. »Die können Sie mitnehmen«, erklärt sie mir fröhlich.

Alle scheinen sich darüber zu freuen, daß sie mich hier sehen.

Ein Rätsel ist schnell gelöst. Ich habe mir bis jetzt nicht vorstellen können, warum ein Arzt über einem indischen Restaurant wohnt. Jetzt weiß ich es. Sawyer ist Chiropraktiker, und sowohl sein Diplom von einer Berufsschule als auch seine Zulassung sehen aus wie Fotokopien. Er ist mindestens fünfzig oder fünfundfünzig, hat sich aber mit Hilfe eines Solariums und einer ganzen Menge Vitamine ziemlich gut gehalten. Sein blauer Kittel steht am Hals offen. Die Haut dort ist dick und ledrig wie die einer Schildkröte. Die Goldkettchen verschwinden fast in den Falten.

»Ich hatte gehofft, Gaelen hier zu treffen«, sage ich.

»Gaelen?« fragt er überrascht. »Den habe ich schon eine ganze Weile nicht mehr gesehen – ziehen Sie doch mal Ihr Hemd aus.«

»Ich dachte, er arbeitet hier ...«

»Nicht fest«, sagt Sawyer. »Nur wenn jemand überwiesen wird, der eine Spezialmassage braucht.«

»Ich habe gehört, er hat magische Hände«, sage ich.

»Allerdings.« Sawyer lächelt mich freundlich an. »Nun, was können wir für Sie tun?«

Ich erkläre ihm, daß ich Probleme mit dem Rücken habe, aber als ich mein Hemd ausziehe, fällt sein Blick zuerst auf meine Schulter. »Du lieber Himmel«, sagt er. Offenbar hat sie jetzt wieder eine andere Farbe. Auch Sawyers Gesichtsfarbe verändert sich – er wird schneeweiß. Dann verdreht er die Augen zur Decke. Die Schwester holt das Riechsalz.

Als er wieder zu sich kommt, entschuldigt er sich, aber anscheinend hat er Angst, wegen meiner Schulter in einen Prozeß hineingezogen zu werden. Er sieht sich kurz meinen Rücken an, überreicht mir Handzettel über Reflexzonenmassage und Shiatsu und begleitet mich mit freundlichem Lächeln zur Tür. »Und passen Sie auf Ihre Schulter auf, ja?« sagt er, als hätte ich mir die Verletzung absichtlich zugefügt. Nun, vielleicht stimmt das ja sogar.

Die Praxis schließt um sieben. Am Fenster von Sawyers Sprechzimmer befindet sich eine Alarmanlage von ADT; dazu kommen mindestens drei Türen und vier Schlösser zwischen der Eingangstür und diesem Raum. Ein zielbewußter Dieb würde wahrscheinlich genau wissen, was er will, und schnell einbrechen, ohne sich um die Alarmanlage zu scheren, oder ganz langsam übers Dach hereinkommen.

Ich bin auf keine der beiden Methoden vorbereitet, möchte aber auch nicht mit leeren Händen gehen. Also fahre ich den 4Runner auf den Parkplatz einer Bar mit dem hübschen Namen Dixie Chicken, wo er ein Plätzchen zwischen den vertrauenerweckenden Transportern und Pickups findet. Im Lokal geht es hoch her, schließlich ist Freitagabend. Ich setze mich in die Nähe einer Gruppe von Männern; die Kerle haben ganz offensichtlich vor, den Abend hier zu verbringen. Ich hänge meine Fallschirmjägerjacke über eine Stuhllehne und trinke Budweiser. Niemand achtet groß auf mich. Es fällt auch niemandem auf, daß ich eine blaue Jeansjacke vom Garderobenhaken nehme und mich auf den Weg zur Tür mache. Und ich habe noch mehr Glück, denn es steckt eine wollene Skimütze in der Tasche. Fehlen nur noch Handschuhe.

Als ich durch eine Seitenstraße zu Sawyers Praxis gehe, ist es fast sieben. Da ich keine Lust habe, mich mit der Praxistür herumzuärgern, trete ich in das Haus und warte in einer dunklen Nische im zweiten Stock. Der einzige andere Mieter dieser Etage ist eine Refinanzierungsgesellschaft, deren Büro leer steht. Wahrscheinlich ist der Mietvertrag abgelaufen.

Die Schwester kommt zuerst heraus, drückt aber nicht die Klinke herunter, um sicherzugehen, daß die Tür auch wirklich zu ist. Also muß Sawyer noch drin sein. Ich klopfe gegen die einzige Lampe, die den Flur erhellt, gerade fest genug, um sie auszuschalten, ohne das Glas zu zerbrechen, dann warte ich neben der Tür. Es ist jetzt so dunkel, daß ich, als Sawyer herauskommt und sich umdreht, um die Tür zu verschließen, unbemerkt die Tür mit einem Fuß erwische, bevor sie zugehen kann. Gleichzeitig presse ich eine Hand gegen seinen Nacken, damit er mich nicht anschauen kann, und drücke ihm den Browning ins Kreuz, damit er den Mund hält. Normalerweise hat man sechzig Sekunden Zeit, um die Alarmanlage abzuschalten.

»Nehmen Sie meine Brieftasche ...« sagt er. »Aber bitte tun Sie mir nicht weh.«

»Gibt es hier Bewegungsdetektoren?«

»Nein, nein ...«

»Ist die Alarmanlage eingeschaltet?«

Er nickt. Ich schiebe ihn mit der Waffe in seine Praxis zurück. Die Lichter sind aus, aber dank meines guten Zuredens findet er die Alarmanlage ziemlich schnell und schaltet sie aus. Dann klopfe ich mit dem Browning gegen seinen Schädel, ungefähr so wie vorher beim Licht im Flur, gerade fest genug, um ihn K.o. zu schlagen. Wahrscheinlich hat er eine gute Krankenversicherung.

Ich ziehe die Skimütze vom Kopf – sie riecht nach billigem Weichspüler – und öffne mit Sawyers Schlüssel die anderen Türen. Dann zerre ich ihn nach hinten in sein Büro. Allein im Dunkeln habe ich Angst.

Es ist stockfinster in Sawyers Büro, aber ich stoße nur ein- oder zweimal mit den Knien irgendwo an, bevor ich einen Kleiderständer beim Fenster finde. Die meisten Ärzte haben kleine Stablampen in der Tasche, und Quacksalber wie Sawyer neigen dazu, auf diesem Gebiet noch zu übertreiben. Folglich finde ich drei dieser Lampen in seinem Kittel, und dazu ein schweres Stethoskop, ein Reflexhämmerchen und Spatel; außerdem eine Tasche voller Rektalthermometer mit dem aufgedruckten Namen eines Politikers – was für ein hübsches Wahlgeschenk. In einem Untersuchungszimmer entdecke ich eine rechteckige Schachtel mit dünnen Gummihandschuhen, von denen ich ein Paar überstreife.

Aus der kleinen Stablampe dringt ein dünner Lichtkegel. Der Aktenschrank befindet sich neben Sawyers Schreibtisch, auf seiner Metalloberfläche liegen merkwürdige Ausstellungsstücke: Gipsabdrücke von kaputten Rückenwirbeln. Wenn die naturgetreu sind, bewege ich mich hier in unmittelbarer Nachbarschaft von Ed Gein und Jeffrey Dahmer. Als ich einen der Abdrücke in die Hand nehme, verbiegt er sich und bricht auseinander. Ich lege ihn weg. Er sieht aus wie eine verstaubte Languste – wenn Jonnie vom Belmont Cove mir einen davon in die Hose steckte, würde ich vor Schreck an die Decke springen. Für Fetischzwecke allerdings scheint mir die Sammlung sehr geeignet.

Der Schrank ist verschlossen, aber da er ziemlich alt ist, habe ich keine Mühe, das Schloß aufzubringen – man muß nur die Schublade weit genug aus ihrer Schiene reißen. Natürlich muß zu diesem Zweck zuerst das Metall von der vorderen Platte weggestemmt werden; zum Glück wimmelt es in Sawyers Praxis von nützlichen Werkzeugen – Metallschienen, längeren und kürzeren Zangen, mit denen sich die braunen Aktenmappen herausholen lassen. Ich halte das, womit ich den Schrank schließlich aufkriege, für eine Stimmgabel.

Die Akten selbst sind interessant, wenn auch nicht sonderlich relevant für meinen Fall – jede Menge Steuerdaten, für die sich das Finanzamt sicher begeistern könnte. Briefe an andere Ärzte über Fragen der Gesundheitspolitik, Überweisungen von Versicherungen. Weiter hinten entdecke ich eine unmarkierte Akte mit Nacktfotos, hauptsächlich von Männern, alle von hinten aufgenommen; die jeweiligen Wirbelsäulen sind auf den Bildern ganz scharf zu sehen. Manche der Fotografierten scheinen tot zu sein. Einige Bilder sehen aus wie offizielle Obduktionsfotos, andere sind eher Amateurschnappschüsse.

Nichts davon hilft mir weiter, obwohl ich mehr herausfinde, als ich eigentlich wissen wollte. Letztlich interessieren mich nicht die Skelette, die Sawyer im oder auf dem Schrank hat, sondern ich suche nach etwas, was eine Verbindung zwischen ihm und Stephen Rosenberg herstellt. Ich möchte mehr über Gaelen erfahren.

Ich gehe zwanzig Minuten lang alle Akten durch. Wenn es hier etwas Interessantes gibt, finde ich es nicht. Nicht einmal in einem Buch mit den Namen der beratenden Ärzte und den dazugehörigen Dollarsummen – Nebeneinnahmen für Weiterempfehlungen – kann ich Rosenbergs Namen entdecken. Auch auf der Adressenliste für Sawyers Hanukka-Karten steht er nicht. Das höchste der Gefühle ist eine Aufstellung der Chicagoer Ärzte von der Ärztekammer, geordnet nach Fachrichtungen. Darauf steht Rosenbergs Name natürlich. Daneben befindet sich ein schwarzes Zeichen, ein Sternchen, das aber genausogut eine tote Fliege sein könnte.

Ich schenke mir einen Drink ein. Auf Sawyers Schreibtisch stehen zwei Flaschen: Old Grand Dad und Metamucil – eine Kombination, die ich nicht unbedingt ausprobieren möchte. Ich wische ein winziges Schnapsglas, das Sawyer als Papierbeschwerer benutzt, mit meinem Hemd aus. Dieses Holzfällermodell hat sich schon bezahlt gemacht.

Auf dem Schreibtisch steht eine handgemachte Version

dieser Bürospielzeuge, bei denen vier Kugeln unentwegt hin und her klacken. Das Ding von Sawyer sieht weniger nach High-Tech aus als nach Fred Feuerstein. Ich denke lieber nicht darüber nach, woher er die Kugeln hat. Meine Augen haben sich mittlerweile ein wenig an die Dunkelheit gewöhnt, und ich kann erkennen, was das Schnapsglas beschwert hat – ein ausgeblichenes schwarzes Notizbuch.

Ich zücke meine treue Stablampe; der Strahl ist so schmal, daß ich jede Zeile einzeln lesen muß. Zuallererst wende ich mich den »R« zu, kann aber Rosenbergs Namen nirgends entdecken. Dann überprüfe ich alle Vornamen und versuche, Gaelen zu finden. Aber ich habe kein Glück. Kein Gaelen.

Bei den »W« allerdings stoße ich auf Wilson, Donald. Noch überraschender ist die dazugehörige Adresse – die Privatadresse mit Telefonnummer, die nicht im Telefonbuch steht. Ich weiß nicht, was ich davon halten soll. Aber ich habe nicht viel Zeit zum Nachdenken.

Aus den Augenwinkeln nehme ich eine Bewegung wahr. Ich schalte die Stablampe aus. Draußen auf dem Flur ist jemand. Nicht Sawyer, der ruht noch in Morpheus' Armen. Meine Augen haben sich an die Dunkelheit gewöhnt, ich setze mich und warte. Diese Fähigkeit habe ich in vielen Jahren perfektioniert.

Jetzt bewegt sich der Jemand in Richtung Praxistür. Wenn ich klug wäre, würde ich ihn hinausgehen lassen und ihn auf dem Flur oder im Eingangsbereich erwischen, ihm vielleicht sogar hinaus auf die Straße folgen, aber ich bin nun mal nicht klug. Plötzlich durchzuckt mich Wut bei dem Gedanken, daß es Gaelen sein könnte. Vielleicht sogar Martinez. Angela fällt mir ein. Ich stecke die Stablampe in die Tasche und folge der schattenhaften Gestalt ins Wartezimmer.

Meine Erinnerung an die Beschaffenheit dieses Raums ist aus dieser Richtung nicht ganz so gut. Ich stoße gegen ein Tischchen. Zwar verliere ich nicht das Gleichgewicht, aber da die Gestalt sich jetzt umdreht und ich gut genug sehen kann, um Orens Gesicht sowie den großen Revolver zu erkennen, den er in der Hand hält, lasse ich mich zu Boden fallen und rolle mich zur Seite. Mein Rücken tut dabei höllisch weh, aber es ist erstaunlich, wie schnell man sich bewegen kann, wenn jemand auf einen schießt. Eine Kugel pfeift über mich hinweg und reißt Sperrholzsplitter aus dem Türrahmen hinter mir. Ich brauche eine halbe Sekunde, bis ich wieder weiß, wie man den Browning entsichert, genug Zeit für den Jungen, sich umzudrehen und einen Schuß in die Luft abzugeben. Wieder regnet es Holzsplitter und Gips auf mich herab. Aber er hat nicht genug Zeit, durch die Tür zu verschwinden.

»Lassen Sie die Waffe fallen«, rufe ich einmal – wahrscheinlich ist das so eine Regel von Amnesty International. Er kommt nicht so gut mit seiner Waffe zurecht; ich wette, ihm wäre jetzt die Mossberg Pumpgun lieber. Trotzdem verhalte ich mich mucksmäuschenstill. Ich gehe davon aus, daß die Show damit zu Ende ist.

Doch er wendet sich mir zu, nicht der Tür, und hebt die Waffe, statt sie zu senken.

»Ich mein's ernst, Oren – lassen Sie die Waffe sofort fallen ...«

Ich hätte doch lieber mit dem Browning trainieren sollen. Die Schußrichtung fällt ein bißchen zu hoch aus, aber ich erwische ihn an der Schulter. Er wird gegen die Wand geschleudert, wo er den Bruchteil einer Sekunde hängenbleibt wie ein Schmetterling unter Glas. Mein zweiter Schuß streckt ihn nieder. Einen dritten brauche ich nicht.

Er liegt jetzt mit gespreizten Beinen auf der Plastikbespannung der Untersuchungsliege. Statt des Surfersegeltuchhemds trägt er eins vom Marine Corps, das nun auf gebührende Weise eingeweiht ist. Er ist tot, bevor ich bei ihm bin. Semper Fidelis.

Offenbar ist seine Waffe hinter die Liege gefallen. Ich mache mir nicht die Mühe, nach ihr zu suchen. Es ist besser, die Bullen sehen sie an der Stelle, an der sie zu Boden gefallen ist. Ich finde seine Brieftasche. Es steckt kein Führerschein und kein Ausweis drin, nur ein Bild von Cindy Crawford im Bikini und ein Fünfzig-Dollar-Schein – wahrscheinlich der, den er mir neulich nachts in der Lagerhalle abgeknöpft hat. Ich nehme ihn mir wieder. Und das Foto nehme ich auch.

Auf dem Boden liegt ein Schlüssel – er paßt ins Schloß der Eingangstür. Ich lege ihn wieder neben die ausgestreckte Hand des Jungen. Wer hat ihm den Schlüssel gegeben? Und der Alarmcode, den er sich auf dem Handgelenk notiert hat – wer hat ihm den gesagt? Mein Herz klopft immer noch wie wild, allerdings nicht, weil ich gerade Cindy im knappen Bikini gesehen habe. Es ist eine Weile her, seit ich zuletzt jemanden umgebracht habe. Es gehört nicht zu meinen Lieblingsbeschäftigungen. Trotzdem bin ich froh, aufrecht auf dem Boden zu stehen, statt auf ihm zu liegen.

Ich habe keine Zeit für einen Drink, den ich bitter nötig hätte. Ich beseitige im Büro rasch die Fingerabdrücke an den Stellen, die ich dummerweise berührt habe, bevor ich die Handschuhe überstreifte. Sawyer ist immer noch im Reich der Träume. Seine Nase zuckt wie die eines Kaninchens. Die Augen befinden sich in der REM-Phase. Wahrscheinlich träumt er von einem Wartezimmer voller Leute mit Beinschienen, Mehrfachbrüchen und Quetschungen. Ich wünschte, ich könnte auch so schlafen.

Ich bin schon auf dem Weg nach draußen, als ich beschließe, noch schnell in den Raum zu sehen, aus dem der Junge gekommen ist. Er ist nicht verschlossen und ziemlich klein. Ich erkenne eine Untersuchungsliege, ein Waschbecken, Glasfläschchen mit Wattebäuschen und Wundalkohol. Und einen kleinen Büroschreibtisch, der auch nicht verschlossen ist. Darauf befindet sich ein Stapel Papiere – der Junge muß sie weggelegt haben, als er mich hörte, denn ein paar Seiten sind auf den Boden gefallen, eine liegt vor der Tür. Es handelt sich um Anträge auf Zulassung als Physiotherapeut in Illinois, ordentlich mit schwarzer Tinte ausgefüllt. Auf allen prangt der Stempel »Abgewiesen«, und alle sind auf Gaelen ausgestellt, allerdings mit verschiedenen Familiennamen – Hughes, Hackett, Henry. Ein Antrag pro Jahr in den letzten drei Jahren. Als Büroadresse ist jeweils die von Sawyer angegeben. Das gilt auch für die Privatadresse. Vielleicht hat Gaelen auf dem Tisch geschlafen und im Waschbecken gebadet. Ansonsten liegt auf dem Schreibtisch eine merkwürdige Auswahl von Pamphleten über Gnosis, taoistisches Qi Gong, Meridiantherapie, Theosophie, Tai Chi und die Young Republicans.

Auf dem Weg nach draußen nehme ich die Patientenliste mit und gehe rasch eine Box mit Disketten durch, die neben Sawyers Macintosh steht. Sie sind in der typischen unleserlichen Handschrift eines Arztes beschriftet – sogar das äfft Sawyer nach –, also packe ich einfach eine Handvoll und stopfe sie in die Tasche. Dann gehe ich durch die Hintertür hinaus auf eine Seitenstraße. Im Dixie Chicken geht's jetzt noch höher her als zuvor. Die Hausband spielt »Little Feat«. Ich hänge die Jeansjacke wieder zurück und hole meine eigene, dann gehe ich durch die Dunkelheit zu meinem Toyota. Ein vertrauter blauer Pick-up steht neben einem Hydranten, aber es sind zu viele Leute unterwegs, als daß ich mich damit beschäftigen könnte. Ich zerlege die Waffe, beseitige die Fingerabdrücke von allen Teilen und entsorge diese dann einzeln auf dem Nachhauseweg.

O'Halligan's in Bridgeport ist heute voll mit jungen Leuten, nicht mit den üblichen Saufbolden aus der Nachbarschaft. Auf dem Holzpodium, das als Bühne herhalten muß, spielt eine Rockband. Fast alle tanzen, also gibt es genügend freie Tische. Boone trinkt Singapore Slings aus einem Collins-Glas, ich trinke Killian's. Es ist ein Uhr früh.

»Wie heißt der Scheiß, den die da spielen?« brülle ich

Wes zu, dem Barkeeper. Er hat ein Handtuch über der Schulter, als wolle er gleich duschen.

»Celtic-Rave«, sagt er. »Das mögen die weißen Kids. Wollen Sie noch ein Bier?«

»Ja, und nen Schnaps.«

Boone sieht den Mädchen beim Tanzen zu. Die meisten von diesen jungen Leuten gehen nicht aufs College. Das hier ist eine Arbeiterkneipe. Am Freitagabend sehen sie alles ein bißchen lockerer, wie damals in der High-School. Wahrscheinlich sehnen sich die meisten von ihnen nach der High-School zurück.

Ich habe Boone um Mitternacht von den Video Savages abgeholt. Ich habe noch keine Lust, nach Hause zu gehen. Gaelens Antragsformulare stecken zusammen mit dem Bild von Cindy Crawford in meiner Gesäßtasche. Im Augenblick möchte ich mich weder mit dem Schreibkram noch mit Cindy beschäftigen.

»Es ist bloß so ne Idee«, sagt Boone. Er ist ein bißchen angetrunken. »Es wäre ne Möglichkeit für ein bißchen zusätzliches Geld. Als Werbehäschen verdient man sich nämlich nicht unbedingt ne goldene Nase. Und der Job, bei dem ich dir morgen helfen soll, ist auch reine Spekulation ...«

»Was meinst du damit – wir könnten ein bißchen zusätzliches Geld verdienen? Wie?«

»Ich denke da an Telefonsex«, sagt Boone. »Die kriegen fünfzig Eier pro Kunde und fünf Eier die Minute für Zeug, das entweder aus der Retorte kommt oder vom Blatt gelesen wird. Da könnte man sich doch gleich den Playboy Channel ansehen.«

»Und wie willst du dir mit dem Einkommen eines Werbehäschens einen Kabelanschluß leisten?«

»Ach, ich hab mir selbst nen Anschluß von Mr. Gronskis Keller zu mir rauf gebastelt – das ist nicht das Problem, Harding. Computer- und Telefonsex, das ist heute das große Geschäft. Ziemlich viel davon passiert hier. Pornos sind in den Kleinstädten tabu. Aber die Farmerjungs brauchen auch jemanden, mit dem sie sich unterhalten können, wenn sie die Kühe ins Bett gebracht haben.«

»Ich würde wetten, daß du ne ganz schöne Telefonrechnung hast«, sage ich.

»Ach, gar nicht so schlimm«, sagt er. »Ich hab mir da so ne Kiste aus Versandhausteilen gebastelt. Und ich hab noch ein Kabel aus dem Keller hochgezogen.«

Boone hat einen Abschluß in Physik, und zwar nicht nur in der theoretischen.

»Und was haben Computersex und Telefonlüstlinge mit Rosenberg zu tun?« frage ich.

»Nichts. Es war bloß so ein Gedanke.«

»Was für ein Gedanke?«

»Vergiß es.«

»Schmoll nicht«, sage ich. Ich habe noch immer keine Lust heimzugehen. »Wie sieht deine Idee aus?«

Er rückt seinen Stuhl näher an meinen heran. »Das, was wir in Rosenbergs Büro machen. Wir könnten die Kamera und die Wanzen noch drei Monate drinlassen. Und wir könnten das Ganze Janies Cousin Richie verkaufen, wenn wir fertig sind.«

»Du meinst deine Exfreundin Janie? Und ihren Cousin Richie, der, der im Priesterseminar von St. Rita's ist?«

»Das ist Pater Richards, Harding, ihr anderer Cousin. Ich rede von Richie Dugan.«

»Ich dachte, Richie Dugan verkauft Autoreifen.«

»Du denkst immer noch an das Geschäft, das Pater Richards mir mit den vier Michelins vermittelt hat«, sagt Boone. »Das war Pater Richards, Harding. Der ist jetzt nicht mehr im Seminar, sondern Kaplan in St. Boniface.«

»Ich kann mich noch erinnern, daß der Priester die Reifen geliefert hat«, sage ich. »Aber die waren nicht von Michelin. Der hatte ein ganzes Lager davon. Du bist reingelegt worden. Das war wie bei einem Kirchenbasar, wo selbstgebackene Kuchen oder Plätzchen verkauft werden. Du hast was gespendet.«

»Pater Richards hat gesagt, sie hätten das Logo runterkratzen müssen, damit sie die Reifen unter Marktpreis verkaufen konnten.«

»Das waren laufflächenerneuerte Reifen aus Bolivien oder Panama; mit Sicherheit waren's keine Michelins.«

»Warum sieht man dann immer noch den kleinen Michelin-Mann auf der Innenseite?«

»Den hat dein verdammter Priester mit einem magischen Stift draufgemalt«, sage ich und trinke meinen Schnaps und den Rest von meinem Bier aus. Chicagoer Priester haben's faustdick hinter den Ohren. Was hat das alles mit Rosenberg zu tun? Hat den auch jemand mit Reifen übers Ohr gehauen?

Die Band spielt ziemlich laut »She Moved Through the Fair«. Das klingt, als hätten sich die Stammesältesten zu einem Jam mit den Ramones getroffen. Wes, der Barkeeper, bringt mir noch ein Bier und einen Schnaps.

»Richie Dugan«, sagt Boone, »ist an Video Savages beteiligt. So habe ich den Job auch gekriegt. Und im hinteren Teil des Ladens hat er noch n Sextelefon am Laufen. Dazu kommen ein paar Sexbulletins im Net. Die Leute, die sich da einklinken, geben nen Haufen Geld aus für den Schweinkram. Die haben genug von den Profis. Amateure sind ihnen lieber. Sie laden sich die Bilder auf ihren Computer und tauschen sie wie Baseballkarten. Richie ist immer auf der Suche nach neuem Material. Sachen wie das, was wir mit der Kamera kriegen würden. Auch wenn's gar keinen richtigen Sex, sondern nur nackte Frauen zu sehen gibt. Ich weiß, daß er Interesse hätte, wenn wir ihn fragen.«

»Aber wir haben ihn doch nicht gefragt, oder? Bitte sag mir, daß wir ihn nicht gefragt haben.«

»Nein, nein«, sagt Boone. »Natürlich nicht.«

»Gott sei Dank.«

»War ja auch nur so ne alberne Idee von mir.«

»Verkauf dich nicht unter Wert«, sage ich. »Das ist eine der alleralbernsten Ideen, die ich jemals gehört habe.«

Die Band spielt jetzt »Sir Patrick Spens« mit Reggae-Beat und Feedback; die jungen Leute tanzen zu diesem Rhythmus, so gut weiße Kids es eben können. Auf einem Transparent über der Tür steht »Island Music Night« – Britannien und Irland sind schließlich auch Inseln, genau wie Jamaika. Ich entdecke ein öffentliches Telefon neben der Bar.

Über mir ist ein Fernseher. Es wird australischer Fußball übertragen; sehr langweilig. Niemand schaut zu. Vermutlich gibt's auch eine Bar in New South Wales, in der im Moment amerikanischer Seniorengolf übertragen wird. Ich schalte um auf einen Kanal, in dem ein Film gezeigt wird.

Alison hebt beim ersten Klingeln ab.

»Was machst du denn gerade?«

»Nichts, Harding. Ich seh fern, liege flach auf dem Rücken. Die Nähte jucken wie wahnsinnig. Ich hab eben an dich gedacht – auf Lifetime läuft ne Sendung über die Wechseljahre des Mannes.«

»Herzlichen Dank«, sage ich. »Ich wollte mir eigentlich lieber den Film auf Kanal elf ansehen.«

»Das können wir auch machen«, sagt sie, und ich warte, bis sie umgeschaltet hat. Gene Kelly tanzt, bekleidet mit einem gestreiften T-Shirt und einem Béret, mit einer Zeichentrickmaus. Leslie Caron sitzt daneben.

»Toll, das ist einer von meinen Lieblingsfilmen«, sagt Alison. »Ich wollte immer Tänzerin werden. Hab ich dir das mal erzählt?«

»Ich glaube doch, ja. Hab ich dir schon von meiner Idee erzählt, wie man alte Filme mit Zombies aufpeppen kann? Schau, die ganzen jungen Leute, die jetzt zusammen mit Gene tanzen, könnten sich in fleischfressende Zombies verwandeln. Und Gene müßte eine ganz schöne Salve abfeuern, um wieder in sein Atelier und zu seinen Farben zurückzukommen. Wir könnten auch einen Zeichtrickzombie die Zeichentrickmaus jagen lassen.«

»Harding, trinkst du?«

»Nicht mehr«, sage ich. »Ich habe vor ungefähr zehn Minuten aufgehört.«

»Und jetzt hast du gleich mich angerufen. Wie süß von dir.«

»Ich hab angerufen«, sage ich, »um zu hören, ob ich irgendwas für dich tun kann.« Gene schwingt sich über Geländer und springt über Blumenbeete. Ich bin immer schon der Meinung gewesen, daß er unnatürlich viele Muskeln für einen Tänzer hat. Aber genau so was könnte einen retten, wenn man's mit Zombies zu tun hat.

»Packen wir's morgen an?« fragt sie.

»Wenn du dich fit genug fühlst.« Ich merke, daß sie müde ist, aber ich habe keine Lust aufzulegen. »Kannst du den Truck nehmen?«

»Ich glaube schon. Willst du nicht irgendwas mieten?«

»Hör mal, Alison, wir müssen knapp kalkulieren.«

Um weiter mit ihr sprechen zu können, erzähle ich ihr von Richie Dugan, von Michelin-Reifen auf dem grauen Markt, von Pater Richards, von Würgewachvögeln, von Boones Job bei Video Savages. Alles, nur nicht das, was heute nacht passiert ist, weil ich das am liebsten vergessen möchte. Der Alkohol hilft ein bißchen, besonders in Kombination mit Drogen. In solchen Situationen nützen Drogen allein nicht viel.

»Kannst du mir folgen?« frage ich.

»Nicht so ganz«, antwortet sie. »Obwohl ich mit fünfzehn auch mal Telefonsex probiert hab. Ist Kelly nicht toll? Hast du das eben gesehen?«

»Na, du warst ja ne ganz schöne Marke mit fünfzehn.«

»Ja, ja, ich war wirklich ganz schön wild«, sagt sie lachend. »Damals wärst du nicht gegen mich angekommen.«

»Ich komme heute auch nicht gegen dich an«, sage ich. Ich merke, daß meine Stimme ein bißchen komisch klingt, und wünschte, daß ich sie nicht angerufen hätte. Mein Gott, ich kann manchmal wirklich blöde sein. Wes bringt mir die Rechnung. Ich deute auf Boone und nehme noch ein letztes Bier.

Als ich ein bißchen Trinkgeld aus der Tasche hole, flattert Cindys Bild auf den Boden. Eine Frau mit hohen Absätzen und engem Kleid reicht es mir mit spöttischem Lächeln; das kann ich ihr nicht verdenken. »Das war gratis in der Brieftasche«, sage ich. Auf der Rückseite stehen Zahlen – R34-L62-R27 – und ein Name – »Bev Lans«. Beides ist mir vorher nicht aufgefallen. Ich glaube nicht, daß die Zahlen Cindys Maße sind, und ich hoffe, daß sie nicht zu Bev gehören.

»Ich wünschte, du hättest letzten Sonntag auf mich gewartet. Und mich zuerst reingehen lassen.«

»Ich weiß, Harding.«

»Ich mach mir eben Sorgen um dich, das ist alles.«

»Ich weiß, Harding, ich weiß. Was bist du doch für ein süßer Suffkopf.«

»Astaire oder Kelly – wer ist der bessere Tänzer?«

»Astaire«, sagt sie. »Aber beim Kickboxen würde ich mein Geld auf Kelly setzen. Vorausgesetzt, es ist ein fairer Kampf.«

»Willst du damit sagen, daß Fred Astaire bescheißen würde?«

»Tja, ja, diese Metalldinger an seinen Schuhen, Harding. Die könnten tödlich sein.«

»Ich muß aufhören«, sage ich.

»Ich muß noch ne Runde tanzen«, sagt sie.

ACHTZEHN

Reilly kann jetzt mit mir reden, weil es um einen Mord geht. Technisch gesehen ist es nicht sein Fall, aber als Sawyer erwähnt, Gaelen sei »ein unzufriedener früherer Angestellter«, gehen sämtliche Alarmglocken in Reillys Kopf los, was bedeutet, daß bei mir der Piepser losgeht, und zwar in O'Halligans Herrentoilette. Alle Männer um mich herum holen ihre Piepser heraus, bevor sie den Reißverschluß hochziehen. Kein hübscher Anblick, das muß ich sagen. Auch in den Kabinen bricht Piepserpanik aus; ein lautes Platschen verrät, daß jemand rutschige Finger hatte.

Die Polizei betrachtet die Angelegenheit als Raub; das ist so ziemlich das erste Mal, daß ich in diesem Fall Glück habe. Dafür muß ich Sawyer danken. Er hat Reilly erzählt, es seien zwei Männer gewesen, einer davon ein Riese mit Jeansjacke. Wahrscheinlich, so Sawyers Meinung, hat der Riese den Jungen umgebracht und alles mögliche mitgenommen.

Ich weiß nicht so genau, warum Sawyer sich dieses Szenario ausgedacht hat – schließlich ist eine Schachtel mit Disketten kein so großer Verlust –, aber dann zeigt Reilly mir Sawyers Liste der fehlenden Gegenstände: ein Faxgerät und ein Computer mit CD-ROM-Laufwerk; ein Laserdrucker; ein tragbares Röntgengerät sowie unterschiedliche medizinische Instrumente. Der geschätzte Wert der gestohlenen Sachen beläuft sich auf über fünfzigtausend Dollar. »Zum Glück ist er versichert«, sagt Reilly mit einem süffisanten Lächeln.

Es fällt ihnen schwer, einen Namen für den Jungen zu finden, den ich erschossen habe. Sawyer behauptet, ihn nicht zu kennen. Seine Fingerabdrücke stimmen mit keinen Abdrücken aus der Chicagoer Liste überein. Sein Bild wird im ganzen Land verbreitet. »Abschaum«, sagt Reilly. Ein Ausreißer mit genauso vielen Einstichen am Körper wie Lucy. »Wenn wir Glück haben, hat er was auf dem Kerbholz.« Außer seiner Mutter wird niemand um ihn trauern. Irgendein Bewährungshelfer braucht jetzt nicht mehr ganz soviel zu arbeiten. Und Sawyer bekommt eine neue Büroeinrichtung.

Ich bestätige, daß dies der Junge war, der Gaelen geholfen hat, mich durch die Mangel zu drehen. Ich sage der Polizei nicht, daß er möglicherweise bei den Bauers gewohnt hat. Ich möchte nicht, daß die Beamten den Eindruck bekommen, ich wüßte mehr als sie, oder glauben, ich hätte es auf den Jungen abgesehen. Reilly sagt, Gaelen sei Physiotherapeut gewesen, er habe vor Jahren seine Zulassung verloren und sei verschwunden. »Sawyer hat gesagt, daß er zu großem Körpereinsatz neigte. Das können Sie wahrscheinlich bestätigen, was, Harding?« Sawyer habe Mitleid mit ihm gehabt und ihm einen Teil seines Büros zur Verfügung gestellt, als er vergangenen Sommer in die Stadt zurückgekehrt sei. Es gibt ein hübsches Durcheinander mit den Familiennamen – Sawyer kannte ihn als Gaelen Hughes, aber jemand anders behauptet, sein Familienname sei Henry gewesen. Die Adressenangaben von Gaelen sind seit Jahren überholt. Laut Aussage des Bewährungshelfers wohnt er in der East 63rd Street Nummer 4700. Diese Adresse liegt in einer exklusiven Gegend mit wunderbarem Blick über den See; allerdings könnte es dort ein bißchen feucht werden, denn sie wäre sechs bis neun Meter unter Wasser. Die Social-Security-Nummer ist gefälscht.

Ein Uniformierter wird sich mit anderen Chiropraktikern und Physiotherapeuten unterhalten. Wenn die Behörden öffnen, wird Reilly Gaelens alte Zulassung überprüfen und sich ein Foto besorgen – bis dahin soll ich mich aus der Sache heraushalten. Ich pflichte ihm bei, daß ich schrecklich aussehe und Schlaf brauchen könnte. Wo ich letzte Nacht gewesen bin? In Alisons Wohnung. Reilly ruft bei ihr an, und Alison bestätigt mein Alibi. Wahrscheinlich wird mich das wieder was kosten.

Es ist Samstag, also wird's noch eine Weile dauern, bis die Behörden Gaelens Unterlagen herausrücken. Folglich borge ich mir von einem der Beamten ein Telefonbuch und erledige selbst ein paar Anrufe. »Landsburg, B.; Landsbury, B.; Lanscomb, B.« – ich gehe alle möglichen Variationen durch und verärgere alle, die ich um fünf Uhr früh nach Beverly frage.

Als ich das Telefonbuch gegen die Gelben Seiten eintausche, verärgere ich den Beamten, aber das ist es mir wert, denn ich finde eine viertelseitige Anzeige für Beverly Landscaping. Ich fahre durch dichten Schneefall hinaus und muß feststellen, daß die Tür verschlossen ist – es ist noch ziemlich früh –, aber es ist jemand da. Schmalzige Geigenmusik dringt unter der Garagentür heraus. Ein alter Mann, der einen Rasenmäher repariert, macht auf. Eine Mischung aus Benzindämpfen und semiklassischer Berieselungsmusik ergießt sich über mich.

Er beäugt mich mißtrauisch, bis ich ihn frage, was ihm lieber ist – 101 Strings oder Paul Westons »Music for Dreaming«. Er strahlt übers ganze Gesicht. Dann unterhalten wir uns darüber, daß die Boston Pops unter Williams ziemlich nachgelassen haben, über Klassikaufnahmen vom Jackie Gleason Orchestra, und wir trauern gemeinsam über den Verlust von Lester Lanin und Guy Lombardo.

»Damals war die Musik noch melodisch«, sagt er.

»Tja, Melodien waren noch Melodien«, pflichte ich ihm bei.

»Jazz kann ich überhaupt nicht leiden. Wo zum Teufel bleibt da die Melodie?«

»Ich würde wetten, daß Sie Ferrante & Teicher mögen. Und Les Baxter.«

»Wir sind eben verwandte Seelen, mein Freund«, sagt er, bis ihm bewußt wird, daß wir uns in einem Raum voller Toros und Cub Cadets befinden. »Haben Sie ne Schneefräse zum Richten hergebracht? Oder nen Rasenmäher?

Wir haben dieses Jahr wieder so ein Sonderangebot.« Er sieht sich in seinem Laden um, als könnte er mein Gerät anhand seiner musikalischen Präferenzen erkennen. Welchen Rasenmäher benutzt wohl Floyd Cramer?

»Nein, ne elektrische Heckenschere – ich hab sie vor ner ganzen Weile so nem Jungen bei Ihnen gegeben, aber anscheinend habe ich die Quittung verloren. Und ich erinnere mich nicht mehr so genau an den Namen des Jungen. Vielleicht Owen? Oder Oren? Er hatte ne Daniel-Boone-Jacke an, und ich glaube, er hatte ne Tätowierung am Hals, die hat ausgesehen wie ein Halsband ...«

»Klingt ganz nach Oren«, sagt er nickend. »Den habe ich schon monatelang nicht mehr zu Gesicht bekommen. Sind Sie sicher, daß es keine elektrische Harke gewesen ist – so was hab ich vor ner Woche oder so hier gesehen ...«

»Könnten wir ihn anrufen und fragen? Haben Sie seine Adresse oder seine Telefonnummer?«

»Drüben in der Personalabteilung«, sagt er, und ich denke, er meint ein anderes Gebäude, aber er hält mir nur eine Tür auf, und ich folge ihm in ein Hinterzimmer, in das ein langer Flur mit Holzwänden führt; der Boden knirscht und biegt sich durch wie eine Laufplanke.

Die Personalabteilung ist ein Aktenschrank aus Pappe. In Orens Unterlagen ist sein Familienname mit »Miller« angegeben, aber ich zweifle an der Richtigkeit, denn die zugehörige Adresse am East Congress Parkway liegt mitten im Monroe Harbor. Oren macht es offensichtlich Spaß, Formulare auszufüllen. Die Social-Security-Nummer ist Humbug. Doch etwas anderes springt mir ins Auge: In die Zeile für »nächste Verwandte« hat Oren Gaelens Namen geschrieben und dann wieder ausradiert, dazu eine Adresse, die sich definitiv über Wasser befindet. Sie ist gerade noch zu lesen, als ich das Papier gegen das Licht halte.

»Wissen Sie, wir haben Oren hauptsächlich zum Rasenmähen eingestellt. Letzten Sommer hat er auch noch ein bißchen bei den Mannschaften mitgearbeitet, die Bäume fällen und Stümpfe beseitigen. Im Winter sehen wir ihn hier kaum. Aber wenn er Ihre elektrische Heckenschere verschlampt hat, können wir Ihnen sicher eine andere besorgen, die genauso gut ist.«

»Oren hatte nen Freund, der hieß Gaelen – ein Schrank von nem Mann, dunkle, kurze Haare, ein Ohrring, ziemlich viel Schmuck ...«

»Klar.«

»Kommt Gaelen manchmal hier vorbei?«

»Ja, der hat auch ne Zeit hier gearbeitet«, sagt er. »Stundenweise, nicht fest angestellt. Der war so was wie n großer Bruder für Oren. Und ich glaube, er hat Oren auch wieder für die Kirche interessiert.«

»Gaelen ist religiös?«

»O ja. So ein Wiedergeborener.«

»Ich glaube, früher war er mal Physiotherapeut.«

»Ach?« sagt der alte Mann. »Ich dachte, er hat bei nem Metzger oder in ner Fleischfabrik gearbeitet. Hat beim Mittagessen immer Witze gemacht, alle raten lassen, welches Teil von der Kuh sie gerade essen. Das erinnert mich an ne Geschichte draußen in Park Ridge.« Er schiebt die Baseballmütze auf seinem Kopf zurück. »Wir haben für nen Kerl gearbeitet, der wollte, daß wir nen Maulwurf lebendig einfangen, ihn irgendwo in einem Landschaftsschutzgebiet aussetzen oder in einen Zoo bringen oder so was – er hat uns kein Gift und keine Fallen verwenden lassen, nichts. ›Tut dem kleinen Maulwurf nichts‹, hat er gesagt. Wie wenn der n Pudel oder ne Katze oder so was wär. Also haben wir den ganzen Tag den Garten von dem Kerl umgegraben, bis er viel schlimmer ausgesehen hat als vorher, als der Maulwurf noch sein Unwesen getrieben hat. Endlich haben wir das Biest dann in die Enge getrieben und es mit Wasser zu Gaelen gespült, und dann – das war wirklich was Schönes, das hätten Sie sehen sollen – hat Gaelen den Maulwurf mit der Schaufel aus seinem Bau geholt, in die Luft geworfen und *zack* ... mit der Schaufel weggeschlagen wie nen Baseball. Alles mit einer einzigen Bewegung. Tja, die anderen Typen von der Mannschaft haben zu klatschen angefangen. Das war wirklich n Kunstwerk.« Er lacht. »Der hat dem Maulwurf das Lebenslicht ausgeblasen.«

»Klingt ganz nach Gaelen«, sage ich.

Hinter einem weißen beschichteten Schreibtisch steht ein Safe; ich nehme an, daß er mit den Zahlen auf der Rückseite von Cindys Foto zu öffnen ist. Wahrscheinlich hatte Oren vor, sich hier zu bereichern, sich ein bißchen Geld für die Zukunft zu verschaffen.

»Wenn Sie Oren sehen, sagen Sie ihm doch, daß er mal vorbeischauen soll«, sagt der alte Mann. »Würde mich interessieren, was er so macht.«

»Sie kennen ja Oren«, sage ich. »Wahrscheinlich macht er nicht viel. Liegt faul irgendwo rum.«

»Ja, da haben Sie recht«, sagt der alte Mann.

Auf dem Weg nach draußen fallen mir zwei Dinge auf – Lawrence Welks Album »Tribute to Cole Porter« auf der Stereoanlage und ein Sticker mit der Aufschrift »Schaumburg Associates – Wir schützen« auf dem Fenster. Ich weiß nicht, was meinen Puls stärker in die Höhe treibt.

Bei der Adresse, die Oren ausradiert hat, handelt es sich um eine alte Eisenbahnerwohnung in der Harvey Avenue. Davor ist Platz zum Parken, aber ich stelle meinen Truck um die Ecke ab. Auf dem Briefkasten ist kein Name. Zuerst gehe ich um das Gebäude herum, um zu sehen, ob der Grand Am da ist, dort finde ich eine schmale Treppe, die zum Keller führt, und eine Holztür mit Leisten und einem Schloß, das nachgibt. Ich gehe ein paar Schritte im Dunkeln, bis ein Lichtstrahl von einer Sechzig-Watt-Birne auf meine Wange fällt und mich trifft wie eine Schlange in der Geisterbahn. Es ist gerade so hell, daß ich einen Raum voller Gerümpel erkennen kann: Pappkartons, mit Schnüren gebündelte Zeitungen, alte *Life-* und *Look*-Zeitschriften, Singles und ein pinkfarbener Plattenspieler. In dem

Haus wohnen noch zwei andere Parteien; sie haben ihre Namen überall mit Plastikaufklebern angebracht. Da hat wohl jemand so eine Maschine zum Prägen von Namen zu Weihnachten geschenkt gekriegt.

Auf einer Seite – hinter schmiedeeisernen Hanteln und einer Vorrichtung zum Gewichtheben – entdecke ich die Sachen aus Maywood Storage: Kartons, Tischchen, Kopfteil des Betts. Eine Schachtel mit Tapes. Dazu finde ich eine fotokopierte Liste in Noras Handschrift, derselben Schrift, mit der das Formular der Lagerhalle ausgefüllt war. Auf der Liste werden Treffen von Lucy, Stephen und Robin in unterschiedlichen Kombinationen beschrieben; Kassetten und Sexualakte sind aufgelistet wie Fußnoten in einem wissenschaftlichen Thesenpapier. Die Mittwochabendsitzungen klingen irgendwie bekannt, aber es gibt noch andere – sie fanden hauptsächlich an Dienstagen und Freitagen statt –, die völlig neue Gebiete erschließen. Außerdem entdecke ich in einer anderen Handschrift Notizen, die sich jemand über Nora und Robin gemacht hat: Uniadresse, Telefonnummer, Stundenplan, Kleidung, Frisur. Beschattungsnotizen.

Abgesehen von den Fitneßgeräten scheint Gaelen hier unten nichts zu gehören. Ich drücke eine ganze Weile gegen eine schiefe Schranktür, bevor sie sich öffnet: Vor mir stehen graue Metallregale mit alten eingelegten Sachen, altmodische Einweckgläser mit dickem weißem Wachsverschluß – wie Exponate in einem medizinischen Museum.

Oben an der Tür befindet sich lediglich ein Fahrradschloß an einem billigen Metallreifen, wie Bauern es an Scheunentoren verwenden. Ich trage Handschuhe und möchte das Schloß nicht kaputtmachen, aber als ich daran ziehe, fällt es sowieso herunter. Es ist keine Zahlenkombination darauf eingestellt.

Hinter der Tür ist ein großer, karg eingerichteter Raum; dazu kommen eine Küche und eine Eßnische sowie im hinteren Bereich zwei Schlafzimmer. Das eine davon gehört wahrscheinlich Gaelen. Es ist frisch gestrichen, weiß auf weiß. An der Wand hängen nur zwei Dinge, ein großes Holzkruzifix, so groß, daß es fast wie eine Reliquie aussieht, und ein gerahmtes Bild von Elenya Rosenberg. Vermutlich hat Gaelen ganz schön damit zu tun, gleichzeitig zwei Göttern zu dienen. Außerdem befinden sich in dem Zimmer noch ein spartanisches Bett und ein Holzstuhl; beides wirkt, als hätte der Bewohner dieses Raums sich bewußt unbequeme Möbel ausgesucht. Im Schrank hängen nur wenige Kleidungsstücke; ein Büßerhemd kann ich darunter nicht entdecken. Statt mit einer Tür wird der Schrank durch einen weißen Musselinvorhang verschlossen, der eher wie ein Schleier aussieht.

Das andere Zimmer muß Oren gehören. Es ist bedeutend weltlicher. Auf dem Boden liegt eine Matratze, bedeckt mit einem schmutzigen Laken, daneben Zeitschriften – *Topheavy, Adult Video News, Outlaw Biker, Skin & Tattoo*. Die Frisierkommode ist aus unbearbeitetem Kiefernholz, darauf befinden sich ein Aschenbecher voller Marlboro-Kippen sowie abgeschnittene Marihuana-Zigaretten. Auf dem Fensterbrett steht eine ganze Sammlung von leeren Bierdosen. Sie wurden nicht sonderlich ordentlich ausgespült; ein Zug Ameisen tut sich an den Resten an der Oberfläche gütlich. In leere Weinflaschen hat Oren Kerzen gesteckt, deren Tropfwachs ein Relief auf dem Glas bildet.

Auf der hinteren Seite der Matratze liegen ein Zeichenbleistift und ein Skizzenblock. Der Block ist voller Frauen auf geflügelten Pferden, wie man sie von Fantasyheften oder schlechten Tätowierungen kennt. Auf einer der Seiten, auf der eine weitere Amazone auf Pegasus reitet, finde ich die Zeichnung einer rechteckigen Schachtel. Pferd und Frau sind üppig gezeichnet, die Schachtel sieht aus wie eine Hausaufgabe aus einem Kurs für technisches Zeichnen. Auf dem Pferd stehen die Zahlen »75-15-10«. Ein anderer Safe, eine andere Kombination? Die Schachtel sieht eigentlich eher nach einem Kühlschrank aus. Oder nach einem Sarg.

Wieder suche ich nach einer Verbindung zu Stephen Rosenberg. Ich finde tatsächlich eine, aber nicht die, auf die ich gehofft hatte.

Neben Orens Grungeklamotten hängen auch ein paar Frauensachen – ein Pullover, ein paar Kleider, ein Mantel und ein Hut, keine Schuhe. Sich wie eine Frau anzuziehen gehörte also nicht zu Orens Leidenschaften. Die Kleider sind von Nora. Der Mantel ist der, den ich Alison beschrieben habe: sie ist ihm vom I-House zum Kent-Gebäude gefolgt. Bei den meisten Sachen von Nora ist noch ihr Name auf die Etiketten genäht. Hier hat eine Mutter dafür gesorgt, daß die Kleidungsstücke leicht zu identifizieren waren. Es hat funktioniert.

Wenn man sich Orens lange Haare, seine geringe Körpergröße und dazu noch Noras Mantel vorstellt, braucht man nicht viel Phantasie, um nachvollziehen zu können, wie Alison sich täuschen ließ. Lucy sagte, sie sei zur gleichen Zeit in Richtung I-House gegangen – unterwegs wurde sie bewußtlos geschlagen. Vielleicht hatten sie Angst, sie könnte ihn gesehen haben oder würde sich später an irgend etwas erinnern. Zumindest in meinen Augen läßt sich auf diese Art eine Verbindung zwischen Oren und Gaelen und Noras Tod herstellen. Das gleiche gilt für eine Kassette, die ich in Noras Mantel finde. Ich stecke sie in Orens billiges Tapedeck; sofort greife ich nach dem Lautstärkeregler. Auf der Kassette schreit eine Frau, und, ja, sie klingt nach Nora. Aber nicht so, wie sie am Mittwoch schrie. Das hier sind ganz eindeutige Schmerzens- und Angstschreie, und es fällt mir schwer, dem zuzuhören.

Ich spule die Kassette ein Stück zurück und finde eine vertraute Stelle.

»Schon gut, schon gut, ich mach's ja – Hallo, ich muß Sie sehen ... im Chamberlain House ... ich hab ganz vergessen meinen Namen zu sagen ... ich bin Robin ...«

Der Anruf, der mich zu Robins Zimmer geführt hat – das war Nora. Kein Wunder, daß sie wirklich verängstigt klang.

Ich finde noch andere Kassetten – Rush, Kentucky Headhunters, Molly Hatchet. Offenbar ist Oren Mitglied einer Band. Bei manchen der Tapes handelt es sich um behäbige Roadhouse-Coverversionen von Clint Black und Alabama. Im Schrank ist eine sechssaitige Gibson. Ich sehe mich noch im Wohnzimmer um, als die Musik endet und ein Performance-Stück von Gaelen beginnt, bei dem ich eine Gänsehaut bekomme. Gaelen braucht keine Begleitung.

»Ich bin ich bin ich bin ich bin der eine ...

Ich würde mich freuen, wenn Reilly das hier fände. Aber wenn die Leute von der Polizei Gaelens Schrein für Elenya entdecken, kommen sie vielleicht auf falsche Gedanken. Besonders wenn sie sehen, was ich sonst noch in Orens Schrank finde – ein Paar teure Lederhandschuhe sowie einen Pelzmantel, ganz ähnlich wie der Mantel, den Elenya getragen hat, als sie in meine Wohnung gekommen ist. Die Handschuhe sind ziemlich ramponiert. Das Leder ist verknittert und angekokelt; überall sind gelbe Flecken, die sich allen Beseitigungsversuchen widersetzt haben. Etwas Ähnliches ist mit dem Hut passiert – er hängt am Kleiderbügel einer Reinigung. Auf dem angehefteten Papierschildchen befindet sich das Bild einer ausgesprochen traurigen Eule. »Hooty, die Eule, sagt: Tut uns leid! Wir konnten nicht alles retten.« Und in der Rubrik »nicht zu behebende Schäden«, gleich neben Hootys Schnabel, ist ein Kreuzchen.

Eigentlich will ich die Wohnung durch die vordere Tür verlassen, aber genau in dem Moment hält unten auf der Straße ein Streifenwagen. Also schleiche ich mich wie ein Dieb hinaus und nehme noch den Skizzenblock mit. Als ich die hintere Treppe hinunterhaste, fällt mir auf, daß auf dem Umschlag des Blocks mein Name steht, zahllose Male, wie Teenagermädchen den Namen ihres neuesten Schwarms aufschreiben. Ich brauche meine Sonnenbrille; die Morgensonne ist ziemlich grell, auch wenn die Temperatur sinkt. Auf der kleinen Straße hinter dem Haus liegt überall Müll.

Als ich endlich von meiner nächtlichen Odyssee nach Hause komme, hält Minas mich auf der Treppe auf. Er riecht nach grünem Paprika. Am Samstag macht er immer ordentlich Kasse, weil sich an diesem Tag Touristen hierher verirren und Lakeview für Greektown halten. Ich klaue Minas eine Tasse Kaffee. Ich bin zu müde, um mich lange mit der Mikrowelle herumzuplagen.

»Wenn Sie das noch mal machen, können Sie den Mietvertrag vergessen«, sagt er.

»Was für einen Mietvertrag?«

Ich bin der Meinung, daß er überreagiert – schließlich ist der Kaffee alt –, doch dann lange ich am oberen Ende der Treppe an, und wieder trete ich auf Holzsplitter und Gipsstückchen. Ich hätte früher heimkommen sollen. Meine Wohnungstür liegt im Wohnzimmer.

Diesmal sieht die Wohnung viel schlimmer aus als nach dem erstenmal. Gaelen war frustriert, weil er nicht bekommen hat, was er wollte. Was er wollte? Mich. In den Möbeln sind tiefe Scharten wie von einem Bowiemesser. Das dicke Vinyl auf dem Ruhesessel ist zerfetzt. Die Vorhänge sind von den Metallstangen gerissen. Die Schnur hat er zu einer Henkersschlinge gebunden, die über einem Regiestuhl baumelt. Von dem Stuhl hat er die Armlehnen abgerissen. Sie liegen auf dem Boden. Ein jämmerlicher Ersatz für die Arme, auf die Gaelen eigentlich aus war. Er hat sogar Spuren an meinen Wänden hinterlassen; wahrscheinlich ist das sein Kommentar zu meinem Farbgeschmack. Ich hätte vermutlich weiß auf weiß wählen sollen.

Meine Bücher allerdings hat er nicht angerührt – ein deutlicher Hinweis auf sein Wertesystem. Er würde meiner gebundenen Ausgabe der *Ilias* nie etwas antun, aber Minas hätte er wahrscheinlich umgebracht, wenn er sich ihm in den Weg gestellt hätte. Tja, so ist das mit den neuen und den alten Griechen.

»Dr. Winkler – er hat behauptet, er ist von der Stadt«,

sagt Minas. »Er hat mir sogar seine Dienstmarke gezeigt. Hat sehr offiziell ausgesehen. War hochglanzpoliert.«

»Ja, das wirkt immer«, sage ich.

»Ich kaufe mir so einen Vogel«, sagt Minas.

Im Schlafzimmer sieht's am schlimmsten aus.

Jetzt habe ich keine Chance mehr, mir mit dem Himmelbett von Ralph Lauren einen gemütlichen Neuenglandeffekt in die Wohnung zu holen. Gaelen hat sein Revier abgesteckt, genau wie in Zimmer neunzehn in den Hoosier Budget-Courts. Wahrscheinlich hat er ein paar Drinks gekippt, bevor er hergekommen ist. Ich öffne die Fenster und schließe sie gleich wieder; es hat nicht viel Sinn. Ich bleibe heute nacht nicht hier. Die Wohnung scheint nicht mehr mir zu gehören.

Der Kontrast zwischen seinem Zimmer und meinem ist beunruhigend. Das gilt auch für Gaelens wählerisches Vorgehen. Meine Stereoanlage ist völlig kaputt, von meinen Platten sind nur ein paar hinüber: Patti Smith, die James Gang, The Who. Ein von Ron Santo signierter Baseballschläger, den ich für sommerlichen Softball und mitternächtliche Tunichtgute aufbewahre, ist in zwei Teile zerbrochen worden – über Gaelens Oberschenkel, nehme ich an. Und eine Daguerreotypie, die Alison restauriert und mir geschenkt hat, hängt, ganz gerade, der Rahmen intakt, immer noch an der Wand meines Schlafzimmers, aber sie ist aufgeschlitzt – es sieht aus wie eine Wunde, die nie geblutet hat. Mein Schrank ist voller elektronischer Hilfsmittel für die Überwachung. Sie sind alle unberührt. Ich brauche allerdings zehn Minuten, um herauszufinden, was anders ist an meinem Schreibtisch – er hat das tragbare CB-Funkgerät nicht mitgenommen, das seit letztem Sonntag dort liegt, es nur auf dem Weg nach draußen aufs Sofa geworfen. Es ist immer noch auf Kanal sieben eingestellt.

Auf dem Bett liegt ein übelriechender alter Koffer von mir; er ist das einzige Gepäckstück, das ich besitze. Ich reise nicht viel. Vielleicht werde ich in Zukunft noch weniger reisen. Ein paar von meinen Klamotten sind zusammengelegt hineingeschichtet und mit Exkrementen verschmiert. Ich kann nirgends eine Nachricht entdecken; es ist nichts mit Blut an die Wände geschrieben, aber die Botschaft könnte nicht deutlicher sein, wenn er mir eine Grußkarte hinterlassen hätte.

Mein Telefon finde ich unterm Sofa, es funktioniert noch. Genau wie mein Anrufbeantworter. Ich drücke auf den Rückspulknopf, das Gerät fängt an zu surren. Es sind drei Nachrichten darauf. Bei den ersten beiden handelt es sich um Schimpfkanonaden von Donnie und Frost. Sie sind beide sauer, weil sie wegen eines Jungen, den sie nicht kennen – ein Oren irgendwie –, von den Beamten aufs Revier gebeten wurden. Sie wollen sich mit mir unterhalten. Sie wollen wissen, was zum Teufel los ist.

Die dritte ist länger. Sie ist von Reilly. Er scheint erleichtert zu sein, daß er eine Maschine gefunden hat, mit der er sich unterhalten kann. Sie haben jede Menge Zeug in der Harvey Avenue gefunden. Außerdem haben sie Fingerabdrücke von einem Truck, den sie abgeschleppt haben, die mit Abdrücken aus dem Kent-Gebäude und dem Motel übereinstimmen. Und Blutspuren vom hinteren Teil des Trucks. Die Welt ist klein – der Truck gehört Oren, sein Familienname lautet Bauer, und beider Adresse war die Harvey Avenue. Also werden sie Gaelen festnehmen, sobald sie ihn finden können. Und Elenya Rosenberg wollen sie auch – jemand hat die ganze Sache angeleiert, Gaelen und Oren bezahlt, und sie hat jedes Motiv der Welt. Robin, Nora, Lucy: Alle drei haben schließlich mit ihrem Mann geschlafen. Und hat sie nicht gerade die Scheidung eingereicht? Außerdem war da noch ein Schweizer Konto, das Stephen vielleicht teilen würde, wenn er Gefahr liefe, wegen Mordes ins Gefängnis zu wandern – und sie ihn davor bewahren könnte?

Man müßte ihn überreden. Mit sanftem Druck. Daß es nur in seinem Interesse ist, das zu machen. Daß es für alle das Beste wäre ...

Habe ich schon gewußt, daß Elenya ein Verhältnis mit

Gaelen hatte? Etwas völlig Verrücktes, Leidenschaftliches, von dem Rosenberg allen im Krankenhaus erzählt hat – bin ich vielleicht der einzige, der nichts davon wußte?

Habe ich wirklich gedacht, der Fall sei abgeschlossen? Habe ich die Polizei für so dumm gehalten?

Das Telefon klingelt, während Reilly sich noch auf dem Anrufbeantworter verabschiedet. Ich drücke auf den Knopf mit der Aufschrift »Pause«.

»Sie müssen aufs Revier kommen, Harding«, sagt Reilly. »Damit wir uns unterhalten können. Haben Sie eigentlich schon mal dran gedacht, für uns zu arbeiten? Sie sind nämlich öfter hier als ich.«

»Ist gut, Reilly, ich habe Ihre Nachricht gehört. Ich komme aufs Revier, aber ich habe keine Ahnung, warum Sie Elenya Rosenberg verhaften wollen, und außerdem braucht sie einen guten Anwalt ...«

»Deswegen habe ich nicht angerufen. Wir haben Ihre Fingerabdrücke in Robins Zimmer gefunden – das wissen Sie doch, oder? Und im Motel und im Kent-Gebäude – und auf der Uhr. Die Uhr gehört Ihnen, stimmt's?«

»Ja, die Uhr gehört mir. Genau das würde ich machen, wenn ich jemanden erschossen hätte: Ich würde ihm meine Uhr in die Tasche stecken.«

»Wer weiß. Vielleicht wollten Sie rausfinden, ob sie wasserdicht ist. Warum ich eigentlich anrufe: Die Knarre, die der Junge in Sawyers Praxis verwendet hat. Die .44er. Das ist die Waffe, mit der Robin ermordet wurde.«

»Tja, ja, die Welt ist wirklich klein.«

»Und sie wird noch kleiner. Wir haben Ihre Fingerabdrücke auch in der Praxis gefunden. Und die .44er – hören Sie mir zu?«

»Ja.«

»Weil ich nicht gern mit mir selbst rede. Die Herstellungsnummer ist weg, aber das Labor hat trotzdem so viel rausgefunden, daß wir die alten Unterlagen überprüfen konnten. Sie ist auf Sie zugelassen.«

»Was?«

»Das ist Ihre Waffe, Harding. Oder sie war's jedenfalls, vor zehn Jahren, als Sie noch eine Lizenz hatten. Haben Sie damals nicht behauptet, sie hätten das Ding irgendwo in Kentucky verloren? In einem See?«

Die dritte Nachricht ist sehr kurz.

»Lassen Sie mich nicht im Stich, Harding«, sagt Elenya. Dann legt sie auf.

NEUNZEHN

Der Schlaf wird warten müssen. Donnie und Frost auch.

Für das, was ich vorhabe, braucht man normalerweise eine Woche Vorbereitungszeit. Ich habe einen Tag. Frost ist es egal, wenn ich ins Gefängnis wandere, aber mir nicht; Elizabeth Manning hat heute um zwanzig Uhr einen Termin in Rosenbergs Praxis. Und ich will dabeisein – zumindest elektronisch. Vielleicht steckt ja nichts dahinter, aber ich weiß nicht, was ich sonst machen soll. Boone wird mir helfen und Alison auch. Bis die Leute von der Polizei Gaelen dingfest gemacht haben, ist es mir lieber, Alison sitzt unbequem im Truck als allein zu Hause.

Rosenbergs Praxis in der Woodlawn Avenue ist ein umgebautes Stadthaus. Es liegt zu nahe am Unigelände, als daß wir nach Einbruch der Dunkelheit irgendwelche Tricks versuchen könnten. Und es ist gesichert wie eine Festung. Nach dem ausgeklügelten Alarmsystem in der Greenwood Avenue sollte mich das eigentlich nicht überraschen, aber hier ist es noch schlimmer. Von meinem Truck in der Woodlawn Avenue aus sehe ich mindestens drei Kabel, die sich an den Telefonleitungen entlangschlängeln. Es handelt sich um ID-Sensoren, die normalerweise mit Bewegungsdetektoren draußen verbunden sind – ziemlich übertrieben für ein Bürogebäude.

Der Himmel bewölkt sich; später soll es noch Sturm geben. Im Augenblick geht ein bißchen Wind, aber es schneit nicht. Die Temperatur liegt jetzt bei minus neun Grad.

Boone geht hinein, um sich kurz umzusehen. »Du bist ein neues Gesicht«, erkläre ich ihm. »Gewissermaßen.«

»Du hast recht – da sind Bewegungsdetektoren«, sagt er. »Irgend so ne deutsche Marke, von der ich noch nie was gehört habe. Jede Menge Umlaute. Das Gebäude ist größer, als es aussieht. Und irgendwas stimmt hier nicht.«

»Was meinst du damit?«

»Ein Teil von dem Zeug ist nagelneu. Und einige Leitungen sind unterbrochen, die eigentlich nicht unterbrochen sein sollten. Außerdem sind an der Hinterseite des Gebäudes und im Eingangsbereich viel zu viele Kabel.«

»Vielleicht sanieren die das Haus. Wie sieht der Grundriß der Stockwerke aus?«

»Auf allen vier Stockwerken sind Arztpraxen. Und eine Tür führt vom Eingangsbereich in den Keller. Die hinteren Türen sind versiegelt, also muß eine davon der Notausgang sein. Und es gibt einen winzigen Aufzug, den sie wahrscheinlich nur wegen der Vorschriften eingebaut haben – schließlich ist das ein Stadthaus, Harding. Die anderen Bewohner hier in der Gegend sind wahrscheinlich nicht so sonderlich begeistert gewesen, daß die das Ding umfunktioniert haben. Und siehst du den Zaun im Hinterhof? Starker Stacheldraht mit Zehn-Zentimeter-Haken, an denen man Fleisch aufhängen könnte.«

»In welchem Stock ist Rosenbergs Praxis?« frage ich.

»Im zweiten. Gegenüber ist ein Psychiater, sonst gibt's im ganzen Gebäude nur noch Augenärzte.« Er legt den kleinen Plan zusammen, den er aufgezeichnet hat. »Ich bin nicht an der Vorzimmerdame vorbeigekommen, Harding. Irgend jemand muß noch in das hintere Zimmer.«

»Ich weiß.«

»Jemand muß reingehen.«

»Ich weiß, Boone.« Hinter uns hupt es. Alison winkt uns aus einem geliehenen VW-Bus zu.

»Da kommt deine rechte Hand«, sagt Boone und stellt den Rückspiegel neu ein. »Schau dir das an. Sie hat sich die Haare schneiden lassen.«

»Ja, tatsächlich.« Ihr Haar ist kürzer, schicker, und sie trägt jetzt einen Seitenscheitel. Ein bißchen sieht sie aus wie ein Junge. Alison fährt mit ihrem Bus neben unseren Wagen.

»Was machen wir?« fragt Alison lächelnd.
»Stell das Ding ab«, sage ich. »Wir gehen da rein.«

Chang ist sehr stolz auf die Ausrüstung, die er mir geliehen hat. Der größte Teil davon war 1975 der letzte Schrei – riesige schwarze Analogempfänger und Verstärker. »Alles mit Originalgarantiescheinen, Harding«, sagt er. Als ob ich die zwanzig Jahre später noch einschicken könnte. Außerdem gibt Chang mir eine neue Waffe, eine 9-mm-Glock, die noch leichter ist als der Browning. Sie fühlt sich an wie ein Spielzeug, aber Chang erklärt mir, daß sie besonders gern von Drogenhändlern, Terroristen und Mitgliedern der National Rifle Association gekauft wird – die heilige Dreieinigkeit der Waffenbefürworter.

Alison begleitet mich diesmal zu Chang und kommt auch mit hinein. Sie geht ziemlich langsam, aber heute würde keiner von uns den Marathonlauf gewinnen. Der Geruch der illegalen Chemikalien veranlaßt sie, sich ein Taschentuch vors Gesicht zu binden.

»Tu doch das blöde Ding runter«, sage ich. »Du siehst aus wie Jesse James. Das macht die Leute hier nur nervös.«

»Die machen die Ozonschicht kaputt«, sagt sie.

»Wie gefällt Ihnen die 7.65?« fragt Chang höflich.

»Ich mag Waffen nicht«, sagt Alison.

»Sie mag sie. Sie behält sie«, sage ich. »Hören Sie gar nicht auf sie. Sie ist heute ein bißchen mürrisch.«

Der VW-Bus stammt von Nina, einer Freundin von Alison, die ein Sushi-Restaurant hat. Als wir zum erstenmal die Heizung einschalten, tropft von den Metallrippen des Busses Fischtran, und plötzlich kommen von überall her Katzen und wetzen die Krallen an den Reifen. Wir schalten die Heizung wieder aus und arbeiten im Mantel.

Boone bringt ein paar Sachen mit, die er sich von WHPK geliehen hat, wo er stundenweise als DJ und Ingenieur arbeitet. Er verklebt die Fenster des VW-Busses mit braunem

Papier und hängt ein Laken über eine Wäscheleine hinter den Vordersitzen.

»So was wird heutzutage nicht mehr hergestellt«, sagt Boone voller Bewunderung für den 68er Mikrobus.

»Dafür gibt's auch Gründe«, sage ich. »Der fährt sich wie ein Milchlaster.« Hoffentlich werden wir mit dem Ding nicht in eine Verfolgungsjagd verwickelt.

Alison bringt Broschüren und Verkaufsprospekte aus ihrem Laden mit – auffallende Kameras und computerisiertes Videozubehör, Sachen, die sie nicht verkauft, für die sie aber von den Herstellern immer wieder Werbematerial bekommt. Ich habe noch Krempel übrig von früheren Aufträgen, zum Beispiel eine verwanzte Aktentasche und eine Visitenkarte mit dem Aufdruck »Missy Evans«, von der Alison alles andere als begeistert ist. Missy ist Vertreterin für Advanced VidTek. Sie verkauft Fotobearbeitungshardware an Schönheitschirurgen, damit die Patienten die Wirkung verschiedener Nasen probieren können, bevor sie sich für ein bestimmtes Modell entscheiden.

»Wir wollen nur den Grundriß von innen«, sage ich zu Alison. »Rosenbergs privates Büro und die Untersuchungsräume. Du bist Vertreterin. Mach aus Versehen ein paar Türen auf, entschuldige dich, geh weiter. Zeichne einen Plan für Boone. Der ist Akademiker, dem muß man alles aufschreiben.«

»Die Haare gefallen dir nicht«, sagt sie.

»Was?«

»Dann ist's die Jacke. Oder die Bluse. Irgendwas stört dich.«

»Ich finde, du siehst toll aus.«

»Das ist eine Seidenbluse, und das Kostüm ist von Armani. Ich hätte fast noch ne Hypothek aufs Geschäft aufnehmen müsen. Die Schuhe allein haben Nina wahrscheinlich zweihundert Dollar gekostet. Es sind italienische Pumps.«

»Dann verlier sie mal lieber nicht.«

»Danke, ich versuch, sie anzubehalten. Wenn dir mein Aussehen nicht gefällt, mußt du's bloß sagen. Ist es der Haarschnitt? Magst du's lieber, wenn meine Haare länger sind?«

»Es sind nicht die Haare. Die mag ich kurz. Sie waren sogar noch kürzer, als wir uns kennengelernt haben.«

»Ich weiß. Was ist es dann?«

»Die Bluse ist ein bißchen dünn, das ist alles.«

»Ich hab extra nen fleischfarbenen Verband gewählt. Sieht man den denn so sehr?«

»Nein, nein.«

»Ich hab mir gedacht, das macht den Einstieg ins Gespräch leichter.«

»Aber muß man dabei unbedingt deine Brustwarzen sehen?«

»Heute schon«, sagt sie. »Vielleicht merkt Rosenberg dann nicht, was für einen Unsinn ich da quatsche.«

Sie ist fast eine Stunde im Haus. Teile der Gespräche höre ich über die Wanze in der Aktentasche. Als sie wieder herauskommt, hat sie eine detaillierte Version von Boones kleinem Grundriß in ihrem Kodak-Notizbuch. Vierfarbig mit einem Farbschlüssel in einer Ecke. Während wir versuchen, uns die Zeichnung einzuprägen, fährt Rosenberg seinen weißen Buick rückwärts die Auffahrt hinunter. Er wird mindestens eine Stunde im Krankenhaus bleiben, um dort seine Runde zu machen.

Als nächstes geht Boone mit einer alten Briefträgeruniform hinein, die wir ein bißchen verfremdet haben: Changs Spezialspray gegen Ungeziefer ist in der Tasche. Das Zeug eignet sich ausgezeichnet für das, was wir vorhaben; schließlich wurde es sogar von Reagans Umweltschutzbehörde auf die Liste verbotener Chemikalien gesetzt – immerhin von Leuten, die Blei für einen ganz natürlichen Stoff hielten, wie Sonnenlicht.

Als ich dann das Haus betrete, sieht es dort aus wie bei

einem Probealarm. Schwestern, Sekretärinnen, Ärzte – alle stehen draußen im Hof oder auf der vorderen Veranda. Jemand im zweiten Stock hat sogar ein Fenster geöffnet und ist auf die Einfassung des Balkons gestiegen. Er hält sich die Nase zu. Dabei sieht er weniger aus wie ein potentieller Selbstmörder, eher wie ein Schwimmer, der gleich eine Bombe ins Wasser macht. Ich glaube, das ist der Psychiater.

Boone hat recht – das Gebäude ist ein renoviertes Stadthaus. Der Aufzug funktioniert nicht. Alle benutzen die Treppe. Boone ist in Rosenbergs Praxis, die jetzt leer ist. Die Leute haben ihren Arbeitsplatz überstürzt verlassen. Halbleere Kaffeetassen stehen herum; auf einem Schreibtisch liegt ein angebissenes Stück Kuchen. Das Ganze erinnert mich an Atomkatastrophenfilme wie *On the Beach*. Wahrscheinlich haben die Chemikalien in Boones Spray ganz ähnliche Halbwertszeiten wie Radioaktivität.

»Wir haben Glück, daß die Sekretärin eine Kakerlakenphobie hat ...«

»Ich dachte, du sprühst das Zeug gegen Termiten«, sage ich. »Auf deiner Uniform steht Termiten. Und in deinem Vertrag heißt es ausdrücklich, daß du gegen Termiten vorgehen sollst. Sogar auf der Mütze, die du auf dem Kopf hast, ist eine hübsche bunte Termite aufgedruckt.«

»Weiß ich alles, Harding. Aber die Sekretärin wollte die Hausverwaltung anrufen, da habe ich improvisieren müssen. Die renovieren alte Häuser wie diese mit Sichtziegeln – das ist, als ob du den Viechern hundert neue Schlupflöcher baust.«

Ich sehe mir den Boden ein bißchen genauer an.

»Du hast hier ein paar ausgesetzt, stimmt's?«

»Nicht hier drin«, sagt Boone. Er steigt auf einen Stuhl und bringt Changs kleine Videokameras in der Deckenverschalung an. »Bloß ungefähr ein Dutzend, aber richtig große – ein Freund von mir arbeitet bei der Sozialhilfe, der bringt die Dinger immer in der Kleidung nach Hause. Die hier können fliegen. Und sie sehen aus, als hätten sie Zähne.«

»Bin ich froh, daß du so diskret vorgegangen bist.« Es ist meine eigene Schuld. Schließlich habe ich Boone angeheuert. Ich suche eine Weile nach einem anderen, dem ich die Schuld zuschieben könnte, aber mir fällt niemand ein. »Wir haben ungefähr eine halbe Stunde Zeit.«

Er nickt und geht ins Untersuchungszimmer. Die Praxis ist riesig. Ich bewege mich in Richtung von Rosenbergs Privatbüro.

Dort finde ich eine Fernseh-Videorecorder-Kombination sowie einen Computer mit CD-ROM-Laufwerk. Aha, auch für Rosenberg hat also das Multimediazeitalter begonnen. Der Schreibtisch – üppiges Kirschholz, goldene Griffe – ist groß und sieht teuer aus. Er ist verschlossen, aber das Geld wurde bei diesem Stück eindeutig für das Holz und nicht für die ziemlich einfachen Schlösser verbraten. Schon bald habe ich das Schloß an der mittleren oberen Schublade auf, ziehe sie heraus und greife hinter die anderen, um den Riegel wegzudrücken. Jetzt sind auch die beiden unteren Schubladen offen.

In einer befinden sich medizinische Berichte; ich überfliege sie, kann aber auf den ersten Blick nichts entdecken, was wichtig genug aussieht, um mitgenommen zu werden. In der anderen ist eine Holzschale mit Einlegearbeiten und darunter eine Handvoll Briefe. Die Umschläge sind alle an Elenya gerichtet, an unterschiedliche Adressen – Hyde Park, Lake Forest, New Buffalo. Aber ich bin irritiert: Stephen hat sie geschrieben, und als ich ein paar gelesen habe, bin ich der Meinung, daß sie harmlos sind. Außerdem sind sie alt – sie stammen noch aus den ersten Jahren ihrer Ehe. Vielleicht hat Stephen eine sentimentale Ader. Ich kann nirgends eine Disc finden. Der Macintosh auf einem Tischchen ist ausgeschaltet; auch darin ist keine Diskette.

Boone streckt den Kopf zur Tür herein.

»Wir müssen los«, drängt er. Ich beginne, alles wieder an seinen Platz zurückzulegen. Als ich dabei versehentlich mit dem Arm an den medizinischen Berichten vorbeiwische, verändern die Reiter die Richtung.

Und plötzlich sieht die Sache anders aus.

In der Hängekartei sind noch andere Akten, mit der Schrift nach unten, rückwärts einsortiert. Darunter befindet sich eine Kopie der Liste, die ich im Keller in Harvey gesehen habe; auf dieser hier klebt ein gelber Post-it-Zettel mit der Aufschrift: »Habe das in Noras Handtasche gefunden – LW«. Auszüge für ein Geschäftskonto – das Konto, von dem die Fünfzigtausend abgehoben wurden –, auf denen auch eine Abbuchung von zehntausend Dollar im Oktober ausgedruckt ist. Dazu Aufzeichnungen von zwei Krankengeschichten; der Name Martinez überall, der Name Donnie Wilson auf Quittungen. Seite um Seite gedrucktes Kauderwelsch. Telefonrechnungen mit Nummern, die ich auch heute noch kenne, nach zehn Jahren – Rosenberg an Donnie, Rosenberg an Eduardo Martinez. Die beiden Schenkel eines Dreiecks. Eine abgenutzte Mappe mit handgeschriebenen Blättern, zusammengehalten von einem roten Band. Geschäftsunterlagen, Durchschläge, weitere Briefe. *Einer von Stephens schlimmsten Fehlern – er kann nichts wegwerfen.* Nichts, nur eine Disc.

Boone brüllt mir wieder etwas zu. Ich schalte das Faxgerät und den Fotokopierer ein, wähle die Nummer von Hyde Park Photo Supplies, faxe, soviel ich kann, kopiere und stehle den Rest.

Dann sehe ich mich hastig nach einem Wandsafe um – ein letzter Versuch, die Disc zu finden – und schließe alles wieder ab. Ich verlasse die Praxis, getrennt von Boone, durch eine Seitentür. Wir haben nicht länger als zwanzig Minuten gebraucht.

Elenya wartet mit laufendem Motor in ihrem Porsche auf mich. Der Wagen steht in der 60th Street, in der Nähe von Cottage Grove. Wir gehen zum Brunnen und setzen uns auf den Rand der Betoneinfassung. Die riesige allegorische

Darstellung der Zeit schützt uns vor dem Wind. An die hundert Gestalten, die auf der anderen Seite des leeren Beckens vom Symbol der Zeit betrachtet werden, drängen sich dicht an dicht. Manche sind glücklich – zum Beispiel ein Kind, das von seinem Vater hochgehalten wird. Andere sehen aus wie aus einem Bergman-Film. Mein Blick wandert zu einem Mann und einer Frau, die am hinteren rechten Ende aufeinander zugehen. Der Mann hat die Arme ausgestreckt, die Frau die Hand auf die Brust gelegt. Die Züge ihrer Betongesichter sind ausgewaschen. Sie sind auf ewig in einem Drama erstarrt, das nur sie begreifen.

Auf dem Weg hierher habe ich schnell die Faxe aus Alisons Laden geholt. Jetzt liegt alles auf dem Boden meines Truck. Ich hatte noch keine Zeit, die Sachen zu sortieren.

Elenya zieht ihren schwarzen Pelz enger um die Schultern. »Danke fürs Kommen«, sagt sie. »Ich war nicht so sicher, ob Sie auftauchen würden.«

»Die verdächtigen Sie doch nicht wirklich, oder? Die sind verrückt.«

»Sie wollen, daß mein Anwalt mich aufs Revier bringt«, sagt sie. »Ohne großes Trara. Heute abend oder morgen. Ich glaube, sie wollen die Kuratoren der Universität nicht unnötig aufregen.« Sie schüttelt den Kopf. Ihre kurzen roten Haare bewegen sich kaum im Wind. »Sie halten Gaelen für den Mörder – ich habe ihn angeblich angeheuert, weil ich ihn liebe. Aber ich konnte Stephen nicht ermorden lassen, weil dann das Geld weg gewesen wäre. Begreifen Sie das? Ich verstehe nämlich nichts.«

Sie trägt kleine rote Schuhe, deren Kappen die Betoneinfassung berühren. Ich habe den Eindruck, daß sie jetzt gern Zauberschuhe anhätte, die sie nach Kansas versetzen könnten.

»Haben Sie einen guten Anwalt?« frage ich.

»Jemanden, den Warren mir empfohlen hat«, sagt sie. Ich erinnere mich an den Namen, den sie mir nennt: Der Anwalt hat seine Kanzlei in der La Salle Street und gehört einer höheren Kaste an als Frost. »Er ist auf Strafrecht spezialisiert. Tja, nun bin ich wahrscheinlich eine Kriminelle.«

»Aber nicht lange. Damit kommt Stephen nicht durch.«

»Nein?«

»Ich habe noch ein As im Ärmel ...«

»Sie haben gesagt, Sie gehören jetzt auch zu den Verdächtigen. Im Mordfall Robin.«

»Das beweist doch nur, wie verrückt die sind. Ich bin schon bei Reilly gewesen und habe eine Aussage gemacht. Vielleicht werde ich Ihren Anwalt auch bald brauchen. Haben Sie heute schon mit Ihrem Mann gesprochen?«

Sie schüttelt den Kopf.

»Was macht er normalerweise am Samstagabend?«

»Warum? Haben Sie noch keine Verabredung?« fragt sie mit einem Lächeln. »Ich weiß es nicht. Manchmal arbeitet er.«

»In seiner Praxis?«

Sie nickt.

»Wissen Sie, ob er dort einen Safe hat?«

»Das wäre mir neu.«

»Haben Sie ihn jemals von einer Patientin namens Elizabeth Manning reden hören?«

»Er spricht nie von seinen Patienten. Ich glaube, sie langweilen ihn.«

»Und Sie haben auch nie zufällig was mitgekriegt – über sie oder andere Patienten, irgendwelche ungewöhnlichen Dinge?«

»Was wollen Sie damit sagen? Daß es noch andere gibt?«

»Ich glaube schon.«

»Tja, so wie die Dinge stehen, ist das doch, verglichen mit den Morden, eher eine akademische Frage, finden Sie nicht? Sie hoffen also, ihn dabei zu erwischen, wie er seine Patientinnen bumst – na und?«

»Nun, viel ist das nicht, aber vielleicht ist es das einzige, was wir in der Hand haben. Ohne die Disc bleiben uns nicht viele Druckmittel.«

»Aber Sie haben die Briefe?«

»Ja«, sage ich und gebe ihr die Papiertüte. Viel kann ich ihr nicht bieten. Eine Handvoll alter Briefe, wie vom Speicher. Ich frage sie nicht, warum sie sie haben möchte. Es ist mir peinlich, daß ich sie gelesen habe. »Es sind noch ein oder zwei andere Sachen drin.«

»Sie bekommen noch Papiertüten bei Ihrem Lebensmittelhändler?« fragt sie und macht die Tüte auf, als wäre darin ein Lunchpaket für sie.

»Man muß darum bitten. Die verstecken sie unter der Theke, zusammen mit den *Penthouse*-Heften.«

Sie sieht sich den Hut und die Handschuhe und das Bild aus der Wohnung in der Harvey Avenue an. Sie sagt nicht sofort etwas. Ich schaue hinauf zu der allegorischen Darstellung der Zeit. Sie bewegt sich immer noch nicht.

»Wo haben Sie die Sachen her?« fragt sie. Ich verrate es ihr.

»Die habe ich wahrscheinlich Freitag nacht vergessen. Oder sie haben sie mir gestohlen ...«

»Ich weiß. Ich meine, das habe ich angenommen.«

Keiner von uns sagt etwas über das Bild, das bei Gaelen an der Wand hing. Ich weiß nicht, warum ich es ihr mitgebracht habe. Ich hätte es behalten oder einfach wegwerfen können. Aber ich hatte irgendwie das Gefühl, daß es zu den anderen Dingen gehört.

»Sie werden Gaelen finden, Elenya. Wenn Stephen mit der Sache zu tun hat, wird einer von ihnen reden, vielleicht sogar beide. Sie können sich immer noch scheiden lassen. Und von hier wegziehen.«

»Ja?« fragt sie. »Wieso glaube ich bloß, daß das nicht genügen wird?«

Die ersten Glocken des Nachmittags klingen vom Turm des Priesterseminargebäudes über Midway Plaisance herüber. Junge Leute strömen aus dem Washington Park, versuchen, so schnell wie möglich nach Hause und an den Eßtisch zu gelangen, dem Sturm zuvorzukommen. Es ist einer jener Wintertage, an denen der Nachmittag zu schnell in die Abenddämmerung übergeht.

»Sie sind hier in der Gegend aufgewachsen, stimmt's?« fragt Elenya und läßt den Blick schweifen.

»Nicht in Hyde Park. Eher in der Nähe von Bridgeport.«

Und sie kommt irgendwo aus dem Osten, oder?

Plötzlich wird mir klar, daß ich sie kaum kenne. Aber das ist nicht so wichtig.

»Ich bin auch hier zur Schule gegangen«, sagt sie.

»Was? Wirklich?«

»Nur ein paar Monate. Ich hab's nicht ausgehalten. Es war zu kalt.«

»Das kommt vor«, sage ich. »Aber Sie sind wieder hier gelandet?«

»Mein Mann hat mich wieder hergezerrt«, sagt sie. »Als er als Assistenzarzt ans Krankenhaus kam. Und dann sind wir geblieben. Von meiner Familie lebt sowieso bloß noch meine Schwester. Leben Ihre Eltern noch?«

Ich schüttle den Kopf.

»Was ist mit Ihrem Haus? Steht das noch?«

»Nein. Ist nur noch ein leeres Grundstück.«

»Und Sie haben nie geheiratet?«

»Nein.«

»Sie sind auf dieselbe Art ein Single, wie ich eine verheiratete Frau bin«, sagt sie.

Sie wirft einen Blick auf die Briefe, löst den Gummi und blättert sie durch. Einen oder zwei nimmt sie heraus und starrt die Schrift darauf an.

»Alles in Ordnung?« frage ich.

»Ja«, sagt sie. »Die Briefe sind irgendwie genau das, was ich brauche.«

»Elenya, haben Sie Stephen je von Eduardo Martinez oder seiner Tochter sprechen hören ...«

»Das ist doch das Mädchen, das verletzt wurde. Nein, ich glaube nicht. Warum?«

»Ich habe in seinem Schreibtisch Unterlagen gefunden, auf denen ihre Namen stehen.«

Der Fall Martinez hat sich diese Woche mit Brachialgewalt einen Weg zurück in mein Leben gebahnt. Die Sache ist nur fünf Blocks nördlich von hier, Ecke 55th Street/Cottage Grove Road, passiert. Damals war es viel wärmer als heute, ein Tag voller Sonne und Versprechen für die Zukunft. Manchmal sind das die schlimmsten Tage.

»Suchen Sie immer noch nach ihm? Ich meine, nach dem Vater?«

»Alle sagen mir, daß er tot ist. Tja, und eigentlich sollte ich die Angelegenheit zu den Akten legen.«

»Ja, das sagen alle«, meint sie lächelnd. »Aber wenn er nun nicht tot ist? Was wäre, wenn er hier stünde, direkt vor uns?« Sie wischt mit dem Fuß über das winterlich braune Gras. Sofort hebt sich dieser Fleck von der Umgebung ab.

»Nun, er ist nicht hier.«

»Aber wenn's so wäre – was würden Sie machen?«

»Warum fragen Sie das?«

»Ich weiß es nicht. Wahrscheinlich bin ich nur neugierig. Vielleicht möchte ich wissen, wie lange Haß und Besessenheit – was immer es sein mag – anhalten. Ist das Kapitel für Sie abgeschlossen?«

»Ich denke schon.«

Sie nickt; ich habe nicht den Eindruck, daß sie mir glaubt. Das kann ich ihr nicht verdenken.

»Was hat er mit ihr gemacht?«

»Elenya ...«

»Bitte sagen Sie es mir. Dann lasse ich Sie in Ruhe. Frost wollte es mir nicht erzählen. Das hat wohl mit seiner Schweigepflicht zu tun.«

»Er hat sie vergewaltigt«, sage ich. Da ist noch mehr, aber irgendwie ist es sinnlos, es zu beschreiben. Die Leute meinen, es helfe, darüber zu reden. Aber das stimmt nicht.

»War es das wert, was meinen Sie?« sagt Elenya, und ihre

Frage überrascht mich. »Das, was Sie getan haben. Das, was Sie versucht haben zu tun.«

»Ich weiß es nicht. Wie soll man so etwas bewerten? Es hat mich Jahre gekostet, meine Lizenz, meine Arbeit ...«

»Nicht für Sie«, sagt sie, und ihr Atem dampft in der kalten Luft. »Für das Mädchen, für Angela. War das, was Sie getan haben, den Einsatz für Angela wert ...«

»Elenya, er hat sie jahrelang mißbraucht ...«

»Aber glauben Sie, sie wollte, daß deswegen Menschen umgebracht werden?«

»Ich weiß es nicht, Elenya.«

»Wollte sie wirklich, daß ihr Vater umgebracht wird?«

»Ich weiß es nicht.«

»Sie haben sie nie gefragt.«

»Nein.«

Sie nickt und verschließt die Papiertüte. Wir stehen beide auf. Meine Beine sind steif. Die Kälte des Betons ist mir bis in die Knochen gedrungen. Ich spüre, daß sich mein Rücken verkrampft, und die Schulter tut mir wieder weh.

»Ich wünschte, ich hätte die Disc für Sie gefunden«, sage ich. »Die Briefe sind nicht viel wert.«

»Mir bedeuten sie eine ganze Menge. Wirklich. Ich weiß zu schätzen, was Sie für mich getan haben. Vielleicht bin ich einfach sentimental.«

»Das ist nichts Schlimmes.«

Der Verkehr fließt auf Midway Plaisance an uns vorbei.

»Wissen Sie, er läßt mich nicht in Ruhe«, sagt sie. »Er läßt nicht los.« Ich nicke, obwohl ich nicht einmal weiß, wen sie meint – Gaelen? Stephen?

Sie wendet den Blick von Midway Plaisance zu dem Strom eisigen Betons.

»Ist das hier nicht ein schrecklich deprimierender Brunnen?« sagt sie.

ZWANZIG

Ich habe eigentlich nicht die Zeit, bis zum Schaumburg Tower zu fahren, tue es aber trotzdem.

Der Wachmann in Donnies Gebäude läßt mich im Eingangsbereich warten, während er mich oben anmeldet. Hier durchkämmen Innenarchitekten das Gelände wie Kommandos der Delta Force, immer auf der Suche nach Dingen, die auch nur ein bißchen bequem sind. Ich sitze in einem kleinen Raum mit an den Wänden montierten Flughafenstühlen, die Stiefel auf einem purpurfarbenen Beistelltisch, gleich neben einem Stapel ungelesener *Architecture Digest*-Heften. Als der Wachmann mich endlich weckt, haben sich schon Pfützen aus geschmolzenem Schnee unter meinen Stiefeln gebildet. Der Wachmann schiebt die Hefte weg.

Ich fahre zusammen mit zwei Männern in blauer Uniform im Wartungslift hinauf. Sie begleiten eine grüne Toilettenschüssel, die mit Styropor in eine Holzkiste gepackt ist wie eine Skulptur. Ich habe die Akten aus Rosenbergs Praxis bei mir.

Eine Empfangsdame vor Donnies Büro erklärt mir, ich sei zu spät dran.

»Auf der anderen Seite des Flurs«, sagt sie. »Im Bijou. Die haben fast schon nicht mehr mit Ihnen gerechnet. Es war die Rede davon, einen Suchtrupp mit Hunden auszusenden.«

Ich frage, ob sie Kaffee hat, und sie verneint schniefend. Alle Leute in der Stadt haben einen Schnupfen. Und wer keinen hat, tut so, als hätte er einen. Ihre Garfield-Tasse riecht nach Pfefferminz. Wahrscheinlich ist Donnie wieder auf dem Kräuterteetrip.

Als ich in den Medienraum schlüpfe, wendet sich Donnie

kaum zu mir um. Er sieht sich das Video an, das ich von Lucy Williams gemacht habe, in der Nacht, in der ich sie und Stephen erstmals beschattete.

»Ich dachte, du hast das längst weggeworfen«, sage ich.

»Du machst wohl Witze. Das da ist ein Klassiker«, sagt Donnie. »Die Kassette kriegt ein Filmmuseum, wenn ich sterbe.«

»Mag's dein Chef, wenn du in der Arbeitszeit Amateurpornos ansiehst?«

»Mein Chef ist in Japan«, sagt Donnie. »Du solltest erst mal die Sammlung sehen, die der hat. Er ist auch an diese Internet-Sexbulletins angeschlossen – hast du davon schon was gehört?«

»Ja, ein bißchen.« Donnie hat den Ton abgestellt, läßt den Film Bild für Bild mit der Fernbedienung weiterlaufen. Hin und wieder hält er ihn an einer seiner Lieblingsstellen an – ein besonderer Blick von Lucy, eine Großaufnahme von ihrer Zunge, wie sie gerade etwas leckt oder irgendwo verschwindet. Oder ihre Brüste, wie sie aus ihrem zu engen Kostüm herausquellen.

»Müssen wir uns das jetzt ansehen?« frage ich.

»Ist ein bißchen wie Ballett, findest du nicht auch?« sagt Donnie.

Auf dem Tape sind die Highlights zusammengeschnitten, aber ich kann nirgends den Einfluß von Balanchine entdecken. Ein sehr, sehr langer Nachmittag im South Bend Holidome ist auf einer einzigen Kassette zusammengefaßt. Dadurch wirkt der Sex noch hektischer und dringender, als er tatsächlich gewesen ist. Seinerzeit hätte ich nicht gedacht, daß das überhaupt noch möglich wäre.

»Wieso hast du das Ding rausgezogen?«

»Keine Ahnung. Nostalgische Gefühle vielleicht. Aber ich möchte dir noch ein anderes zeigen.« Er wechselt die Kassette. »Auf der ist bloß Lucy – am gleichen Ort, im gleichen blöden Holidome, aber zwei oder drei Jahre früher, als du noch nicht angefangen hast, sie zu beobachten.«

»Ich wußte, daß die beiden schon längere Zeit ein Verhältnis hatten. Aber ich wußte nicht, daß ihr sie schon früher gefilmt habt.«

»Haben wir nicht. Die Kassette ist nicht von uns.«

»Was?«

»Frost hat sie mir gegeben, als er mich gebeten hat, den Fall zu übernehmen. Damit wir wüßten, womit wir zu rechnen hätten.«

»Warum hast du mir die damals nicht gezeigt?«

»Weil Rosenberg nicht drauf ist. Aber ich hab dir Standfotos gezeigt. Erinnerst du dich? Von Lucys Gesicht, damit du sie identifizieren konntest. Vielleicht hast du's vergessen. Damals hast du ziemlich viel Shit genommen, Harding. Ich hab dich ja sogar am Händchen halten müssen, wenn wir über die Straße gegangen sind.«

»Wer hat das Tape gemacht?«

»Das hat Frost mir nicht gesagt. Ich könnte mir denken, daß er's selbst war.«

Das Tape ist amateurhaft aufgenommen, aber das ist nicht das Bemerkenswerte daran, sondern die Veränderung, die Lucy Williams in den letzten Jahren durchgemacht hat. In den jüngeren Filmen sieht sie aus wie eine Vogelscheuche – dünn, fast hager. Hier hat sie noch den Rücken einer Schwimmerin, braune Haut, feine, von der Sonne ausgebleichte Härchen an Nacken und Armen. Und keine Einstiche. Sie steht auf einem Stairmaster. Die Kamera zoomt von ihrem geneigten Kopf zu der winzigen Digitalanzeige zwischen ihren Beinen. Ihre Atmung und ihr Herzschlag beschleunigen sich selbst dann noch, als sie die Füße nicht mehr bewegt, und verwirren einen Computerchip, der nicht auf Hochleistungstraining programmiert ist. Das Geräusch, das das Gerät dabei von sich gibt, ist dem sehr ähnlich, das ich manchmal in Alpträumen habe.

»Warren hat mir davon erzählt«, sagt Donnie und wendet sich mir zu. »Daß du in Rosenbergs Praxis willst, um die Disc und die Briefe rauszuholen. Ist seine Idee, aber das ganze Risiko liegt bei dir. Ich weiß nicht, ob das so intelligent ist. Jedenfalls nicht so bald nach dem Tod des Jungen.«

»Der Junge heißt Oren Miller, Donnie. Wenn du dir schon solche Gedanken machst, meine ich. Er hat für einen Gartenzubehörbetrieb gearbeitet, den dein Sicherheitsdienst bewacht.«

»Wirklich? Für welchen?«

Ich nenne ihm den Namen. Vielleicht ist er überrascht, vielleicht auch nicht. Bei Donnie kann man das nie so genau sagen.

»Dieser Dr. Sawyer, Donnie ... Hast du von dem schon mal was gehört?«

»Erst, als die Bullen mich angerufen haben ...«

»Haben sie dich gefragt, warum deine Nummer in seinem Adreßbuch steht?«

»Was? Nein.«

»Tja, dann frage ich dich jetzt, Donnie.«

»Das muß ein Mißverständnis sein. Ich stehe in allen möglichen Adreßlisten.«

»Aber es ist sein privates Adreßbuch. Und es steht dein Name drin. Als ich es mir angesehen habe, ist Oren mit ner Knarre aufgetaucht, um mich wegzupusten ...«

»Also warst du das?« fragt Donnie. »Ich kenne ihn nicht, ich kenne sie alle beide nicht – was folgerst du daraus?«

»Ich folgere nichts daraus, Donnie, ich deute an. Ich will nur wissen, ob du ehrlich zu mir bist.«

»Du hast tatsächlich die Nerven, mich das zu fragen? Nach allem, was wir zusammen erlebt haben?«

»Ja, die Nerven habe ich.«

»Und du möchtest, daß ich für dich deine Tür und dein Schloß richten lasse«, sagt er.

»Ja.«

Donnie stellt den Videorecorder aus und schaltet das Licht ein. Ich knalle die Akte Martinez aus Rosenbergs Praxis auf den Stuhl neben ihm.

»Was zum Teufel ist das, Donnie?«

»Woher hast du das?«

»Ich will Bescheid wissen ...«

»Immer mit der Ruhe, Harding. Ich habe dich gefragt, woher du das hast.«

»Aus Rosenbergs Praxis.«

»Also bist du schon drin gewesen? Weiß Frost davon?«

»Nein. Und ich habe auch nicht vor, es ihm zu sagen ...«

»Hast du die Akte gelesen?«

»Natürlich habe ich sie gelesen.«

»Ich hol uns nen Drink.«

»Ich will keinen Drink.«

»Ich hab den Dewar's da, Harding. Schlag mein Angebot nicht so schnell aus.«

Er schenkt uns beiden ein Glas ein und wartet, bis ich Platz genommen habe. Wir sitzen auf roten Plüschstühlen aus dem Theater, die Donnie gekauft hat, als das Michael Todd abgerissen wurde. Donnie hat in diesem Raum so viel Pfefferminztee getrunken, daß es hier nach Mint-Juleps riecht.

»Ich weiß nichts über den Chiropraktiker und den Jungen«, sagt er. »Du sagst, ich stehe in seinem Adreßbuch. Ich glaube dir. Und der Junge mäht Rasen für eine Firma, die wir betreuen – das glaube ich auch. Aber es ist Zufall, Harding.«

»Früher hast du nicht an Zufälle geglaubt, Donnie.«

»So?« Er nickt. »Vielleicht tue ich das immer noch nicht. »Du kannst sicher sein, daß ich beide Dinge überprüfen werde.«

»Kennst du diesen Gaelen?«

»Nein. Ich kenne niemanden, der so heißt. Das ist verdammt noch mal die Wahrheit, Harding.«

»Wie du meinst.«

»Du glaubst mir?«

»Ja. Gut.« Ich glaube überhaupt niemandem mehr.

Donnies Gegensprechanlage summt. »Nicht jetzt«, sagt er.

»Gehen Sie lieber ran, Donnie«, sagt eine Sekretärin.

»Na schön«, sagt er, nimmt den Telefonhörer und sagt dann: »Augenblick, er ist hier. Ich schalte nur kurz laut.«

Es ist Reilly.

»Harding? Sind Sie da? Ich habe eben Ihrem Chef gesagt, daß wir Ihren Freund Gaelen hatten. Unten beim Motel. Er war unterwegs nach Süden – die örtliche Polizei hat ihn aufgegriffen.«

»Was ist passiert?«

»Dem einen Beamten geht's ganz gut, der hat nur ziemlich viele gebrochene Knochen. Der andere hängt am Beatmungsgerät. Er kommt möglicherweise nicht durch.«

»Du lieber Himmel. Knallen Sie das Schwein beim nächstenmal lieber gleich über den Haufen.«

»Tja, jetzt sind alle Polizisten in ganz Indiana auf ihn angesetzt. Ich würde sagen, ohne eine persönliche Einladung des Staatsanwalts kommt der nicht mehr in diese Stadt.«

»Danke, Reilly«, sagt Donnie und macht Anstalten aufzulegen.

»Warten Sie – deswegen habe ich nicht angerufen. Wir haben was über den Jungen rausgefunden, was Sie interessieren dürfte. Er heißt nicht Miller, sondern Patner, und er kommt aus Louisville, Kentucky. Sie haben ja seinen Alten vor neun Jahren umgelegt, da dachte ich, vielleicht interessiert Sie das. Die Leute aus der Familie sterben wirklich weg wie die Fliegen.«

Donnie hat das Ohr dicht an den Lautsprecher gepreßt wie an ein Radio, in dem eine Kriminalgeschichte aus den Vierzigern gesendet wird. Allerdings glaube ich nicht, daß die Storys damals schon so brutal waren.

»Oren hat hier in Chicago bei einer Pflegefamilie gewohnt«, sage ich mit trockenem Mund, obwohl ich gerade Whiskey getrunken habe. »Die hieß Bauer.«

»Ja, ja. Das weiß ich schon ...«

»Wer hat ihn bei den Bauers untergebracht?«

»Keine Ahnung.«

»Die Unterlagen für solche Sachen sind einsehbar. Das ist nicht wie bei Adoptionen.«

»Ich weiß, Harding. Aber es steht nichts darüber drin. Die haben nur ein Datum ... Jemand hat ihn einfach vor acht Jahren da abgeladen.«

»Martinez«, sage ich zu Donnie, der die Stirn runzelt. Aber an seinem Blick sehe ich, daß er das auch glaubt. »Das Schwein hat Patners Sohn drei Häuserblocks von meiner Wohnung entfernt in ein Pflegeheim gesteckt. Er hat sogar noch gewartet, bis ich aus dem Gefängnis war, um sicher zu sein, daß ich nach Chicago zurückkomme.«

»Tja, das war wie ne Zeitbombe mit Langzeitzünder«, sagt Donnie.

Oren ist also Patners Sohn. Kein Wunder, daß er neulich nur ungern das Steakmesser fallen gelassen hat. Jemand muß ihm eine ganze Menge Geld für seine Zurückhaltung gegeben haben.

Wie lange war er mir schon auf den Fersen?

»Wir haben Gaelens Akten immer noch nicht«, sagt Reilly. »Wir besorgen sie uns am Montag, wenn er im Knast sitzt. Ach, und Nelson Bryars ist gestern nacht in der South Woodlawn Avenue aufgetaucht. Erschossen, mit Ihrer .44er. Allmählich können Sie Werbung für die National Rifle Association machen.«

»Reilly, hören Sie zu. In Indiana ... Ist Gaelen da mit seinem eigenen Wagen geflohen? Mit dem Grand Am?«

»Ja, warum? Machen Sie sich Gedanken über seinen Benzinverbrauch?«

»Ich will's nur wissen, das ist alles. Könnte ja sein, daß ich den Wagen zufällig irgendwo sehe.«

»Er ist wieder nach Süden unterwegs, Harding. Machen Sie sich darüber mal keine Gedanken.«

»Ich mache mir aber gern Gedanken«, sage ich.

Donnie drückt auf einen Knopf; der Lautsprecher verstummt.

»Alles in Ordnung?« fragt er mich.

»Ja.«

»Okay, dann unterhalten wir uns jetzt über Angela Martinez.«

Wir leeren die Flasche Dewar's und machen eine zweite auf. Dewar's schmeckt im Vergleich zu Chivas Regal rauchig, aber ich beklage mich nicht. Die Leute, die einen Termin mit Donnie vereinbart hatten, sind wahrscheinlich längst wieder nach Hause gefahren. Aber siehe da, als ich auf den Flur hinaustrete, ist der voller Geschäftsleute. Ich kehre ins Zimmer zurück. Donnie und ich setzen uns ohne Schuhe auf den Boden und trinken. »Ich bin in einer Besprechung«, erklärt Donnie Serena und dreht den Schlüssel im Schloß um.

»Ich hab gar nicht gewußt, daß er nen Sohn hatte«, sagt Donnie. »Ich meine Patner.«

»Ich auch nicht.«

»Du hast ihn also kaltgemacht?«

»Tja, was willst du jetzt anfangen, die Mounties holen?«

»Verdammt, Harding, ich bin dein Freund.«

Ich sage nichts.

»Weißt du, wie alt das ist?« fragt Donnie. Zuerst denke ich, er meint den Whiskey.

»Es ist wie gestern, Donnie.« Wie der Alptraum von letzter Nacht.

»Der Horror ist neun, zehn Jahre her. Verdammtes Kentucky«, sagt er, inzwischen ziemlich wütend. Ich weiß nicht, ob er auf mich zornig ist oder auf Kentucky. »Ich hätte damals runterfahren und dir helfen sollen. Aber was zum Teufel weiß ich schon über Kentucky?«

»Und was weißt du über Patner?«

»Über den Alten? Nichts. n Exbulle mit Vorstrafen, hat von Frankfort, Kentucky, aus operiert. Nur in der näheren Umgebung. Martinez muß ihn angeheuert haben, als du ihm zu nahe gekommen bist.«

»Ich bin ihm nie nahe gekommen, Donnie.«

»Wahrscheinlich hatte er einfach die Schnauze voll davon, ständig über die Schulter sehen zu müssen«, sagt Donnie. »Das treibt jeden in den Wahnsinn.«

»Und was ist mit den Telefonunterlagen? Du hast mit Martinez geredet ...«

»Am Anfang, ja«, sagt Donnie. »Bevor ich gemerkt habe, daß er verrückt ist. Ich hätte mir nie träumen lassen, daß er so auf euch beide losgeht ...«

»Du hast ihm gesagt, wo wir waren?«

»Nicht absichtlich, Harding, das schwöre ich dir. Aber anscheinend hat er durch irgendwas, was ich gesagt hab, nen Tip gekriegt. Er ist nämlich zwei Tage später auf euch losgegangen. Also bin ich genauso dafür verantwortlich, daß er sie verletzt hat, wie du. Aber die Geschichte ist inzwischen wirklich uralt ...«

»Und die Schecks in der Akte. Du hast sie auf Rosenbergs Namen ausgestellt.«

»Das waren die Zahlungen, die ich für Angela geleistet habe. Rosenberg hat sie dreimal operiert. Er war der Beste, also habe ich ihn beauftragt.« Donnie leert sein Glas. Ich habe ihn schon seit Jahren nicht mehr so trinken sehen. »Wie war noch mal der Name von dem Arzt, von dem Typen, der meinen Namen hat?«

»Sawyer.«

»Vielleicht stehe ich deswegen in seinem Adreßbuch. Wenn er keine richtige Buchhaltung führt, ist das durchaus möglich. Angela war schließlich in der Reha. Im RIC?«

»Sawyer ist Chiropraktiker, Donnie, kein Orthopäde.«

»Aber an die werden auch Patienten überwiesen, Harding. Damit die Leute die Schmerzen besser in den Griff kriegen, solche Sachen.«

Plötzlich schlägt mein Herz schneller. »Die Bullen haben gesagt, Gaelen hat ungefähr damals seine Zulassung verloren.«

»Und?«

»Hast du einen Mac?«

»Serena hat einen – ich persönlich arbeite nur noch mit Unix, Harding.«

Ich laufe zu meinem Truck hinunter. Die Disketten, die ich aus Sawyers Büro habe mitgehen lassen, scheppern schon den ganzen Tag in meinem Handschuhfach herum. Ich benutze Serenas Schreibtisch und ihren Mac, um Sawyers alte Geschäftsaufzeichnungen sowie seine Krankenberichte durchzugehen. Sachen, die man früher auf Mikrofilm gespeichert hat. Ich suche überall nach Angela. In den Unterlagen von zehn Jahren. Und werde bereits nach zwei Minuten fündig.

Angela Martinez, ein Jahr nach Op., Schmerzen beim Bewegen von Armen und Handgelenken, überwiesen von RIC …

»Hast du das schon mal gesehen?« frage ich Donnie. Er schüttelt den Kopf.

Ich auch nicht. Diese Informationen befanden sich nicht in Rosenbergs Akten, weil sie zu diesem Zeitpunkt schon nicht mehr seine Patientin war.

Sawyers Notizen sind kurz und präzise. Er tat, was er konnte, um ihr zu helfen.

Dann riet er ihr, zu einem Spezialisten zu gehen, einem Physiotherapeuten, den er kannte. Zu einem Mann mit magischen Händen. Der Name steht nicht in den Unterlagen. Dafür finde ich etwas anderes, einen Querverweis. Einen Empfehlungsbrief Sawyers an das State Medical Board, in dem er sich für Gaelens Sache stark macht.

… hat nur wenig Sinn, einen so qualifizierten Therapeuten zu suspendieren … habe schon oft Patienten zu ihm überwiesen … habe völliges Vertrauen in sein Urteil … kümmert sich vorbildlich um seine Patienten … die unseligen Anschuldigungen von Ms. Martinez lassen sich nicht beweisen …

»Was zum Teufel hat Gaelen mit ihr gemacht?« sage ich. »Donnie?«

»Keine Ahnung, Harding.«

»Du warst doch da, oder …«

»Laß uns wieder in mein Büro gehen.«

»Die staatlichen Unterlagen müßten doch darüber Aufschluß geben, was er getan hat.«

»Wir besorgen sie. Immer mit der Ruhe, Harding. Es ist Samstagabend, hast du das schon vergessen? Wir rufen am Montag bei den Behörden an.«

»Montag ist zu spät. Wie können wir's jetzt rausfinden?«

»Überhaupt nicht. Nicht mal Reilly kann das, das hast du grade von ihm selber gehört. Die Sache ist jetzt zehn Jahre her, Harding. Da kann sie auch noch bis Montag warten.«

Mein Herz rast. Ich laufe in Donnies Büro auf und ab wie ein Tiger im Käfig.

»Wieso hast du nichts davon gewußt?«

»Ich hab nur die Rechnungen für sie bezahlt, Harding. Ich hab Rosenberg das Geld gegeben und ihm gesagt, daß ich sonst nichts mit der Sache zu tun haben will.«

»Und du hast nie mit ihr geredet?«

»Nein. Nun komm schon, Harding. Setz dich lieber hin. Du schaust aus, als wolltest du jemand den Kopf abreißen. Und ich bin der einzige weit und breit.« Er gibt mir noch einen Whiskey. Jetzt schmeckt mir der Dewar's nicht mehr so gut wie vorher. »Du siehst besser aus als seit Jahren.«

»Warum hast du mir nie gesagt, daß du die Rechnungen für sie bezahlst?«

»Keine Ahnung. Du warst im Gefängnis. Es hat sich vieles geändert.«

»Die Sache hat mir jahrelang zu schaffen gemacht …«

»Tja«, sagt Donnie. »Wir sind beide schuld. Aber ich hab versucht, was zu tun. Ich habe ihr geholfen. Was hast du schon für sie gemacht?«

»Nichts«, sage ich und denke: der neue Donnie.

Jetzt wird mir klar, daß Donnie auch mir Geld hat zukommen lassen – in Form von Arbeit. Offenbar hat er Schuldgefühle, weil ich meine Lizenz verloren habe. Neun, fast zehn Jahre, und er hat nie ein Wort davon erwähnt. Wir sind auch nicht viel besser als die Rosenbergs.

»Wo ist Angela jetzt?«

»Keine Ahnung. Wirklich. Ich hab einmal versucht, das rauszufinden, vor fünf oder sechs Jahren. Vielleicht hat sie ihren Namen geändert. Sie hatte ja großes Geschick im Verstecken. Daran erinnerst du dich wahrscheinlich noch.«

»Ja.« Und ich weiß auch, von wem sie das gelernt hat. »Wer ist heute abend hier in der Computerabteilung?«

»Henderson leitet die Abteilung. Ich kann ihn anpiepsen.«

»Nicht den Leiter. Irgendeinen von den jüngeren Leuten.«

Ein Junge um die Zwanzig antwortet auf Donnies Ruf. Donnie sieht skeptisch aus, doch Kevin kommt herein, ohne zu klopfen. Er trägt Turnschuhe und ein *2600*-T-Shirt und hat einen Becher Gatorade dabei. Ich habe das Gefühl, daß wir den Richtigen für den Job erwischt haben.

»Zehn Minuten«, sagt Kevin, als er sieht, was er machen soll – die Seiten mit dem Kauderwelsch entziffern, das ich unter den medizinischen Berichten gefunden habe. »Vielleicht geht's auch schneller.« Ich hatte den Text für Übertragungsfehler beim Faxen gehalten. Jetzt weiß ich, was wirklich dahinter steckt.

Donnie fragt mich, was ich sonst noch gefunden habe, also erzähle ich ihm von Gaelens Keller, von der Liste der Aufzeichnungen, die Nora und Robin aufgestellt haben, und daß ich glaube, Gaelen und Oren seien über ihren Plan gestolpert – schließlich war Gaelen den Rosenbergs auf den Fersen und Oren mir –, hätten ihn übernommen und die Studenten umgebracht, als sie sie nicht mehr brauchten. Lucy starb, weil sie sich später vielleicht an etwas erinnern würde, was sie gesehen hatte, zum Beispiel, daß Oren in jener Nacht mit weiß Gott was aus Noras Zimmer gekommen war. Vielleicht mit einem Andenken.

Ich zeige Donnie die Bankauszüge. »Ich glaube, das Geld ist an Gaelen gegangen«, sage ich. »Stephen hat ihn dafür bezahlt, daß er sich an Elenya ranmacht, was mit ihr anfängt und die Sache auf Tape aufzeichnet. Ich glaube nicht, daß Stephen eine Scheidung wollte. Er gibt ungern Dinge auf.« *Besonders ungern seine Trophäen.*

»Die zehntausend waren der Grundstock«, sagt Donnie. »Aber wofür waren die fünfzigtausend?«

Ich schweige eine Weile. »Ich habe auch eine Mappe gefunden, ein Tagebuch, das Gaelen angeblich geführt hat – genau wie Nora Aufzeichnungen über die Tapes gemacht hat –, über seine Nächte mit Elenya. Erinnerst du dich an die Hitler-Tagebücher? Das da war ungefähr genauso echt. Ich bezweifle, daß Rosenberg das Tagebuch überhaupt zu Gesicht gekriegt hat, bevor er das Geld gezahlt hat. Und wer weiß – vielleicht hat er's ja geglaubt. Vielleicht wollte er's glauben.«

»Aber du hörst dich so an, als würdest du's nicht glauben.«

»Nein, ich glaube es nicht.«

Donnie nickt, ein Nicken, das vielleicht ja, vielleicht aber auch nein bedeutet.

Kevin ist schon nach fünf Minuten wieder da.

»War doppelt verschlüsselt«, sagt er. »Cleveres kleines Programm. Aber die Bilder sind ganz schön merkwürdig. Wer ist denn das Mädchen?«

»Sie haben keine Kopien gemacht, oder?« fragt Donnie.

»Nein, Sir ...«

»Tja, wir haben gerade eine neue Stelle in Ihrer Abteilung eingerichtet«, sagt Donnie, geht die Bilder durch und reicht sie mir. »Die des Information Managers.«

»Da haben wir doch schon einen.«

»Gut. Dann haben wir jetzt zwei. Der Job gehört Ihnen«, sagt Donnie, »wenn Sie den Mund halten können.«

»Worüber?«

»Über die Fotos.«

»Was für Fotos?«

Es ist immer schön zu sehen, wie Eigeninitiative belohnt wird.

Sie verabschieden sich nicht mit einem Händedruck, aber Donnie gibt ihm fünfzig Dollar. Donnie ist nicht sonderlich religiös. Doch es ist immer gut, einen geschäftlichen Abschluß mit einem Segen zu besiegeln.

Die erste Gruppe von Bildern ist von Angela und ihrem Vater. Sie sind schlimm genug, um eine Erpressung zu rechtfertigen. Aber zwei Millionen Dollar scheinen mir doch ein bißchen viel zu sein. Bis wir zur zweiten Gruppe kommen.

Es sind insgesamt zehn Fotos, Schwarzweißporträts eines Männergesichts. Auf den ersten beiden Bildern sieht er noch so aus, wie ich ihn in Erinnerung habe. Als ich die anderen hintereinanderlege, beschleunigt sich der Alterungsprozeß. Wie bei Pflanzen, wenn man sie im Zeitraffer zeigt.

»Du lieber Himmel«, sagt Donnie. »Man möchte meinen, daß man ihn für zwei Millionen jünger machen könnte.«

»Nein, das ist clever. So etwas erwartet man nicht, das ist die beste Möglichkeit, sich zu verstecken. Martinez ist immer schon schlau gewesen.« Ich sehe weiter den Mann auf dem ersten Bild an. Der andere, ältere, existiert für mich nicht. »Woher weißt du, daß er tot ist?«

»Hat mir jemand gesagt.«

»Aber woher *weißt* du ...«

»Du willst wissen, ob ich ihm höchstpersönlich einen Pflock durchs Herz getrieben habe?« Er dreht die Whiskeyflasche um und läßt den letzten Tropfen in sein Glas fallen. Wenn das eine Ketchupflasche wäre, würde er jetzt mit der flachen Hand draufschlagen. »Ich weiß es, weil ich aus einer Zeitung in Springfield einen Nachruf auf seine Exfrau habe. Darin heißt es, sie hätte einem Reporter unmittelbar vor ihrem Tod gesagt, er sei tot.«

»Vielleicht hat er das arrangiert«, sage ich.

»Harding, er ist tot.«

»Weißt du, wie leicht es wäre, so eine Geschichte in die Welt zu setzen?«

Donnie macht seufzend eine weitere Flasche auf. »Aber es bleibt dabei, Harding: Er ist tot. Möchtest du vielleicht, daß er noch am Leben ist? Wenn du das willst, dann bleibt er ewig am Leben. Möchtest du das wirklich?«

Ich sage nichts.

»Harding, dir ist hoffentlich klar, daß es keinen Sinn mehr hat, heute abend die Sache in Rosenbergs Praxis durchzuziehen. Dessen bist du dir doch bewußt, oder?«

Ich zucke mit den Achseln.

»Du hast vorhin selber gesagt, er hat niemanden umgebracht. Vielleicht hat er Gaelen für – nun, für die Scheiße, die wir normalerweise für die Leute erledigen müssen, angeheuert, aber das ist es auch schon. Also bringt die Sache nichts.«

»Du hast recht«, sage ich. Allerdings erwähne ich nichts davon, daß in Gaelens Tagebuch stand, er habe jene Abende – insgesamt neun Mittwochabende – mit Elenya gefilmt. Stephen hätte nie ohne Beweis gezahlt.

Und ich erwähne auch nichts davon, wie obsessiv dieses Tagebuch ist; cremefarbenes Papier in einer Hülle aus marmorierter Pappe, zusammengehalten durch ein rotes Band. Es sieht aus wie eine Lyrikausgabe eines Kleinverlags. Und ich erwähne ferner nichts davon, wie detailliert die Einträge sind.

Ich habe das Tagebuch in meinem Truck gelesen, noch auf Donnies Parkplatz. Ich habe ein Stück gelesen, dann legte ich es weg, nach einer Weile nahm ich es wieder in die Hand – der Sog der Pornographie. Bald vermischten sich die Worte.

Analengel
Loch Elenya von hinten Cowgirl; beim Fisting kommt sie am besten
lutsch meinen Schwanz; sie schreit
Gaelen Gaelen Gaelen
alles, wovon ich immer geträumt habe …

Und ich erwähne nichts davon, daß ich die Mappe verbrannt habe. Beziehungsweise wie scharf ich auf die Tapes bin.

»Sie wissen, daß es Gaelen war«, sagt Donnie. »Den Rest werden sie schon noch aus ihm rauskriegen. Der wird singen wie ein Vogel. Das gibt ein Fressen für die Presse – kannst du dir Gaelens Verfahren vorstellen, wenn die die ganze Scheiße da ausgraben? Wenn die Revolverblätter das mitkriegen?« Er schüttelt den Kopf. »Rosenberg wird Zeter und Mordio schreien.«

»Elenya auch.«

»Also bläst du die Sache ab?«

Ich nicke. Ich kann zwar noch nicht so gut nicken wie Donnie, aber ich arbeite dran.

»Weil's keinen Grund gibt, es zu machen.«

»Du hast recht, Donnie. Absolut recht.«

»Gut«, sagt er. »Dann sind wir uns ja einig.« Er sieht zuerst auf seine Uhr, dann überprüft er den Inhalt der Flasche. »Was machen wir hier eigentlich? Besaufen wir uns?«

»Nicht, wenn bloß noch ne halbe Flasche übrig ist.«

»Zum Teufel«, sagt er. »Wir sind hier in einem Vorort: Wir können uns Whiskey liefern lassen.«

Doch als er mir noch einen Whiskey anbietet, bitte ich Serena, mir einen Kaffee zu machen. Dann gehe ich den Flur hinunter zu Donnies Cheftoilette, sehe mich aber zuerst nach einem Telefon um. Alison wartet mit einem billigen Handy im Truck auf mich.

»Alles in Ordnung?« frage ich.

»Alles in Ordnung«, sagt sie. »Ich bin zusammen mit

einem Mann, der schnieft und röchelt wie ein Asthmatiker kurz vor dem Kollaps, in einem winzigen Raum eingesperrt. Ich glaube, er hat zuviel von dem Ungeziefervernichtungsmittel abgekriegt.«

»Gib ihm ein Taschentuch. Gaelen ist noch auf freiem Fuß, also müssen wir aufpassen. Wart auf mich, ja? Verschließ die Türen und halte die Waffe bereit. Ach ja, und stell Kanal zwanzig ein, nicht sieben. Zwanzig.«

»Kein Problem«, sagt sie.

»Mach's gleich, ja?«

»Schon passiert.«

»Wenn alles klappt, schauen wir später vielleicht noch bei Jimmy's vorbei.«

»Und zum Nachtisch gibt's dann n paar Kamikazefilme bei mir«, sagt Alison.

Ich wasche mir das Gesicht mit kaltem Wasser und starre mein Spiegelbild an. Donnie hat noch eine Verabredung zum Essen. Ich selbst bin zu einer Party in der City unterwegs – auf dem Eisenhower Expressway nach Osten und dann gerade die 90th und 94th runter. Auf halbem Weg schalte ich den CB-Funk ein, stelle Kanal sieben ein, drehe auf volle Lautstärke und rede fünf Minuten mit mir selber. Auf den Straßen brodelt das Samstagnachtfieber. Alle drücken aufs Gas, versuchen, dem Sturm zuvorzukommen.

EINUNDZWANZIG

DIE BILDER, die wir empfangen, sehen aus wie damals die Aufnahmen von der Mondlandung: grobkörnig graue Schatten. Zwei Telefone sind angezapft, drei Wanzen haben wir zusätzlich in den Büros verteilt. Alles wird über einen Empfänger weitergeleitet, den wir im dritten Stock versteckt haben. Unsere Ausrüstung ist so primitiv, daß sich die Schüler in der High-School wahrscheinlich kringelig lachen würden.

Aber sie funktioniert. Und offenbar ist Elizabeth Manning das Hauptprogramm des Abends. Es gibt allerdings noch ein Vorprogramm, mit dem ich nicht gerechnet habe: Rosenbergs Siebenuhrverabredung – Gretchen – kommt ein bißchen zu früh. Inzwischen fallen große feuchte Schneeflocken vom Himmel. Sie trägt einen langen Mantel und hat einen riesigen Picknickkorb bei sich. Die Praxishelferinnen sind mittlerweile alle zu Hause.

Rosenberg bittet Gretchen in seine private Praxis und schließt die Tür. Die beiden beginnen praktisch sofort mit ihrem Picknick.

Und sie speisen ziemlich geräuschvoll.

»In Wirklichkeit ist es gar nicht so laut«, erklärt Boone. »Aber das verdammte Mikro ist direkt unter ihrem Hintern.« Um sieben Uhr vierzig kommt sie wieder aus dem Gebäude. Sie schwingt ihren Korb wie Rotkäppchen, als Rosenbergs Achtuhrverabredung ihren Wagen die Auffahrt hinauflenkt.

»Was ist denn das für ein Mantel?« frage ich und wische die beschlagene Windschutzscheibe sauber.

»Ein Lagerfeld-Imitat«, sagt Alison. »Wer trägt schon Markensachen bei diesem Wetter?«

»Jemand, der noch andere Mäntel von Lagerfeld im Schrank hat.«

Die beiden Frauen begegnen sich kurz. Gretchen macht Elizabeths Umhängetasche auf, und sie unterhalten sich eine Weile lachend. Vielleicht vergleichen sie Rezepte. Dann geht Elizabeth ins Haus. Gretchen lenkt ihren Civic rückwärts die Auffahrt hinunter.

»Was wohl in dem Korb ist?« fragt Boone.

»Wahrscheinlich weder Hühnchenteile noch Kartoffelsalat.«

»Vielleicht ein bißchen Wein und ein bißchen Latex?«

»So was Ähnliches.«

»*Can you surrey?*« singt Alison. »*Can you picnic?*«

Das Mikro von Radio Shack kündet vom Herannahen Elizabeths. Ihre Schritte hallen vom Kalksteinboden wider, die Anzeige des VU-Meters schlägt aus. Allerdings ist das Signal nicht sehr deutlich.

»Wir könnten's verstärken«, sagt Alison.

»Lieber nicht. Heutzutage hat doch Hinz und Kunz nen Scanner. Da weiß man nie, wer mithört.«

»So wie wir«, sagt Alison.

Elizabeth geht nach oben, betritt die Praxisräume. Der größte Teil des Gebäudes ist dunkel. Der Psychiater und seine Helferin sind jetzt draußen und lassen die Motoren ihrer Wagen warmlaufen, um nach Hause zu fahren. Chang hat uns einen winzigen Watchman überlassen – »in der Originalverpackung, Harding. Und der Garantieschein ist auch noch dabei«. Es ist, als würde man sich einen Film auf einer Armbanduhr ansehen.

Es ist kurz nach acht.

»Das ist ja widerlich, Boone«, sagt Alison. »Mach's ein bißchen lauter.«

»Kannst du mit Sicherheit sagen, was die da drin machen?« frage ich.

Alison schüttelt den Kopf. »Reden tun sie jedenfalls nicht viel. Du hast doch ein Videobild.«

»Das ist noch aus der Voyager-Zeit. Gib mir mal die Sennheiser-Kopfhörer. Und den Feldstecher.« Ich finde es toll, wie Alison sich heute abend angezogen hat: schwarzer Jogginganzug, schwarze Fliegerjacke aus Nylon, schwere schwarze Stiefel, die aussehen, als wären sie für Mastenkletterer der Telefongesellschaft bestimmt. Grufti-Klamotten eben. Ausnahmsweise hat sie Sachen an, die sie gegen die Kälte schützen – sie hat sogar Handschuhe und eine Mütze mitgebracht. Zwar sind die Handschuhe an den Knöcheln aufgerissen, und die Mütze hat sie verkehrt herum auf, aber da sie normalerweise einfach die Hände in die Hosentaschen steckt wie ein Latinojunge, der auf die Hochbahn wartet, ist das schon ein ganz schönes Zugeständnis.

»Das hier ist doch illegal, stimmt's?« sagt Alison. Sie kaut Black Black, japanischen Kaugummi. Er riecht nach Nadelbäumen.

»Wir bewegen uns da in einer Grauzone.« Ich beobachte die Tür des Hauses und versuche, nicht wieder auf meine Uhr zu sehen. Die Glock steckt mit vollem Magazin in meinem Hosenbund.

»Das ist keine Grauzone«, sagt Boone. »Das ist eindeutig schwarz und weiß.«

»Kastanienbraun und weiß«, sagt Alison und deutet durchs Hinterfenster hinaus. Ein Streifenwagen der Unipolizei fährt langsam an uns vorbei. »Das ist nur eine Routinepatrouille. Der kommt alle achtzehn Minuten.«

»Genau wie Rosenberg«, sagt Boone.

»Ach, so nehmt ihr seine Zeit?«

»Tja, so haben die die Atomuhr gestellt«, sagt Boone. »Alison – nur damit du Bescheid weißt: Schon das Anzapfen von Telefonleitungen ist Bundessache. Dafür kriegt man zwei bis drei Jahre im Bundesgefängnis. Bloß für die Telefone. Wenn man dann noch die Staatsgesetzgebung dazurechnet ...«

»Ist das der einzige Streifenwagen?« frage ich. »Ist niemand von der Chicagoer Polizei da?«

Boone schüttelt den Kopf.

Doch dann zucken plötzlich alle Anzeigen in den roten Bereich. »Was zum Teufel ...« sagt Alison und zupft an einem A/B-Schalter herum, der mit Leukoplast an einer Buchse festgeklebt ist. Doch nichts kann die Anzeigen beruhigen.

»Ein Kurzschluß?« fragt Boone verwirrt.

»Das Ding hat doch den ganzen Nachmittag wunderbar funktioniert.«

»Probiert's mal auf nem anderen Kanal.«

Wir haben jetzt alle drei Kopfhörer auf und lauschen dem Knistern im Äther.

»Jetzt hör ich was«, sagt Alison. »Klingt irgendwie nach Hintergrundgeräuschen, ziemlich vage. Um das besser zu hören, müßten wir Dolby Stereo haben.«

»Stört jemand die Verbindung?«

»Vielleicht nicht mal absichtlich«, sagt Boone. »Könnte sein, daß da bloß jemand sein unangemeldetes Radiogerät eingeschaltet hat. Bei dieser Ausrüstung ist alles möglich. Es könnte sogar ein Kind mit seiner Spielzeugeisenbahn sein.«

In meinen Ohren klingt es wie gedämpftes Schlagen; unter Wasser. Die Stimmen sind irgendwie nicht menschlich. Wie Delphine. Dann hören die Geräusche plötzlich auf, und wir haben wieder klaren Empfang.

»Geister in der Maschine«, sagt Alison achselzuckend. »Boone, verrat doch mal Harding deine brillante Idee für unser Sicherheitssystem.«

»Hör auf.«

»Er ist der Meinung, daß wir ein Paßwort brauchen. Wenn wir in den Bus einsteigen oder rauswollen.«

»Zum Beispiel? Schwertfisch vielleicht?«

In diesem Augenblick macht ein Taxi auf der Woodlawn Avenue kehrt und schlittert in die Auffahrt. Die Tür auf der anderen Seite wird geöffnet; das Innenlicht geht ganz kurz an, aber ich kann nicht viel erkennen. Jemand steigt aus und hastet die Stufen hinauf. Es ist nicht Gaelen.

»Das ist merkwürdig«, sagt Alison und blättert in ihren Notizen.

»Warum?«

»Ist das vielleicht Rosenbergs Halbneuntermin? Er hat keinen.«

Mein verdammter Piepser geht los. Ich kenne die Nummer nicht, die er anzeigt. Als ich mich über das Handy im Bus melde, bin ich überrascht, Reillys Stimme zu hören, ziemlich undeutlich.

»Sie müssen ein bißchen lauter reden, Reilly...«

»Hören Sie mich, Harding? Sie klingen, als wären Sie irgendwo in Finnland. Geben Sie mir mal McKenzie, ja?«

»Wer ist McKenzie?«

»Der müßte in einem braunen Ford sitzen, das ist der Wagen, den Sie seit einer Woche immer wieder abhängen.«

Ich gebe Alison ein Zeichen, daß sie aus dem anderen Fenster sehen soll; sie nickt überrascht.

»Woher wissen Sie, daß wir hier sind ...«

»Wir hätten ne Anzeige aufgeben sollen«, murmelt Boone. »ne Leuchtkugel abschießen.«

»Lassen Sie mich mit ihm sprechen, ja? Holen Sie ihn an den Apparat.«

»Sie geht«, sagt Alison, packt mich am Arm und deutet hinüber zu Rosenbergs Haus. »Da, schau, sie kommt zur Seitentür heraus. Warum geht sie da raus, wenn ihr Wagen auf der Straße steht?«

»Harding, der Unifunk hat zufällig Ihren Kanal erwischt, als Sie Ihr kleines Tête-à-tête mit Elenya und Stephen ausgemacht haben – gibt's denn beim CB-Funk keine Vorschriften gegen Obszönität? Ich meine, Jesus – man sollte Ihnen die Lizenz entziehen, wenn Sie überhaupt eine hätten. Hier in der Stadt kriegen Sie bald nicht mal mehr ne Hundemarke ...«

»Boone, sag Harding dein Paßwort. Es ist toll«, sagt Alison.

»Paßwort«, sagt Boone.

»Ach?« sage ich. »Das Paßwort heißt Paßwort?«

»Ist das nicht großartig?« fragt Alison.

Und dann erschüttert plötzlich etwas den Bus wie eine Granate, und wir purzeln wild durcheinander. Boone knallt gegen die Kassettenrecorder. Leere Kassetten spulen sich auf wie Gartenschläusche. Alison fällt die Brille von der Nase; ihr Kopfhörer prallt gegen die Wand.

»Was zum Teufel ...«

»Ist was in uns reingefahren? Ein Auto?«

»Fühlt sich eher wie n Laster an ...«

»Von der Seite?«

Der Bus schaukelt vor und zurück wie eine Wiege.

Das Handy liegt mit der Tastatur nach unten auf dem Boden wie ein billiges Taschenbuch mit gebrochenem Rükken. Reilly ist nicht mehr zu hören.

»Da draußen ist jemand, Harding«, sagt Boone.

»Gut geraten.« Ich klettere nach vorn, aber die Beifahrertür klemmt, ich kriege sie nicht auf.

»Will der uns umkippen oder was?« sagt Boone.

»Harding, die hintere Tür klemmt ...«

Langsam komme ich mir vor wie bei einem Crash-Car-Rennen. Die Windschutzscheibe zersplittert.

Durch das Schaukeln werden wir hin und her geschleudert; die Geräte schlittern herum, überall sind Drähte und Kabel; so muß es einem Patienten auf der Intensivstation gehen, dem alle Kanülen und Schläuche gleichzeitig rausgezogen werden.

»Mein Gott!« ruft Alison, als sie gegen eine Wand knallt. Sie hält sich den Bauch. »Dieser Wahnsinnige!«

Auch die Fahrertür klemmt. Ich drehe mich auf dem Sitz herum, damit ich mit der unverletzten rechten Schulter dagegendrücken kann, einmal, zweimal, dreimal. Endlich springt die Tür auf. Ich falle in dem Moment auf die Straße, als ein weiterer Schlag den Bus erschüttert. Überall Rauch. Aber abgesehen von zwei zerfetzten Reifen kann ich keinen Schaden entdecken. Das waren harmlose Knaller und

Rauchbomben. Gaelens Wagen blockiert die Straße, sein Kühlergrill hat sich in die Seite unseres Busses verkeilt.

Ich überquere die Straße, gehe zu dem Ford hinüber, der kalt und still dasteht. McKenzie hockt auf dem Fahrersitz, beide Hände auf dem Lenkrad, als wolle er gleich in den Urlaub aufbrechen. Ein Teil der hinteren Antenne ist abgebrochen und steckt in seinem Hals. Die Schnur des Funkgeräts ist um seinen Hals gewickelt. Ich taste nach dem Puls, fühle aber nichts. Sein Pistolenholster ist leer.

»Harding«, ruft Alison vom Bus her. Als ich neben sie auf den Vordersitz klettere, zeigt sie mir das winzige Bild auf dem Watchman. Es ist Gaelen, in Rosenbergs Praxis, aber das wußte ich schon.

Da gellen Schreie – aus all unseren Lautsprechern, aus all unseren verdammten Mikrofonen, so laut, daß ich denke, die ganze Straße müßte davon aufwachen. Aber ich höre keine Sirenen, nur Elenya, die meinen Namen ruft.

Die Tür zu Rosenbergs Stadthaus ist nicht verschlossen. Ich ziehe meine Glock aus dem Hosenbund. Boone ist mit dem Funkgerät im Bus. »Stell's ganz leise, ja?« sage ich. »Damit nicht alle hören, daß ich komme.« Alison steht auf dem Fußabstreifer, die 7.65 in der linken Hand. »Bleibst du wenigstens dieses eine Mal hinter mir?« frage ich, und sie nickt. Ich glaube ihr nicht. Ihre Schnittwunden sind wieder aufgeplatzt – der schwarze Baumwollstoff klebt an ihrem Bauch, als hätte sie gerade heftig trainiert. »Entsichere die Waffe«, sage ich, und während sie noch an der Pistole herumfummelt, trete ich ins Haus und schließe die Tür. Dann sperre ich sie zu.

Der Eingangsbereich ist glatt, modern und viel zu hell. Ich wünschte, es gäbe eine andere Möglichkeit, das hier zu erledigen, aber da ist nur diese eine Treppe. Den Aufzug nehme ich bestimmt nicht. Ich bin erst vor ein paar Stunden hier gewesen, aber jetzt ist alles anders. Ähnlich, wie sich auch die Schule verändert, wenn man abends dort ist, um sich ein Basketballspiel anzusehen, wenn die Flure menschenleer sind und einem sogar der Spind im Umkleideraum fremd ist.

Die Stufen sind weiß und mit einem schmalen Teppich bedeckt. Sie knarren wie der Rumpf eines Eisbrechers. Ich höre etwas über mir, auf der rechten Seite. Das ist die Praxis des Psychiaters. Wenn er noch da ist, hat er sich die falsche Nacht für eine Gruppensitzung ausgesucht.

Ich drehe mich zur Wand und wölbe die Hände um das Funkgerät. »Boone – ist da oben noch jemand?«

»Das Licht ist an«, sagt er. »Aber ich sehe niemanden. Allerdings ist die Jalousie runtergezogen.« Dann höre ich das Geräusch wieder. Es könnte der Wind sein. Es klingt, als gehe jemand auf dem Dach hin und her. »Soll ich ›over‹ sagen? Over.«

Als ich am oberen Ende der Treppe angelangt bin, drücke ich gegen die Tür der Psychiaterpraxis. Sie ist unverschlossen. Dann gehe ich hinein, ganz langsam und geduckt, weil ich damit rechne, daß jemand auf mich schießt. Nichts passiert. Ich fummle in dem trüben Licht mit dem Funkgerät herum. Von hinten höre ich das Zischen der automatischen Tür. »Boone, siehst du irgendwas? In der Praxis von dem Psychiater ...«

»Nichts, Harding. Nicht das Geringste.«

Bevor ich über die Schwelle trete, überprüfe ich noch einmal das Treppenhaus – nach oben und nach unten. Die Stufen zum zweiten und dritten Stock befinden sich auf der anderen Seite des Flurs; wie in einem Kaufhaus, wo man es darauf anlegt, die Kunden durch die Abteilung für Damenkleidung zu scheuchen, wenn sie zum Aufzug wollen. Alle Türen sind fest verschlossen. Als ich zur Abstellkammer komme, schalte ich das Funkgerät aus, um eine Rückkoppelung zu vermeiden: Boone hat hier irgendwo Mikros und eine Kamera versteckt, die unseren Empfänger überwachen, der irgendwo zwischen Farbeimern und Besen steht.

Die Stufen nach unten knarren noch mehr als die nach oben. Vor Rosenbergs polierter Rosenholztür – sein Name ist in gold- und bronzefarbenen Lettern eingeprägt – steht eine alte Flurgarderobe mit einem kleinen Spiegel; altmodische englische Schirme stecken im Schirmständer. Ich schalte das Funkgerät wieder ein. Zuerst leises Brummen, dann nichts mehr. Die Zeit scheint stillzustehen. Die Welt schrumpft auf dieses Gebäude zusammen, auf diesen Flur. Ich erinnere mich daran, was ich heute hier gefunden habe. Es erscheint mir wie in einem anderen Leben. Als ich die Gestalt im Spiegel entdecke, erkenne ich das Gesicht nicht. Er starrt mich an.

»Er ist hinter dir«, brüllt Boone, doch da geht seine Stimme schon im Kugelhagel unter. Geschosse zischen an mir vorbei durch Glas, Holz und Gips – ich trete die Tür auf und rolle hinein. Die erste Salve erwischt mich an der Schulter, die zweite pfeift an meinem Ohr vorbei wie eine wütende Hornisse. Ich drücke mich dicht an den Boden, um nicht von den nächsten Salven erwischt zu werden. Dabei erhasche ich einen kurzen Blick auf Gaelen, der in der Tür steht, das Gesicht vom Feuer seiner Waffe erhellt. Ich habe den Eindruck, daß er lächelt. Vielleicht könnte ich ihn erwischen, aber die Glock wird ihn nicht aufhalten, jedenfalls nicht in diesem Leben.

Rosenbergs Wartezimmer ist ziemlich karg eingerichtet; ich sehe lediglich ein Sofa, Plastiktische und Stühle, hinter denen ich mich verstecken könnte. All das böte gerade genug Deckung gegen einen alten Colt aus *Rauchende Colts*. Die Waffe, die Gaelen in der Hand hält, ist eine Cobray, ein verdammt gefährliches Ding, nicht viel größer als eine Handfeuerwaffe, aber für ein paar hundert Salven gut. In seiner Hand wirkt sie wie eine Verlängerung seines Arms.

Die nächste Tür führt zu einem Flur. Ich drehe vorsichtig am Knopf. Sie ist offen. Wieder höre ich Geräusche, irgendwo über mir. Irgend jemand rennt übers Dach. Die

Schritte lenken mich so sehr ab, daß ich die von den Vorhängen halb verborgene Gestalt beinahe nicht wahrnehme, die unter einem Fenster kauert.

Als sie sich bewegt, erschieße ich sie fast.

»Mein Gott, Frost, was machen Sie denn hier ...«

»Ich bin mit Elenya hier. Er hat sie einfach gepackt ...«

»Wo steckt sie jetzt? Haben Sie sie gesehen?« Frost schüttelt den Kopf. Der schwache Schein des Mondes dringt durchs Fenster; ich sehe den Schweiß auf seiner Stirn. Er trägt wieder einen Anzug. Wahrscheinlich trägt er sogar am Strand Anzüge, wie Nixon.

Das Funkgerät knistert. Frost zuckt zusammen.

»Nein, Boone, ich bin in der vierten Dimension.«

»... er bewegt sich wieder ...«

»Wohin, Boone?«

»Wir sollten hier verschwinden ...« sagt Frost und nimmt einen Schluck aus einem silbernen Flachmann, der nun wieder mit Rum gefüllt ist. Soviel zum Thema neuer Frost.

»Boone? Sag was.«

»Verdammt, er bewegt sich«, sagt Boone mit Angst in der Stimme, obwohl er fünfhundert Meter weg ist. »... warte, es sind zwei ...«

»Das ist Elenya«, sagt Frost. »Ich hab Ihnen doch gesagt, daß sie da oben ist.«

»Boone, langsam. Wo ist er? Im Flur? Wo?«

»... direkt über dir, Harding. Es sind überall Schatten, aber er bewegt sich auf dich zu ...«

»Wir sollten wirklich hier verschwinden«, sagt Frost und weicht zurück. Er stolpert über einen Stuhl, verliert seinen Flachmann. Er bleibt nicht stehen, um ihn aufzuheben. Endlich höre ich in der Ferne Sirenen, die durch die Nachtluft herüberdringen. Sie scheinen Kilometer, Welten, weg zu sein.

»Verschwinde, und zwar jetzt«, sagt Boone. »Hast du mich gehört? Er hat ne Sporttasche dabei, an der er ständig rumfummelt – Harding, hörst du mir überhaupt zu? Verschwinde ...«

»Nicht ohne Elenya«, sage ich. Frost ist jetzt weg, auf dem Weg nach unten.

Gaelens Schatten bewegt sich dunkel über das dunkle Glas.

Die Sirenen werden lauter, deutlicher.

Als die Tür aufgeht, sehe ich als erstes Gaelen an Rosenbergs schwarzem Schreibtisch. Er sieht aus wie ein Manager oder ein Familienoberhaupt beim Weihnachtsessen. Elenya liegt locker gefesselt auf dem Boden, damit sie nicht weglaufen kann. Wie ein Hund an der kurzen Leine. Der Lauf der Cobray befindet sich ganz in der Nähe ihres Gesichts. Sie sieht verängstigt aus. Ich lege meine Waffe weg. Ich habe ihn vorhin mit meiner Glock tatsächlich erwischt – ein preiselbeerroter Fleck breitet sich auf seinem Hemd aus –, aber er beachtet die Wunde kaum.

»Ich bin ein bißchen zu früh gekommen«, sagt er.

Seine Jacke ist wahrscheinlich noch auf dem Polizeirevier. Jedenfalls trägt er jetzt nur ein dickes Indiana-Sweatshirt, wie man es an Tankstellen kaufen kann; das Preisschildchen ist noch mit einer Sicherheitsnadel befestigt. Er hat beide Augenbrauen gepierct. Der Ring, den er heute abend im Ohr hat, ist aus poliertem Silber. Die schwarzen dichten Haare sind kurz geschnitten.

Er befördert meine Glock mit einem Tritt über den Fußboden und sieht sich mein Funkgerät an, bevor er es aufs Sofa wirft.

»Die Sache ist ganz einfach«, sagt Gaelen. »Elenya und ich bleiben hier, und Sie gehen. Und zwar jetzt. Ich möchte, daß Sie sich umdrehen, hinaus zum Aufzug gehen und hinunter ins Erdgeschoß fahren.«

»Tun Sie's nicht, Harding«, sagt Elenya. »Da draußen ist eine Bombe, und er hat die Fernbedienung dazu ...«

»Ich hab der Polizei erklärt, daß im Eingangsbereich

ne Bombe liegt«, erklärt Gaelen mir geduldig. »Aber das stimmt nicht. Ich kenne mich nicht aus mit Bomben. Drehen Sie sich um, Harding, und verschwinden Sie. Ich schieße Sie nicht in den Rücken.«

Seine Augen glänzen, aber Gaelen braucht keine Drogen. Ihn macht das Leben high. Seine Jeans ist an den Beinen und am Schritt voller Blut. Seine Haare glänzen wie die Mähne eines Hengstes, der sich völlig verausgabt hat.

Die Sporttasche, von der Boone gesprochen hat, liegt auf einem Glastischchen. Gaelen hat eine Fernbedienung in der Hand und die Cobray auf dem Schoß. Elenya sitzt jetzt auf dem Boden, die Beine angezogen, blaß und zerbrechlich. Sie zupft jedesmal an ihrem Kleid, wenn Gaelen sie ansieht. Und er sieht sie ziemlich oft an.

Ich frage mich, ob er ihr weh getan hat. Und wie viele Salven ich aushalten könnte, bevor ich ihm an die Gurgel springen würde.

»Gehen Sie endlich in den verdammten Aufzug, Harding.«

»Lieber nicht ...«

Doch er zwingt Elenya mit der Mündung seiner Waffe aufzustehen und dirigiert uns beide durch die Tür. Das Telefon klingelt und klingelt.

Draußen auf dem Treppenabsatz sind Lichtflecke. Gaelen drückt nicht auf den Aufzugknopf, sondern zieht die Türen mit den bloßen Händen auseinander. Die Adern an seinen Handgelenken treten hervor wie rastlose Schlangen.

»Ist genug Platz«, sagt er und deutet auf die zusammengekauerte Gestalt in der Ecke, die die Knie bis ans Kinn hochgezogen hat und eine schwarze Ledermaske vor dem Gesicht trägt. Mein Blick fällt auf eine weitere Sporttasche, die ungefähr dreißig Zentimeter von Stephen Rosenberg entfernt liegt, knapp außer Reichweite für ihn.

Gaelen zieht einen Abfalleimer aus glänzendem Chrom heran und hält damit die Türen auseinander. Dann wischt er sich mit dem Stoff des Sweatshirts den Schweiß vom Gesicht, und es kommt ein Nabelring unter einer Reihe kräftiger Bauchmuskeln zum Vorschein. Um den Hals trägt er eine blaue Diskette, die aussieht wie eine High-Tech-Hundemarke.

»Machen Sie sich immer noch Hoffnungen, ihn zu erpressen? Nach allem, was passiert ist?«

»Die Kontonummern sind hier drauf«, sagt Gaelen, mehr zu Elenya als zu mir. »Zwei Millionen Dollar.«

»Sie haben einen Chicagoer Polizisten umgebracht, Gaelen, und zwei Beamte des Staates Indiana liegen auf der Intensivstation. Wahrscheinlich streiten sich draußen gerade fünfzig Polizisten drum, wer als erster schießen und wer sich hinterher mit Ihnen vergnügen darf. Sie kommen keine fünfzig Meter weit.«

»Die werden nicht schießen. Ich habe eine Geisel. Nein, ich habe sogar drei.«

»Lassen Sie sie gehen«, sagt Elenya plötzlich. »Wenn ich schon bleiben muß, können sie wenigstens gehen. Sie sind nicht wichtig. Nehmen Sie Stephen die Fesseln ab. Er kann mit dem Ding nicht atmen.«

»Warum sagst du das?« fragt Gaelen leise. »Nach allem, was er dir angetan hat ...«

»Machen Sie's einfach, ja?«

»Aber warum?«

»Ich will nicht, daß irgend jemand stirbt«, sagt sie. »Nicht für mich.«

Wir stehen auf dem Treppenabsatz, etwa in der Mitte zwischen den Treppen. Die Polizisten müssen irgendwo da draußen sein, aber ich kann kaum etwas hören und noch weniger Licht entdecken. Im Polizeihandbuch heißt es, man solle in solchen Situationen den Geiselnehmer dazu bewegen, die ganze Zeit zu reden, damit alle am Leben bleiben. Vielleicht hat Gaelen das Handbuch gelesen.

Im Moment starrt er Stephen Rosenberg an.

»Er ist es nicht wert, von Ihnen getötet zu werden«, sage ich.

»Was wissen Sie schon.«

»Er ist es nicht wert, daß Sie Ihre Zeit mit ihm vergeuden.«

»Meine Zeit? Was anderes hat das Schwein mir nicht gelassen. Wissen Sie, wie lange zehn Jahre sind? Er hat mir meine Arbeit, mein Leben genommen ...«

»Was meinen Sie damit? Die Lizenz hat Ihnen die Ärztekammer entzogen.«

»Aber er hat den verdammten Brief geschrieben, der die überzeugt hat. Ich hab erst letztes Jahr rausgefunden, daß er das gewesen ist – er war nicht mal in dem Ausschuß, der's entschieden hat. Ich glaube, er hat auch nicht gewußt, wer ich war – damals nicht und auch nicht letzten Herbst, als er mich im Fitneßcenter gesehen und mir gesagt hat, ich soll seine Frau bumsen. Jetzt kennt er mich. Ich nehme ihm sein Geld, ich nehme ihm seine Frau ...«

»Was haben Sie mit Angela gemacht?« frage ich.

»Mit wem?«

Ich muß mich ziemlich zurückhalten, um nicht so zu reagieren, wie ich es eigentlich möchte.

»Gaelen«, sage ich ganz langsam, »erzählen Sie mir bitte nicht, daß Sie nicht mal ihren Namen kannten.«

»Ich hab ihr nichts getan. Sie war verrückt.«

»Was haben Sie mit ihr gemacht, Gaelen?«

»Ich hab ihr geholfen. Genau wie Elenya. An dem Tag im Fitneßcenter«, er nimmt Elenyas Arm, »erinnerst du dich noch, Elenya? Als dir das Handgelenk weh getan hat?«

»Nein«, sagt Elenya.

»Du warst ganz in Gelb gekleidet, wie eine Sonnenblume ...«

»Nein«, sagt sie. »Ich erinnere mich nicht.«

Jetzt sieht sie nicht mehr verängstigt aus, sondern nur noch wütend. Als sie Gaelens Hand abschüttelt, funkeln ihre Augen im Dunkeln. Wir sind beide hellwach. Es wird Zeit, daß ich aus meiner Ecke herauskomme.

»Haben Sie einen Blick auf die Diskette geworfen?« frage ich.

»Was?«

»Die Diskette, Gaelen«, sage ich. »Haben Sie sich die verdammte Diskette angesehen? Weil man dazu nämlich ein Codewort braucht. Sie kriegen das Geld nicht. Das hier ist alles umsonst.«

»Legen Sie mich nicht rein«, sagt Gaelen. »Ich warne Sie, versuchen Sie nicht, mich reinzulegen.«

»Ich kann's richten«, sage ich. »Lassen Sie Elenya los. Nehmen Sie mich dafür.«

»Rosenberg hat mir die Diskette gegeben, Harding. Der hätte mir jeden verdammten Code gegeben, der hätte mir sogar seine Großmutter überlassen.«

»Er weiß nicht, daß Donnie Wilson und ich den Sicherheitscode installiert haben, Gaelen. Wir machen solche Sachen, daran erinnern Sie sich doch noch, oder? Sie brauchen den Code, um an die Nummern zu kommen, sonst sehen Sie nur, wie Stephen an sich selber rumspielt. Und dafür geben Ihnen die Schweizer keinen müden Cent. Ganz zu schweigen von zwei Millionen.«

»Warum sollten Sie's richten?«

»Ich habe Ihnen schon gesagt, warum. Lassen Sie Elenya gehen.«

»Ich bin nicht doof, Harding.«

»Natürlich nicht.«

»Wenn Sie versuchen, mich aufs Kreuz zu legen, stopfe ich Ihnen den Computer quer in den Arsch.«

»Was anderes hätte ich nicht erwartet.«

Er starrt mich wütend an und versucht, meine Gedanken zu erraten. Aber mein Gesicht verrät ihm nichts.

»Ich habe mir nur gedacht, Sie wollen vielleicht einen Blick darauf werfen«, sage ich mit sanfter Stimme. »Bevor Sie wie der große Held in der untergehenden Sonne verschwinden.«

Im Kämmerchen der Empfangsdame befindet sich ein

Mac. Mir wäre ein größeres Zimmer lieber, aber ich habe keine Wahl – Gaelen drückt mir den Lauf seiner Cobray zwischen die Rippen.

Es wundert mich, daß wir immer noch Strom haben. Bei dem Computer handelt es sich um einen alten LC III; das Ding ist altmodisch und hat zu wenig Kapazität, genau wie ich. Meine Finger tasten wie die eines Blinden, der Brailleschrift liest, über die Oberfläche der blauen Diskette. Sie suchen nach einem kleinen Plastikschalter für den Schreibschutz. Er ist abgebrochen.

»Wo ist die Bombe, Gaelen? Im Aufzug? In der Sporttasche?« Ich versuche, Zeit zu schinden, mir eine Strategie zurechtzulegen. Die Diskette ist immer noch mit Gaelens Schweiß bedeckt.

»Beeilen Sie sich.«

»Dynamit vielleicht? Was Einfaches – etwas, was Oren benutzt hat, um Baumstämme zu beseitigen, für die Landschaftsgärtnerei – so was wie die Kombination, die er auf seinen Block geschrieben hat ... 75-15-10. Ich dachte, das ist ein Safe ...«

»Schalten Sie das verdammte Ding jetzt an, oder soll ich Ihnen die Schulter brechen?«

Der Monitor wird hell. Als das erste Menü erscheint, stecke ich die Diskette in den Computer. Gaelen runzelt ein wenig die Stirn, als die blaue Diskette verschwindet, also bemühe ich mich, sofort etwas auf den Bildschirm zu kriegen.

Es handelt sich um ein Fotobearbeitungsprogramm, genau wie ich es erwartet habe; auf der Diskette sind jede Menge Bilder – Jungen und Mädchen. Und auf ziemlich vielen ist nur eine Person zu sehen. Offenbar schaut Rosenberg sich am liebsten seinen eigenen Körper an. Die Qualität ist nicht sonderlich gut – die Gesichter sind körnig, und die einzelnen Körperteile wirken unproportioniert, doch das Material würde einem sexuell ausgehungerten Arzt mittleren Alters, der sich in seiner Ehe langweilt, genauso reichen wie der sensationslüsternen Presse.

Aber ich kann nirgends Zahlen entdecken.

»Die müssen jetzt gleich kommen«, sagt Gaelen. Man könnte meinen, daß er Urlaubsfotos herzeigt. Er beugt sich ein wenig besorgt über meine Schulter. Was da auf dem Bildschirm zu sehen ist, lenkt ihn ab – wir spüren wieder einmal den Sog der Pornographie. Aus den Augenwinkeln sehe ich, daß Elenya einen Schritt auf die Tür zu macht.

»Wie heißt das verdammte Paßwort?« sagt Gaelen und dreht sich um. Aus weiter Ferne dringt der Klang einer Sirene herein. Ich habe das Gefühl, am Ende der Welt zu sein.

»Paßwort«, sage ich. »Ist das nicht phantastisch?«

»Löschen Sie's, Harding«, sagt Elenya hinter uns mit scharfer Stimme. Ich tue das einzige, was mir einfällt: Ich drücke die Zeichenfolge, die den Bildschirm leert. Der Text verschwindet, ohne verloren zu sein, aber das weiß Gaelen nicht.

Er bekommt Panik, greift nach der Tastatur, schiebt mich weg. Und er senkt die Waffe. Ich werfe mich mit meinem ganzen Körpergewicht auf ihn, knalle ihn gegen die Wand, so daß er keine Luft mehr bekommt. Dann versetze ich ihm einen Kinnhaken, aber er geht nicht zu Boden. Die Distanz ist zu gering, er kann nicht auf mich schießen. Er schiebt mich über den Schreibtisch und hält mir die Cobray an den Hals. Er liegt mit vollem Gewicht auf mir, und ich kriege keine Luft mehr. Da ertaste ich mit den Fingern eine Vase – ich komme mir vor wie Beowulf, der nicht mit einem Schwert, sondern mit einem Kelch gegen Grendel kämpft. Die Vase zerbricht an Gaelens Wange, Glassplitter fliegen ihm in die Augen. Sein Wangenknochen gibt nach wie weicher Fensterkitt. Als er zurücktaumelt, versetze ich ihm einen Schlag gegen die Knie – regelgerecht ist das nicht. Ich höre etwas knacken. Wir stolpern beide in Rosenbergs Praxis. Trotz seiner Schmerzen packt Gaelen mich an der Taille. Mit dem Kopf stößt er gegen einen Metallschrank, aber er läßt nicht los.

Meine einzige Chance ist Gaelens Schußverletzung.

Meine Schulter pocht vor Schmerz, aber ich achte nicht darauf und stoße meinen Ellbogen so fest ich kann in die offene Wunde. Er ächzt auf. Sein Griff lockert sich, so daß ich noch einmal zustoßen kann, diesmal fester. Das ist die einzige Achillessehne, die er hat. Ich bohre in der Wunde herum wie mit einem Flaschenöffner, meine Finger krallen sich fest, als wollten sie ihm das Herz herausreißen. Endlich schreit er und läßt mich los.

Die Cobray liegt im Nachbarzimmer, doch jetzt schimmert etwas Schwarzes in Gaelens rechter Hand. Ich weiß nicht so genau, wie gut er mich sehen kann. Das eine Auge blutet. Das andere ist genauso rot, so rot wie der Strahl des Laser-Zielgeräts an seiner SIG-Sauer, der wie eine Spinne mein Bein entlanghuscht.

Ich bin in Bewegung, als er schießt. Eine Kugel trifft mich an der Flanke; sie schleudert mich herum, aber das Adrenalin und der Schock treiben mich voran. Ich drücke ihn gegen die Wand. Diesmal bin ich derjenige, der nicht losläßt – ich halte seinen Arm mit beiden Händen über seinem Kopf, greife nach seinem Handgelenk und verdrehe es, bis die SIG endlich auf den Boden fällt. Dann drehe ich weiter. Seine Hand kippt nach hinten. Die Knochen knacken an zwei Stellen.

Ich hebe die Waffe auf. Ich hoffe, daß er das verdammte Ding immer ganz geladen hat. Er weicht durch das Zimmer zum Fenster zurück, befindet sich zum erstenmal auf dem Rückzug. Er atmet schwer, hält sich das Handgelenk; Blut tropft von seinem Gesicht. Ich könnte jetzt einhalten – endlich höre ich draußen Leute –, aber das kommt nicht in Frage.

»Was haben Sie mit ihr gemacht?« sage ich. »Mit Angela?«

Obwohl sein Gesicht über und über voller Blut ist, versucht er zu lächeln.

»Nichts, was ihr Daddy nicht schon gemacht hätte«, sagt er.

Die ersten beiden Kugeln schleudern ihn gegen das Fenster, die restlichen im Magazin hinaus. Das offene Fenster ist wie ein schwarzes Loch. Er fällt rückwärts hinaus, mit ausgestreckten Armen. Ich höre ihn schreien, aber nicht unten aufkommen.

Kalte Winterluft dringt durch das kaputte Fenster herein. Dazu gesellen sich Kennzeichen der Außenwelt – Sirenen, Männerstimmen, Rufe. Ich höre mein eigenes Herz klopfen. Meine Seite beginnt zu brennen. Gaelen hängt unter mir am Stacheldrahtzaun wie eine Vogelscheuche. Sein Ohrring blitzt wie ein gefallener Stern. Das könnte jeder sein da unten, besonders wenn ich mich auf jenes Gesicht – das ältere Gesicht – von Martinez konzentriere.

Das Telefon hört nicht auf zu klingeln. Als ich endlich rangehe, merke ich, daß Elenya verschwunden ist.

Aus dem Hörer dringt Reillys Stimme: »Harding? Herrgott noch mal, sind Sie das?«

»Reilly, kommen Sie noch nicht rauf – im Aufzug ist eine Bombe ...«

Jetzt höre ich Stimmen unten im Eingangsbereich, und jemand läuft die Treppe hinunter.

Der Aufzug setzt sich in Bewegung. Und dann eine Explosion, die mich nach hinten schleudert, in die Luft. Ich träume von meiner Kindheit, bevor ich auf dem Boden aufschlage.

Als ich wieder zu mir komme, hustet jemand viel zu laut. Das bin ich, merke ich. Ich atme den Staub und das Isoliermaterial ein, das überall herumfliegt. Das Telefon ist jetzt aus der Wand gerissen, aber ich halte es immer noch in der Hand. Anscheinend habe ich gedacht, ich halte mich an etwas Sicherem fest.

Die Vorderseite des Büros existiert nicht mehr – ich kann jetzt von hier aus bis zur 57th Street sehen. Wenn das Wetter besser wäre, würde der Blick bis zum Lake reichen, vielleicht bis nach Michigan, zur Ostküste, nach Europa. Die

Treppe hat sich vom Gebäude losgelöst. Der Aufzug steht im zwölften Stock. Ich kann Elenya nirgends entdecken.

»Bleiben Sie, wo Sie sind, Harding«, sagt Reilly mit kaum hörbarer Stimme übers Funkgerät. Ich habe keine Eile. Schließlich muß ich hinten in Rosenbergs Praxis noch etwas aufräumen. Ich finde ein Waschbecken, das noch funktioniert, und trinke ein bißchen Wasser. Dann wasche ich mir Gaelens Blut und Hautfetzen von den Händen.

Das Licht flackert. Als ich den Fernseher in Stephens Büro einschalte, läuft sofort ein Demotape im Videorecorder an. Das ist fast so wie in der Kosmetikabteilung von Bloomingdale's oder Field's. Die Gesichtshaut einer Frau wird mit dem Skalpell aufgeschnitten, dann von anonymen weißen Fingern nach hinten gezogen. Eine vertraute Stimme erklärt ganz ruhig die Einzelheiten. Wie schön, wieder in Gesellschaft von Stephen Rosenberg zu sein.

Gaelens Sporttasche liegt auf dem Boden, mit Staub bedeckt. Darin befinden sich sieben Tapes mit der Aufschrift »Elenya Rosenberg.« Sieben ist meine Glückszahl. Die ersten sechs sind leer, der Counter zeigt »null« an. Die Kassetten sind nicht gelöscht worden; sie wurden nie benutzt. Die siebte ist das Tape, das ich bereits bei Elenya gesehen habe, allerdings mit einem zweiten Teil, den ich noch nicht kenne – voyeuristische Aufnahmen von Elenya, wie sie geht oder Auto fährt, aus dem Fitneßcenter kommt, Aufnahmen ihres Schlafzimmers, die durchs Fenster gemacht wurden; die meisten sind aus großer Distanz entstanden, manchmal einen Block oder noch weiter entfernt. In einigen Szenen ist sie nur eine von vielen Frauen auf der Straße. Die Bilder von ihrem Haus wurden von der anderen Straßenseite aus gemacht. Näher ist er nie an sie herangekommen.

Im Untersuchungszimmer finde ich eine große Flasche hochkonzentrierte Phenolsäure. Ich schütte sie in einen flachen Behälter. Dann warte ich neben dem Fernseher, bis die Säure die Kassette zerstört hat. Die Schußwunde in meiner Seite ist wie ein Motor, der langsam auf Touren kommt.

»Wir haben alles, Harding«, sagt Boone, als ich schließlich die Leiter hinunterklettere. Alison ist bereits unterwegs zum Krankenhaus. »Alles, bis auf das Fenster und den Aufzug – hab ich dir nicht gesagt, daß die Kameras gut sind?«

Ich hatte die Kameras und die Tapes völlig vergessen. Kein Wunder, daß da draußen so viele Aufnahmewagen rumstanden. Die haben sich auf unsere Frequenz geschaltet.

»Deswegen ist also niemand hochgekommen?« sage ich. »Ihr habt alle zugesehen?«

»Wir haben auf die Werbung gewartet«, sagt Keegan.

»Sie sind ein Held, Harding«, sagt Reilly. »Allerdings hab ich nicht ganz erkennen können, was am Ende mit Gaelen passiert ist, am Fenster.«

»Er ist auf ner Bananenschale ausgerutscht.«

»Tja, das hab ich mir schon gedacht«, sagt Reilly. »Haben Sie gesehen, daß Elenya zum Aufzug zurück ist?«

»Was meinen Sie damit?«

»Wir haben von dieser Seite aus gesehen, daß die Fahrstuhltüren in die Luft geflogen sind«, sagt Keegan. »Ihr Mann ist rausgelaufen. Sie haben wir nirgends entdecken können. Ihre Kamera hat den Flur erst gezeigt, als die verdammte Wand schon zusammengekrümelt war.«

»Sorry, Keegan. Ich hatte leider nur begrenzte Mittel zur Verfügung. Demnächst versuchen wir, bessere Aufnahmen zu liefern.«

»Aber sie war drin, oder?« sagt Reilly.

»Wo soll sie sonst gewesen sein?«

Reilly sieht einen Feuerwehrmann, der aus dem Aufzugschacht kommt.

»Ist noch was übrig?« fragt Reilly. »Ist noch jemand drin?«

»Ja, Kakerlaken, so groß wie Kolibris«, sagt der Feuerwehrmann. »Sonst nichts.«

Reilly zieht seine Socken hoch und zurrt seine Schnürsenkel fest.

Wir gehen hinaus. Die Leute von der Polizei halten die

Reporter und die Nachbarn fern. Jetzt ist ziemlich viel los im Block bei den 57th Street Books. Frost gibt den Leuten von Action News ein Interview. Rosenberg drückt sich durch die Polizeiabsperrung – schließlich ist er Verwandter, Bewohner des Gebäudes und Opfer in einer Person.

»Das ist Ihre Schuld«, sagt er. Sein Gesicht ist rot und verschwitzt. Es sind noch die Abdrücke der Ledermaske darauf zu sehen.

»Sie sind aber ganz schön niedergeschlagen«, sage ich zu ihm. »Wie sind Sie heute nacht da rausgekommen?«

»Er ist gelaufen wie ein Hase«, sagt Reilly. »Behauptet, Elenya sei direkt hinter ihm gewesen. Aber sie ist nie unten angekommen.«

»Dieser Mann ist ein Dieb – er hat Wertsachen aus meiner Praxis entwendet«, sagt Rosenberg zu Reilly. »Private Briefe ...«

»Sie machen wohl Witze«, sagt Reilly. »Verschwinden Sie, ja? Die Hälfte von Ihrem verdammten Haus liegt auf der 58th Street, Ihre Frau hat's in tausend Stücke zerrissen, und Sie machen sich Gedanken über ein paar Briefe?«

Ein Sanitäter bringt mir eine Decke. Ich habe keine Jacke mehr, aber mir ist nicht kalt. Sie holen eine Tragbahre für mich.

Rosenberg verschwindet nicht. Seine Aufmerksamkeit gilt zum Teil seinem Stadthaus, zum anderen Teil mir. In unregelmäßigen Abständen stürzen weitere Teile der Fassade herunter. Jahrelange Bemühungen um eine Sanierung sind mit einem Schlag zunichte gemacht.

»Ich zahle Ihnen zehntausend Dollar«, sagt er. »Fünfzehn.«

»Entschuldigen Sie, Stephen, aber ich bin angeschossen. Könnte das warten?«

»Fünfundzwanzigtausend.«

»Alles ist zerstört. Auch Ihre kleine Diskette.«

»Wo sind die Briefe«, fragt er. »Die verdammte Diskette ist mir egal – ich will nur die Briefe. Dreißigtausend.«

»Gut, machen wir einen Deal«, sage ich. »Sie haben vor zehn Jahren einen Mann namens Eduardo Martinez operiert. Welchen Namen hat er hinterher angenommen? Wo ist er?«

»Wer?«

»Stellen Sie sich nicht dumm – Eduardo Martinez.« Ich spreche den Namen ganz langsam aus. »Sie haben seiner Tochter Angela geholfen. Sie haben ihm ein neues Gesicht geschenkt. Für zwei Millionen Dollar.«

»Ich kenne den Mann nicht.«

»Sie können doch nicht immer noch Angst vor ihm haben, nach zehn Jahren ...«

»Nein, nein.« Er wartet, bis ein Polizist vorbeigegangen ist. »Er ist tot, Harding. Belassen wir's dabei.«

»Welchen Namen hat er angenommen?«

»Keinen.«

»Wollen Sie nun die verdammten Briefe oder nicht?«

»Er ist auf dem Operationstisch gestorben.« Er sieht meinen ungläubigen Blick. »So was passiert. Es kann immer passieren bei einer Vollnarkose. Das ist das Risiko. Atemstillstand, Kreislaufversagen. Wir haben ihn siebenmal operiert – in meiner Praxis –, und nach der siebten Operation ist er nicht mehr aufgewacht.«

»Und was haben Sie mit ihm gemacht? Ihn in Ihrem Garten verscharrt?«

»Ich habe Verbindungen zu einem Bestattungsunternehmen – aber das geht Sie nichts an ...«

»Und das Geld haben Sie einfach behalten?«

»Er hat mir keine zwei Millionen für die Operation bezahlt, Harding. So hoch sind meine Preise auch wieder nicht. Ich habe ihm dabei geholfen, ein Konto in der Schweiz einzurichten, es sollte nur vorübergehend sein. Seine Frau wollte ihn für tot erklären lassen, um an sein Vermögen heranzukommen. Sie wollte das Geld. Würden Sie mir jetzt bitte sagen, wo die Briefe sind?«

Überreste der letzten Explosion schweben noch immer in

der Luft; Asche und Holz- und Papierstücke rieseln auf uns herab wie Schnee. Ich schlage ein paar mit der Hand weg, um ihm zu zeigen, wo seine Briefe sind. »Elenya hatte sie«, sage ich. »Und soweit ich weiß, hat sie sie mitgenommen.«

Er starrt sein Haus an, seinen Aufzug, seine Wand, alles, was von seinem Eigentum noch übrig ist.

Es ist nicht mehr viel da.

»Ich kann's nicht fassen«, sagt er.

»Glauben Sie's lieber.«

»Die Zahlen waren drauf«, sagt er. »Ich habe die Kontonummer außen auf den Umschlägen vermerkt ...«

»Nicht auf der Diskette?«

»Nein, natürlich nicht – was für eine Diskette überhaupt? Sie hatten also meine Diskette, die blaue?«

»Ja, ganz kurz. Wegen dem Geld würde ich mir keine Sorgen machen. Die Schweizer sind im allgemeinen sehr verständnisvoll. Sie kriegen Ihr Geld schon irgendwann.«

»Aber erst nach Wochen ...«

»Und? Wer soll's Ihnen denn in der Zwischenzeit wegnehmen?«

Er starrt mich an.

»Wir sehen uns vor Gericht«, sagt er. Wieder die große Drohung.

»Das kann ich mir nicht vorstellen. Jetzt, wo ich weiß, was Sie in Ihrer eigenen Praxis mit Ihren Patientinnen machen – wollen Sie, daß das in die Lokalnachrichten kommt? Sie und Elizabeth Manning zum Beispiel? Oder Gretchen?«

»Arschloch«, sagt er.

»Auf dem Gebiet kennen Sie sich ja aus.«

Er hat kein Wort von Elenya erwähnt, auch nicht davon, was sie heute nacht durchgemacht hat. Er hat ebenfalls nichts von dem Geld gesagt, das er Gaelen bezahlt hat – und nichts davon, wofür es gewesen ist. Kein einziges Wort. Und er hat verschwiegen, daß Lucy zu der Zeit in seiner Praxis arbeitete. *Ich konnte das Blut nicht mehr ertragen.*

Sie wollen also, daß ich sage, er ist ein Mörder? Na schön, er ist ein Mörder.

Er tritt zur Seite, um weiter sein Haus anzustarren.

Die Polizei wird Rosenberg nichts nachweisen wollen, sondern alles Gaelen zuschreiben. Und auch die Leute von der Uni haben kein Interesse daran, daß die Sache weiterverfolgt wird.

Ich hole die blaue Diskette aus meiner Tasche und werfe sie Boone zu.

»Bring das für mich ins Net, ja? Und gib's Richie Dugan. Die Website der Uni solltest du auch nicht vergessen. Sollen die Leute mal sehen, wie Rosenberg wirklich ist.«

Boone steckt die Diskette grinsend ein.

Sie legen mich auf eine Tragbahre; es ist wunderbar, sich auszustrecken. Vielleicht kann ich jetzt, wo ich angeschossen bin, endlich ein bißchen schlafen. Der Sanitäter sieht auf die Uhr – er hat anscheinend noch ne Verabredung. Er will die hintere Tür der Ambulanz schließen, als Reilly ihn aufhält.

»Ein paar Dinge wüßte ich gern noch, bevor Sie abnippeln«, sagt Reilly. »Da oben sehe ich Elenyas Mantel. Aber Ihre Jacke kann ich nirgends entdecken.«

»Ich kauf mir ne neue.«

»Und da hinten, beim Fenster. Wir haben eine Strickleiter gefunden. Eine Qualitätsstrickleiter von Sears. Was hatte das Ding Ihrer Meinung nach da oben zu suchen?«

»Ich würde sagen, die Leiter gehört Rosenberg. Im Katastrophenfall hätte er sich einfach abgeseilt.«

»Ist aber schon komisch – das Ding war nicht in irgend nem Schrank, sondern lag unterm Müll, als ob's jemand verstecken wollte. Und ganz oben sind Glassplitter im Seil.«

»Glas ist hier überall.«

»Aber das Glas steckt tief im Seil drin. Als hätte heute schon jemand die Leiter benutzt.«

Reilly sieht mich nicht an. Er zündet sich eine Zigarette

an. Der Sanitäter wartet darauf, die Tür schließen zu können.

»Tja, wahrscheinlich hat er das Ding schon mal verwendet«, sage ich. »Irgendwo anders. Und da war eben Glas.«

»Das wäre ein Erklärung«, sagt Reilly nickend. »Eine ziemlich blöde, aber die Leute von der Spurensicherung können ja die Glasproben miteinander vergleichen. Und an der Leiter sind außerdem Blutspuren, die wir ebenfalls vergleichen könnten, wenn wir wollten ...«

»Mir tut die Seite weh, Reilly«, sage ich. »Ich würde jetzt wirklich gern ins Krankenhaus und ungefähr eine Woche lang nur schlafen.«

»Sie haben recht, ich halte Sie auf«, sagt er.

Ich weiß nicht genau, warum Elenya ihren Mantel zurückgelassen hat. Aber sie kann sich einen neuen leisten. Als ich die Leiter hereinzog, spürte ich, daß es noch kälter werden würde. Der Mond lugte hinter einer Wolke hervor. Dicker Schnee bedeckte Gaelen.

Ich sah sie, als sie gerade auf die letzte Sprosse stieg. Mir fiel nichts Passendes ein, was ich ihr sagen konnte. Aber sie zitterte, und sie brauchte meine Jacke. Also ließ ich sie zu ihr hinuntergleiten wie einen Fallschirm. Minus neun Grad heute nacht. Und morgen noch mehr Schnee. Aber wenn sie weit genug läuft, stolpert sie irgendwo über den Tagesanbruch, vielleicht an einem Ort, an dem es wärmer ist.

»Beauftragen Sie die Leute von der Spurensicherung, sich die Leiter anzusehen?«

»Ich sehe eigentlich keine Notwendigkeit«, sagt Reilly. »Man sollte die Toten ruhen lassen, stimmt's?«

»Sie hätten wirklich einen guten Priester abgegeben, Reilly«, sage ich.

Er nickt dem Sanitäter zu und schlägt mit der flachen Hand auf die Tür des Notarztwagens.

Jetzt kann ich endlich die Hand öffnen. Elenyas Ehering – den habe ich in ihrem Mantel gefunden – fällt auf die Tragbahre, gleich neben meinem Bein. Irgendwann werde ich ihn in einen Umschlag stecken und diesen durch den Briefschlitz von Purdy's Sunshine Cleaners schieben, damit meine letzte Schuld in der Woodlawn Avenue beglichen ist. Purdy kann den Ring gleich nebenan ins Pfandhaus bringen.

Und vielleicht hat Elenya Verwendung für Angelas Kupferarmreif, wenn ihre Finger ihn in meiner Tasche ertasten. Es heißt ja, daß Kupfer heilende Kräfte besitzt.

Der Sanitäter läßt den Motor an.

Die Tür knallt zu und sperrt die Nacht und die Kälte aus.

EPILOG

Am Freitagabend sitze ich mit einer Kanne Kaffee auf dem Sofa meiner Wohnung und höre mir ein Album von Patti Smith an – sie tanzt barfuß, so laut, daß Minas mit dem Besenstiel an die Decke klopft. Mir tut alles zu weh, um zu tanzen. Die Fäden sind noch nicht gezogen. Bei der Lektüre eines Buchs über Mosaikarbeiten schlafe ich ein. Da klingelt das Telefon, und ich drehe die Musik leiser.

»Ich bin's«, sagt Alison. »Ich bin im Knotty Pine am South Shore Drive, kennst du das?«

»Das Knotty Pine? Das ist eine Schwulenkneipe, Alison.«

»Ach. Vielleicht lädt mich deshalb niemand auf nen Drink ein. Wie schnell kannst du hier sein?«

»Eigentlich wollte ich zu Hause bleiben, was essen, vielleicht endlich mal meine Plattensammlung sortieren ...«

»Nun mach schon, Harding. Keine Sorge – das ist wie Hochbahnfahren; du darfst einfach keinen Blickkontakt aufnehmen. Und laß deine Juwelen und die Taschentücher zu Hause. Das L.-L.-Bean-Hemd übrigens auch.« Dann legt sie auf. Ich schalte die Kaffeemaschine aus und ziehe mich um.

Das Osterfest ist mittlerweile näher gerückt, aber im Knotty Pine hängt immer noch die Weihnachtsdekoration – zwei schlaffe Lichterketten über der Eingangstür, ein ziemlich grob gezeichneter Weihnachtsmann, mit Schablone aufs Fenster aufgetragen. Alison ist mit zwei Freundinnen in einer der hinteren Nischen. Auf der Tanzfläche wimmelt es von Typen in Windjacken und Kegelhemden.

»Das ist Patti«, stellt Alison mir die eine Freundin vor, »und das Lisa. Wir haben an der Uni immer gemeinsam im Labor gearbeitet. Patti studiert jetzt Rücksichtslosigkeit am Institut für Betriebswirtschaft. Und Lisa macht Jura.«

Lisa lächelt mich an. Roy, der Kellner, bringt ihnen ihre Drinks. Ich bestelle ein Bier und bitte um die Speisekarte. Meine schmerzende Schulter ist eine wunderbare Ausrede fürs Trinken.

»Essen gibt's an der Bar«, sagt Roy. »Wir haben ein Karaoke-Büffet. Besonders zu empfehlen sind eingelegte Eier an der Theke und Hengstmilch im Hinterzimmer.«

»Davon lassen wir lieber die Finger«, sagt Alison. »Von beidem.«

»Das ist alles?« frage ich. »Keine Sandwiches, kein Nichts?«

»Zwei Türen weiter ist ein Wendy's, Süßer«, sagt er und bringt mir mein Old Style. »Viel Spaß bei der Show.«

In dieses Lokal kommen hauptsächlich Männer aus der Arbeiterschicht und ein paar Frauen. Patti und Lisa tragen Kleider und hochhackige Schuhe. Alison hat eine schwarze Jeans und einen schwarzen Pullover mit hohem Kragen sowie eine Lederweste an. Dazu schwarze Doc Martens, kein Make-up. Sie hat den meisten Sex-Appeal von den dreien.

»Warum hast du angerufen?« frage ich sie, als das Licht trüber wird. »Sch«, sagt sie und berührt meine Lippen mit dem Finger. Ein blauer Lichtstrahl folgt einem Donna-Summer-Klon namens Nikki auf die Bühne; sie beginnt, zu einer Disco-Version von »MacArthur Park« die Lippen zu bewegen. Die Darbietung ist nicht besonders gut, aber Nikkis Kleidung und ihr Make-up schaffen es, mich ziemlich lange an der Nase herumzuführen. »Nikki« ist Nicholas Leander, der stellvertretende Leiter der Marketing-Abteilung, mein neuester Auftrag für Donnie. Er hat seinen italienischen Neunhundert-Dollar-Anzug ab- und dafür einen paillettenbesetzten Blazer angelegt sowie eine schwarzgelockte Perücke aufgesetzt.

Nun hören wir ein Medley aus verschiedenen Versionen von »MacArthur Park« – Gloria Gaynor, Frank Sinatra, Tanya Tucker. Der arme Kerl wechselt die Kostüme wie ein

Wahnsinniger. Härter habe ich ihn die ganze Woche noch nicht schuften sehen.

»Möchtest du tanzen?« frage ich Alison.

»Gern. Aber ich bin mir nicht so sicher, ob ich mich rühren kann.«

»Versteh ich gut. Unter dem Hemd sehe ich selber aus wie ne Mumie. Komm.«

Wir schenken dem Wechsel der Tempi keine Beachtung, tanzen auf alles langsam. Alison legt ihre Wange an meine. Ich berühre ihre Taille leicht mit der Hand. Wir gehen miteinander um, als wären wir aus Glas.

»Ist ein paar Jahre her, Harding«, sagt sie. Dabei schwankt ihr Körper leicht. »Ich hatte schon befürchtet, daß du dir im Knast ein paar enge Freunde zugelegt hast.«

»Rocco zum Beispiel? Tja, ist ein bißchen schwer, da auf Tuchfühlung zu bleiben.«

»Hast du Parfüm dran?«

»Hab ich als Werbegeschenk zu dem Hemd gekriegt.«

»Der neue Harding«, sagt sie. »Gefällt mir.«

Sobald Nikki fertig ist, folgt er einer großgewachsenen Blondine mit Pfennigabsätzen nach hinten; als ich einen Blick durch den Vorhang werfe, sehe ich, daß Nikki zusammen mit der Blondine Koks schnupft. Er bemerkt mich nicht. Körper bewegen sich schweigend. »Willste rein oder raus?« fragt mich jemand. »Raus«, sage ich. »Vielleicht später.« Da drin ist die Luftfeuchtigkeit enorm hoch. Und ich habe Nikki wegen Drogen, Sex und Disco-Vergnügungen am Wickel.

Jetzt klingt ein Stück von John Cale aus der Jukebox: »You know more than I know ...«

Alison kommt von der Toilette zurück. »Keine Türen«, sagt sie mit einem Stirnrunzeln.

»Bei den Frauen? Ganz schön hart.«

Wir holen unsere Jacken und verabschieden uns von Patti und Lisa. Ich biete ihnen an, sie nach Hause zu bringen, aber Lisa lehnt ab.

»Danke, wir bleiben lieber noch ein bißchen«, sagt Lisa. »Später gibt's Preise, und die Typen, die ABBA nachmachen, sind Freunde von uns. Wir müssen dableiben und unsere Stimme für sie abgeben.«

»Stimmt für uns mit«, sage ich und sehe mich in dem Raum um. Ich habe Nikki aus den Augen verloren, aber die Blondine ist nicht zu übersehen; mit ihren Pfennigabsätzen ist sie bestimmt einsneunzig groß.

Zu dieser Nachtzeit sind die Straßen wie ausgestorben. Wir bleiben am Straßenrand stehen, während ein Taxi auf der Suche nach Fahrgästen langsam herankommt. Da treten Nikki und die Blondine hinter uns aus der Bar. Sie schniefen beide und haben jenen ganz eigenen Koksglanz in den Augen.

Ich will mich gerade abwenden, aber Alison hebt die Hand, schiebt die Kapuze meines Parka über meinen Kopf und schlingt die Arme um meinen Körper, um mich zu küssen. Ihre Lippen sind warm. Sie riecht einfach wunderbar. Sie drückt ihren Körper gegen meinen, wie das fehlende Teil eines Puzzles. Die beiden gehen leise redend und lachend um uns herum. Wir küssen uns, bis wir hören, daß Autotüren zuknallen.

Das Taxi fährt weg. Wir sind allein auf der Straße. Ich küsse Alison noch einmal.

»Ich hab mal gesehen, wie Cary Grant das gemacht hat«, sagt Alison mit glänzenden grünen Augen. »Hat's funktioniert?«

»Perfekt«, sage ich. »Es hat perfekt funktioniert.«

Danksagung

Aus welchem Grunde auch immer – eine ganze Reihe von Leuten ging das Risiko ein, es mit einem Autor zu versuchen, der bisher noch nichts veröffentlich hat.

Ich hatte das Glück, Molly Friedrich nicht nur als Agentin meines Buches, sondern auch als Leserin meiner ersten Entwürfe zu gewinnen. Ihr Urteil bedeutete mir viel. Einen großen Teil meines Buches schrieb ich im Gedanken daran, daß sie und Shari Holman, ihre Assistentin, meine idealen Leser sein könnten. Ich hoffe, daß sich an diesem Gedanken nie etwas ändern wird.

Ebenso großes Glück hatte ich, daß Bob Mecoy das Buch als Lektor zur Publikation führte und sich besonders der letzten Fassungen annahm. Von unserem ersten Gespräch an war mir klar, daß er an mein Projekt glaubte und meine Intentionen verstand, auch wenn meine Bemühungen nicht immer an meine Idealvorstellung herankamen. Außerdem bedanke ich mich bei Carolyn Reidy, Michael Korda und allen anderen bei Simon & Schuster. Für die Unterstützung im Anfangsstadium bin ich dem *Cincinnati Magazine*, der Mercantile Library of Cincinnati und der Santa Barbara Writers Conference dankbar.

Sue Grafton war die erste, die dem vorliegenden Text einen gewissen Wert zuerkannte; sie war auch die erste, die mir Verbesserungsvorschläge unterbreitete. Sie behandelte einen blutigen Anfänger wie einen Schriftstellerkollegen, und das ist ausgesprochen ungewöhnlich. Ich werde ihr echtes Interesse für die Charaktere meines Buches und ihre freundliche Ermutigung nie vergessen.

Tiefste Dankbarkeit empfinde ich für meine Freundin Barbara Ritchken, die sich meine Alpträume mit unendlicher Geduld anhörte und mir dann zeigte, wie ich sie beenden konnte. Dieses Buch ist das Ergebnis.

INHALT